LES LIAISONS PÉRILLEUSES

DU MÊME AUTEUR

Paysannes de montagne, Lucien Souny, 2015
Pour quelques arpents de rêve, Lucien Souny, 2016
Sœurs de lait, De Borée, 2018. Grand Prix littéraire de l'Académie nationale de Pharmacie 2018. Prix Patrimoine 2018
Lily sans logis, De Borée, 2019
Une montagne de femmes, Les Passionnés de bouquins, 2019
Un voyage nommé désir, Les Presses de la Cité, 2021. Trophée des Savoyards du Monde 2021. Prix Machiavel 2021 du roman en langue française

Frédérique-Sophie Braize

LES LIAISONS PÉRILLEUSES

Roman

TERRES DE FRANCE

Les Presses de la Cité

92, avenue de France – 75013 Paris
ISBN 978-2-258-19796-1
Dépôt légal : février 2022

À la mémoire de mon père

Prologue

Dans ce milieu âpre et sauvage flottait un air nouveau que percevaient les hommes. Un souffle troublant fouettait leur sang avec l'exubérance de la nature au printemps.

PREMIÈRE PARTIE

La montée du désir

1

Quitterie étudiait l'anatomie de l'homme cheminant devant elle. Malgré l'interdit, elle caressait du regard l'ondulation de ses monts fessiers. Elle arriva à destination après neuf heures de marche. Le Jardin de Talèfre la récompensa de ses peines. Chose inouïe sur un glacier, un gazon en pleine floraison se trouvait comme une île verdoyante dans un océan blanc. Gentianes, orchidées et renoncules coloraient ce sanctuaire naturel aux limites de la vie.

— Je me demande comment le terreau de cette prairie a pu venir jusqu'ici, s'étonna-t-elle.

— La légende la plus répandue est celle des aigles qui l'auraient porté sur la glace. Poignée après poignée.

Quitterie d'Arcy sourit à son guide dont le goût pour la plaisanterie la mettait en gaieté.

— Depuis quand les aigles ont-ils des mains, monsieur Gabin ? Et qui donc a semé cette herbe fraîche et ces fleurs éclatantes ?

L'homme taillé comme un gaillard hésita entre réserve et mot d'esprit.

— Le curé jure que c'est la main de Dieu et les savants affirment que c'est le vent. Mais moi, je sais que ce sont les marmottes.

La comtesse partit d'un éclat de rire. Ce 1er août 1838, elle laissa sa carte de visite au Jardin, bien à l'abri dans une bouteille.

Elle redescendit par le chemin des cristalliers sans paraître nullement fatiguée. Elle allait dans la foulée de son guide quand ils croisèrent une femme en tablier qui proposait des vivres aux marcheurs.

— Bien le bonjour, Gabin !

Il salua en retour Pernette Croz qui lorgnait du coin de l'œil la nantie derrière lui. C'était une chose étrange qu'une dame pantalonnée de blanc. De son côté, Quitterie ne prêta qu'une attention distraite à cette montagnarde aux tresses enfantines.

— Du sommet, on doit voir une des plus grandes scènes de la nature, dit-elle en promenant son regard sur la plus haute cime.

Gabin saisit un murmure à peine distinct dans son dos. Il se retourna, réalisa que sa cliente se parlait à elle-même, le nez en l'air. Soudain, celle-ci éprouva un malaise qu'elle connaissait sous toutes ses faces : oppression de poitrine, gêne respiratoire, pas saccadés. L'air des altitudes n'était pas en cause. Un trouble confus s'emparait d'elle à chaque fois que ses yeux rencontraient le Maudit.

— Vous allez prendre une entorse à marcher sans zieuter devant, prévint-il, trahissant sa crainte qu'il ne lui arrivât quelque malheur.

Il attendit une remarque, mais la comtesse semblait n'avoir pas entendu. Elle allait derrière lui, roulant quelque chose dans sa tête.

— Là-haut, l'air doit être libre, émit-elle au bout d'un moment.

Le montagnard poursuivit la descente, les sourcils haussés d'étonnement sous son chapeau à large bord. Tout, chez cette femme bien née, détonnait : son franc-parler, son esprit mordant, son aplomb. À ce portrait moral, il fallait ajouter un costume masculin, des brodequins à clous, des guêtres de drap et un immense alpenstock – bâton à bout ferré. Et il y avait cette étrangeté : malgré le tour de rôle en vigueur à la

Compagnie, c'était toujours sur lui que cela tombait. Toujours à lui de protéger la marche de Mlle d'Arcy.

Cristallier réputé et guide estimé, Gabin accompagnait des scientifiques de tout genre pourvus d'instruments : baromètre, thermomètre, boussole, lunette de nuit. Il les conduisait aux endroits où ils pouvaient calculer le poids du froid, évaluer les mouvements des glaciers, mesurer la transparence de l'air. Il avait appris le métier à dix-sept ans en tant que porteur, puis il était devenu aspirant avant d'obtenir le titre de guide. Il menait également des dames en excursion dans les glacières : lady de Londres, princesse de Varsovie, châtelaine de Dresde, combourgeoise de Lausanne. Toutes attirées par la Mer de Glace, très en vogue. Toutes douillettes au froid, sensibles au vent, fatiguées aux mollets. Mais cette cliente-là, c'était une autre histoire.

~~~

La petite Quitterie est déclarée en l'an II de la République française sous le nom de Giroflée Darcy. 1794, c'est l'époque où il ne fait pas bon naître dans une famille noble. Son père, le comte d'Arcy de Beauséant, est sorti de prison pour l'occasion. Il est forcé de choisir un prénom révolutionnaire et de retirer la particule de son patronyme. Après la Terreur, Giroflée est remplacé par Quitterie sur l'acte de naissance. Sa mère meurt de faiblesse, son grand-père est guillotiné.

La fillette grandit au château de Fortune avec ses trois frères ; Annibal est son préféré. Au lieu de jouer à la poupée, elle participe à leurs jeux aventureux, dévale les pentes du Jura et du Dauphiné. À onze ans, Quitterie mesure combien l'enfance des filles de l'aristocratie est courte. Tandis que ses aînés échappent à leur précepteur, elle est envoyée en pension.
~~~

~~~

Née en 1778, la petite Pernette grandit dans la famille Croz à Saint-Gervais. C'est l'époque de la poussée démographique dans les États de Savoie – appelés royaume de Sardaigne depuis 1720. Sa mère est abîmée par une douzaine de grossesses. Son père est un chasseur de bouquetins qui rentre souvent bredouille.

Elle a huit ans quand le guide Balmat gagne la course au Mont-Blanc – surnommé le Maudit. Cette première sans corde, ni piolet, ni crampons fait grand bruit dans toute l'Europe. En récompense, Victor-Amédée III, roi de Sardaigne, prince de Piémont et duc de Savoie, attribue au vainqueur un écu et un titre honorifique. À onze ans, Pernette mesure toute la faiblesse des ressources familiales quand elle doit arrêter l'école pour aller travailler dans une auberge à Chamonix.
~~~

2

La comtesse d'Arcy préférait la solitude des sommets à la Mer de Glace où elle s'était rendue au début de l'été avec Gabin. Tandis que les dames s'acheminaient en chaise à porteurs, elle gravissait les pentes par goût de l'effort. Quitterie se définissait comme ascensionniste et non comme excursionniste, terme désignant une voyageuse en crinoline, déjà bien hardie de monter sur une chaise. Les glacières connaissaient le plus vif engouement en raison de leur spectaculaire avancée qui engloutissait pâturages, cultures et villages. Les hameaux du Châtelard et de Bonanay avaient disparu – la faute au Petit Âge glaciaire dont l'Europe était prisonnière depuis quatre siècles.

Chaque année, la saison commençait en juin. Des gens de tous pays attendaient avec impatience le 6 du mois, date de l'ouverture du sentier d'accès. Ce jour-là, ils se massaient pour assister à une saynète impensable. Alors que le sol était glissant en diable, un berger faisait traverser le glacier à ses vaches. Il les conduisait pour trois mois aux riches herbages situés au pied du Dru – un pic de granit aux flancs polis comme de l'acier. Les bêtes émettaient des meuglements affolés. Les spectateurs retenaient leur souffle en se demandant comment elles pouvaient se maintenir en sabots sur cette patinoire.

Les visiteurs étaient subjugués par ces flots qui paraissaient avoir gelé au beau milieu d'une tempête. Accompagnés d'un guide, ils approchaient ces vagues figées de septante pieds de haut. Certains emportaient des carnets de voyage dans lesquels ils esquissaient à grands traits de fusain cet océan polaire haché de gerçures profondes. D'autres peignaient les méandres bleutés qui serpentaient jusqu'aux habitations. Après essais, tous réalisaient qu'il n'était pas de pinceau apte à les rendre avec justesse. Alors ils faisaient le portrait de cette femme en tablier qui vendait du laitage dans la pente. Ils immortalisaient les cheveux blond cendré de Pernette Croz, étrangement nattés en tresses puériles pour une personne de son âge. Et c'était en dessinant qu'ils s'exposaient à la mort sans en avoir conscience. Un danger insoupçonnable les menaçait tandis que le soleil d'altitude leur rôtissait les épaules.

— Méfiez-vous du sable qui sépare la glace de la roche ! avertissait rituellement leur guide. Il est traître en diable.

Aussitôt, les excursionnistes s'angoissaient d'un danger qu'ils pressentaient plutôt qu'ils ne le connaissaient : il suffisait de s'égarer de quelques pas pour s'enfoncer dans des moraines mouvantes et disparaître sous la Mer de Glace.

— Les sables avaleront les malheureux qui ressortiront l'été prochain par la voûte de l'Arveyron.

L'accompagnateur désignait alors de la main une caverne de cent pieds de haut. Un torrent considérable en sortait avec un grondement animal. L'eau de fonte s'échappait du glacier par une arche ayant l'apparence d'une bouche de poisson. Une immense bouche à la transparence glauque. Menaçante.

Ensuite, il racontait comment, en 1830, un riche monsieur avait commis une bévue en s'y rendant en famille, mais sans guide.

— Une bévue qui a coûté bien plus cher que le tarif d'une course, aimait-il à préciser. Pour épater son fils et son neveu, ce monsieur a tiré un coup de pistolet afin de détacher les arcades gelées qui se sont brisées avec fracas. Des blocs ont obstrué l'arche, fermant le passage à l'eau. Les imprudents sont montés sur la retenue pour observer le réservoir en formation. Le flot pris au piège s'est renforcé jusqu'à éventrer le barrage. La débâcle a entraîné hommes et glaçons d'un même flot torrentiel. Le père de famille a eu la cuisse fracturée. Son fils s'est noyé sous ses yeux. Son neveu a été grièvement blessé.

Des « Juste ciel ! » et des « Par Dieu ! » s'échappaient de la bouche des clients affolés par la perspective d'avoir un accident. Leur guide faisait alors « chut » en portant son index sur ses lèvres d'un geste théâtral.

— Et surtout n'éternuez pas ! L'ébranlement de l'air pourrait faire s'effondrer la glace sous vos pieds.

Ce circuit savamment orchestré pour impressionner les visiteurs n'avait pas effrayé Mlle d'Arcy. Au contraire, il n'avait fait que renforcer l'attrait irrésistible qu'elle ressentait pour cette nature à la sauvagerie démesurée. Cette même fascination qui fait que l'on se penche de tout le buste au-dessus d'une crevasse sans fond.

~~~

À douze ans, Quitterie se trouve en pension à Dijon. L'institution est tenue par un confesseur moraliste et une bernardine exaltée qui terrorisent la tendre comtesse. Chaque jour, ils lui inculquent comment racheter ses péchés. Au programme : s'enfoncer des aiguilles dans les mains pour le vendredi saint, se graver le nom de Jésus dans la peau du bras, prier nu-pieds sur la dalle glacée les nuits d'hiver.

L'espiègle petite fille riche est devenue une couventine aux habitudes spartiates, obsédée par le soufre, les flammes et les fourches. Elle craint de s'attirer le châtiment éternel par une faute impardonnable : l'inconduite de la femme. La jeune pensionnaire est en enfer.
~~~

~~~

De son côté, Pernette travaille à l'entrée de Chamonix. La veuve Coutterand a été la première à offrir le gîte aux aventuriers attirés par ces lieux vertigineux. Elle a transmis l'histoire du pays à la gamine Croz qui la raconte aux clients lors des veillées.

En 1741, deux Anglais partent de Genève avec des domestiques armés. La population les avertit : la Reine blanche, créature mi-fée, mi-sorcière, désapprouve qui que ce soit de pénétrer son royaume. Mais Windham et Pocock restent indifférents devant la peur séculaire de ce peuple pauvre qui les reçoit avec générosité. Ils reviennent émerveillés d'avoir découvert le Glacier des bois qu'ils renomment Mer de Glace. Leurs récits répandus dans le reste de l'Europe attirent de riches voyageurs. Pernette rencontre du beau monde à l'auberge, tel M. de Saussure, un savant suisse de grande valeur.
~~~

3

La comtesse était revenue à Chamonix fin juillet pour y faire ses « ascensions secondaires ». Elle logeait à l'Hôtel de l'Union où l'on jugeait inconvenant qu'elle fût venue sans domestique et sans chaperon. Une femme respectable se devait de voyager avec un homme de sa parentèle, ou une dame d'âge mûr.

La Providence avait fait que c'était de nouveau à Gabin d'accompagner Quitterie partout. C'était une marcheuse endurante et joviale, et non une touriste avide de lieux à la mode – le mot touriste, de l'anglais *tourism*, était en faveur depuis que Stendhal l'avait fait entrer dans la langue française en 1837. Toutefois, la gaieté que Mlle d'Arcy affectait au quotidien semblait factice en raison de ses rires immodérés. Le montagnard avait trouvé curieux de l'entendre rigoler après être tombée dans une crevasse. Ce jour-là, elle avait avancé sur le pont de neige avant qu'il ne fût sondé, par une de ces intrépidités où les casse-cou perdent parfois la vie. Gabin n'avait prononcé aucune parole de reproche alors qu'il la tirait de ce mauvais pas. La prudence ne lui servait pas que pour éviter les dangers de la montagne. Les guides possédaient un carnet où les clients avaient toute liberté d'inscrire leurs appréciations. Mieux valait ne pas contrarier une dame appartenant à l'aristocratie française !

Revoir la comtesse le rendait content, même s'il avait frôlé l'incident diplomatique. Il avait failli ne pas la reconnaître tant elle s'était métamorphosée : celle qui avait été parfaitement féminine en juin arborait désormais une tenue masculine. La cause de cette transformation s'appelait Aurore Dupin, baronne Dudevant par mariage – elle avait séjourné à l'Union avant de grimper la montagne en costume d'homme, chaussée de bottes aux talons coupés. Cette divorcée était connue du public sous le pseudonyme de George Sand. Tout un festival de scandales se tramait dans le sillage de cette romancière dont les fantaisies passionnaient les foules. Mlle d'Arcy jalousait sa renommée, la liberté de ses amours, sa fréquentation des salons parisiens, sa témérité vestimentaire. Il n'était pas de choses que Quitterie enviait plus que les pantalons de George.

Gabin n'avait pas cherché à savoir le pourquoi et le comment de l'affaire. Il avait d'autres préoccupations. Alors qu'il conduisait la comtesse au mont Joly, un brouillard s'était amassé autour d'eux, les forçant à rebrousser chemin. Au col de Voza, le mulet qu'elle montait l'avait indisposée. La taille de l'animal avait nécessité d'emporter un escabeau et sa marche houleuse l'avait rendue nauséeuse. Le montagnard n'avait pas pu choisir la monture, car les bêtes de selle étaient sujettes au tour de rôle, comme les guides. Chaque année, en mai, se pratiquait la revue des mulets et harnais sous le contrôle du vétérinaire, du sellier, du président de la Compagnie et du syndic – appelé « maire » en France. On inscrivait les montures aptes au service. Chacune portait au sabot son numéro d'ordre, et sur le dos une selle pour homme et une autre en amazone. Le tarif de location était le même s'agissant d'un guide ou d'une bête : de 3 à 6 francs selon la course – en argent de France.

Heureusement pour Gabin et sa cliente, la grimpée au Jardin de Talèfre avait pu avoir lieu aujourd'hui. À présent, le duo redescendait dans la vallée en se félicitant d'avoir risqué cette course réputée difficile. Le bourg était en vue quand ils furent dépassés par une femme en tablier dont le pas alerte se ralentit à leur hauteur.

— Bien le bonsoir ! salua-t-elle en inclinant le front.

Ses tresses oscillèrent dans le soleil couchant. Le guide souleva son chapeau de feutre noir avec respect.

— J'ai déjà vu cette tête-là quelque part, releva la comtesse après avoir attendu que la marcheuse soit hors de portée d'oreille.

— C'est Pernette Croz.

— Pour une femme de son âge, elle va du pied comme un chat maigre.

Il ne put réprimer un sourire en entendant cette expression campagnarde sortir d'une bouche noble.

— C'est une sacrée marcheuse, en effet. On l'a déjà croisée plusieurs fois cet été. Elle se tient souvent sur les chemins les plus fréquentés.

— Qu'y fait-elle donc ?

— Elle propose de la nourriture aux alpinistes.

Parce que sa cliente poussa un long soupir, il n'en dit pas plus, persuadé qu'elle trouvait importun ce commerce ambulant – le syndic interdisait ces pratiques à destination des touristes, mais il se montrait tolérant envers Pernette. Or, Gabin se méprenait. Ce n'était pas la marchande qui faisait soupirer Quitterie, mais le dernier mot qu'il avait prononcé : alpiniste... Elle aimait ce mot de nature incertaine, car il pouvait aussi bien désigner la gent masculine que la féminine.

Songeuse, elle observa cet homme qui continuait à lui ouvrir la voie alors qu'ils marchaient maintenant sur le plat. Il avait le profil régulier, les poignets forts, le torse admirable. Sa nuque brunie disparaissait dans sa veste en drap de Séez – tissé par la filature Arpin qui habillait les guides depuis 1821. Elle voyait son œil bleu glacier quand il se retournait pour lui répondre. Il n'avait pas quarante ans, ne portait ni barbe ni moustache, alors que c'était la mode.

Elle avait été chanceuse de rencontrer un guide au-dessus des préjugés. Certains accompagnateurs manquaient d'enthousiasme quand le client portait des jupons, car la course se résumait à une promenade en chaise à porteurs. Et ce n'était rien à côté des grands messieurs qui préféraient savoir les dames au salon plutôt qu'à l'extérieur de la maison. D'ordinaire, les mâles argentés n'aimaient pas voir les femmes les concurrencer sur leur propre terrain.

Chanceuse d'avoir Gabin pour guide ?

La comtesse sourit en pensant que le hasard n'avait rien à voir là-dedans. Plusieurs fois, elle avait triché pour se présenter au moment propice à la Compagnie afin que le tour de rôle tombe sur lui. Elle avait eu un faible pour cet homme de haute stature dès leur première course, et ne voulait personne d'autre pour l'accompagner. Avec ce gaillard pour protéger sa marche, elle sentait qu'elle pouvait parcourir sans crainte les lieux les plus retirés des montagnes.

— Vous voilà à bon port ! lança-t-il.

Il se retourna vers sa cliente qui regardait avec une grande attention l'emblème sarde brodé sur le col de sa veste. Leurs yeux se rencontrèrent. Il y eut un flottement, mais ce ne fut pas long.

— Demain, je veux ascensionner le Brévent.

Mue par le succès du jour, elle voulait faire une autre montée vers des territoires qu'elle n'avait pas encore abordés. Rencontrer des difficultés nouvelles avant de regagner Genève où des obligations l'attendaient.

Gabin fut pris de stupéfaction. C'était une chose insolite que cette femme qui souvent se taisait, parfois murmurait, et tout soudain parlait en maître.

— Le Brévent ? Demain ?

— C'est ce que je viens de dire.

— Vous n'y pensez tout de même pas ?

— Que si ! On m'a dit que du Brévent, on voit le Mont-Blanc comme je vous vois. M'aurait-on menti ?

— C'est la stricte vérité. Il s'agit du meilleur belvédère. Mais au bas mot, cette course exige sept heures de marche.

Avec l'éreintante ascension que vous venez de faire, peut-être vous faudrait-il prendre du relâche. Une journée, au moins.

— Sept heures de marche, c'est juste ce qu'il faut pour me délasser du Jardin.

Le guide fit un sourire à fendre du bois. Cette femme l'esbroufait tant par sa belle vaillance que par son sens de l'humour.

— Alors à demain, Mademoiselle.

— À demain, Gabin, répondit-elle, se surprenant elle-même d'être aussi familière.

Il prit congé en saluant de la tête avec un rien de déférence. Ces derniers jours venaient de le faire assister à l'emprise sur le cœur de la comtesse d'une passion aussi brûlante que tyrannique.

~~~

Quitterie passe son deuxième Noël au couvent lorsque apparaît sa maladie mensuelle. À treize ans, la voilà éjectée de l'enfance, mais pas encore insérable dans la société par le mariage. Son père compte sur son union pour accroître le patrimoine familial et se rembourser de ce qu'elle lui a coûté – et Dieu sait qu'il a cher payé !

En attendant qu'elle soit nubile, une nonne lui apprend l'essentiel. La femme est un ornement qui se doit de charmer son entourage par son élégance et sa discrétion. Regarder un homme entre la ceinture et le genou est interdit. La petite comtesse reçoit également la nécessaire préparation au mariage. On lui enseigne les réalités qui la guettent dès sa nuit de noces, surtout si son époux est trop brusque. La procréation sera sa principale préoccupation. Elle n'aura aucun droit sur ses enfants. Son mari pourra la répudier et la laisser démunie si bon lui semble.
~~~

~~~

Quand M. de Saussure rejoint l'Auberge de la Veuve, la môme Pernette court au-devant de lui, cherche à le contenter, veut le garder toujours. Car l'homme de science est bon prince. Le Suisse a remarqué cette blondinette au petit nez de chatte. Ce n'est pas tant sa présence qui fait ce qu'il y a d'insolite. C'est plutôt qu'elle porte un immense tablier bleu. Comment est-il arrivé sur le devant de ce corps immature, il l'ignore. Voilà ce qui a dû se produire : Pernette s'est présentée en guenilles et la veuve Coutterand lui a enfilé ce tablier. Et ce qu'elle a vu, c'est qu'il estompe sa maigreur, cette flagrance de l'âge innocent. Le temps passant, chacun s'habitue à voir la gamine Croz partout avec. Il ne pourrait en être autrement : celle que tous surnomment « Pauvrette » ne possède pas d'autres vêtements.
~~~

4

Le lendemain, les heures voisines du matin se mirent à sonner. La comtesse se leva pour aller au mont Brévent. Elle s'habillait quand un bruit de branches froissées par le vent se fit entendre dans sa chambre. Elle regarda par la fenêtre. De fortes rafales faisaient rage au-dehors. Elle alla aux informations dans le hall de l'hôtel.

— Que dit le baromètre ?

Le concierge frappa deux petits coups secs sur l'appareil.

— Il est à la pluie, Madame.

— Mademoiselle.

— Que Mademoiselle m'excuse.

— Le temps sera-t-il à la randonnée demain ?

— Demain, il sera à la pluie aussi. J'ai bien peur que le mauvais temps ne se fixe durablement.

Juste après, le vent redoubla et un déluge ruissela sur les toits, rendant les hauteurs inaccessibles. Quitterie informa le réceptionniste qu'elle se résignait à déloger. Le retour du soleil pouvait prendre des jours, alors que des obligations l'attendaient en ville.

— Préparez ma carte à payer, voulez-vous.

— Mademoiselle nous quitte déjà ? Et cette fameuse ascension au Brévent ?

— J'y renonce.

— Quel dommage ! Mademoiselle nous manquera. Nous espérons qu'elle nous reviendra bientôt.

— Veuillez faire porter une dépêche à la Compagnie des guides pendant que je vais chercher des souvenirs.

Sans s'inquiéter de la réponse, elle quitta le hall, affronta la pluie pour visiter les magasins de curiosités naturelles dont les boutiquiers se faisaient appeler « marchands-naturalistes ». L'un d'eux se prénommait Lino. C'était un Piémontais que tout le monde surnommait Ventura car il aimait partir à l'aventure avec son chien. Il taillait fort bien le quartz qu'il achetait à un certain M. Gabin, considéré comme un excellent cristallier.

M. Gabin...

Depuis la veille, Quitterie tournait ses propres mots dans sa tête : pourquoi avait-elle dit « Gabin » tout court, d'une manière trop familière ? Peut-être parce qu'elle avait entendu les gens du cru le faire. Ou parce que les moments passés ensemble à escalader des cols, unis dans l'effort, les avaient rapprochés. Elle se répétait que l'accommodement pouvait exister entre un guide et son client de sexe différent s'il était dénué de toute indécence. Mais elle savait par expérience qu'une femme considérait toujours un homme comme un homme. Et inversement. Dans le fait, elle était une femme et M. Gabin était un homme. Un homme troublant.

L'aristocrate choisit pour son frère un presse-papiers en cristal, remarquable pour sa pureté. Elle se sentait redevable vis-à-vis d'Annibal qui remplissait pour elle les devoirs de sa charge au domaine familial. Elle acheta du miel de Chamonix qu'elle paya 40 sous la livre – en argent du Piémont. Sa femme de chambre en raffolait. Pour le transport, la comtesse choisit un baril de sapin qui donnait une saveur résineuse au nectar d'abeilles. Lorsqu'elle eut achevé ses emplettes, elle rentra à l'Union, retira ses vêtements humides, se mit en toilette.

Au même moment, l'estafette de l'hôtel remettait la dépêche à son destinataire avant de repartir. Gabin prit connaissance du message : Mlle d'Arcy le priait de se présenter à elle sans attendre. Il grommela des choses désagréables contre cette pluie qui empêchait tout. Puis il se tut, réfléchissant déjà aux phrases de gratitude respectueuse qu'il devrait adresser à la comtesse. Il se changea, se rasa, n'épargna rien pour que ce moment laissât des souvenirs dans la mémoire de Quitterie. Habituellement, il cherchait à échapper à ses clientes, mais cette dame était unique en son genre.

L'heure d'après, il se présenta dans un costume endimanché à l'Union. Construit en 1816, l'hôtel était réputé pour son confort, ses bains d'eaux sulfureuses et son jardin à l'anglaise dans lequel jaillissait une source d'eau minérale. La comtesse lisait la presse dans un salon. Des hebdomadaires de tous les pays étaient disposés sur des cannes à journaux en noyer. Sitôt qu'elle aperçut son guide, elle l'examina d'un œil prompt. Il avait retiré son chapeau qu'il tenait à la main. Ses cheveux clairs peignés à l'eau étaient ramenés en arrière. Sa veste noire mettait en valeur ses épaules. Sa chemise blanchie donnait à son visage une tonalité chaude. Il était vraiment bel homme.

Elle se leva du fauteuil, avança vers lui dans sa toilette de ville, gracieuse dans ses mouvements. La marcheuse rustique parut tout à coup une autre femme avec sa robe à crinoline et ses souliers minces. Et cette odeur fraîche et légère qui montait d'elle ! Une eau de fleur, probablement. Et de fruits aussi. Gabin la regarda avec éblouissement, réalisant pour la première fois qu'elle était fort jolie. Leurs yeux se rencontrèrent. Flottement entre eux. Plus long, cette fois.

Il toussota pour se donner de l'assurance sans pour autant oser la complimenter. Ce fut elle qui parla en premier.

— Je vais bien regretter cette grisaille qui nous prive d'une fameuse ascension.

Une contrariété pénétra le guide. S'il ne pouvait lui en vouloir de partir avec ce mauvais temps qui s'installait comme des vers dans un fruit, son départ n'arrangeait pas ses affaires car il comptait sur l'argent de la course. Sa dernière récolte en cristaux était maigre et il avait des bouches à nourrir. Mais il n'y avait pas que cela. Quelque chose d'autre le chagrinait.

Quelque chose qui l'affectait en profondeur. Étrangement, il eut l'impression qu'elle le quittait.

Comme toutes les autres avant elle.

Pourtant, les qualités d'endurance et d'entrain de la comtesse lui avaient fait comprendre combien elle était hors du commun. Il en éprouvait la certitude, quand bien même il se méfiait du beau sexe qui l'avait déjà déçu. Et trahi.

Pour autant, c'était de ce genre de femme que Gabin avait besoin. Franche, hardie, farouche. Auprès de quelqu'un comme elle, peut-être pourrait-il se réconcilier avec la gent féminine. Il était conscient qu'il n'avait pas grand' chance avec une dame de son rang. Mais quelque chose le poussait à tenter cette chance. Était-ce l'émotion intense qu'il ressentait quand leurs yeux se rencontraient ?

— Vous avez été fort bonne.

Il avait volontairement chargé ses mots de flou.

Il y eut un silence pendant lequel on entendit le bruit de la pluie. Les gouttes crépitaient sur les ardoises qui recouvraient le toit de l'hôtel d'une carapace de feuillets noirs. Sa cliente revint à ses yeux bleu glacier, les fouilla de son regard droit, songea : Beaucoup d'hommes ont une tendance à se croire irrésistible. Pas lui.

— Je m'éloigne d'ici avec quelque chagrin.

Elle avait dit « d'ici » alors qu'elle pensait « de vous ».

Quitterie avait conscience qu'elle n'était pas dans le ton qui convenait aux circonstances. Mais il y avait en lui un appel auquel elle désirait répondre. Aussi lui tendit-elle sa main en inclinant la tête de côté. Il tourna délicatement sa paume vers le haut, déposa un baiser léger au creux de son poignet parfumé. Un frémissement passa sous la peau fine du bras. Gabin se releva du baisemain, estomaqué par sa propre audace. L'expression féminine était si contenue que ce menu tremblement à la commissure des lèvres lui apparut comme un présage favorable. Il s'en retourna, conscient que le parfum de Mlle d'Arcy n'allait pas le lâcher de tout l'été.

~~~

L'année de ses quinze ans, Quitterie sort de pension en demoiselle à marier. Après quatre ans de mortification, la jeune fille à l'esprit frondeur est changée en grenouille de bénitier, épouvantée de retourner dans le monde. Elle est persuadée qu'elle sera en grand péril hors les murs du couvent.

De retour au château de Fortune, la tendre comtesse est le désespoir de sa famille. Elle traîne les pieds pour accompagner son père au théâtre, refuse de quitter sa chaise quand son frère l'emmène au bal. Et pour cause : non seulement son confesseur lui a défendu de danser, mais encore il lui a interdit de valser. La valse est alors considérée comme une danse impudique car le cavalier tient sa danseuse entre ses bras. Les moralistes affirment que la demoiselle qui a valsé avec un homme n'est plus qu'à demi vierge.
~~~

~~~

Au même âge, Pernette est embauchée à l'Hôtel d'Angleterre grâce à M. de Saussure qui a maintenant ses habitudes dans le bel établissement – comme Goethe, le grand-duc de Weimar, Chateaubriand et Théophile Gautier. Chamonix est devenu un caravansérail fort bigarré où la haute société se doit de passer. Les notables consignent leur passage dans un livre d'or. Cet usage vient des régions nordiques où l'on appelle « album » cette sorte de livre. On trouve de tout dans ces registres : poèmes d'amour, pensées délicates, réflexions caustiques, sous-entendus polissons et même dessins coquins que les hôteliers tentent d'effacer.

Sans l'intervention du savant suisse, jamais la jeune Croz n'aurait intégré la brigade de service, car les filles d'auberge sont réputées négligentes, voire malapprises. Mais, drapée dans le tablier de lin gris qui cuirasse sa frêle carcasse, Pauvrette se différencie en se montrant appliquée, aimable et discrète.
~~~

5

La comtesse paqueta ses bagages elle-même. Deux heures plus tard, elle traversa le hall en costume de voyage. Un homme, coiffé d'un chapeau rouge sur lequel était brodé *Hôtel* en lettres d'or, se précipita pour lui ouvrir la porte. Elle sortit sur le perron protégé par une verrière, persuadée qu'un équipage l'attendait devant l'Union. Voyant la rue vide, elle émit un claquement de langue contrarié.

Sans ces intempéries, elle serait en chemin pour le Brévent avec Gabin. Sans les engagements mondains qui incombaient à son rang, elle aurait pu patienter jusqu'au retour du soleil. Elle n'avait aucune envie de quitter ce bourg alpin qu'elle appelait « Chamouni », à la manière des indigènes : les Chamouniards. Et maintenant cette attente qui rendait son départ plus désagréable encore !

— Où est ma voiture ?

Son ton excédé réclamait toute l'attention du portier qui gardait l'huis.

— Elle s'est retardée rapport aux grandes pluies, Madame.

— Mademoiselle.

— Comme Madame voudra.

Elle leva les yeux au ciel d'exaspération. Si elle était encore demoiselle, ce n'était pas parce qu'elle faisait la difficile, mais parce que les hommes de son milieu estimaient que les jupons devaient rester à la maison pour s'occuper des soins domestiques et des détails de ménage. D'après ces messieurs, les dames n'avaient aucun mérite à s'instruire et aucune gloire à exposer leur vie dans des prouesses. Or Quitterie aimait lire, comprendre, découvrir, voyager, marcher. Grimper en haut du cerisier avec ses frères, escalader le mur du château. Elle regrettait cette période bénie de l'enfance, quand son sexe ne lui interdisait pas d'avoir ses vêtements plâtrés de terre et d'herbe. Quand son âge ne l'empêchait pas de charger à fond de train dans les raidillons, de Planachat au Grand Colombier en passant par la Dent du Chat.

La comtesse promena son regard empreint de nostalgie sur les reliefs d'alentour. La grisaille s'était légèrement dissipée après la grosse pluie tombée dans la matinée. Les cimes environnantes profitèrent de l'éclaircie momentanée pour se montrer. Ne pouvant détacher ses yeux du plus haut sommet, elle ne remarqua pas que quelqu'un l'avait rejointe sous la verrière.

— N'est-il pas beau comme un astre ?

Elle sursauta. Cette question émanait d'une femme à l'aube de la soixantaine. Ses tresses avaient un côté puéril qui contrastait avec son visage lacéré de rides sèches et profondes. Sa peau cassée trahissait une vie de labeur. Ou d'implacables malheurs. Ou les deux.

Elle reconnut la marchande ambulante croisée la veille en redescendant du Jardin. Le bistre de ses yeux fanés la scrutait dans l'attente d'une réponse.

— Assurément ! s'exclama-t-elle, ayant compris à quoi la montagnarde faisait allusion. Je dirais même que le Maudit est beau comme un dieu, ajouta-t-elle sans ombre d'ironie.

Quitterie aurait voulu discuter plus longuement pour remplir l'attente, mais déjà la femme s'éloignait à pas rapides sur la route couverte de flaques d'eau. Alors elle se rabattit sur l'homme chargé d'ouvrir l'entrée principale de l'établissement. Elle n'aimait guère les conversations de portier, cependant le retard de sa voiture lui pesait.

— Est-ce une personne de votre connaissance ? demanda-t-elle.

— C'est Pernette Croz. Tout le monde la connaît ici.

— Et pour quelle raison est-elle si connue ?

— Pour ses dîners.

Les prunelles grises de la comtesse s'écarquillèrent. Elle ne voyait pas comment cette femme tressée pouvait donner des dîners. Son tablier rustique cachait mal sa robe reprisée jusqu'à la dernière usure. Ses sabots grossiers semblaient attester la modestie de ses ressources.

— Vous dites ?

— Je dis qu'elle a du beau monde à dîner.

Quitterie s'apprêtait à le questionner davantage quand un véhicule s'arrêta à sa hauteur.

— J'ai failli attendre ! railla-t-elle en usant des mots de Louis XIV à l'arrivée de son carrosse, en retard de quelques secondes seulement.

Elle était presque certaine que sa plaisanterie tomberait à plat. En effet : pas de réaction du cocher ni du portier autre que de l'aider à monter en voiture.

— Faites un bon voyage, Madam...moiselle.

Heureusement pour l'homme coiffé de rouge, la comtesse n'entendit pas sa maladresse. Elle porta une dernière fois ses prunelles sur le Mont-Blanc dont le pied disparaissait dans un amas de nuages tandis que la cime s'auréolait de lumière. Malgré le malaise qui lui tirait les entrailles, elle se sentait attirée de façon irrésistible par cette cathédrale de la Terre. En tutoyant les cieux, ce haut lieu marquait les limites de l'homme et le commencement de la liberté.

Elle prit place à bord de la calèche couverte. Le regard soucieux et intense de Gabin lui avait causé une impression perturbante dans le hall. Et cette façon cavalière de faire le baisemain ! Était-il à ce point ignorant des règles de la civilité, ou s'était-il montré audacieux ? La voiture attelée s'ébranla. La voyageuse ferma les yeux, le cœur agité. Elle semblait se recueillir pour une épreuve imminente : s'éloigner de son guide. Les intempéries lui laissaient à regretter un homme singulier avec lequel elle était à la fois bien aise et presque alarmée.

~~~

Quitterie, dix-sept ans, a remarqué que les messieurs aiment les femmes opulentes, potelées et fardées. Aussi veille-t-elle tard le soir pour faire apparaître des signes de fatigue, boit-elle du vinaigre pour se brouiller le teint. Et la voilà trop mince, trop pâle, les yeux cernés de bleu et l'esprit en déséquilibre. À la chair triomphante, elle oppose sa féminité maladive, son visage sans artifice. Elle espère qu'en empêchant sa beauté de s'épanouir, elle échappera au mariage. Elle craint l'autre sexe sur lequel elle ne cesse de s'interroger, éprouvant à la fois répulsion et fascination. Elle a peur de tomber sur l'homme bestial qu'on lui a décrit au couvent.

Par malchance pour la demoiselle, la mode tourne au romantisme et la malade des nerfs connaît une vogue passagère. Dans les endroits très courus, on fait l'éloge des joues creusées et de la grisaille malsaine des idées. Le comte d'Arcy de Beauséant n'aura aucun mal à marier son unique fille. Elle est de la belle race.
~~~

~~~

Maintenant que Pernette est fille de restaurant, sa situation s'améliore. Ou plus exactement celle de la famille Croz à qui elle reverse tout ce qu'elle gagne. Mais cela lui est égal. Elle est nourrie, logée et vêtue d'un uniforme noir paré d'un tablier de cotonnade blanche, objet de fierté. Et surtout elle est aux premières loges pour entendre les conversations qui animent le bar-room.

Elle écoute religieusement M. de Saussure qui a inventé l'hygromètre à cheveu – cet appareil utilise la propriété du cheveu de s'allonger ou de se raccourcir lorsque l'humidité varie. Le savant aime raconter sa grimpée au Mont-Blanc avec Balmat, un visionnaire à qui l'on doit l'introduction des béliers mérinos à Chamonix. La servante admire ce guide réputé pour être une force de la nature. Il couche dans les montagnes, alors que les médecins affirment que sommeiller en altitude est mortel. Une fois endormi, on ne s'y réveille plus.
~~~

6

Ce 2 août, la comtesse d'Arcy regagna Genève où elle faisait résidence une partie de l'année, délaissant ainsi le domaine familial de Fortune – un ancien château fort géré par Annibal. Sur les rives du lac Léman, elle revit un cercle d'amis rentiers. Parmi eux, un monsieur avec lequel elle avait une liaison sans passion ; en fait, un homme marié qui faisait quelques pas du côté de l'amour défendu.

À peine arrivée, elle fut entraînée dans le manège mondain qui consiste à être de partout : déjeuner à la fourchette, échange d'autographes entre collectionneurs, thé chez un peintre à succès, partie de whist – ancêtre du bridge. Et enfin le dîner suivi du bal duquel elle rentrait à une heure indue.

Elle rentrait ? Pas directement.

Au milieu de la nuit, Quitterie suivait son homme marié dans la garçonnière qu'il avait en commun avec des amis. Les amants y retrouvaient la moiteur de l'alcôve, les rideaux lourds, l'odeur de la copulation, les draps froissés, le cocuage. Tout un désordre d'extravagances charnelles engendré par l'impossible : être heureux en ménage.

Cette vie entre nantis, qui avait satisfait Quitterie jusqu'à aujourd'hui, ne la contentait plus comme avant. Son quotidien était agréable, certes, mais routinier. Et un peu ridicule aussi. Le bal, c'était bon pour les jouvencelles dont le cœur s'affolait de voir les jeunes gens leur manifester un intérêt soutenu.

Oui, mais voilà : Mlle d'Arcy n'était plus une perdrix de l'année !

Ses vingt ans étaient loin, ainsi que ses trente ans. Même ses quarante ans étaient derrière elle. Quitterie était une femme mûre, sans mari ni enfants. Autrement dit une vieille fille dont la présence aux sauteries était maintenant grotesque. Elle pensait : Avoir un carnet de bal, c'est risible quand il s'agit d'une personne de mon âge.

L'âge, justement.

Le grand âge marchait vers la comtesse à pas de géants.

Le prochain compte rond serait le demi-siècle.

Cinquante ans : le début de la décrépitude. Soixante ans : la vieillesse. Soixante-dix ans : la faiblesse physique, l'infirmité de l'esprit. Et pour finir ce qu'elle appelait « le grand patatras ». Quand il se produirait, quel serait le bilan de son existence ? Avoir toujours été entourée du faste de l'opulence, ou avoir fait quelque chose de remarquable ? Laisserait-elle une impression durable ?

~~~

Annibal d'Arcy est inquiet de voir sa sœur de dix-huit printemps tomber dans une dévotion fanatique. Il fait venir au château un prêtre aux vues larges. Dans le secret de l'isoloir, Quitterie raconte qu'elle est sortie du couvent avec une mince instruction de demoiselle, mais une épaisse culpabilité. Elle s'en veut de décevoir sa famille en repoussant le mariage. Le curé la délivre de ses tourments en lui démontrant que la haine de soi n'est pas une foi. La religion peut être avenante comme un visage enjoué. Et vu qu'elle a les dents blanches et bien rangées, pourquoi ne pas sourire à la vie ?

La jeune fille maussade se mue alors en farceuse qui aspire à s'amuser. Elle qui a toujours eu du penchant pour Annibal se met à le chérir. Il faut dire qu'il est fort galant, fort joli et bon vivant. Avec lui, Quitterie pouffe en tous lieux. Elle embarrasse son père avec ses rires exagérés, malvenus lors de la communion eucharistique, ou pendant un opéra.
~~~

~~~

Pernette fait la connaissance d'un homme de dix ans son aîné. Il vient d'être embauché à l'Hôtel d'Angleterre en tant que garçon de restaurant. Il n'a pas son pareil pour vanter les vertus d'un grand cru bourguignon, ou disserter sur le menu du soir.

Est-ce sa cravate blanche rentrée dans sa veste ronde ? Ou est-ce sa chevelure plaquée à la pommade sur ses tempes ? Toujours est-il qu'elle se prend d'amour pour ce gars débarqué de la ville. En sa présence, elle est comme un chaudron de lait qui bout. Lui l'ignore. La jeune Croz en conclut qu'elle est laide comme une chenille, trop chétive, trop plate. Les nichons lui font défaut alors que les hommes ont l'œil dessus. Comment pourrait-elle se douter que ce type ne s'intéresse qu'aux femmes mûres ? Et riches. Depuis des années, ce gigolo se fait entretenir par des dames esseulées qu'il rencontre dans les hôtelleries de luxe.
~~~

7

Les occupations avaient beau être nombreuses à Genève, la comtesse s'ennuyait. Son quotidien la barbait alors qu'elle n'avait plus qu'une poignée de bonnes années devant elle avant le déclin.

— Je ne veux pas devenir une vieille encroûtée.

Elle parlait à sa bonne. Elle avait fait sa confidente de sa chambrière qu'elle surnommait « soubrette ». Leur entente dérogeait aux relations entre maîtresse et domestique. Elles étaient liées par la connivence des femmes célibataires vivant sous le même toit. Cela n'avait pas échappé à Annibal qui reprochait à sa sœur de trop la gâter : ne lui avait-elle pas rapporté de voyage un baril de miel ?

Jeanne-Alice ne répondit pas à sa patronne qui faisait les cent pas dans le vaste appartement. Elle se contenta de secouer la tête en signe d'approbation, faute d'avoir compris de quoi il retournait.

Prise dans une effervescence de pensées, la comtesse dirigea ses pas vers la bibliothèque où elle fouilla sa collection de livres. Et comme à l'accoutumée, la voix haute plutôt que la pensée intime :

— Mais où se cache JJR ? Ah, le voilà !

Elle tira Jean-Jacques Rousseau du rayonnage, feuilleta ses *Confessions* sur son voyage en Savoie. L'écrivain genevois évoquait la fascination qu'exerçait sur lui cette nature sauvage. La passion de Quitterie pour les paysages escarpés rendait ce texte plus éloquent pour elle que pour tout autre. Elle déclama son passage préféré :

— Il me faut des torrents, des rochers, des sapins, des bois noirs, des montagnes, des chemins raboteux à monter et à descendre, des précipices à mes côtés qui me fassent bien peur.

Les mots de Rousseau sonnèrent tel un chant mélodieux montant du livre, à la manière des opéras que l'auteur-musicien jouait devant la Cour. Plus loin dans le texte, il mentionnait un air chéri des Alpes que Quitterie affectionnait : *Le ranz des vaches*. Un sourire ému éclaira le visage féminin. Septante ans plus tôt, JJR avait pensé qu'elle viendrait ici le questionner sur son avenir, et que, ce jour-là, il lui répondrait avec sa sensibilité presque excessive. Qu'il lui dirait qu'elle devait faire quelque chose de grand pendant qu'il était encore temps. Le bonheur qu'éprouvait Rousseau dans ces régions montagneuses fit naître une folle envie dans l'esprit de Quitterie.

— Je dois faire quelque chose de ma vie. Quelque chose qui sort de la ligne.

Au lieu d'aller retrouver ses amis chez l'antiquaire, elle se rendit chez le libraire.

En fin d'après-midi, elle rentra avec des récits d'ascension du toit de l'Europe. Elle s'installa au milieu d'un sofa de soie verte, disposa les livres à côté d'elle. Un verre de limonade à portée de la main, elle se plongea dans les textes du comte de Tilly qui disait avoir avalé le Mont-Blanc pour se rafraîchir des gouffres de l'Etna, et de M. de Saussure, considéré comme le fondateur de l'alpinisme. Elle lut les traductions en français des lettres de John Auldjo, consul britannique à Genève qui fut le premier à clamer qu'il allait en montagne pour le plaisir, et du capitaine Markham Sherwill qui publia sous forme de lettres le récit de sa grimpée au Mont-Blanc dans la presse britannique deux ans durant. Ayant épuisé leur contenu, elle crut se délasser l'esprit en feuilletant un recueil d'historiettes véritables dont le titre l'intriguait : *Ces touristes qui scandalisent les montagnards.*

Et de tomber sur George Sand dès les premières pages !

Il faut dire que la romancière avait mené un beau tapage à Chamonix qu'elle avait arpenté un cigare aux lèvres et un amant au bras. Mlle d'Arcy laissa échapper un « Oh ! » d'épatement. Elle fut prise d'un sentiment dérangeant. Sans être véritablement de la jalousie, cela s'en rapprochait beaucoup.

Sept heures sonnèrent à la pendule en marqueterie d'écailles de tortue. La comtesse avertit qu'elle dînerait en tête à tête avec elle-même ; elle voulait passer la soirée à lire. Et tant pis pour son homme marié ! Ce soir, ce serait lui qui attendrait – une fois n'est pas coutume. Jeanne-Alice dressa l'unique couvert tandis que sa maîtresse dévorait les *Impressions de voyage en Suisse* d'Alexandre Dumas qui avait cheminé de Chamonix à Berne. Il relatait un drame authentique.

En août 1820, le Dr Hamel, conseiller d'État de Russie, est missionné pour faire des expériences sur les montagnes les plus élevées du globe. Il entreprend l'ascension du roi des Alpes avec une caravane chargée de matériel scientifique. Au réveil du bivouac aux Grands Mulets, le temps s'est gâté. Les guides jugent trop risqué de poursuivre, mais le diplomate veut monter coûte que coûte. Ils obtiennent que la caravane reste sur place une nuit de plus. Au matin, les conditions se sont détériorées. Les dix guides sont unanimes : il faut rebrousser chemin. Hamel frappe du pied, prononce le mot « lâches », exige que l'ascension reprenne. Les montagnards s'exécutent. Deux heures plus tard, le groupe est emporté par une avalanche. Trois guides sont manquants. Impassible, le docteur regarde les survivants sonder la neige. En vain : le glacier les a avalés. De retour au bourg, il échappe de peu à la vindicte populaire, fuit les lieux sans même avoir laissé quelque argent aux familles endeuillées.

Quitterie se posait la même question que Dumas : pourquoi ces hommes avaient-ils consenti à la domination d'un client qui ignorait tout des dangers de la haute montagne ? À cette interrogation, le guide-chef rescapé avait répondu :

Le docteur était un étranger. Nous étions à ses ordres ; notre temps et notre vie étaient à lui, puisqu'il les payait.

L'affaire avait préoccupé les pouvoirs publics, car le drame entachait la réputation de la vallée et entravait son développement touristique. La nécessité d'organiser le métier s'était alors imposée. La province du Faucigny avait présenté un projet de régulation auprès du ministre de l'Intérieur sarde. Il pointait les accidents attribués à l'obstination des étrangers à vouloir imposer leur autorité. En 1821, un Manifeste royal permettait la création de la Compagnie des guides.

La comtesse dîna de viandes froides en ressassant des idées avec lesquelles elle vivait depuis des années. Jeanne-Alice prépara du thé de feuilles d'oranger ; elle disposa un plateau sur le guéridon incrusté de palissandre. Sa maîtresse s'installa dans son fauteuil de lecture encadré de deux lampes Carcel en bronze doré. Ces lampes à huile, aussi fragiles que coûteuses, étaient munies d'une pompe mue par un système d'horlogerie qui assurait l'alimentation constante de la mèche. Elle but à lentes gorgées la boisson chaude. La nuit s'annonçait, mais le sommeil ne se manifestait pas. Elle survola le compte rendu d'Atkins, un étudiant crâneur revenu en vie après sa virée au Maudit en bonnet de nuit.

— Fanfaron d'Anglais ! pesta-t-elle. Vantard comme ceux de sa race ! Il devrait remercier ses guides de n'avoir souffert que de saignements de nez et de tournoiements de tête.

Néanmoins, ce récit lui donna à réfléchir. Si ce novice avait triomphé, une ascensionniste endurante comme elle pouvait y parvenir. Après tout, n'avait-elle pas gravi le mont Pelvoux ? Et la barre des Écrins, un fameux quatre mille ? Cette pensée encouragea la frénésie dans son esprit, avec cet étrange effet, à la limite de la douleur et de la joie. Quitterie réalisa qu'aucune émotion n'était comparable à celle qu'elle éprouvait en montagne.

En montagne, avec son guide.

Gabin… Elle avait maintes fois pensé à lui ces derniers temps.

Elle regarda par la fenêtre en s'étirant. On apercevait le Léman et, de l'autre côté de la rade de Genève, les feux sur les roches, destinés aux bateaux. Elle bâilla de fatigue, mais il y avait cette effervescence en elle qui la privait de sommeil. Cette fébrilité de la femme qui devient amoureuse.

Mais de quoi ? De qui ?

Du Mont-Blanc ? De Gabin ? Des deux ?

Du sommet, elle aimait la démesure. De l'homme, elle aimait le pas sûr du montagnard qui connaît chaque pierre du chemin.

Elle quitta son fauteuil, gagna le sombre de sa chambre à coucher. Elle se contempla en pied dans la psyché en acajou, sentit que la vie s'écoulait. Elle approcha son visage du miroir dans la demi-obscurité, y devina le flétrissement qui la guettait, tapi dans le temps qui passe. Bientôt, il gagnerait chacun de ses traits, changerait l'équilibre entre eux, durcirait ses expressions. Sa poitrine s'oppressa à cette idée. Elle aspira l'air avidement, aspira la pénombre. La nuit entra en elle par le souvenir de la descente du Jardin après la tombée du jour. Les sorties en pleine nature lui manquaient.

Gabin lui manquait.

Elle revoyait l'homme rassurant, les yeux intelligents, le sourire aux lèvres. Elle entendait sa voix chaude et grave. Rien que d'y songer, le cœur lui tapait dans les tempes. Elle qui s'était juré cent fois depuis ses vingt-cinq ans que plus jamais elle n'aimerait ! Elle qui l'avait écrit en lettres capitales dans son journal intime :

JE PROMETS QUE PLUS JAMAIS JE N'AIMERAI.

Jeanne-Alice approcha avec une théière d'eau chaude. Sa maîtresse ne remarqua pas sa présence. Depuis son retour de voyage, elle semblait absente. Avec le regard dans le vide.

De fait, Quitterie rêvassait. Elle était partie en l'air. Partie en montagne avec Gabin.

Elle marche derrière lui, voit son dos bien charpenté. Cette image lui procure un émoi particulier. Ses yeux se souviennent de ses cuisses musculeuses, parcourent à plaisir ses formes mâles que son imagination détaille avec volupté. Elle se demande pourquoi il a arrêté son geste quand il a failli lui prendre la main à l'hôtel. C'est de ce genre de geste qu'elle a besoin. Un geste spontané. C'est de ce genre d'homme qu'elle a besoin. Solide, tenace, endurant. Sans bavardage. Du genre pastoral, voire rustique. Son côté indéracinable, maître de lui-même, qu'il joue à fond ; ce n'est pas pour lui déplaire.

C'était déraisonnable, elle le savait. Et pourtant elle sentait qu'avec Gabin il se passait quelque chose de nouveau, d'inaccoutumé. Que l'ordre du monde était bouleversé. Ce gaillard n'était pas de son milieu, néanmoins ils se correspondaient. Ils avaient le goût commun de la nature, de l'effort, de l'aventure et de la plaisanterie. Cela créait entre eux deux, rentière et cristallier, une entente étroite. Et par-dessus tout, c'était un coureur de montagnes. Comme elle.

D'ailleurs, que faisait-elle en ville, si loin de son paysage de prédilection ? Pourquoi donnait-elle dans les étourdissements d'une frivole mondanité ? Elle n'était pas une arpenteuse de salle de bal, mais une marcheuse de terrain. De fait, elle était lasse de végéter des heures dans les tea-rooms. Lasse de s'enfermer chaque jour dans le cercle étroit de ses habitudes. Elle en avait assez de ce monde convenable, arrangé comme une maison de famille bien ordonnée.

Soudain interpellée par la voix d'un désir ancien, elle releva la tête avec un sentiment de fièvre. Devait-elle se résigner à vivre comme les siens parce qu'elle était née noble ? Devait-elle subir la tyrannie de l'âge qui forçait les femmes à rentrer dans le rang sans protester ? La réponse était non. Jamais elle ne finirait par acquérir cette espèce de fatalisme. Ce qu'elle avait toujours désiré, c'était une vie libre en plein air, comme quand elle était enfant. Ce qu'elle voulait par-dessus tout, c'était monter. Aspirer vers le ciel où l'on ne relève que de soi. Elle sentait qu'un grand projet la réclamait.

La jouvencelle intimidée au sortir du couvent ambitionnait aujourd'hui d'aller hors des limites. De toutes les limites. Elle devait rendre sa vie conforme à ses idées, conforme à son instinct d'indépendance et de liberté. Aujourd'hui, la comtesse était comme en exil à Genève. Alors que son pays natal était la France, elle avait l'impression que sa patrie, c'était lui : le Maudit. Elle rêvait de fouler ses neiges éternelles. De toucher la voûte céleste, de deviner la courbe de la Terre, et peut-être même d'apercevoir la mer. Elle désirait le Mont-Blanc ardemment. Elle voulait le prendre comme on prend un amant. Depuis le temps qu'elle y pensait sans oser se l'avouer. Cette fois, c'était décidé : il serait le point culminant de son destin.

~~~

Quitterie se rend au bal où elle retrouve Sixtine, une camarade de pension d'une adorable beauté – et dont le père est rédacteur de presse. Loin de faire tapisserie, la tendre comtesse est invitée à danser. Les jeunes gens usent de zèle envers ce beau parti. Ils s'inscrivent sur son carnet pour une contredanse assez vive appelée « anglaise ». En souliers blancs, elle tourne sur le parquet jusqu'à minuit. Les gants assortis, elle danse en silence, semant le désarroi chez ses cavaliers qui se battraient pour une parole d'elle.

Pour ainsi se taire, il faut être exaltée par un désir. Dans l'intimité de sa chambre, la demoiselle passe des heures devant le miroir à délier son pas en ouvrant les épaules. Elle espère celui qui osera s'inscrire sur son carnet pour cette danse qualifiée d'obscène par son ancien confesseur.
~~~

~~~

Le beau serveur qui convoite une vie dorée déchante au fil des mois. La clientèle de l'Hôtel d'Angleterre est surtout composée d'hommes, anglais de surcroît. Et les Anglais ont la particularité de n'avoir dans leur pays que des filles pour les servir. Le garçon de restaurant est une anomalie à leurs yeux. En outre, ce lovelace qui fait le joli cœur leur déplaît. Ils le trouvent trop empressé auprès des dames tandis qu'il se montre froidement servile avec eux. Ils lui préfèrent Pernette qui a lié amitié avec le célèbre Balmat – qu'elle surnomme le Victorieux.

Le gigolo finit par perdre ses illusions. Puisque aucune rombière ne se laisse séduire par ses mensonges, plus rien ne le retient. Envieux du mérite de la jeune Croz, il décide de lui laisser un souvenir avant de décamper. De quoi le venger de cette année de labeur inutile.
~~~

8

Quitterie d'Arcy sortit de la boutique du papetier où elle s'était munie, entre autres, de cartes de visite. Un soleil d'août s'abattait d'aplomb sur la devanture. La vitrine renvoyait une réverbération brûlante. Elle s'abrita sous son ombrelle de percale. Ses sous-jupes en crinoline se collaient à ses cuisses, la gênaient dans sa marche. Elle rentra chez elle, pressée de se mettre à la fraîche.

— Il n'y a rien de plus bête que de prendre le hasard pour guide ! s'exclama-t-elle une fois dans le vestibule de son appartement.

Elle souriait de toutes ses dents pour provoquer une réaction à ce mot d'esprit qui lui était venu dans la rue.

— Très juste, Mademoiselle ! approuva une voix aiguë.

Jeanne-Alice la débarrassa de son ombrelle, ferma la porte au verrou. Elle ignorait de quoi il retournait, mais elle savait combien sa maîtresse aimait être complimentée. La comtesse regretta de voir son bon mot tomber à plat. Tant pis ! Elle le renouvellerait à l'occasion.

À la papeterie, elle avait également fait emplette d'un calepin de notes. La couverture était du même bleu que les yeux de Gabin. Elle inscrivit un titre, au centre sur le premier feuillet :

Mémento d'ascension

Elle tourna la page avec exaltation, consigna son sentiment sans retenue. Elle avait gardé de sa jeunesse le goût du journal intime où elle notait les moindres mouvements de son humeur.

Hâte d'être rendue au plus beau jour de ma vie, quand je m'unirai enfin à lui.

Une personne qui lirait mon carnet penserait à un fiancé, se dit-elle. Et cette ambiguïté la fit sourire. Sur les pages suivantes, elle releva les précautions que le sexe fort avait négligé de prendre en altitude : se munir d'un voile vert contre la réverbération du soleil, s'enduire le visage de pommade contre les gerçures, ne jamais imposer sa volonté aux guides, s'encorder.

— La chose à faire ensuite est de constituer ma caravane.

Elle parlait toute seule, comme à son habitude.

Elle écrivit au président de la Compagnie de lui retenir une sizaine de porteurs robustes et autant de guides aguerris. Elle établit une liste sur laquelle figuraient Bourvil, Noiret, Blier, Villeret et Ventura – le marchand-naturaliste qui tenait le magasin *L'aventure*. Le nom de Gabin s'y trouvait également, précédé de son prénom : Jean. Ni au début, ni à la fin de la liste pour ne pas attirer l'attention.

Pour cette missive qu'elle jugeait urgente, Mlle d'Arcy fit quérir un messager exprès. Elle chargea le coursier de foncer à Chamonix, mais pas d'une traite. Il devait s'arrêter à Sallanches pour retenir une chambre à l'Auberge de Savoie. Lors de ses précédents voyages, la comtesse n'avait pu y dormir ; l'établissement était complet. Cette fois, ce serait différent. Elle allait faire comme M. de Saussure en son temps : partir de Genève, passer la nuit dans cette hôtellerie réputée et repartir à l'aube.

Dans la soirée, Quitterie réalisa qu'elle avait de nouveau posé un lapin à son homme marié – deux fois, est-ce une coutume ? Elle se coucha en pensant qu'elle avait usé une journée complète à organiser son expédition. Cela en valait la peine. Tout se présentait sous de favorables auspices. Hélas ! Le rêve qui suivit s'accorda mal avec ce sentiment. Elle n'avait pas fermé les yeux qu'elle se retrouva loin des rives abritées du Léman. Elle ignorait où, mais elle était probablement à une haute altitude car la végétation se raréfiait.

Vêtue d'une robe à crinolines bouffantes, elle marche sur un chemin large comme une route royale. Petit à petit, il se rétrécit. Mais c'est encore un joli sentier, semblable à celui de la Flégère. Puis le passage devient si raide qu'elle doit prendre appui sur ses genoux. Elle s'agrippe aux pierres qui bougent comme des dents prêtes à tomber, se retourne les ongles. Le jour décline. Gabin descend à sa rencontre. Malgré toute l'énergie qu'elle déploie, elle ne se meut vers lui que trop lentement. Ses pieds s'empêtrent dans ses jupes. Elle se racle les rotules sur la roche. Le guide lui tend la main, mais la distance qui les sépare s'allonge. Le chemin s'étire. Il n'y a plus qu'une ligne obscure à l'horizon. Elle a si froid qu'elle ne sent plus ses oreilles. Elle les attrape de ses doigts gourds, les pince pour y faire revenir le sang. Réveillée par la douleur, elle pousse des cris qui font venir sa bonne.

Et Jeanne-Alice de découvrir sa maîtresse à quatre pattes sur sa descente de lit, les tempes en sueur, les lobes d'oreille en feu !

— Saleté de robe ! grinça-t-elle à pleine bouche. Saleté de crinolines ! Saleté de robe à crinolines !

— Je crois que Mademoiselle a attrapé un mauvais rêve.

— Voilà des années que mes crinolines m'entravent les jambes ! Mais c'est fini ! Je vais les brûler !

Jeanne-Alice trouvait qu'elle raisonnait comme un tambour mouillé, mais elle savait aussi que la comtesse était impossible à tempérer. Même à genoux sur le tapis, elle restait la femme excessive qu'elle avait toujours été. Pour preuve, elle déchira sa chemise de nuit en se redressant d'un coup alors que ses doigts de pied étaient pris dans l'ourlet. Elle se rafraîchit les oreilles avec un linge humide tout en réfléchissant. Ses ongles accrochèrent le tissu ; certains étaient cassés. Elle reconsidéra ce cauchemar comme s'il eût pu revêtir un caractère prémonitoire.

— Je vais prendre conseil auprès d'un médecin qui saura me dire ce que le corps permet de faire.

— Bonne idée, Mademoiselle !

— Retournez vous coucher, ma soubrette. De grands préparatifs nous attendent.

~~~

Maintenant qu'elle est entrée dans le monde, la tendre comtesse jouit des plaisirs qu'il procure. Le jour, elle joue à des jeux d'adresse, donne des charades à deviner, compose des rébus. Le soir, elle se rend à des sauteries avec Sixtine, devenue sa meilleure amie. L'éducation de couventine jetée aux orties, toutes deux se muent en noctambules qui aspirent à rencontrer de beaux garçons. Ensemble, elles vont au grand bal dans un chiffonnage de tulle rose, au bal masqué dans une robe à capuchon, au bal blanc – bal de jeunes filles où la toilette immaculée est exigée. Quitterie d'Arcy passe sous silence qu'elle ne rêve que de valser. Son idée fixe est d'avoir pour cavalier le meilleur danseur qui ait jamais glissé sur un parquet ciré.
~~~

~~~

Le drame commence bien avant que le serveur ait invité Pernette à sortir se promener un soir d'été. Depuis le début, il sait. Elle est à sa merci. À l'instar de toutes les autres femelles, si l'occasion se présentait. Comme ce soir. Il n'a aucun mal à séduire cette pucelle attirée par lui de façon irrésistible. Et pourtant Balmat a mis en garde la fille Croz contre les ruses de ce type dont le regard fuyant ne lui dit rien de bon. Mais quand bien même la prudence a averti la servante de ce qu'il faut éviter, seul son cœur éperdu dicte sa conduite.
~~~

9

Un héleur de fiacre se chargea d'appeler une voiture pour la comtesse d'Arcy qui avait rendez-vous avec un praticien renommé. Elle traversa Genève en petite diligence. Un lourd soleil brûlait les rues. Elle avait ouvert son éventail pour se donner de l'air. Le cocher l'ayant bien menée, elle lui offrit pour boire à l'arrivée.

La place du Bourg-de-Four était rafraîchie par une fontaine du XVIe siècle. Un vase d'où jaillissaient des fleurs et un artichaut ornemental surmontaient son pilier central. Elle trempa ses mains dans le bassin, passa ses doigts mouillés sur son front. Elle regarda autour d'elle, remarqua la vitrine de la mercerie Jullien-Favre. Quitterie referma son éventail, enroula la lanière à son poignet, entra dans la boutique. Elle parcourut du regard les marchandises pour la couture, la confection et les travaux d'aiguille. Elle éprouva la solidité d'une toile, effleura la douceur d'un molleton, évalua la finesse d'une laine de mérinos. Une étiquette marquée d'un aigle retint son attention. Elle regarda de plus près. L'aigle avait le bec sur la gauche. L'emblème sarde ! Le sang qui la travaillait lui fit porter la main à son cœur.

— C'est une étoffe de choix, commenta la boutiquière. Elle est obtenue avec des laines vierges issues de moutons vivants.

— Où ces laines sont-elles récoltées ?

— Elles nous viennent de la bonne ville de Chamonix. C'est le célèbre guide Balmat qui a introduit les béliers mérinos là-bas. Vous avez sûrement entendu parler de sa victoire sur le Mont-Blanc ?

Quitterie appuya sur sa poitrine pour calmer son emballement. Cet aigle, elle l'avait vu sur la veste de Gabin. Brodé sur son col. Gabin... Sa nuque brunie. Cette seule image lui inspira le besoin sensuel de peloter cette laine souple, douce et chaude. Elle malaxa entre ses doigts ces poils soyeux qui fleuraient la nature sauvage et la bête domestiquée. Elle savoura cette voluptueuse impression animale, cette toison épaisse, si caressante à sa peau. Elle en était là de ses sensations tactiles lorsque la voix de la mercière la tira de ses pensées.

— Souhaitez-vous faire confectionner un vêtement ?

— Eh bien, oui ! Oui ! Absolument ! J'ai besoin d'une tenue en particulier. Je vais vous envoyer ma bonne pour des courses.

— Bientôt, j'aurai un choix de livres en plus du reste, annonça la femme avec un air fier.

Elle était originaire d'un village protestant aux confins du Dauphiné – maintes familles protestantes françaises s'étaient réfugiées à Genève après la révocation de l'édit de Nantes. Elle était portée sur la littérature et avait l'intention de transformer petit à petit son commerce en librairie, ayant remarqué combien les étrangers de passage en Suisse étaient friands d'ouvrages illustrés.

— Aurez-vous des récits de voyages aux Alpes ? s'enquit la comtesse.

— Certainement. J'ai passé commande de beaux livres de voyage. Le commis-marchand va aussi me porter des ouvrages sur les plantes des altitudes, le cristal de roche et l'or de la Mer de Glace.

— De l'or, dites-vous ?

— Il paraît que le torrent qui sort du glacier roule un sable chargé de parcelles d'or. Des orfèvres de Genève ont fait le déplacement pour l'extraire du lit de l'Arveyron.

— Je connais les lieux pour y être allée au début de l'été,

mais je n'ai pas entendu parler de cet or. D'où peut-il bien venir ?

— Il paraît que la voûte de glace cache un trésor visible seulement deux fois l'an. À la Noël et à la Saint-Jean, à l'heure de la messe. Ce serait l'eau du torrent qui arracherait des paillettes en passant sur les quilles d'or avec lesquelles les fées jouent dans la grotte le reste du temps.

— Voilà qui ressemble fort à une légende !

— Probablement, mais ça me fait bien rêver.

— Il faut dire que c'est une belle histoire, reconnut Quitterie.

— C'est la raison pour laquelle les gens aiment autant les livres. Ils leur racontent de belles histoires. Et peu leur importe de savoir si elles sont vraies, du moment qu'elles leur permettent de s'évader.

— Comme c'est intéressant ! Je vous promets de revenir quand je disposerai d'un temps suffisant pour chercher quelques bons ouvrages de littérature. Mais avant, vous aurez la visite de ma bonne.

La comtesse se dirigea vers la porte. L'heure de son rendez-vous était venue. Elle était attendue non loin de là, chez un praticien ayant une clientèle privée.

— À bientôt pour une plus longue visite.

— Au revoir, Madame.

— Mademoiselle.

Là-dessus, elle quitta le commerce sans laisser le temps à la mercière de rectifier l'idée préconçue qu'elle se faisait d'une femme mariée.

~~~

Par son mutisme, la fraîche comtesse décontenance tous ses cavaliers. À l'exception d'un danseur aux profonds yeux noirs. Lui, se sent attiré par les filles qui se taisent dans les soirées. Il pense que leur silence dit leur intelligence. Le fringant jeune homme s'empresse autour de la noble demoiselle, s'inscrit sur son carnet pour une valse tournoyante. C'est compter sans Annibal qui chaperonne sa cadette, comme à l'accoutumée. Parce qu'il veut être le premier, il invite aussitôt Quitterie à valser une mazurka. Mais elle s'en garde, retenue par l'appréhension déroutante d'un danger : l'attrait défendu que son grand frère exerce sur elle.
~~~

~~~

Le beau serveur prend la main de Pernette sur le chemin où ils font une promenade vespérale. Il l'invite à le suivre d'un sourire salivant. Elle y consent, ingénue. Elle n'a encore jamais suivi un homme. Le gigolo la regarde comme s'il attendait qu'elle parle. Alors elle dit qu'elle l'aime bien. Il pourrait répondre qu'il la déteste, mais il ne dit rien. Il colle ses lèvres aux siennes qu'elle garde closes, surprise par son haleine chargée d'alcool. Il appuie fort sur ses dents ; elle n'ouvre pas la bouche. Elle n'a encore jamais embrassé un garçon. La main masculine saisit sa mâchoire, la presse si fort qu'elle cède le passage à une langue fourrageuse. Après quoi, les choses vont vite.
~~~

10

Dans le cabinet médical, Quitterie écrivit *Comtesse d'Arcy de Beauséant* sur un bristol. Le médecin courut au-devant d'elle – les gens de nobles souches sont des patients qui n'attendent pas.

— Mademoiselle, usez de moi si vous pensez que je puisse vous être utile, dit-il en la faisant asseoir dans son bureau.

— Écoutez, docteur, quel motif m'a conduite ici.

Elle prononça tout un laïus pour instruire cet éminent généraliste de son affaire. C'était si imprévu qu'il en resta un moment interloqué tandis qu'elle agitait son éventail.

— Que voilà une équipée imprudente ! finit-il par dire sur un ton sentencieux.

— Non point ! s'exclama-t-elle en refermant son éventail d'un geste sec. J'ai réservé les meilleurs guides.

— À la bonne heure !

— Et je ne suis pas femme à risquer pareille expédition sans préparation physique.

Parce qu'une détermination inflexible illuminait le visage de cette dame notable, le Dr Rotule changea de ton. Il poursuivit la consultation sur celui de la conversation.

— Avez-vous fait choix d'une période ?

— J'espère ascensionner demain en quinze.

— Vous avez bonne envie, mademoiselle d'Arcy. Mais il est impossible aujourd'hui de prévoir le temps qu'il fera ce jour-là ! Au mieux, votre tentative aura lieu avant la fin de la période estivale. Au pire, il vous faudra attendre la prochaine saison d'escalade.

— Il n'y a que deux saisons dans les altitudes : la mauvaise et la passable qui commence début juin et ne dure qu'une douzaine de semaines. Ma course doit donc avoir lieu avant début septembre.

— Encore une fois, une telle entreprise vous fait dépendre des éléments. En imaginant la situation la plus défavorable, cela retarderait votre projet d'un an.

Patienter un an… Impensable pour Quitterie qui aurait alors quarante-cinq ans. Un âge où l'on n'a plus ses jambes de quinze ans.

— Vous auriez ainsi la possibilité de vous préparer, ajouta-t-il face au silence. Une excellente condition physique et une bonne météorologie sont les deux ingrédients de la réussite.

— J'ai choisi d'ascensionner sous quinzaine.

— À force de choisir, on prend souvent le pire. Il faut parfois laisser faire le hasard. La météorologie en fait partie.

— Il n'y a rien de plus bête que de prendre le hasard pour guide.

La comtesse attendit sa réaction avec un sourire malicieux, mais elle n'eut aucun succès. Elle fut déçue de constater que le praticien n'avait pas davantage saisi son mot d'esprit que sa domestique. À quoi cela servait-il d'avoir fait de brillantes études ?

Le Dr Rotule observa celle qui avait détourné la tête. Elle regardait par la fenêtre, comme résolue à ne plus entendre. Il prit la chose au sérieux – la famille d'Arcy de Beauséant avait des accointances très hautes. Il se racla la gorge, puis prodigua à sa patiente une série de conseils afin de satisfaire sa demande. Tout en lui parlant, il rédigea une prescription complémentaire sur une feuille.

— Il vous faut adopter une nourriture légère et rafraîchissante.

Recommandés : œufs frais, lait, poissons, marmelade. Déconseillés : crudités, salaisons, pâtisseries, confiseries.

— Cela s'entend, approuva Quitterie, revenue de sa bouderie.

— Les jours d'ascension, veillez à manger peu.

Ne pas boire de vin, mais du sirop d'orgeat. Fuir l'eau de neige qui donne une soif frénétique.

— Cela va de soi.

Le médecin ajouta sur l'ordonnance :

En cas de gel : boire de l'eau sucrée agrémentée d'eau-de-vie. En cas de respiration difficile : se taire.

— Si vous crachez du sang, il faudra renoncer à l'entreprise.

— C'est dans la logique des choses.

Le Dr Rotule pressa son tampon sur le papier filigrané. Par-dessus, il apposa sa signature. Sa patiente jugea d'un rapide coup d'œil l'écriture du médecin. Parfaitement illisible, comme il se doit, pensa-t-elle, rassurée par les pattes de mouche.

— Veuillez accepter les respectueux hommages que je suis heureux de pouvoir vous offrir directement.

Il vint au baisemain. Sa patiente lui livra ses doigts avant de sortir du cabinet. Elle s'en éloigna d'une centaine de pas et pénétra dans un passage appelé « les degrés de poules ». Cet escalier couvert devait son nom à ses marches aussi raides que les échelles des poulaillers. Construit en 1554, il menait de la place du Bourg-de-Four à la cathédrale Saint-Pierre, le plus grand lieu saint de Genève. Construit au IVe siècle pour le rite catholique, le monument était devenu un temple protestant. Il avait subi maintes modifications avec les guerres, les incendies et l'avènement de la réforme. La comtesse y entra, se signa. Elle avait gardé une âme chrétienne malgré les mauvais traitements endurés au couvent. En outre, elle aimait la démesure de ce sanctuaire aux quarante-cinq cloches.

Quitterie alla mettre un cierge à sa mère. Jamais remise de

ses couches, Louise de Carignan avait trépassé alors qu'elle-même n'était encore qu'une pouponne. Elle ne connaissait le visage maternel que grâce à un tableau réalisé par un peintre portraitiste où l'on voyait une très jeune femme, la bague au doigt et la chaîne au cou. L'immense toile trônait en haut de l'escalier principal du château familial. Son père s'arrêtait de temps à autre devant l'effigie où il marmonnait quelque chose sur un ton de reproche. Une fois, elle avait entendu : « Le vice coloré en vertu ! » Mais peut-être avait-elle mal compris.

Le comte n'évoquait jamais Louise devant sa fille qui ressemblait trait pour trait à la défunte. Quitterie aurait aimé qu'il lui raconte des anecdotes sur celle dont elle ignorait tout, ou presque. Depuis sa plus tendre enfance, elle vivait avec le sentiment irrationnel d'être la cause de sa mort. Avec la culpabilité d'avoir privé ses frères de leur mère. D'avoir enlevé son épouse à leur père.

~~~

La tendre comtesse s'apprête à danser sa première valse sous les regards scrutateurs d'un Annibal éconduit et d'une Sixtine envieuse. Le fringant cavalier entoure de son bras Mlle d'Arcy dont il a deviné les désirs secrets. Au comble de l'émotion, elle pose sa main sur son épaule. Ce soir-là, elle danse avec cet inconnu dont les grands yeux noirs sont encadrés de rouflaquettes peignées avec soin. Il valse à merveille dans sa redingote bleu irisé. Menée par lui, elle tourne jusqu'à l'étourdissement.

Quand la musique s'arrête, il la ramène à sa table, toute palpitante. Il se fait connaître en énonçant ses nom, qualité et titres dans les formes prescrites par l'usage. Parce qu'Eudes de la Froutte a osé l'entraîner dans un mouvement vertigineux, Quitterie sait qu'il va lui faire défaillir le cœur.
~~~

~~~

Le serveur pousse Pauvrette dans une grange à l'écart. Il la jette dans la paille, la manie à grands tours de bras. Ses hanches relevées par une planche sont plus hautes que sa tête. Dans cette position, elle ne peut guère bouger. Lui, débarrassé de sa belle chemise, est velu comme une bête. Il fixe la blondinette de ses yeux corbeau, renifle son odeur de chasteté, saisit son cou avec force. Elle hurle, mais c'est comme si elle n'avait pas crié, comme si personne n'avait entendu. Puis c'est la brusquerie de l'ogre, la rage dévorante pour cette chair frémissante, ce corps ignorant. Elle étouffe entre les mains moites qui la meurtrissent.

Il se relève d'un bond, se rajuste devant la jeune fille qui hoquette en se tenant la gorge. Et c'est la fuite. L'abuseur disparaît à jamais tandis qu'elle tremble de la tête aux pieds, la vertu outragée. S'il avait serré quelques secondes de plus, elle serait morte étranglée.
~~~

11

Le soleil dardait ses rayons sur le toit du fiacre qui ramenait la comtesse chez elle. Accablée par la chaleur, elle agita son éventail en repensant aux conseils du Dr Rotule. Elle s'attacherait à suivre ses prescriptions avec rigueur.

Sitôt franchi le seuil de son appartement, Jeanne-Alice lui servit une limonade rafraîchissante.

— Où en sommes-nous des préparatifs, Mademoiselle ?

— J'ai l'intention de me faire fabriquer un costume capable de réunir des critères de solidité, de chaleur, de confort et de décence.

— Comme c'est bien pensé !

— Voici l'adresse d'une excellente mercerie, place du Bourg-de-Four. Allez y ouvrir un compte sur lequel faire coucher mes emplettes. Dites à la boutiquière d'approvisionner mon confectionneur sans attendre. Au retour, passez chez mon apothicaire chercher cette lotion pour les yeux qu'on appelle eau blanche.

Sa bonne partie, Quitterie s'assit au bureau sur lequel il y avait une écritoire. Elle ouvrit Mémento – surnom qu'elle avait donné au calepin bleu. Elle y résuma sa visite chez le médecin, puis inscrivit :

Il est impossible d'escalader quoi que ce soit en jupes longues. L'ascension du mont Joly m'a prouvé l'embarras qu'elles causent.

Elle avait encore la sensation de ses jambes empêtrées dans ses jupons matelassés. Rien dans les vêtements féminins n'autorisait la moindre performance physique. Même une simple robe de nuit pouvait faire tomber d'un lit ! Le risque de culbuter les quatre fers en l'air démontrait l'intérêt de porter culotte. Et puis, la course au Jardin lui avait permis d'éprouver l'efficacité d'une tenue masculine.

Mais ce n'était pas tout.

Elle sentait bien que le pantalon apportait autre chose que le confort aux hommes. Il leur donnait ce qui était retiré aux filles dès leur plus jeune âge : la liberté d'agir à leur guise. Il offrait à la gent masculine ce qui était interdit aux femmes : la conquête, la compétition, l'effort physique, l'aisance corporelle. Une réalité que George Sand avait intégrée bien avant elle.

La comtesse poursuivit ses préparatifs pendant qu'une modiste, une couturière, un chapelier et un chausseur se démenaient pour réaliser son costume en un temps record. Elle logerait à l'Hôtel de l'Union. Son confort moderne et ses bains d'eaux sulfureuses captées à la source du Bouchet lui valaient une grande renommée. Il y avait une salle de billard, des salles à manger à chaque étage et la possibilité de dîner dans sa chambre à n'importe quel moment. Grâce aux vingt-deux employés, dont des sommeliers parlant plusieurs langues, elle y avait été parfaitement servie. Sauf sur un point : aucune femme de chambre n'y faisait un service continu auprès des dames. Elle ne referait donc pas l'erreur de voyager sans domestique.

Sur du papier portant son monogramme, l'aristocrate émit une demande de passeports au consulat, pour elle et pour sa bonne. En tant que Françaises, elles ne pouvaient entrer librement au royaume de Sardaigne. Puis, elle fit une pause pour finir sa limonade. Elle avait tout organisé avec minutie pour se donner le plus de chance de succès possible. Quitterie pensait qu'ainsi, rien ne s'opposerait à son projet. C'était compter sans ses proches.

~~~

Eudes de la Froutte fait une cour assidue à la jeune comtesse. Le jour, elle se promène à son bras avec un bouquet de violettes de Parme. Le soir, il l'entoure de gestes conquérants, transformant en jeu lascif les contacts physiques que ménage la valse. Une flamme rayonne autour d'eux, les signale entre tous. Ils tournoient comme des amoureux.

Quitterie s'estime chanceuse car elle se croit exempte de beauté. Malgré les compliments qu'il est d'usage de faire aux demoiselles – quelque laides qu'elles soient –, elle se trouve le nez épais, la figure joufflue, le cheveu tabac, la jambe grosse, les épaules sèches. Bien sûr, son cavalier a remarqué qu'elle n'a pas beaucoup de gorge. Mais ce manque est compensé par une promesse d'écus : sa dot est aussi rondelette que son décolleté est maigre.
~~~

~~~

Pour l'infortunée Pernette, il y a d'abord un état de prostration crispée, suivi par une fureur intérieure. Comme elle a été naïve ! Comme elle s'en veut de s'être laissé berner par de mauvaises promesses ! Pourquoi n'a-t-elle pas écouté Balmat ? Elle tait son infortune, travaille comme si de rien à l'hôtel où la disparition du serveur est un soulagement tant il était peu apprécié par la clientèle. Mais on a beau enfouir son malheur au plus profond de soi-même, la colère resurgit parfois.

Un jour que la jeune fille réceptionne le lait livré pour le déjeuner, un chaton se faufile dans la cuisine. Elle veut le chasser, mais le petit affamé se dresse contre la jatte qu'il manque de renverser. Le coup de pied part malgré elle. Touché au menton, le minet la regarde avec, dans les yeux, un effarement qui lui flétrit le cœur. Pauvrette se laisse tomber sur un tabouret. Des larmes coulent sur ses joues. Sans sanglots. Ses pensées tourmentées ne lui donnent plus que des images hideuses et angoissantes.
~~~

12

Un messager exprès envoyé de Genève arriva à la Compagnie où il remit au président un pli cacheté. Il attendrait la réponse devant le local, assis sur le banc extérieur où il prendrait du repos. Les six montagnards dont les noms figuraient sur la liste reçue furent réunis promptement. Dans sa missive, la comtesse d'Arcy expliquait qu'elle viendrait à la fin du mois pour ascensionner.

Avec vous comme guides et de bons porteurs, j'ambitionne d'être la première femme à atteindre la sommité du Mont-Blanc.

Elle espérait que les hommes concernés se tiendraient disponibles pour cette entreprise qui nécessitait les meilleurs d'entre eux. Elle était prête à leur verser une avance via le messager, le reste une fois l'ascension effective, pour un total assez rondelet.

— Si je comprends bien, dit Bourvil, la duchesse voudrait être la première à traîner ses jupes sur la taupinière blanche.

— Comtesse, pas duchesse, rectifia Gabin.

— Elle s'y prend un peu tard, fit remarquer Villeret.

— Les princesses, ça se fait toujours attendre, médit Blier.

— Comtesse, pas princesse.

— Tout de même, elle a pas l'air de savoir de quoi elle cause, intervint Ventura. Faudrait peut-être qu'on lui explique.

— Qu'on lui explique quoi ? demanda Noiret. Que même quand on est riche comme un crésus, on n'obtient pas toujours ce qu'on veut ? Si on fait ça, on n'aura pas l'argent, et moi j'en ai grand besoin.

— Moi aussi, reconnut Bourvil.

— En dehors des sous, je ne sais pas si une tourterelle élevée dans la ouate, ça peut grimper, s'inquiéta Blier.

— J'ai des doutes aussi, admit Noiret. Je la crois plus habituée à marcher sur les tapis des salons.

— Elle y arrivera, dit Gabin. Elle crapahute comme un chamois.

— Tu es bien sûr de ça ? interrogea Ventura. On a déjà vu des grands messieurs faire demi-tour.

— Elle est montée au Jardin comme si de rien. Et elle paye bien.

Ce dernier argument emporta l'assentiment du groupe, car personne n'aimait quand un client marchandait. Les pires dans ce domaine étaient les Anglais qui reprochaient aux autochtones de mettre un prix élevé au plus léger service. Avec cette course, il y aurait du travail non seulement pour les guides, mais encore pour les porteurs et les loueurs de mulets. Tous avaient des familles à charge.

— Que son altesse vienne ! s'égaya Blier.

— Qu'elle vienne ! renchérit Ventura. Comme ça, on pourra partir à l'aventure avec une femme.

— Ça nous changera de ces lourdauds de bonshommes, rit Bourvil.

Tout le monde se gaussa, sauf Gabin qui rêvassait. Et pourtant, il avait le cœur gai, voire chaviré, car il allait bientôt revoir Mlle d'Arcy. Depuis qu'elle avait quitté Chamonix, il avait du vague à l'âme le jour, et passait ses nuits dans des rêves enivrants.

Le messager exprès reçut un coup à boire en même temps que la réponse favorable. Avant de repartir à Genève, il remit au président de la Compagnie une avance à distribuer aux guides qui n'en revenaient pas de cette aubaine inespérée.

— C'est bien la première fois qu'on nous paye avant d'avoir rien fait ! s'enthousiasma Villeret.

— Allons fêter ça ! lança Noiret.

Tous se rendirent au Cabaret de l'Aigle. Dans la chaude atmosphère du débit de boissons, entre les chants des compagnons qui choquaient leurs verres, Gabin sentit fondre sa mélancolie. Ces temps derniers, Quitterie occupait toutes ses pensées, même s'il était illusoire d'espérer une relation d'amitié, voire de tendresse. Après tout, il n'était qu'un cristallier qui faisait le guide pour subsister. Pourtant, elle lui manquait. Leurs sorties lui manquaient. Et ses rires aussi. Ses rires inattendus, immodérés auxquels les sommets répondaient en écho jusqu'à rendre la montagne joyeuse. Comme il avait aimé accompagner cette femme hardie sur les pentes alpines !

Ce soir, il avait le sourire à la bouche. Non seulement la comtesse ne l'avait pas jeté dans les oubliettes, mais encore elle le voulait à ses côtés pour affronter le Maudit. Et si elle lui faisait l'honneur de désirer de lui quoi que ce fût, rien d'autre n'eût compté au monde. En cet instant, tous ses tourments étaient fondus comme neige au soleil par l'espoir du revoir si proche.

Quelques heures plus tard, dans l'obscurité de sa chambre, il convoqua son image comme il le faisait chaque nuit. Il voyait la noble châtaine telle qu'elle était : le visage rond, les prunelles grises, les dents brillantes, le cou long, le teint frais, la taille bien marquée. Sa silhouette rêvée faisait ses délices. Il ne pouvait s'empêcher de la désirer peu à peu. Plus que n'importe quoi.

~~~

En présence de M. de la Froutte, Quitterie est silencieuse comme une église. Les seuls sons qu'elle parvient à émettre sont les battements de son cœur emballé. Vu qu'Eudes s'est officiellement déclaré, elle suit les conseils reçus lors de la préparation au mariage. Au résumé : faire patienter le mâle en acceptant de se livrer à des polissonneries, sans se laisser déflorer pour autant. Elle lui permet donc de caresser, à travers la soie de son corsage, ses seins de jeune fille prête au pelotage. Chavirée par ces gestes de familiarité qui les rapprochent plus que des baisers, elle en oublie de se préoccuper du reste.

La demoiselle délaisse ainsi son frère et sa meilleure amie qui se retrouvent sans compagnie. Grave question de préséance pour Annibal dont la sœur chérie a choisi un autre que lui pour ouvrir le bal de sa vie. Grave question de trahison pour Sixtine, aussi loyale à ses amitiés que tenace dans ses rancœurs.
~~~

~~~

Pernette se réveille un matin avec la poitrine insolente. Deux monticules tendent le tissu de son caraco. Elle se palpe à se faire mal aux mains. Des nichons lui ont poussé pendant la nuit. De gros nichons. Elle, qui en rêvait, les trouve maintenant trop volumineux.

Elle voudrait en parler à quelqu'un, dire qu'il se passe quelque chose, que son corps se comporte de façon étrange. Dommage qu'il n'y ait personne avec elle, car elle voudrait poser des questions sur ce changement. Alors elle demanderait : D'où sortent ces nichons ? Pourquoi dépassent-ils la mesure ? Vont-ils fondre au printemps ? Elle voudrait tout savoir. La jeune Croz aimerait interroger ses sœurs, mais elle ne les a pas revues depuis qu'elle a été placée. Elle pense à sa mère, toutefois elle la craint. Pourvu que sa patronne ne s'aperçoive de rien ! La situation est grave : les hôtels ne gardent jamais les filles dont la pureté est corrompue. Pour être mère, il faut être mariée.
~~~

13

La comtesse essayait de définir ce qu'était ce sentiment de vide qu'elle éprouvait. Puis elle comprit : du désenchantement. Elle ressentait une profonde déception doublée d'un irrépressible agacement. Depuis qu'elle avait annoncé son ambition, c'était un véritable défilé à Genève. Des proches et des connaissances accouraient de partout : Lausanne, Gex, Bourg-en-Bresse, Lyon, Paris. Même son homme marié était présent – depuis qu'elle lui avait posé deux lapins sans aucune explication, on le sentait inquiet. Annibal avait fait le déplacement également, au contraire de ses autres frères.

Quelques semaines plus tôt, elle était revenue de son séjour à Chamonix avec cette idée folle à l'esprit : mettre ses pas dans les pas de Balmat. Elle voulait marcher dans les traces de ce pionnier, devenir à son tour une pionnière. Or sa parentèle s'entassait dans son salon pour la dissuader de commettre pareille folie. Gronderies, sinistres présages, reproches et même leçons d'anatomie intime. Tout y passait.

— Les organes de la femme ne peuvent tolérer une telle pression sans risquer une stérilité, lui asséna une cousine éloignée.

Cette menace parvint presque à amuser Quitterie, vu qu'elle avait passé sa jeunesse à éviter les grossesses. Si elle avait su, elle aurait gravi le plus haut sommet du monde à l'adolescence pour pouvoir ensuite faire l'amour sans risque. Comme un homme.

— Que m'importe de devenir stérile ! Croyez-vous que les poules de mon âge se mettent à pondre ?

— Parlons-en de votre âge ! jeta son cousin germain. À quarante-quatre ans, c'est pure folie ! Pourquoi ne pas travailler à votre herbier, ou chercher des objets pour votre cabinet de curiosités ?

Elle repensa à ces merveilles exotiques qu'elle collectionnait : coquillage de Bornéo, éventail en bois de santal, kawa – un poivrier de Polynésie. Ces occupations, dont elle avait autrefois raffolé, l'avaient lassée.

— Aujourd'hui, herboriser m'ennuie.

— Vous serez encore plus ennuyée quand vous reviendrez enlaidie, vos ourlets d'oreilles noircis par le gel et vos yeux rendus aveugles par le ricochet du soleil sur la glace.

La comtesse n'en revenait pas de l'arrogance de son amant.

— Cela n'arrivera pas, car je me fais fabriquer un costume spécialement étudié pour…

Une portraitiste à la mode l'interrompit :

— Vous avez tort d'exposer votre vie alors qu'aucune raison ne vous y oblige. Le comte de Tilly a eu les jambes gelées en voulant planter le drapeau de la monarchie sur le Mont-Blanc.

Quitterie écarquilla ses yeux tout rond face à cet esprit de fronde. Seul Annibal se gardait d'intervenir. Cigare aux lèvres, il affichait un visage d'indulgence.

— N'avez-vous donc jamais entendu parler du drame de la caravane Hamel ? la blâma son voisin d'à côté.

— Votre exemple est mal choisi, rétorqua-t-elle. On sait aujourd'hui que le Dr Hamel est en tout point condamnable. C'est à cause de lui s'il y a eu des morts.

— Pas du tout ! Ce sont les guides qui sont responsables du bon déroulement des expéditions. Ils sont payés pour assurer la sécurité des cordées.

Elle fronça le sourcil, car elle tenait de Gabin que les choses n'étaient pas aussi simples. Malgré le règlement, les guides peinaient à s'imposer quand la sécurité l'exigeait. La menace de les priver de salaire s'ils ne conduisaient pas leur client au sommet les faisait parfois poursuivre les ascensions, quand bien même la prudence leur dictait de renoncer – tous avaient du mal à joindre les deux bouts.

Elle tenta d'expliquer ses raisons à ces visages sévères et réprobateurs. Elle s'était prise de passion pour le Mont-Blanc et refusait de laisser à une Anglaise l'honneur d'y poser son pied en premier. Il en allait de la fierté de la France. Mais elle avait beau dire et beau faire, rien n'y faisait. En dehors de son frère, tous essayaient de la raisonner, de la convaincre de plutôt faire un voyage d'agrément. Beaucoup plus convenable pour une dame de son âge et de son rang.

— La Toscane, proposa la peintre. La lumière y est merveilleuse.

Si ses proches pouvaient concevoir pourquoi la comtesse avait le désir d'échapper à l'usure dégradante de la vie, ils comprenaient mal comment elle pouvait se complaire dans cette société montagnarde aussi rustre qu'inculte.

Il y avait aussi ce que certains pensaient tout bas...

Mlle d'Arcy ne vivait plus que pour son dangereux dessein. Cette conduite précipitée et irréfléchie n'était-elle pas typique des hystériques ? Avaient-ils côtoyé tout ce temps, sans le savoir, une malade ? Certes, elle s'était toujours comportée de manière un peu folle. Seulement là, elle avait l'air d'une toquée sur le point d'avoir sa crise. Sa crise de gloriomanie, cette manie de la gloire. Une crise fréquente chez les femmes vivant mal le retour d'âge.

Au début, ce défilé d'amis amusait Quitterie. Mais aujourd'hui, le temps était à la pluie et elle n'avait la force que d'un sourire contrit. Leurs arguments, c'était justement tout ce qu'elle détestait. Tout ce qu'elle redoutait. Devoir faire comme les autres : se ranger, se taire. Parce qu'elle était née fille, parce qu'elle était de sang noble, parce qu'elle se situait au mitan de la quarantaine.

— Inutile d'insister ! Ma décision est prise.

Elle fit un signe de la main et Jeanne-Alice entra aussitôt dans le salon avec des petits-fours et de l'orangeade. Annibal observa la bonne. Il n'y aurait pas prêté plus d'attention qu'à un meuble s'il ne la trouvait trop proche de sa sœur. Noire de cheveux, mat de peau, petit gabarit. Elle avait la gorge en balcon, la vivacité d'une souris. Elle épiait jusqu'au moindre mouvement de sa maîtresse. Et justement, elle voyait que la comtesse était lasse. Ses débats avec ses familiers l'avaient vidée. Pourtant, ils la connaissaient bien. Ils savaient qu'elle cherchait en permanence à découvrir, à apprendre, à savoir. Qu'elle avait toujours voulu voir les choses par elle-même. Dans le cas présent, elle désirait contempler une des plus grandes scènes de la nature. Et il y avait une raison à ce désir brûlant, une raison qu'elle appelait « musée intérieur ».

~~~

Quitterie n'ose guère prendre la parole en public, inhibée par la trop mince instruction de demoiselle reçue au couvent. Désireuse de pouvoir soutenir une conversation avec des gens instruits, elle voudrait lire ce que les censeurs nomment « livres de controverse ». Autrement dit, des textes faisant polémique autour de la religion, de la politique, de la procréation, de la faiblesse du psychisme féminin. Elle veut comprendre pourquoi on dit des femmes qu'elles sont dominées par leur matrice.

La faute à Annibal qui cherche à impressionner sa sœur avec des sujets tabous. Il mentionne souvent le nom des agitateurs dont on parle dans les salons parisiens, tel Malthus, ce prêtre anglican qui préconise de faire moins d'enfants. Leur paternel s'imagine qu'il suffit de ne jamais parler des choses de l'amour devant les jeunes personnes pour les en éloigner. Mais la tendre comtesse se demande en quoi consiste l'œuvre de chair précisément. Surtout depuis que le sang monte à la tête d'Eudes quand il songe à la bagatelle. Jusqu'où peut-elle le laisser pousser ses initiatives polissonnes ?
~~~

~~~

La jeune Pernette craint le pire. Si quelqu'un s'aperçoit qu'elle est grosse, elle sera congédiée. Un renvoi de l'hôtel signifierait perdre en même temps le toit, le repas et l'emploi. Impensable pour celle qui soutient financièrement sa famille. Sans parler du déshonneur. Ne sachant que devenir, la fille aux mains rougies pense qu'elle n'a que Balmat. Son ami, de seize ans son aîné, qui est si bon, qui se comporte en père. Le Victorieux, qui comprend si bien.

Maintenant, tout s'oriente vers cette lueur d'espoir que cette relation amicale a introduite dans son existence. Quand bien même sa décision d'aller voir le guide devrait-elle la conduire à une gronderie, Pauvrette préfère tout risquer et tout perdre pour lui en parler.
~~~

14

Un musée intérieur.

Voilà ce que la comtesse d'Arcy avait dans sa tête.

Un lieu de l'esprit dont les murs s'ornaient de souvenirs prenant la forme de tableaux. Un endroit imaginaire qu'elle bondait de merveilleux au fil du temps. Car elle était passionnée par le beau. Et quand il se présentait devant ses yeux, elle le faisait entrer dans sa collection privée. Évidemment, son musée intime était source de raillerie. En dehors d'Annibal, tous trouvaient cocasse de voir des êtres aussi loufoques que Quitterie dont les lubies d'enfant gâtée n'étaient mesurables que par la risée générale.

Voici donc ce qu'elle allait chercher au sommet du Maudit : une image à la démesure de cette montagne et de l'effort à fournir pour y parvenir. Un souvenir assez puissant pour lui rester en mémoire quand l'âge l'empêcherait d'en récolter d'autres. Un beau mémorial qu'elle pourrait visiter à loisir quand son corps la lâcherait. La visserait à son fauteuil. Cela arriverait un jour ou l'autre. Vite. Trop vite peut-être. Aussi devait-elle se hâter de faire sa grande chose, car, dans une poignée d'années, elle aurait un demi-siècle. Pourquoi était-ce si difficile à comprendre pour ses proches ? Pourquoi faisaient-ils des difficultés alors qu'elle ne leur demandait rien ?

La comtesse soupira de lassitude.

À quoi s'attendait-elle ?

À ce que les femmes la comprennent parce qu'elles étaient

du même sexe ? À ce que les hommes la soutiennent parce qu'ils étaient dans son cercle, tel ce type marié à qui elle avait donné plusieurs de ses belles années ? Néanmoins, elle avait espéré ce soutien.

De façon naïve, visiblement.

Annibal attacha ses regards sur sa sœur dont le visage s'était assombri. Elle fit quelques pas, alla se poster à la fenêtre, l'esprit engourdi par sa réflexion introspective. La pluie formait de longues traînées sur la vitre à la manière des barreaux d'une prison. Un ciel d'ardoise absorbait la lumière du Léman sans la refléter. S'il pleuvait à Genève, il neigeait sur le Mont-Blanc. Elle regarda du côté des crêtes quand bien même elle n'y pouvait rien voir.

Autour d'elle, ses proches avaient changé de sujet. Ils parlèrent du mauvais temps, puis la politique prit le dessus. Quitterie eut alors une impression affreuse. Aucun n'envisageait réellement qu'une quadragénaire pût risquer ainsi sa vie. À ce moment-là, elle eut pour eux un certain dédain. Ce dédain que les femmes confiantes dans leur destin ont à l'égard de ces amis qui ont jugé avant même d'écouter.

— Quelle barbe, mon Dieu ! Quelle barbe !

Elle avait dit cela sur un ton de reine mal élevée.

Obéissant à une impulsion soudaine, elle pria tout le monde de la laisser, y compris son amant – cela ne l'amusait plus d'amuser un homme marié. Jeanne-Alice raccompagna ces êtres à la mentalité étriquée sur le palier. Seul Annibal fut autorisé à rester.

~~~

Le comte d'Arcy oppose un refus à son unique fille. Les livres de controverse sont hors de son âge, hors de ses capacités. Ils ne font pas partie du bagage littéraire de la demoiselle noble à l'aube de sa vingtaine. À l'homme la pensée, la force, la pondération, la raison. À la femme l'humeur, la faiblesse, la reproduction, la maison.

Avec cela, le curé se plaint d'elle à sa seigneurie. La rosière prie mal et n'observe pas le jeûne alors que Pâques approche. L'aristocrate juge que la jouvencelle est fort indocile. Comme il est coupable de ne pas l'avoir sévèrement dressée ! La faute à son épouse qui l'a laissé seul avec quatre enfants – pourvu que la fille ne soit pas pareille à la mère ! Pour détourner l'esprit de Quitterie, il lui conseille de tenir un journal intime où elle notera les événements de sa propre existence. Sans impudeur, cela va de soi. Seule la vertu donne de la beauté aux pucelles qui ont de la naissance.
~~~

~~~

Un soir, après son service, Pernette gagne le hameau des Pèlerins. Chez Balmat, elle ne trouve personne. Le guide est parti dans ses montagnes après avoir appris le décès de Victor-Amédée III – qui l'avait gratifié d'un titre honorifique et d'un écu. Le souverain est mort de chagrin suite à la signature de l'humiliant traité de Paris. Napoléon Bonaparte a mis à genoux le royaume de Sardaigne, rabaissant ce roi à qui l'on doit l'abolition des péages en Savoie, les digues le long de l'Arve et du Rhône, et l'Académie des sciences de Turin. La blondine repart, morne et abattue. Elle sait que, quand son ami est dans les hauteurs, il ne faut pas s'attendre à le voir revenir de sitôt. La fille Croz est une fille perdue.
~~~

15

Sitôt donc que la porte se fut refermée sur ses visiteurs, la comtesse laissa paraître tout l'agacement dont elle était agitée.

— Quels rabat-joie que nos amis !

Son frère l'attira sur une causeuse.

— Allons, Quittie, contrepesa-t-il en laissant éteindre son cigare. Raconte-moi ce qui te chagrine ainsi.

Il l'avait appelée par son petit nom, comme quand elle était enfant. Il était passé du vouvoiement au tutoiement. Il avait l'habitude de lui dire « vous » devant des tiers et « tu » dans l'intimité, comme un mari avec sa femme.

— Je ne trouve personne autour de moi pour approuver mon projet. Or il m'importe autant de le mener à bien qu'il importe aujourd'hui à la pluie de tomber.

— Je t'approuve, sœur chérie. Et je te le prouve.

Il déposa son cigare dans le cendrier en forme de coquille Saint-Jacques supportée par un dauphin dressé. Il tira avec précaution de sa veste un pli portant le cachet du consulat. Elle l'ouvrit sans attendre. À l'intérieur se trouvait une lettre à en-tête visée par l'administration sarde.

— Mon passeport ! s'illumina-t-elle. Comment l'as-tu eu ?

— Ayant appris que je te rendais visite, M. le Consul de Sardaigne me l'a fait passer avec celui de ta bonne. Te voilà libre de voyager à ta guise ! Plus rien ne peut empêcher ta glorieuse entreprise.

La comtesse embrassa avec une certaine affection ce compagnon de vie, de deux ans son aîné. Annibal, son modèle, sa fierté. Le même caractère fantasque. Son confident, son complice. La même liberté de ton, les mêmes idées extravagantes, les mêmes rêves insensés. Aussi imprévisibles l'un que l'autre. Son frère, qui l'avait toujours soutenue et qui l'encourageait aujourd'hui encore. Jamais il ne la contrariait, espérant que Quitterie demeurerait toujours une femme caressable.

— J'aurais voulu t'accompagner, assura-t-il. Mais le début des récoltes approche et j'ai beaucoup à faire au domaine.

Sans passer pour considérable, la fortune familiale était notable. Des plus sûrement établies.

— Tu fais un remarquable gentleman farmer.

Il s'esclaffa en entendant ce vocable emprunté à une autre langue :

— Voilà un titre qui me plaît fort !

Elle se montrait reconnaissante envers celui qui lui permettait d'échapper à ses obligations de demoiselle du château. Elle lui devait de pouvoir aller librement par monts et par vaux.

— Dieu ! Que je suis heureuse ! Je vais emporter l'alpenstock que tu m'as offert. Je l'ai déjà planté au glacier des Bossons, au Jardin de Talèfre, à la Mer de Glace et à Tête noire. Il ne manque que le Maudit.

Annibal avait choisi pour elle un long bâton muni à sa base d'une pointe de fer, et à l'opposé d'une cordelette pour faciliter sa prise. L'objet en frêne, surmonté d'une corne de chamois, dépassait de beaucoup sa propriétaire avec ses six pieds. On pouvait y lire, gravé dans le bois, le nom de toutes ses précédentes ascensions.

— Quand pars-tu ? s'enquit-il soudain.

— Le 5 septembre.

— Tu devrais revoir la date.

— Pourquoi cela ?

— M. le Consul m'a dit qu'il avait visé les passeports de neuf Anglais préparant l'ascension du Mont-Blanc.

Il n'en fallut pas plus à Quitterie pour avancer son départ. Elle n'allait tout de même pas laisser des Anglais s'accaparer les meilleurs guides. Quelle déconvenue s'ils venaient à engager Gabin !

~~~

La jeune comtesse va à confesse pour calmer le mécontentement paternel et sauver les apparences. Mais en catimini, elle se lance à la recherche de la connaissance qui lui fait défaut pour être admise dans les salons littéraires que fréquente son frère – Annibal possède à Paris une résidence secondaire.

Comme elle aimerait être invitée chez les salonnières ayant assis leur réputation dans le monde, telles Juliette Récamier, Delphine de Girardin ou Virginie Ancelot. Leurs réunions mondaines sont le passage obligé des meilleurs écrivains, peintres et musiciens : Balzac, Stendhal, Liszt, Hugo, Sand, Dumas, Mérimée, Delacroix, Musset. Tous amateurs de bel esprit.
~~~

~~~

La fille Croz est catastrophée. Elle ne sait à qui confier cette vérité compromettante : bientôt, elle sentira le crime s'agiter en elle. Bientôt, elle mourra de misère et de honte alors que l'ignoble abuseur se promène à la recherche d'aventures lucratives.

En dernier recours, Pernette se rend au hameau du Bourgeat où une femme vieille comme les chemins sait parer au plus pressé. L'Ancienne lui prépare un mélange destiné à exciter les menstrues : armoise des Alpes, achillée, absinthe, angélique. Elle ajoute de la sabine, ce genévrier aux rameaux toxiques connu pour sa puissance abortive. La minutie du dosage est déterminante ; sa consommation a donné lieu à maints empoisonnements.
~~~

16

Quitterie d'Arcy envoya un messager exprès à Sallanches pour prévenir l'Auberge de Savoie : son arrivée était avancée. Puis elle aligna toutes affaires – autrement dit, elle rédigea son testament en cas d'accident mortel qu'elle appelait « dégringolade » en plaisanterie. Cela fait, elle commanda à sa domestique de préparer les effets qu'elle emporterait en voyage. Jeanne-Alice s'exécuta ; au fil des jours, elle était devenue l'ouvrière la plus active du grand projet de sa maîtresse.

— Ouf ! lâcha la bonne en déplaçant une malle de bois à couvercle bombé.

Elle y enferma un tartan servant de plaid, une pendule de voyage, un oreiller en gomme élastique se gonflant au souffle et deux paires de souliers imperméables à crampons – l'une avec guêtres, l'autre trop grande au cas où les pieds enfleraient. Elle plia des pantalons en laine écossaise, une blouse de la même étoffe, une pelisse fourrée pour dormir, des serviettes en flanelle. Elle rangea le tout dans des valises de cuir.

— Ouf ! expulsa-t-elle en montant à deux genoux sur un bagage qui refusait de fermer.

Dans un sac à soufflet, elle glissa des bas de laine et de soie, des gants de tricot et un bonnet de fourrure noire bordé d'un voile vert. Le bagage à main contenait un flacon d'Eau admirable de Cologne et une fiole d'eau blanche. Elle y ajouta une boîte de pommade au concombre et du kawa – en poudre à respirer pour éviter l'évanouissement et sous forme de liqueur pour faire taper le cœur. Elle compléta les accessoires d'un miroir, d'un éventail, d'un frottoir pour se brosser les jambes en cas de démangeaisons causées par la marche. Un cabas muni de poches réunissait un canif, une cafetière à l'esprit-de-vin pour faire du thé, une flasque d'alcool, un briquet fulminant, une montre à secondes sautantes pour compter les pulsations.

— Ouf !

La comtesse regarda sa chambrière qui s'épongeait le front.

— Qu'avez-vous donc à pousser des « ouf ! » à tout bout de champ, ma soubrette ?

— C'est que votre costume d'ascension pèse son poids, Mademoiselle.

— Onze kilos, exactement. Mais ce n'est pas vous qui allez le porter, c'est moi.

— J'ai peur que vous soyez épuisée dès la fin du premier jour, avec cette enclume sur les épaules.

— C'est pourquoi je ne le revêtirai que le deuxième jour. Je partirai de Chamonix en tenue féminine. Les porteurs se chargeront d'acheminer mon costume que je passerai avec votre aide lors de la halte à Pierre-à-l'Échelle. J'enfilerai les accessoires au bivouac des Grands Mulets. Ah, j'allais oublier ! Prévoyez une tenue de grande dame pour la cérémonie où l'on célébrera ma réussite. Car je reviendrai victorieuse, soyez-en assurée !

— À n'en pas douter, Mademoiselle.

Jeanne-Alice sentait que c'était son devoir de soutenir sa maîtresse. Celle-ci espérait bien faire impression sur le curé qui viendrait bénir sa caravane, ainsi que sur le syndic, le notaire et les hôteliers. Et aussi les journalistes et les gazetiers qui ne pourraient manquer un tel événement maintenant qu'elle avait fait savoir à ses relations dans la presse l'exploit qu'elle s'apprêtait à accomplir. Sans compter les curieux, assurément nombreux. Cette première féminine attirerait une foule de gens, à n'en pas douter.

La femme de chambre fila comme une souris jusqu'au riche vestiaire de sa patronne. Ne sachant que choisir dans l'armée des robes, elle sélectionna la tenue la moins chargée d'ornements, faute de place dans les bagages.

~~~

Annibal procure en cachette à sa cadette des ouvrages dont l'évocation seule pourrait déchaîner la colère paternelle. Particulièrement les livres de Malthus qui font scandale. Ce pasteur anglais veut diminuer la pauvreté en réduisant la taille des familles. Il estime que la limitation des naissances est un droit, que les couples ne devraient avoir que le nombre d'enfants qu'ils sont certains de pouvoir entretenir. La jeune Quitterie étudie cette doctrine qui prône le contrôle de la natalité en retardant l'âge du mariage et en pratiquant la chasteté jusqu'à l'hymen – et d'autres choses aussi, condamnées par l'Église.
~~~

~~~

Plusieurs fois par jour, Pernette avale une gorgée de la décoction abortive préparée par l'Ancienne. Une nuit, elle ressent de fortes congestions du bas-ventre. Elle sort discrètement de sa chambrette, fonce au bord de la rivière en crue. Les flots tumultueux ont ramassé tout ce qu'ils ont trouvé : joncs, racines, chats noyés, fleurs de coucou. Derrière un rocher, elle attrape le bas de ses jupes, s'accroupit à moitié comme pour uriner. Les étoiles éclairent l'eau furibonde qui monte sur ses sabots. Le corps étranger glisse entre ses cuisses, entre dans l'Arve. Les eaux en marche l'emmènent dans les remous vers Passy, Sallanches, Cluses, les Contamines, Annemasse, Genève où il se jettera dans le Rhône. Pauvrette ne peut dire ce qui s'empare d'elle à ce moment précis. Elle ignore si c'est de la honte, ou du soulagement. Mais c'est peut-être la scène la plus troublante qu'elle ait vécue jusqu'à présent. Elle a vieilli tout à coup. Elle le sent. Elle va sur ses dix-neuf ans.
~~~

17

Le matin du départ, c'était un branle-bas de combat à Genève. En peignoir de baptiste et pantoufles de soie, la comtesse courait de la cave au grenier, soucieuse et affairée. Dans la foulée de son agitation, elle culbuta le cerf en argent trônant sur la console d'entrée. Elle renversa ensuite une bouteille remplie de sirop de capillaire pour sucrer le thé. Jeanne-Alice la suivait pas à pas, ramassait, épongeait.

— Voilà monsieur le comte, Mademoiselle.

Quitterie réalisa soudain qu'elle n'était pas habillée.

— Qu'il attende au salon, dit-elle en se ruant dans sa chambre.

La bonne n'eut pas le temps de dire ouf qu'Annibal entrait dans la pièce sans crier gare. Il trouva sa cadette en peignoir du matin, sourit en voyant les petites mèches de ses tempes qui s'échevelaient.

— Bonjour, ma sœur. Est-ce que je vous dérange ?

— Quelle question ! Jamais, vous le savez bien.

— Quelle robe avez-vous donc ? Vous ne partez plus ?

— Excusez-moi d'être une maîtresse de maison si peu matinale.

Après le départ de la domestique, le frère et la sœur reprirent leur tutoiement.

— Pardonne-moi, Quittie. J'ai poussé ta porte trop vite. J'oublie toujours que je suis ton frère, et non ton mari.

Depuis l'adolescence, il entrait dans sa chambre sans

attendre d'y être invité. Elle le taisait, mais elle détestait sa façon de se glisser en tapinois vers sa porte, curieux de savoir si elle était fermée à clef.

— Je discerne dans tes paroles un brin d'ironie, biaisa-t-elle. Mais comme j'y perçois aussi de l'amour, je vais tout de même t'embrasser.

Elle s'approcha de lui avec un sourire engageant et une odeur de fleurs. Il était extrêmement soigné dans sa tenue. Il avait les yeux tendres et les gestes prévenants. Ils se baisèrent aux lèvres, sans bruit.

— Je suis venu te dire au revoir, ma mie.

Ses propres mots, qui le bouleversèrent, ne parurent pas émouvoir autant Quitterie.

— « Ma mie », c'est bon pour tes maîtresses.

Ce qui la froissait en ces femmes, c'était leur vulgarité. Ou plutôt la liberté avec laquelle elles s'affichaient au bras de son frère.

— Tu sais bien qu'il n'y a que toi dans ma vie, sœur chérie.

— Ne dis pas de sottises !

— Pas de querelle entre nous ! Faisons la paix, au cas où...

— Ce n'est qu'un au revoir. Nous nous reverrons, mon frère.

— Tu as raison. Nous nous retrouverons. À condition que tu ne laisses rien au hasard. Promets-moi de ne pas t'éloigner de tes guides.

— Il n'y a rien de plus bête que de prendre le hasard pour guide.

— Je ne plaisante pas, Quittie !

Elle fit la moue. Manifestement, cette blague n'amusait qu'elle. Elle promit et elle tiendrait promesse. Elle resterait près de ses guides. De l'un d'eux, en particulier : Gabin. Mais elle n'en dirait rien, car Annibal lui vouait une adoration jalouse.

— Un mot encore, ma chérie. Quand tu seras au sommet,

fais attention aux lumières, aux atmosphères, aux sensations de façon à pouvoir t'en souvenir toujours.

— Je mettrai ce bonheur au mur de mon musée intérieur, juste à côté de ton portrait, mon bon et adorable frère.

— Comme tu vas me manquer !

Annibal l'enlaça à pleins bras. Quitterie inspira l'odeur de fruit exotique émanant de l'huile de Macassar avec laquelle il plaquait ses cheveux. Elle resta empêchée de sa personne, l'esprit troublé. Ce n'était pourtant pas la première fois qu'il la pressait ainsi contre son torse. Elle s'était déjà blottie dans ses bras. Jusqu'à présent, il l'avait secourue et consolée de tous ses revers.

— Tu vas me faire pleurer, murmura-t-elle en goûtant sa moustache en forme de virgules.

Le comte desserra son étreinte, remarqua la médaille de famille qu'elle portait en pendentif dans le négligé charmant de son peignoir. Elle en ramena les pans sur sa poitrine pour le raccompagner au vestibule qui n'était plus qu'un chambard de malles, de valises et de sacs. Au moment de la laisser, il pensa au jour où elle avait été sauvée in extremis. Jamais il ne pourrait oublier la mésaventure qui lui survint au début de son enfance.

Ce jour-là, les quatre enfants d'Arcy font des glisses sur la mare gelée du domaine familial. La glace se rompt dans un fracas de verre qui se brise. Quittie est engloutie dans les eaux troubles. Les garçons appellent au secours. Le palefrenier du château sort de l'étang la fillette, déjà sans connaissance. Annibal revoit la pâleur de mort répandue sur les traits de sa petite sœur qu'on ramène à la vie à coups de gifles. Il revoit leur père faire son entrée, longtemps après, dans une calèche bien lustrée.

— Allons, au revoir ! dit-elle en poussant son frère sur le palier. Je vous ferai porter de mes nouvelles dans quelques jours.

Il la regarda avec une expression de tendresse soucieuse,

comme s'ils étaient à la veille d'une séparation définitive. Il lui baisa la main avec volupté. La confusion qui s'afficha sur le visage féminin fut presque plus qu'il en pouvait supporter.

— Demandez une robe avant de sortir ! blagua-t-il.

Elle referma sur lui la porte en éclatant d'un rire brusque et sonore qui l'accompagna jusque dans la rue.

~~~

Et voilà la jeune comtesse qui s'emballe ! En plus de Malthus, elle décortique La Rochefoucauld, Pascal et Voltaire, dévore Byron, Montesquieu et Mme de Staël, s'entiche de Chateaubriand et de Rousseau. De dévote au sortir du couvent, elle passe à une croyance fondée sur la raison, sans perdre la foi pour autant.

Maintenant qu'elle est éclairée, elle va pouvoir épater Eudes de la Froutte par ses raisonnements, le séduire par ses jeux de mots, le garder par son esprit d'à-propos. Mais en présence de son père, c'est une autre histoire. Quitterie se tait après deux mots seulement sur la météorologie, par crainte de trahir quelque lecture prohibée. Ce qu'elle ne peut dire, elle le couche dans son journal intime.
~~~

~~~

La situation de Pernette se détériore alors qu'elle prend ses vingt et un ans. En cause : la mort de Saussure à un âge voisin de la soixantaine, après des attaques d'apoplexie attribuées aux fatigues excessives de ses voyages. On l'enterre au Cimetière des Rois – le Panthéon genevois. Ce naturaliste, physicien, botaniste et géologue n'est jamais resté assis dans une chaire à faire le pet-de-loup. Ce n'était pas un savant de cabinet, mais un homme de terrain ayant traversé quatorze fois les Alpes, le marteau de mineur à la main.

Pauvrette n'a pas le loisir de pleurer celui dont elle était la petite protégée. De fille de restaurant, elle dégringole à vulgaire casserolière avant de terminer récureuse de plats au sous-sol. Dégradée à plusieurs reprises, elle éprouve un grand découragement à vivre dans cet hôtel où elle a trop de souvenirs pénibles.
~~~

18

Ce mardi 28 août 1838, la comtesse d'Arcy et sa femme de chambre quittèrent Genève dans un fiacre à galerie conduit par un postillon. Un léger vent poussait dans le ciel des nuages d'été. Elles voyageaient l'une en face de l'autre sur des banquettes.

Jeanne-Alice se réjouissait de faire partie de la caravane. Puisque sa maîtresse serait la première femme à terrasser le colosse, elle-même serait la deuxième – un destin inespéré quand on était née pour être domestique. Elle s'estimait chanceuse d'avoir pour patronne une dame curieuse de tout voir, et que les fatigues ne rebutaient pas. Une croyante qui ne pratiquait pas avec exactitude les devoirs de la religion. Cette ouverture d'esprit arrangeait bien la bonne qui, ayant manqué de pain dans son enfance, rechignait à faire maigre le vendredi et à jeûner pour le Carême.

Le fiacre cahotait sur les pavés avec un grésil de vitres ballottées. Aux portes de Genève, se trouvait la ville prospère de Carouge où vivaient en harmonie des familles catholiques, juives et protestantes. Puis, ce fut la commune de Chêne-Thônex connue pour ses tanneries. Elles passèrent ensuite au pied du mont Salève avant de traverser les villages d'Annemasse, de Nangy et des Contamines. Le vent avait dissipé les nuages. Le soleil faisait monter la température dans le fiacre. Elles firent une pause à la Bonneville.

— Il fait grand chaud, se plaignit Quitterie.

— Je vais arranger ça, Madame, dit le cocher en ouvrant les vitres des portières.

— Mademoiselle, le reprit Jeanne-Alice qui savait combien sa maîtresse était lasse d'être appelée « madame » en raison de son âge.

Elle comprenait d'autant mieux qu'elle-même venait d'atteindre la quarantaine sans bague au doigt. La comtesse, rouge d'avoir eu trop chaud, la remercia du regard. Elle refusa le poudrier de kawa que sa bonne avait sorti de sa poche de tablier, au cas où.

Les voyageuses reprirent la route pour passer la nuit à Sallanches. Elles franchirent l'Arve sur un pont de pierre long et étroit, entrèrent dans la vallée de Siongy où les Chartreux du Reposoir avaient une vaste maison. Elles traversèrent une plaine bien cultivée pour arriver à Cluses. La petite ville n'avait qu'une rue coincée entre l'Arve et la montagne, mais ses boutiques étaient à l'abri sous des arcades de bois. La population travaillait en horlogerie pour la Suisse. La voiture attelée passa à proximité de la grotte de Balme dont Quitterie raconta l'histoire à sa chambrière pour occuper le temps.

— Cette grotte possède un lac intérieur qui a fait l'objet d'une publication de M. de Saussure. La température s'y tient à dix degrés toute l'année. Sur l'eau du lac s'est formée une fine croûte cristalline assez solide pour supporter le poids d'un homme, et...

— De Chaussure raconte des fadaises ! s'exclama le cocher qui écoutait souvent les conversations. Cette grotte est la retraite des fées et elles ne laissent aucun bonhomme y entrer.

— Qui vous a permis de m'interrompre ? le cingla Quitterie. Comment osez-vous parler ainsi d'un savant dont vous êtes incapable de prononcer le nom ! Malappris, ignares et crédules, voilà ce que sont les postillons !

L'homme se rencogna sur son strapontin. Il s'était fait du tort en se mêlant de la conversation. S'il voulait un pourboire, il devait se rattraper. Emmener la dame dans un endroit qu'elle se rappellerait toujours. Un site remarquable. Quitte à faire un détour. Mais pour l'instant, il fallait abreuver les chevaux, aussi fit-il halte devant une fontaine naturelle. L'eau jaillissait joliment d'une épaisse mousse verte qui tapissait la paroi rocheuse. Les deux femmes dégourdirent leurs jambes, remplirent leurs bouteilles de cette eau claire provenant du lac de Flaine, situé de l'autre côté de la montagne.

La soif passée, le postillon aida ses passagères à remonter sur les banquettes. La voiture attelée s'ébranla. Bientôt, elles aperçurent le beau village de Magland, menacé par l'effondrement de rochers suspendus au-dessus de lui. Là, elles entendirent des coups dans l'air que l'écho répétait, portant l'inquiétude dans les âmes féminines.

La comtesse sortit la tête par la vitre ouverte :

— Que se passe-t-il ?

— Ce sont les guides qui emmènent des clients aux glacières. Ils font tirer des grenades pour entendre les échos.

Les guides… Quitterie songea aussitôt à Gabin. Elle espérait qu'il n'avait pas pris d'engagement trop lointain, qu'il se réservait pour l'accompagner. Avec un peu de chance, il attendait sa venue. Peut-être même qu'il viendrait l'accueillir à son arrivée.

Une rumeur de cascade la tira de ses pensées. Elle prêta l'oreille tandis que sa femme de chambre gesticulait sur la banquette opposée. Elles se penchèrent chacune par une portière pour voir le Nant d'Arpenaz dont l'eau chutait de huit cents pieds. À mi-hauteur, l'abondante cascade se séparait en deux branches, formant en son centre un immense cœur de verdure. Un cœur que le franc soleil irisait d'arcs-en-ciel onduleux. Le spectacle captiva le regard de ces femmes installées dans le célibat malgré elles. Ce bouillonnement impétueux, ces reflets colorés, cette écume blanche : la nature était là, qui les invitait à plonger en son sein, à nourrir de délicieuses envies. Leurs pensées s'égarèrent en de vagues rêveries. Toutes deux se laissèrent entraîner à une imagination romantique. Et si l'amour se tenait sur les hauteurs ? Avaient-elles réellement passé l'âge des chimères, ou pouvaient-elles encore prétendre au bonheur ?

Au mutisme de ses passagères, le postillon sut qu'il avait bien fait de les emmener là. Il donna un léger coup de fouet pour faire repartir les chevaux qui se mirent en marche à petits pas. Quitterie et Jeanne-Alice se bercèrent de douces illusions tandis que le fiacre chargé de leurs effets bondissait sur ses ressorts. À leur arrivée à Sallanches, la comtesse donna un pourboire au cocher contre lequel elle n'était plus fâchée. Le Nant enchanteur venait d'entrer dans son musée intérieur – c'est tout dire. L'homme alla mettre les chevaux au relais en sifflotant d'un air content.

Les voyageuses profitèrent du reste du jour pour visiter la ville, ravagée par des crues torrentielles. On y fabriquait du kirsch-wasser, cette eau-de-vie de cerises vendue dans la Confédération germanique. Elles marchèrent d'un trot précipité pour pouvoir regagner l'Auberge de Savoie avant la tombée du soir – il y avait une heure fixe pour le souper. Elles décidèrent de terminer leur visite par la chapelle dédiée à Notre-Dame. À l'intérieur, plus de bavardage, plus de hâte fébrile, mais un mi-voix de femmes qui, les mains jointes, lisaient ensemble ces vers gravés sous la statue de la Vierge :

Vous que le Ciel couronne et la Terre révère,
Daignez de vos enfants écarter les périls.

Elles se signèrent en espérant avoir été entendues, car elles-mêmes allaient bientôt être exposées à de grands dangers.

~~~

Au couvent, Quitterie a appris à parler du bout des dents avec les lèvres serrées pour ne jamais se faire remarquer. Avec son nouveau savoir acquis dans les livres, la jeune comtesse se met à raisonner. À haute voix. Celle qui ne croyait nullement qu'il pût lui appartenir d'influencer l'esprit des autres, utilise désormais sa parole pour exprimer ses idées. Pour impressionner Eudes de la Froutte qui l'entoure assidûment. Qui lui murmure à l'oreille sa pensée toute crue. Qui glisse une main sans tact entre ses cuisses. Qui explore ses charmes les plus intimes, contenus dans son pantalon de lingerie fendu.
~~~

~~~

Pernette Croz finit par quitter l'Hôtel d'Angleterre. À vingt-deux ans, elle retrouve de l'embauche à l'Hôtel de Londres qui vient de sortir de terre. On y parle plusieurs langues. On y trouve des bains, une table d'hôte à des heures différentes, ainsi que des repas à volonté. Les seigneurs de toutes les nations y descendent déjà sans regarder à la dépense. L'édifice est de taille. La rumeur dit qu'il est si grand qu'on pourrait y accueillir la population de Chamonix, soit mille neuf cent vingt-cinq habitants. Son luxe tranche avec l'habitat traditionnel.

Nombreux sont les montagnards qui vivent dans des logements malsains. Les maisons sont constituées d'une partie pour les hommes et d'une autre pour les bêtes. Une séparation de lattes disjointes délimite le gîte de l'étable. L'air se charge d'une buée de fumier, nuisible à la santé. Une famille d'une dizaine de personnes loge dans une même pièce, sans aération.
~~~

19

La comtesse d'Arcy et sa bonne avaient pris lit à l'Auberge de Savoie qui affichait souvent complet en raison de sa vue imprenable sur le Mont-Blanc. Elles gagnèrent le premier étage où s'étendait une galerie bordée d'un garde-corps décoré de palines en col de cygne. De là, le monarque des Alpes paraissait d'une hauteur titanesque. Quelques instants plus tard, la lumière s'évapora de la terre et la montagne s'effaça, quasi. Il ne restait plus que sa cime perdue dans les cieux où flottait un croissant de lune laiteux.

— J'ai le cœur flanchard, gémit Quitterie en portant une main tremblante entre ses seins.

Jeanne-Alice tira aussitôt le poudrier de son tablier dentelé et lui fit respirer le kawa. Puis elle renifla à son tour l'odeur poivrée, piquante et stimulante. La comtesse fut tout émue de voir que sa domestique ressentait elle aussi une oppression de poitrine. D'autres patronnes l'eussent trouvée sans gêne, mais sa bonne était dévouée et loyale. Et honnête et sincère.

— Comment allez-vous, ma soubrette ? Mieux ?

À la dernière question seulement, Jeanne-Alice hocha la tête en signe d'affirmation pour la rassurer. Mais en vérité, elle était prise de peur. Maintenant qu'elle voyait à quoi ressemblait la grande chose de sa maîtresse, elle éprouvait ce sentiment du danger, si fort qu'un étau lui serrait les côtes. Cette montagne était extrême en tout : trop élevée, trop imposante, trop enneigée. La pensée de la mort se forma dans l'esprit de la femme de chambre. Elle ne voulait pas mourir. Pas comme ça. Pas à quarante ans. Pas avant d'avoir connu l'amour. Déjà, elle savait qu'il était impensable qu'elle montât là-haut, qu'elle affrontât ces glaces éblouissantes surmontées de pics acérés. Elle se paniqua. Dans quelle impasse s'était-elle engagée ?

— Le dîner est servi ! annonça l'hôtelier.

Un garçon de restaurant finissait d'allumer des lampes à huile dans la salle à manger. Elles donnèrent une flamme d'un rouge obscur accompagnée d'un nuage de fumée. Mais à peine eut-il ajouté un cylindre de cristal que l'éclat de la flamme se développa et que la fumée se dissipa. Une lumière claire se répandit alors dans la pièce. Quitterie fut surprise de trouver dans une pension de famille des lampes quinquet dont on faisait des lustres pour les salles de spectacle parisiennes. Elle avait vu jouer *Le Mariage de Figaro* à la Comédie-Française dans une salle parfaitement éclairée par un luminaire de quarante quinquets. Cette représentation figurait au catalogue dans son musée intime.

— Venez, ma soubrette ! Allons reprendre des forces !

Les deux femmes soupèrent d'un potage à l'orge et de crépinettes, ces saucisses plates farcies de porc haché et enveloppées d'une crépine. Ce n'était pas un de ces restaurants de ville où l'on dîne, mais une pension bourgeoise où l'on mange copieusement pour une somme raisonnable. Raisonnable ? Pas aux yeux de Jeanne-Alice, soufflée de voir qu'un seul couvert coûtait 30 sous. Et c'était sans le vin qui se payait à part !

Après souper, les hôtes de qualité passèrent au salon. La comtesse invita sa bonne à l'accompagner. Jeanne-Alice souriait d'une oreille à l'autre : c'était la première fois qu'elle n'avait pas à débarrasser la table, ni à faire la vaisselle. Elle s'était toujours demandé ce que cela faisait de n'avoir aucune autre préoccupation que d'aller du fauteuil au divan. Il s'ensuivit les compliments que l'hôtelier se fit un devoir d'adresser à la comtesse.

— Ce serait un honneur si Mademoiselle consentait à laisser une trace de son passage chez nous.

Il lui présenta le livre d'or de l'auberge tandis que le garçon déposait une lampe sur la table basse. Le plus souvent, les hôtes de marque étaient curieux de lire ce que d'autres avaient pu écrire avant eux. Pas Quitterie qui tapota de la main sur le divan afin d'inciter sa bonne à venir s'asseoir près d'elle. Persuadée que les albums étaient pleins de futilités, elle lui fit feuilleter le registre à sa place.

Jeanne-Alice déchiffra les annotations de son mieux. Elle lisait couramment, mais tout le monde n'avait pas une belle écriture. Des gens de toutes les nations y avaient inscrit leur nom et quelques-uns avaient ajouté des détails notables.

— Je vois là le monsieur de la grotte ! s'exclama-t-elle.

— Je ne comprends pas. Soyez plus explicite, ma soubrette !

— Le savant qui a pris la température de la grotte, vous savez…

Sa maîtresse se redressa sur le divan chargé de coussins. Elle se pencha sur la page où il était écrit : *De Saussure revenant, pour la 14e fois, des glaciers de Chamouni. Ce 30 août 1786.* Sa bouche s'arrondit de surprise. Intriguée de savoir quelle autre personnalité avait pu signer l'album, la comtesse lut la note suivante :

Salvador, marquis de Dali, a passé ici le 18 de la lune de Gala allant aux glaciers admirer la puissance du créateur. Il a bu du vin de Ripaille, rafraîchi dans une crevasse, à la santé des femmes-tiroirs.

— Et voilà les fadaises que je redoutais de trouver ! maugréa-t-elle en poussant le registre vers sa bonne.

Jeanne-Alice le reprit en montrant dans ses gestes fébriles cette joie animée qui se remarque chez les enfants.

— Il y a aussi la dame avec un nom de monsieur !

— Décidément, j'ai du mal à vous suivre, ma soubrette.

— La dame qui s'appelle George a mis son nom dans l'album.

La curiosité excitée, la comtesse regarda où sa chambrière avait posé son index. *George Sand* était signé en dessous d'une unique phrase : *L'amour n'a-t-il pas de secret à dire à ces lieux solitaires ?* La romancière faisait-elle allusion au volage Alfred de Musset qui lui avait brisé le cœur ? Deux signatures l'entouraient : le pianiste virtuose Franz Liszt et son amante, la femme de lettres Marie d'Agoult – connue sous le pseudonyme de Daniel Stern. Après leur visite aux glacières, tous trois se rendaient dans les salons du Paris romantique auxquels Mlle d'Arcy rêvait d'être invitée. Sans succès. Mais les choses ne pouvaient-elles changer ? Et si sa conquête des hauteurs la rendait enfin intéressante aux yeux des salonnières ?

L'aristocrate regarda de biais sa bonne qui venait de lui faire regretter son manque d'intérêt pour les albums. Elle s'empara du registre afin de pouvoir le consulter sur ses genoux. Il fallait la voir le feuilleter avec l'avidité d'un chercheur d'or scrutant le fond de son tamis. Mais au lieu d'une pépite, elle y trouva du gravier :

Dites-moi, riantes glacières,
Où sont cachées vos belles bergères
Au sexe enchanteur et au charme de chatte ?

M. de la Froutte, août 1838

Eudes !

Sa signature sonna l'alarme dans l'esprit de Quitterie.

S'il était descendu dans cette auberge quelques jours plus tôt, il devait maintenant se trouver à Chamonix. L'idée de le savoir au bourg, de tomber sur lui dans la rue ne l'excitait nullement. Que faisait-il ici ? Pourquoi avait-il fait ce voyage éprouvant, lui qui avait moins de courage physique qu'un enfant ? Cela ne pouvait être une coïncidence. Avait-il l'intention de marcher dans ses plates-bandes ?

Voyant l'air contrarié de sa cliente, l'hôtelier tint à la rassurer :

— Ignorez ce poème grivois que je n'ai malheureusement pas réussi à effacer. Certains hommes viennent ici se livrer aux pires excès et se font un malin plaisir de les déposer dans l'album.

— Vous pourriez vous débarrasser de cette grossièreté en arrachant la page.

— J'y ai songé, mais ce registre existait déjà du temps de mon arrière-grand-père, et j'ai le respect de la famille. Du reste, des hôtes de marque ont écrit au verso.

Quitterie tourna la page. Et de tomber sur la signature d'Alexandre Dumas datant de 1832 ! Elle repensa aux *Impressions de voyage en Suisse* qu'elle avait dévoré avant de se jeter sur les chemins.

Elle replongea dans l'album en commençant par la fin. Ce faisant, elle alla d'étonnement en étonnement. Y figurait la venue du tristement célèbre Dr Hamel en 1820. On y retrouvait le séjour de l'impératrice Joséphine en 1810, avec les personnes de sa suite, dont Bonjean, un pharmacien-botaniste de Chambéry. Balmat y avait dormi en revenant de Turin avec son titre honorifique donné par le roi de Sardaigne en 1786. On y trouvait les allées et venues de Saussure qui, en 1760, posait des affiches dans les paroisses, offrant une récompense à qui vaincrait le Mont-Blanc.

— Ce registre est un véritable bottin mondain ! s'exclama-t-elle.

— C'est pour cette raison que vous ne devriez pas priver les autres voyageurs de votre passage, Mademoiselle.

La comtesse s'épata de cette remarque : Jeanne-Alice était la plus zélée des domestiques. Voilà pourquoi elle ne comprenait pas la méfiance de son frère envers le sentiment d'intimité qu'elle ressentait dans la fréquentation de sa bonne. Il avait suggéré son renvoi auquel elle s'était opposée. Il ne connaissait pas sa chambrière, alors qu'elle en savait les mérites.

Jeanne-Alice était la seule à ne l'avoir jamais trahie. Même Annibal n'était pas aussi loyal. Certes, il respectait sa promesse, mais il avait toutes les aventures possibles avec des demi-mondaines, alors qu'il la savait jalouse de la jouissance qu'elles lui donnaient. Envieuse du plaisir qu'il leur procurait.

— Vous avez raison, ma soubrette !

Et d'ajouter ses noms, qualité et titre à ceux de ses illustres prédécesseurs, en plus d'une pensée qui allait secrètement vers Gabin.

Dans vos sommets délicieux,
Pays même des dieux,
Je m'y vois en cœur heureux.

Comtesse Quitterie d'Arcy de Beauséant,
Première femme au sommet du Mont-Blanc

Cette affirmation présomptueuse, si non suivie de succès, pourrait devenir embarrassante par la suite. Peut-être chantait-elle victoire trop vite, mais elle avait envie d'anticiper le dénouement heureux de son histoire.

— À votre tour, ma soubrette.

— Je ne saurai pas, murmura Jeanne-Alice, rivée au canapé.

— Je suis sûre que si. Réfléchissez pendant que je consigne notre première journée de voyage dans Mémento.

Sa bonne se résolut à prendre la plume trempée dans l'encre. Après un temps d'hésitation, elle écrivit d'une main tremblante : *Aux seuls voyageurs le bonheur.* Les deux femmes se regardèrent aux yeux. L'une avec satisfaction, l'autre avec reconnaissance.

L'hôtelier saisit le registre que Jeanne-Alice lui tendait, ouvert à la page où l'encre séchait. Il lut religieusement leurs notes, resta sans réactions visibles. Sa présence immobile à proximité finit par troubler Quitterie, occupée à noircir les pages de son carnet au crayon. Elle releva la tête avec impatience.

— Qu'y a-t-il ?

L'aubergiste lui-même se troubla. Son intonation hésita.

— Je lis là que Mademoiselle a l'intention d'escalader le Mont-Blanc.

— En effet.

— Puis-je me permettre d'informer Mademoiselle qu'il a été gravi dans le passé par…

— Par Jacques Balmat ? le coupa-t-elle. Personne ne l'ignore.

— Je voulais dire qu'il a déjà été gravi par…

— M. de Saussure et le comte de Tilly. Je sais tout cela. Que croyez-vous ? Que la culture me fait défaut ?

Elle n'avait pas lu une centaine de livres de controverse pour passer pour stupide et ignare !

— En aucun cas. C'est plutôt que je ne voudrais pas que Mademoiselle soit déçue.

— Qu'insinuez-vous ? Que j'en suis incapable physiquement ? Qu'une femme ne peut accomplir un tel exploit ? Apprenez que je ne suis pas une excursionniste qui va en chaise à porteurs, mais une véritable ascensionniste qui a déjà prouvé sa valeur.

— J'en suis persuadé. On devine aisément que Mademoiselle est une solide marcheuse.

— Sous-entendez-vous que j'ai la jambe épaisse ?

— Jamais de jamais ! protesta-t-il, rouge de confusion.

La comtesse s'emporta en présence des autres clients qui s'ébahissaient devant le spectacle.

— Je ferai savoir aux autorités comment on traite les étrangers qui apportent la richesse dans votre pays !

Elle jouta de verve jusqu'à ce qu'elle eût désarçonné son interlocuteur qui expulsa un chapelet d'excuses. Elle l'interrompit d'un geste sec et impérieux. L'aubergiste hocha du menton, referma le registre, le plaqua contre son torse, s'en alla à reculons et disparut dans l'arrière-salle. Sur ce, Mlle d'Arcy quitta le salon, sa domestique sur ses talons. Le garçon moucha à la hâte le quinquet de la table basse, comme pour effacer la scène. L'odeur de lampe mal éteinte remplit la salle où les témoins commentaient les événements, surpris d'avoir entendu une dame parler si vivement.

Les voyageuses silencieuses s'installèrent pour la nuit dans leur chambre où brûlait un feu de confort ; les nuits étaient fraîches au pays, même en été. Quitterie avait la trachée nouée. Elle se mit à ruminer dans le grand lit sous lequel était glissé le coffre aux écus destinés à financer son expédition. Non loin d'elle, Jeanne-Alice respirait par saccades, roulée en boule dans le petit lit. Son esprit était au pied du Maudit avec un scepticisme qui la faisait douter de tout. Elle se sentait incapable de suivre sa maîtresse, malgré sa promesse de la seconder dans son entreprise. Aucune des deux ne parvint à trouver le sommeil.

~~~

La tendre comtesse rêve d'une bague au doigt des fiançailles – à vingt-trois ans sonnés, il est temps. Elle tremble qu'une autre ne lui ravisse la gloire d'être celle que M. de la Froutte pourrait choisir. Accaparée par cette crainte, elle néglige Annibal avec lequel elle vit moins en fraternité. Elle délaisse également Sixtine à qui elle ne trouve plus la même chaleur. Quitterie sent un refroidissement dans leur amitié féminine. Quand elle se retrouve seule dans sa chambre, elle écrit dans son journal qu'elle se réjouit d'être ainsi courtisée par Eudes, mais qu'elle s'en veut de sa distraction comme d'un méfait. Malheureusement il est trop tard. Le mal est fait.
~~~

~~~

À l'Hôtel de Londres, la jeune Pernette est chambrière volante au service des dames pour qui elle se montre de la plus grande utilité. Elle est aussi en charge du livre d'or. Cela lui confère deux prérogatives : celle d'approcher les clients pour leur proposer d'y laisser leur trace, et celle d'avoir la primeur de leurs écrits. Certains y consignent leur mal du pays, leur colère contre autrui. D'autres leurs espérances, leurs amours perdues. Ce quatrain est celui que la fille Croz préfère, car elle connaît la pureté des sentiments de son auteur :

Point de plaisir n'est parfait dans la vie.
Avec regret je quitte ces beaux lieux ;
Pour jouir, il faut être deux,
Or je pars loin de l'amour de ma vie.
~~~

20

De grand matin, la comtesse et sa bonne quittèrent Sallanches dans une voiture étroite et légère, attelée de mules. Le charretier forma des vœux pour la continuation du beau temps. Il conduisait le char à bancs équipé d'une seule banquette. Les passagères étaient assises de côté sous un dais en cuir dont les quatre pans pouvaient se baisser en cas d'orage. Un deuxième homme se tenait debout sur le marchepied ; un troisième suivait avec deux mulets bâtés.

De la grand-route, les voyageuses purent voir le village de Passy sur un coteau planté de vignes. Une heure et demie plus tard, elles aperçurent Saint-Gervais, juste avant d'arriver à Chedde. Bientôt, elles furent entourées par des enfants en guenilles qui demandaient tous la même chose : une piécette contre une pomme. Quitterie leur acheta leurs fruits et du cidre fabriqué par leurs parents. Après la traversée d'une forêt, elles arrivèrent à Servoz où elles tombèrent sur des douaniers armés de fusils. Ils firent signe de circuler : le bruit de l'attelage faisait fuir les faisans qu'ils chassaient pour leur souper.

Elles firent halte au Bouchet, devant le monument funéraire à la mémoire d'un littérateur né en Saxe, et englouti dans une crevasse au mont Buet. Sur une face, il était écrit que le gouvernement honorait les sciences et les arts, protégeait les savants et les artistes. Sur l'autre, on pouvait lire ce conseil gravé dans le marbre :

Voyageurs, un guide prudent
et robuste vous est nécessaire.
Ne vous éloignez pas de lui,
obéissez aux conseils de l'expérience.

Quitterie pensa en même temps à son frère qui lui avait tenu ce discours car il était inquiet de sa témérité excessive, et à Gabin à qui elle allait confier sa vie alors qu'elle le connaissait à peine.

La pause terminée, le convoi prit à main droite jusqu'à un pont dont la largeur ne permettait pas le passage des attelages, même étroits. Les femmes quittèrent le véhicule. Frappées d'étonnement, elles regardèrent les charretiers le démonter entièrement et lui faire passer l'ouvrage, morceau par morceau. Assise sur un rocher, la comtesse nota cette véritable gageure dans Mémento :

Les voituriers des villes seraient rebutés par le travail pénible qu'exige le franchissement du pont Pélissier dans les deux sens.

Elle ajouta que le climat était différent sur l'autre rive. Prairies et fruitiers laissaient place à des sapins accrochés aux rochers. On aurait dit que, sur ce versant de la montagne, la lumière avait cessé.

Les gars remontèrent le char, mais personne n'y prit place. C'était trop périlleux de franchir l'escarpement en voiture. Les voyageuses empruntèrent le sentier taillé en corniche sur l'Arve, en suivant leur voiture vide. D'un côté, les roues touchaient les blocs de granit ; de l'autre, elles débordaient sur le précipice. La rivière grondait à leurs pieds sur un raidillon que Jeanne-Alice voulait voir se terminer. La comtesse savait que sa bonne était loin de s'attendre à ce qui allait surgir à l'extrémité du défilé rocheux. Aussi se retourna-t-elle pour lui faire fermer les yeux et diriger sa marche. Sa chambrière avança, les jambes inquiètes. Un sentiment embrouillé de confiance et d'angoisse l'attachait aux pas de sa maîtresse.

— Vous pouvez ouvrir les yeux, ma soubrette.

Jeanne-Alice cligna des paupières. Le soleil éblouissait. À peine eut-elle zieuté qu'un tableau enchanteur vint frapper ses regards.

— Dieu, que cela est joli !

La vallée de Chamonix se montrait parée de ses plus beaux atours. Sur le plat : habitations de bois, moulins, terres de culture et champs fleuris. Sur les flancs : pelouse alpine, torrents écumants et forêts de sapins. Sur les hauteurs : blancheur des monts, dentelle des aiguilles et fraîcheur azurée. La domestique en resta la bouche ouverte sous le regard un instant attendri de Quitterie qui se reprit :

— Finissons d'avancer !

Elles remontèrent en voiture, au grand soulagement de Jeanne-Alice qui avait mal aux pieds dans ses souliers étroits.

Une demi-lieue plus loin, le char traversa le village des Ouches. Des vaches paissaient au doux rythme des cloches entre des maisons recouvertes d'ardoise. La bonne leva le regard vers les montagnes dont les masses écrasaient les habitations. Plus elle pénétrait dans la vallée, plus les sommets d'alentour paraissaient colossaux. Elle souriait, mais elle avait l'air soucieux. À cet instant, le charretier abaissa les pans du dais en cuir afin de protéger ses passagères des projections d'eau. Le char franchit le torrent de la Griaz qui bondissait sur d'énormes rochers, puis le torrent du Taconnay qui précipitait ses flots dans le vide en mugissant. Et enfin le torrent du glacier des Buissons dont les eaux étaient blanchies de sable fin. Après, c'était un chaud soleil d'été, un bourg animé, une foule disparate.

C'était Chamonix.

Les femmes terminèrent à pied. Quitterie éprouva un sentiment intense d'exaltation. Se pouvait-il qu'elle marchât dans les rues où Gabin lui ferait le cadeau de l'attendre sur le chemin de l'hôtel ? Il y avait là des autochtones, des filles de nababs en villégiature, des porteurs de chaise, des Anglais avec leurs accompagnateurs, des gamins survoltés et des boutiquiers. Tous scrutaient cette dame en costume de voyage suivie d'une domestique en tablier dentelé. La comtesse ralentit le pas, les considéra un à un, le cœur martelant l'étroite cage de sa poitrine. Gabin ne s'y trouvait pas.

Son attente déçue, elle prit la direction de l'Union. Juste avant d'en pousser la porte, elle se retourna pour vérifier qu'elle n'avait pas manqué son guide. Sa bonne remarqua que ses prunelles grises étaient habitées d'une lueur de contrariété. Leurs effets arrivèrent à l'établissement en même temps qu'elles y commandaient une collation. Le maître d'hôtel vint leur dire qu'elles étaient servies. Jeanne-Alice admira le luxe ambiant avec des yeux écarquillés. Elle se réjouissait, quand bien même elle était là pour servir, et non pour être servie. Elle dormirait dans une logette intégrée à la suite de sa maîtresse afin de pouvoir répondre à ses desiderata sur-le-champ.

Quitterie retrouva son enthousiasme en mangeant. Elle avait réfléchi et s'était persuadée que Gabin l'attendait à la Compagnie. C'était logique vu que l'endroit était le lieu de rendez-vous des guides et de leurs clients. Elle devisa gaiement avec sa domestique qui s'apprêtait à quitter la table pour aller défaire les bagages.

— N'oubliez pas de rassurer monsieur votre frère.

— Vous faites bien de me le rappeler, ma soubrette.

La comtesse avait promis à Annibal qu'elle lui enverrait un billet de bonne arrivée, car il s'inquiétait de cette expédition pleine de fatigue et de périls. Mais avant cela, elle avait quelque chose de plus urgent à faire.

Elle quitta l'hôtel les poches pleines – la prévoyance de sa bonne l'avait munie d'argent sonnant. Elle traversa le bourg en promenant son regard sur la plus haute cime, éblouissante de blancheur. Elle éprouva une vague indisposition. Ce malaise récurrent était-il lié à sa folle envie de s'unir au Maudit ? Viendrait-il à se dissiper lorsqu'elle lui aurait marché sur la tête ? Elle en était là de ses interrogations quand une silhouette masculine lui parut familière. Cette redingote bleue… Elle serra les mâchoires, se lança à la poursuite de l'homme, les yeux chasseurs. À l'angle de la rue, elle réalisa que la redingote était en fait un manteau court. Son trac de tomber sur Eudes était tel qu'il lui en donnait la berlue.

~~~

Eudes a jeté son dévolu sur Mlle d'Arcy parce que son silence est le signe qu'elle obéit à Dieu, aux parents et aux hommes. Et c'est ce qu'il recherche : une jeune fille qui se soumettra sans murmure quand elle sera sienne. Aussi est-il décontenancé de voir s'opérer un revirement d'attitude : sa promise mutique se met à disserter sur tout et sur rien.

De son côté, la tendre comtesse caresse l'espérance de longues fiançailles suivies d'une future union sans nuage avec M. de la Froutte. Dominée par ses sentiments, elle ne voit pas que la bouche du valseur est en fente de tirelire, que sa redingote en soie bleu irisé lui donne un air de paon en parade. Parce qu'il affiche un air conquérant qui intimide, il parvient à dissimuler qu'il est de cette petite noblesse que la grande aristocratie ne connaît pas. Qu'il ne possède plus de terres. Qu'il ne vit guère.
~~~

~~~

Pernette voit souvent Balmat à l'Hôtel de Londres où il rejoint des voyageurs désireux de le rencontrer. On cherche sa compagnie, on s'affiche à ses côtés et on se prend pour un grand alpiniste. Un jour, son ami vient avec un jeune homme à qui il apprend le métier. Avant d'être aspirant guide, Ponce était porteur. Et avant encore, rantourneur. Cet orphelin avait quatorze ans – l'âge légal – quand il a commencé à redescendre au bourg les montures utilisées par les guides tandis qu'ils poursuivent à pied avec leurs clients.

À la vue de ses joues pleines et de ses cheveux touffus, la fille Croz lui donne vingt-cinq ans. C'est un gars bien balancé au visage hirsute et au regard bon. Ce premier jour des présentations, il bafouille, s'agite par timidité face à cette demoiselle petite, mais plaisante à l'œil.
~~~

21

Après une courte pause employée à rectifier sa coiffure, Quitterie entra dans le local de la Compagnie dont la porte était calée en position ouverte. Le haut arrondi permettait de passer avec du matériel sur l'épaule, sans avoir à se baisser. Elle parcourut l'endroit du regard à la manière d'une renarde convoitant un poulet. Il faisait sombre à l'intérieur. Seul un rectangle de soleil venant de l'unique fenêtre tombait sur le sol. Une allégresse balaya le cœur féminin : un homme s'y trouvait. Sitôt ses yeux habitués à la pénombre, elle subit une contrariété : il ne s'agissait pas de Gabin, mais du président. Contrairement à ce qu'elle avait espéré, l'homme auquel elle pensait sans cesse n'était pas là, à l'attendre. Elle ressentit un pincement au côté gauche, à hauteur de poitrine.

— Comtesse d'Arcy, jeta-t-elle avec sa précipitation habituelle. Je vous ai envoyé un courrier par lequel je vous priais de retenir six guides parmi les meilleurs.

— En effet ! répondit le président en la regardant avec des yeux surpris. Et j'ai fait selon vos souhaits, Madame.

— Mademoiselle. Dans ce cas, où sont-ils ?

— Ils sont partis avec des clients. D'après nos informations, vous ne deviez arriver que dans quelques jours.

— C'est juste. J'ai avancé ma venue. Mais j'ai versé une avance pour qu'ils se tiennent à ma disposition.

— Et vous pourrez compter sur eux, soyez-en sûre. C'est Jean Gabin qui prendra la direction de votre ascension.

D'habitude, c'est Lino Ventura qui fait le guide-chef, mais Gabin a insisté pour que ce soit lui, cette fois. Une fois n'est pas coutume !

Le président s'étonna de voir la comtesse rougir comme une griotte, sans savoir de quoi.

— Dans ce cas, je dois lui remettre les fonds nécessaires à mes dépenses, dit-elle en fouillant ses poches gonflées.

Le guide-chef devait assurer la régie financière de la course. Gabin écrivait mal, mais il lisait bien et comptait à la perfection. Ses compagnons disaient de lui qu'il était capable de calculer les grains d'un épi de blé sans se tromper.

— Il ne devrait plus tarder, lui assura le président.

Quitterie prit place sur la chaise que le président lui offrait et attendit. Or attendre était un exercice difficile pour cette femme dont le caractère avait l'impatience pour trait le plus saillant. Elle poireauta une heure avant de voir arriver Bourvil du Montanvert, Noiret de la Flégère, Villeret de Martigny et Blier des glacières. Ventura déboula peu après du Buet avec son chien, un berger de Savoie répondant au nom de Choucas. Il ne manquait que Gabin, parti faire le tour du Mont-Blanc avec des randonneurs. Son absence échauffa la bile de la comtesse dont la susceptibilité était froissée. Elle se piqua et tint à mettre les choses au point.

Le retardataire arriva à la Compagnie sur ces entrefaites. Avant d'entrer, il rendit le bonsoir à Pernette Croz, assise sur le banc extérieur. Il n'était pas rare de la voir là. C'était le meilleur endroit pour apprendre qui allait tenter sa chance au Maudit – l'organisation de ses dîners en dépendait. Des éclats de voix leur parvinrent aux oreilles. Le guide interrogea la femme tressée du regard, remarqua ses traits creusés. Elle écarta les mains pour signifier qu'elle ignorait ce qui se passait. Il avança jusqu'à la porte. La voix se haussa encore. D'où il était, il ne voyait que la gesticulation de bras fins.

Gabin se posta sur le seuil, trouva ses camarades rassemblés, presque au garde-à-vous. Tous écoutaient une dame en costume de voyage leur expliquer sa façon de penser. Elle avait le dos tourné et ne s'occupait pas de lui.

Cette silhouette altière, cette odeur de fruits et de fleurs...

Quitterie ! C'était Quitterie !

Le président prit la parole afin d'arranger les choses.

— Les gars ne peuvent pas se permettre de rater une course. La bonne saison est courte par ici et tous ont des bouches à nourrir.

La comtesse ouvrit tout grand ses yeux gris. Des bouches à nourrir ? Des familles ? Gabin avait une famille ! Mais bien sûr ! Que n'y avait-elle pensé avant ? Cette omission était sa condamnation. Elle se demanda où elle allait puiser la constance de poursuivre son laïus maintenant qu'elle avait réalisé son erreur.

— Il faut nous comprendre, Madame, intervint Bourvil.

— C'est Mademoiselle, corrigea une voix chaude dans son dos.

Quitterie se retourna sur elle-même avec fougue.

Cette carrure d'athlète, ce visage glabre...

Gabin ! C'était Gabin !

Il se tenait devant elle, le torse droit, le front debout, le regard doux, le visage avenant. L'attirance d'un aimant. Le cœur près de défaillir, elle le chapitra pour échapper à sa puissance d'attraction :

— Ah ! Vous voilà, vous ! Ce n'est pas trop tôt !

— Si j'avais su que vous étiez ici, je serais venu ventre à terre, dit-il avec un sourire d'une tendresse quasi criminelle.

Elle rougit comme une écolière prise en faute.

— Parlons de mon ascension, se reprit-elle, exprimant sa volonté de partir le lendemain.

Gabin s'y opposa dès l'abord. Un bon guide devait savoir résister aux emballements – en particulier aux emballements féminins.

— Quelle est la raison de votre refus ? s'offusqua-t-elle.

— Le mauvais temps.

— Le ciel est limpide.

— Le ciel est trompeur. Du gros temps va arriver demain en fin de journée. Il faut le laisser passer. On partira après.

— Et quand est-ce, après ?

— Quand le danger sera écarté.

Cet ajournement irrita sa cliente qui pâlit d'un coup.

— Avec vos histoires, je vais perdre une journée alors que la fin de la saison approche.

— Demain, je peux vous accompagner au Montanvert à la place. En partant de bonne heure, on sera revenu avant la pluie.

Il savait qu'elle n'avait encore jamais fait cette randonnée qui connaissait un succès fou : depuis 1814, elle était qualifiée de nouveau pèlerinage à La Mecque par les journaux internationaux.

— Le Montanvert, c'est bon pour les excursionnistes ! Vous savez très bien pourquoi je suis revenue.

Pour moi, j'espère, pensa-t-il sans oser le dire. Néanmoins, il risqua :

— Voilà des semaines que vous n'avez pas marché. Cette course vous refera les jambes. Donc, on dit demain, cinq heures. Je passe vous prendre à votre hôtel.

Gabin se reprocha aussitôt ce qu'il venait de se permettre. Le ton mi-ironique mi-péremptoire, les mots mal choisis, c'était comme un coup de folie. Mais elle lui avait parlé si sèchement qu'il en avait eu la fierté blessée.

Quitterie ne répondit pas tout de suite. Contrairement aux apparences, elle appréciait cet esprit franc du collier, tandis qu'elle se reprochait l'instabilité de son caractère. Si elle avait donné l'impression qu'elle pouvait mettre en danger les guides par son comportement déraisonnable et autoritaire, certains quitteraient sa caravane pour rejoindre celle des neuf Anglais – la catastrophe de la caravane Hamel était encore dans tous les esprits. De surcroît, son expédition ne ralliait pas tous les suffrages. Il était beaucoup plus honorable de se joindre à une ascension masculine qu'à la sienne qui passait pour une gloriole d'enfant gâtée.

Les hommes retenaient leur souffle. Jamais quelqu'un de la Compagnie ne s'était permis de répondre avec autant d'outrecuidance à une riche cliente. Quelles seraient les conséquences de cet affrontement ? Et si la comtesse venait à annuler son ascension ?

Celle-ci piétina sur place, puis brusquement :

— C'est entendu pour demain, cinq heures. Et tâchez de ne pas vous faire attendre !

Elle tendit ses doigts. Gabin approcha, se pencha, effleura la peau fine de ses lèvres. Elle retira sa main, ses pommettes de nouveau empourprées. Sur quoi, silence stupéfait autour d'eux. Tous la regardèrent tourner les talons telle une tornade dont la turbulence leur avait donné la plus juste vision de qui elle était véritablement. Elle fut tout de suite à la porte. Ses semelles claquèrent sur le seuil en pierre. Dehors, la lumière du jour déclinait déjà. Pernette jeta un « bonsoir » de son banc, mais la dame ne daigna rien voir ni rien entendre.

Dans le local, les hommes scrutaient leur camarade. Leurs regards demandaient des explications, mais aucun son ne sortait de leur bouche, car les yeux bleu glacier, partis dans le vide, n'engageaient pas à parler.

— On dirait qu'on a manqué quelque chose, finit par dire Blier.

Une manière d'interroger qui n'en était pas vraiment une, car il était de notoriété publique que Gabin plaisait aux voyageuses. Même si cela faisait longtemps qu'il se tenait en retrait d'elles, ayant trop souffert d'avoir été leur jouet.

— À la revoyure, la Compagnie ! salua-t-il, laissant les autres sur leur faim. Le bonsoir, Pauvrette, ajouta-t-il, le seuil franchi.

Il s'éloigna, l'esprit agité. Il avait tellement songé à Quitterie ces dernières semaines… Ses prunelles grises, son cou gracile, ses dents perlées, ses hanches fières. Il avait si souvent rêvé d'elle, si souvent imaginé son retour. Maintes fois, il s'était vu aller au-devant d'elle avec un bouquet de fleurs sauvages. Oui, mais voilà : elle avait débarqué plus tôt que prévu et il n'était pas là pour l'accueillir. Jamais il n'avait pensé que leurs retrouvailles se passeraient de la sorte !

De son côté, la comtesse poursuivait sa marche frénétique en ressassant des idées sombres. Des larmes de rage coulaient sur ses joues en feu. Pourquoi s'était-elle emportée de la sorte ? Après tout, le président avait raison. Les guides n'avaient pas les moyens de l'attendre avec le petit doigt sur la couture du pantalon. Elle s'était montrée injuste. Et stupide aussi. Comment avait-elle pu penser qu'un homme comme Gabin était vieux garçon ? Certes, il n'avait jamais évoqué sa famille, mais elle ne lui avait posé aucune question personnelle. Après tout, ils se connaissaient à peine. Pour autant, elle ne pouvait s'empêcher de croire qu'il s'était passé quelque chose entre eux, le jour où la pluie avait tout gâché. Ce soir, elle avait fait preuve d'une virulence exagérée envers lui. Quelle mouche l'avait piquée ? Elle se faisait l'effet d'une femme jalouse se vengeant de blessures à son amour-propre. Des blessures du passé. Elle sentit comme une boule se gonfler dans sa gorge.

De retour à l'hôtel, elle se déshabilla sans réveiller sa bonne qui dormait comme un loir dans la logette attenante à sa chambre.

— Alors là, c'est le bouquet ! se blâma-t-elle en réalisant que ses poches étaient pleines de l'argent qu'elle avait gardé.

Au sein de l'obscurité, elle écouta le tic-tac de sa pendule de voyage qui faisait écho aux battements secs de son cœur. Elle était si contrariée qu'elle en oublia le message destiné à rassurer son frère.

~~~

Depuis quelques mois, Annibal met en doute les sentiments d'Eudes qui flatte trop sa sœur pour l'aimer. Pour l'aimer vraiment. Il pense que le valseur, sous ses dehors charmants, est une nature instable et trompeuse. Pour preuve : il a surpris la Froutte qui papillonnait autour de la belle Sixtine. Pour un promis, c'est une grosse faute que de s'engager dans une affaire de galanterie.

Par malheur, Quitterie est fâcheusement entichée de son Eudes. La gent féminine est plus lente à s'éprendre. Mais une fois amoureuse, elle est sincère et loyale, tandis que la gent masculine est bouillonnante et frivole. Chaque sexe est le rebours de l'autre. Annibal est tracassé. Faut-il que sa cadette soit rendue aveugle pour ne pas voir qu'elle a affaire à un coureur de dot !
~~~

~~~

Dans le hall de l'Hôtel de Londres, Pernette sourit, amusée d'entendre Ponce appeler « père Balmat » l'illustre montagnard à l'aube de sa quarantaine. Une solide fraternité s'est établie entre le pionnier et le jeune homme sans famille. En attendant leur client, l'aspirant guide observe la fille Croz dont les yeux bistrés le fascinent. Il remarque que son regard est voilé. Que son sourire est bref, qu'il se ferme vite. Il ignore que, depuis l'agression dont elle n'a pu se défendre, elle n'a plus jamais laissé un homme l'approcher.

Très vite, elle s'excuse de devoir les laisser ; elle a à faire. Le Victorieux salue son départ en disant qu'elle est bonne et brave. Et Ponce ajoute qu'elle est gentiment faite. Du couloir, la blonde nattée saisit les paroles volantes des deux compagnons. Des picoteries coquelicot s'agglutinent sur ses pommettes jusqu'à faire de ses joues une prairie fleurie d'écarlate.
~~~

22

Le lendemain, à cinq heures du matin, Gabin se posta devant l'Union pour y attendre la comtesse d'Arcy. Il était passé chercher la clef du château à l'Auberge de la Veuve avant de venir. Il réprima un bâillement en posant au sol son sac de bure. Il n'avait pas réussi à trouver le sommeil, perturbé par l'étrangeté de leurs retrouvailles. Avec les souvenirs des moments passés avec Quitterie en juin et en juillet, il avait façonné une image délicieuse de la noble châtaine. La retrouver en têtue exaspérante lui avait fait éprouver un sentiment de disproportion entre l'évocation et la réalité. S'était-il trompé sur elle ? Pouvait-il l'avoir idéalisée ? Avait-il embelli leur relation ? Pourtant, elle semblait vivement troublée quand il avait baisé sa main. Lui-même avait été chaviré en pressant sa peau douce contre ses lèvres.

À l'heure dite, un costume masculin de couleur claire et un uniforme sombre garni d'un tablier blanc le rejoignirent. L'ensemble formait un tandem composé de deux femmes jouant un rôle opposé dans la société : une aristocrate et sa domestique. La première avait imposé à la seconde de l'accompagner au Montanvert pour faire un galop d'essai avant de s'attaquer au Maudit.

— Bonjour, mesdames !

Un sourire en coin s'afficha brièvement sur la figure de sa cliente. Elle avait oublié qu'il ne connaissait rien aux usages du monde – on ne saluait jamais les servantes.

— Monsieur Gabin, voici Jeanne-Alice, ma femme de chambre. Elle va se joindre à nous aujourd'hui.

Il porta la main à son chapeau à l'intention du petit bout de bonne dont la présence le contrariait. Il redoutait ces changements de dernière minute, car le nombre de guides était fonction du nombre de personnes à accompagner, et de leur capacité à grimper. Cette domestique semblait vive, mais elle paraissait ne pas peser plus qu'une plume. Et si elle se révélait être une piètre marcheuse ?

— Ce n'était pas prévu, dit-il en désignant le tablier du menton.

— Il faut qu'elle s'exerce, car elle fera partie de ma caravane.

— Ce n'était pas prévu non plus, répéta-t-il, encore plus inquiet.

— Si la présence de ma bonne vous indispose, je peux faire appel à un autre guide. Plus accommodant.

Il haussa les sourcils. Elle était maussade depuis son retour. Où était passée la femme qui éclatait de rire à tout bout de champ ?

— Vous allez devoir faire appel à un autre guide, en effet. En plus de moi et d'un mulet. Il ne serait pas prudent de partir à moins.

Il venait de résister à sa cliente avec professionnalisme.

— Hors de question ! se rebella-t-elle.

Elle voulait parler à Gabin en chemin et la présence d'un autre homme la gênerait. En outre, c'était une sortie sans réelle difficulté, et sa soubrette était solide et courageuse. La comtesse rejeta également l'idée du mulet pour la raison qu'elle n'aimait pas les mulets. Elle n'avait jamais pu se faire à leur marche houleuse, semblable au balancement d'une barque.

— Dans ce cas, ce sera sans moi, trancha-t-il.

— Vous renoncez à m'accompagner ? demanda-t-elle d'un ton où perçait une pointe de défi.

Depuis la veille, elle se chiffonnait de voir ses désirs, jusqu'ici régnants, se briser les uns après les autres contre cette barrière masculine.

— Je renonce à vous accompagner aujourd'hui. Partez donc avec votre bonne et marchez au hasard.

— Il n'y a rien de plus bête que de prendre le hasard pour guide !

Contre toute attente, Gabin éclata de rire. Quitterie sourit avec un air de satisfaction. C'était la première fois que quelqu'un comprenait sa plaisanterie.

— Je vous veux vous ! réclama-t-elle. Vous, et c'est tout ! Est-ce si difficile à comprendre ?

Sa réponse sidéra le montagnard. Elle avait parlé avec une sincérité si déconcertante que cela le fit réfléchir. La comtesse avait du jarret, du souffle et de la volonté. Elle n'aurait pas besoin de son appui aujourd'hui. Il pourrait donc aider la domestique en cas de besoin. Toutefois, il lui fallait vérifier quelque chose.

— C'est d'accord, mais à une condition. Je veux voir comment Mademoiselle est chaussée.

Ce « Mademoiselle » perturba les deux femmes, mais pour des raisons différentes. Jeanne-Alice parce que ce mot qualifiait uniquement sa maîtresse. Et Quitterie car tout le monde l'appelait « madame » alors que sa bonne était à peine moins âgée qu'elle.

— Montrez-lui vos pieds ! ordonna-t-elle, à moitié vexée.

Sa chambrière la regarda sans obéir, ce qui était inhabituel. Mais elle n'était pas du genre à dévoiler ses chevilles au premier venu.

— Montrez vos pieds, ma soubrette ! On ne va pas y passer la journée.

Ma soubrette ? En voilà une façon d'appeler sa bonne ! pensa Gabin. Certes, elle était sa patronne, mais tout de même !

Jeanne-Alice saisit le bas de ses jupes. Elle le remonta si peu que le guide ne vit que le bout de ses chaussures.

— C'est l'arrière de vos souliers qui me tracasse, pas l'avant.

— Plus haut, bon sang ! pesta la comtesse.

Les mains enfoncées dans le tissu, la domestique s'exécuta à contrecœur. Gabin put voir qu'elle portait des chaussures plates, indispensables quand une femme voulait excursionner sans mulet.

— Satisfait ? s'enquit sa cliente.

— Plutôt, oui ! Je n'aurai pas à lui couper les talons en chemin.

— Mais alors…

Quitterie laissa la phrase en suspens. Elle venait de comprendre pourquoi George Sand avait arpenté la montagne avec des bottes aux talons coupés. Ce n'était pas une extravagance des modes, mais une nécessité.

Gabin considéra sa cliente, perdue dans ses pensées. Le temps qu'ils avaient passé à marcher ensemble durant l'été avait fait naître entre eux une relation de proximité, mais leur lien n'en demeurait pas moins encore fragile. Il devait se montrer plus accommodant. Penser aux autres guides qui craignaient de voir la comtesse annuler sa grande course suite à l'algarade de la veille.

Il chargea ses épaules du sac de bure pour donner le signal du départ. À la manière qu'il eut de le porter, la comtesse comprit qu'il pesait lourd. Tout comme l'argent dans ses poches.

— Tenez ! dit-elle en lui remettant la somme destinée à couvrir ses dépenses.

Le trio quitta le bourg sous un ciel sans nuages. Difficile de croire que des intempéries arrivaient. La saison touche à sa fin, pensa Quitterie. Mon ascension au Maudit est encore faisable, mais pour quelques jours seulement. Et au lieu de l'entreprendre, voilà que je perds mon temps au Montanvert ! Avec ses neuf cent cinquante-quatre toises d'élévation, il n'était d'aucun intérêt pour celle qui convoitait le toit de l'Europe. À l'idée qu'elle ne pourrait peut-être pas faire sa course cette année, son esprit s'assombrit. Comme si on la frustrait de sa possible victoire.

Après une marche d'approche, ils entrèrent dans une forêt de bouleaux, de sapins et de mélèzes. Jeanne-Alice tricotait des guibolles pour ne pas se faire distancer par sa maîtresse qui marchait au rythme de son guide. Par une pente oblique, ils arrivèrent à la fontaine du Caillet située à mi-chemin du sommet. Là, ils tombèrent sur une femme à bout de souffle.

— Le bonjour, Pauvrette, salua Gabin, surpris de la voir haleter.

Elle but un coup d'eau, reprit haleine avant de lui répondre.

Jeanne-Alice détailla cette montagnarde affublée d'un tablier. De façon paradoxale, ce vêtement de protection les avait toutes deux exposé à un âge encore tendre. C'était avec cette pièce d'étoffe plaquée devant le corps qu'elles avaient appris la tâche, la patience et le silence de ceux qui servent. C'était avec les attaches nouées dans le dos qu'elles avaient cheminé dans la vie. Leur tenue disait qu'elles appartenaient au même monde, qu'elles étaient deux femmes de la même espèce. Elles échangèrent un regard de connivence.

Pernette proposa des vivres à la comtesse qui lui acheta du pain bis et du sérac pétri d'ail des ours – ce fromage frais fait avec du petit-lait.

— Grand merci, mademoiselle d'Arcy.

— Je vous connais ?

— Nous avons parlé devant votre hôtel le mois dernier.

— En effet ! Je me souviens, maintenant.

— Je vous dis à bientôt, puisque nous sommes amenées à nous revoir.

— Puis-je savoir à quelle occasion ?

— Au prochain dîner que je donnerai.

L'aristocrate se rappela avoir été intriguée quand le portier avait évoqué les soirées qu'elle organisait.

— Qu'est-ce qui vous fait penser que je viendrai ?

— Mon dîner est un incontournable de la vie chamoniarde.

Sur ce, Pauvrette retourna se poster dans la pente.

Prétendre ça, c'est culotté ! se dit Quitterie, estimant improbable que les conditions d'un dîner incontournable fussent réunies. Elle voulut questionner Gabin à son sujet, mais il s'était éloigné en compagnie de sa bonne. Elle les rejoignit alors qu'il désignait des plantes alpines recherchées par les botanistes : astrances, potentilles, achillées.

— Ici, les roches sont connues pour renfermer de beaux cristaux, dit-il. Je venais autrefois les exploiter avec mon beau-frère.

Une expression de tristesse assombrit son visage glabre, alors qu'il poursuivait ses explications. Il parla de quartz fumé et de pierre de corne veinée de filets d'amiante. Quitterie admira la passion qui animait le cristallier quand il évoquait son véritable métier.

La suite du parcours fut fatigante en raison du sol jonché de débris de montagne. Jeanne-Alice peinait dans la pente ; l'effort lui faisait perdre le souffle. Sa maîtresse lui prêta son alpenstock à tête de chamois. Après trois heures de rude grimpée, le trio atteignit le sommet où régnait un vent épouvantable.

L'endroit, habituellement fréquenté, était désert en dehors d'un troupeau de chèvres avec leurs biquets – les touristes, informés de l'arrivée d'intempéries par les hôteliers, étaient restés au bourg. La chambrière rendit l'alpenstock à sa propriétaire qui batailla pour le planter dans une roche impossible à perforer. Quand enfin elle parvint à le faire tenir droit, Gabin applaudit, ravi de voir Quitterie afficher sa belle vaillance. Il la trouvait superbe, ainsi pantalonnée de beige et sanglée dans une veste assortie. Leurs yeux se rencontrèrent. Il y eut un flottement auquel aucun d'eux ne chercha à se soustraire.

— Qu'est-ce que c'est que ça ? les dérangea une voix vive.

Jeanne-Alice désignait de la main un petit pavillon octogonal construit devant une avancée de granit.

— C'est le château du Montanvert, répondit le guide sur un ton théâtral. Je vous ferai visiter ma villégiature d'été à l'heure du thé.

Il montra la clef attachée à sa ceinture. Quitterie éclata de rire. Ce rire bruyant et spontané qu'il adorait.

— Avant la visite guidée, je vais vous dire les sommets que l'on peut voir d'ici, dit-il en pointant de l'index. Au sud-est, c'est le Tacul, la Grande Jorasse et le Géant. Au midi, les Charmoz qui cachent le Mont-Blanc. Au nord et à l'ouest, le Brévent et les Aiguilles rouges.

— N'est-ce pas magnifique, ma soubrette ?

La comtesse s'émerveillait devant cette enfilade de pointes et de crêtes sans véritablement attendre de réponse de sa domestique. Et c'était bien ainsi, car la bouche de Jeanne-Alice s'ouvrit, mais il n'en sortit aucun son. L'épouvantable tumulte qui montait en elle lui paralysait la langue. Face à ces pics acérés, elle eut des idées pessimistes. Elle avait l'intuition que quelque chose de mauvais allait se produire aujourd'hui même. Et elle avait vu juste puisqu'elle marcha dans un amas de crottes de chèvre. Des crottes fraîches et molles. Elle examina ses semelles souillées. Le fumet fécal l'écœura.

— La prochaine vue admirable sera celle que nous aurons au sommet du Mont-Blanc, s'enthousiasma Quitterie. Ce sera grandiose.

Il lui tardait de toucher le ciel, de voir la mer. Que pouvait-il y avoir de plus fantastique que d'apercevoir la Méditerranée de l'autre bout des Alpes ?

Elle soupirait d'envie quand sa bonne se trouva mal, succombant à l'effroi que lui causait la vision de ces monstres de pierre et de glace. Jeanne-Alice n'avait pas plus la trempe d'affronter ces rocailles insensées que le courage de l'avouer à sa maîtresse.

~~~

La jeune Quitterie va encore à la messe, mais plus dans l'isoloir. Difficile de confesser au curé que son prétendant se frotte contre ses jambes avec une ardeur indécente. Le prêtre dénonce les manquements de la demoiselle au comte d'Arcy de Beauséant qui en est affligé. Sa fille a des façons peu catholiques par l'effet des livres nocifs qu'elle dévore, malgré l'interdit. Or l'éducation du sexe faible doit être aussi simple et aussi peu perturbatrice que possible. Il l'a appris à ses propres dépens avec son épouse : les savoirs que l'on déverse dans l'esprit féminin le bouchent sans remède.
~~~

~~~

Ponce vient aussi souvent qu'il le peut à l'Hôtel de Londres. Là, il regarde Pernette travailler. Il la regarde beaucoup. Trop pour les convenances. Elle en est embarrassée, mais il ne peut s'en empêcher. La joie timide qui s'esquisse sur le visage féminin le remue et le ravit. Il est charmé par son air bénin, ses paupières bordées de cils épais, ses longues nattes dorées ramenées sur le devant. Il scrute la fille Croz pour comprendre pourquoi, quand il s'approche d'elle, il y a cette lueur déchirante dans ses prunelles. Pourquoi, quand il l'aborde, elle a cet air affolé.
~~~

23

Gabin se précipita pour soutenir la domestique aux jambes en pâté de foie. Elle fouilla dans la poche de son tablier à la recherche du poudrier. Ne le trouva pas.

— Zut et flûte ! lâcha-t-elle. J'ai laissé le kawa à l'hôtel.

— Vu l'état de vos souliers, je dirais plutôt « Crotte de bique ! », blagua-t-il en la faisant marcher dans l'herbe pour les nettoyer.

Il la conduisit au pavillon octogonal tandis que la comtesse pouffait à pleines joues. Il poussa la porte qui n'était jamais verrouillée afin de servir de refuge en cas de gros temps. Cela intrigua sa cliente. Si c'était toujours ouvert, à quoi pouvait bien servir la clef ? Elle fit signe à son guide d'entrer en premier. Son geste fut apprécié. C'était rare, une aristocrate qui ne tenait pas à la préséance sur les gens sans naissance. Il fit asseoir la bonne qui craignait d'être interrogée sur l'origine de son malaise. Elle s'inquiétait inutilement : les deux autres l'avaient mis sur le compte de l'altitude.

Quitterie referma la porte derrière elle. Une armoire, une table garnie de chaises, quatre lits de sangles et un miroir posé sur la cheminée composaient le mobilier de l'unique pièce. Des inscriptions figuraient sur les murs. Des médaillons étaient peints en haut des huit faces du pavillon. Le guide délesta ses épaules du sac de bure. Il en sortit une gourde en bois. Les femmes avalèrent à petites lampées la gnôle de gentiane que Gabin faisait avec les racines de la plante.

Avec la clef, il ouvrit l'armoire dans laquelle se trouvaient des lampes-tempête, une hache, des couvertures, de la charpie et des bandages. Il tira des bûches de son sac et alluma de l'amadou avec un briquet à acier et silex. Tous trois se réchauffèrent devant le feu. Ils mangèrent avec appétit le pain de couleur gris-brun et le fromage frais parfumé d'ail sauvage. La conversation roula sur le refuge, sa forme curieuse et ses murs recouverts de chiffres, d'emblèmes et de signes.

— Racontez-nous l'histoire de ce pavillon, demanda Quitterie.

— On l'appelle « le château » parce qu'il a abrité l'élite des hautes classes, expliqua le montagnard. Au début, ce n'était qu'une hutte de pierres sèches. Puis lord Blair y a fait bâtir une cabane autour de 1780. Monsieur de Saussure y a couché en allant au Buet.

La comtesse ouvrit tout grand la bouche. Elle qui admirait l'illustre savant se trouvait à l'endroit même où il avait dormi. Elle sortit Mémento de sa veste, ainsi qu'un crayon. Flatté de la voir consigner ses propos, Gabin poursuivit ses explications.

— Dix ans plus tard, la cabane s'est écroulée. Quand le marquis de Sémonville est arrivé ici, trempé et glacé, il n'a pu s'abriter nulle part. Alors il a donné 2 000 francs pour faire édifier un refuge.

— 2 000 francs… répéta la bonne, impressionnée.

— Mais ça ne s'est pas fait. Il a fallu que le consul de France à Constantinople et l'ambassadeur de Naples se fassent surprendre par le mauvais temps pour que Balmat élève ce pavillon autour de 1795. Il l'a construit de ses mains avec l'aide de Cachat le Géant, l'homme qui a effectué la première traversée du col du Géant.

L'aristocrate gloussa de joie. Voilà maintenant qu'elle se trouvait dans un refuge bâti par le vainqueur du Mont-Blanc. Gabin en sourit de plaisir. Qu'elle était jolie avec ses pommettes rosies par le grand air et ses prunelles grises habitées d'une lueur de bonheur !

— Sur les cartes, cette bâtisse octogonale porte le nom de *Temple de la nature*. Allez savoir pourquoi.

— C'était dans le goût rousseauiste de l'époque, dit Quitterie.

Les deux autres la regardèrent sans comprendre. Elle aurait pu développer, mais elle jugea JJR moins intéressant que l'histoire racontée par son guide. Et quelque chose l'intriguait.

— Comment se fait-il que vous ayez la clef de l'armoire ?

— N'importe qui peut aller chercher la clef à l'Auberge de la Veuve. La brave femme Coutterand est morte, mais ses fils font perdurer la tradition. Le refuge a été élevé pour offrir aux savants, aux naturalistes, aux peintres et aux voyageurs de toutes les classes un asile assuré. En échange, chacun doit maintenir l'approvisionnement.

— C'est donc pour ça que vous avez apporté du bois.

Le montagnard acquiesça d'un « oui » débonnaire.

— Mais si on le brûle, on ne pourra rien laisser aux autres, releva la femme de chambre.

— Bien vu, ma soubrette !

En entendant ce compliment dans la bouche de Mlle d'Arcy, Gabin comprit que cette façon qu'elle avait d'appeler sa bonne était en fait affectueuse. De son côté, Jeanne-Alice avait une familiarité peu ordinaire avec sa maîtresse.

— C'est pourquoi j'ai monté plus de bûches que nécessaire, argua-t-il. Le restant ira dans l'armoire pour le prochain visiteur.

— C'est un excellent principe, approuva Quitterie.

— Pas si bon que ça, dit la bonne. Si le prochain marcheur n'a pas la clef, il ne pourra pas accéder au bois, et donc pas faire de feu.

— Mais il pourra s'abriter du mauvais temps, objecta le guide qui lui trouvait la langue bien pendue.

— Néanmoins, Jeanne-Alice a raison. Pourquoi ne pas laisser libre accès au contenu de l'armoire ?

— Parce que le refuge a été saccagé plusieurs fois dans le passé.

Les femmes furent outrées d'apprendre que ni la généreuse raison d'être de cet asile ni son éloignement n'avaient suffi à le protéger du vandalisme.

— L'équipement a été pillé, le miroir brisé, l'album déchiré. C'est ainsi que les gens ont commencé à écrire sur les murs. Ils y ont inscrit des messages d'amour pour contrebalancer cette profanation.

— Comme j'aurais aimé pouvoir consulter cet album ! regretta Quitterie.

— Je peux vous montrer ce qu'il en reste.

Il fouilla le fond de l'armoire, en sortit un registre endommagé qu'il posa sur le plateau de table. La comtesse l'ouvrit avec fébrilité. Ses yeux inquisiteurs parcouraient les pages déchirées, craignant de tomber sur Eudes. Par chance, ce fut Joséphine de Beauharnais qu'elle retrouva en compagnie de Bonjean, le pharmacien-botaniste de Chambéry. Éblouie par la Mer de Glace, la souveraine avait tracé quelques lignes, pastichant le poème *L'homme des champs* de Jacques Delille.

— Une grande et noble personne, commenta la comtesse.

Elle éprouvait une sympathie mêlée de pitié pour l'impératrice venue dans les montagnes soigner son cœur meurtri après son divorce. Bien que l'auguste dame voyageât incognito sous le nom de comtesse d'Arberg, tout le monde savait que c'était elle. Qui d'autre pouvait se rendre au Montanvert avec une armée de soixante-huit guides ? Peu avant, Napoléon Ier l'avait répudiée car leur union était sans descendance. Joséphine avait dû stipuler par écrit n'avoir plus aucun espoir d'enfants et consentir à la dissolution de son mariage.

— Elle a fait une trouvaille remarquable en venant ici, dit Gabin.

Sa cliente quémanda la suite qui s'annonçait savoureuse, tandis que sa bonne se taisait, consciente d'avoir trop parlé.

— Figurez-vous qu'elle a découvert une plante fort rare. Une *Linnaea borealis* en pleine floraison.

— Quelle joie elle a dû éprouver ! s'exclama Quitterie, que les fleurs avaient sortie de sa mélancolie lors de ses chagrins d'amour.

— Joie de courte durée, hélas ! La faute à Bonjean qui avait payé un pauvre paysan pour dégotter cette plante. Il lui avait fait transporter d'un point éloigné et replanter sur le chemin que l'impératrice devait emprunter. Elle a eu vent de la supercherie peu après la plante.

— Maudit trompeur de Bonjean ! pesta la comtesse.

— Il voulait lui faire plaisir, le défendit Gabin.

— Travestir la réalité est une entreprise risquée. Quand le dupé l'apprend, il en est blessé et rompt toute relation avec le dupeur.

— Et pourtant, l'impératrice n'en a jamais voulu au paysan auquel elle a accordé son secours, ni à Bonjean dont elle a porté le fils sur les fonts baptismaux deux ans plus tard.

— Son bon cœur l'a perdue ! Et à plus d'un titre.

Le guide se raidit d'inquiétude face à la vive réaction de sa cliente qui constatait maintenant les dégâts sur l'album :

— Quel dommage que tant de pages soient manquantes ! J'aurais aimé savoir qui étaient les autres personnalités.

— On le saura en lisant sur les murs, proposa Jeanne-Alice.

Elle quitta sa chaise d'un bond, désireuse de distraire sa maîtresse dont l'humeur s'était assombrie.

— Bonne idée ! s'exclama Gabin en l'imitant.

À tour de rôle, ils énoncèrent les noms des savants inscrits dans les médaillons à la peinture passée. La comtesse les observait. Ils étaient aussi amicaux l'un que l'autre. Pas une once de méchanceté, pas d'arrière-pensée. Ils étaient semblables, à ceci près que son guide était plus cultivé que sa bonne. C'était admirable toutes ces connaissances qu'il détenait sur les plantes, les minéraux, l'histoire, le climat. En sus, il était beau de partout. Beau de corps avec cette force physique visible à l'œil nu, beau de visage avec ses traits réguliers et ses yeux translucides, beau d'esprit avec son âme franche et sincère. C'était le type même de l'homme droit dans ses bottes. Pas le genre à tromper sa femme. Dans ce cas, pourquoi l'entourait-il de prévenances ? Car il la courtisait. De façon discrète, certes, mais réelle. La question se posait : avait-il une famille à charge ? Elle voulait en avoir le cœur net avant son retour au bourg.

— C'est dommage que certains noms soient effacés par le temps, regretta Jeanne-Alice.

Gabin retira des morceaux de charbon de bois sur le bord de la cheminée. Comprenant ce qu'il avait en tête, la chambrière déplaça sa chaise près du mur. Il y monta et écrivit le nom de Balmat dans le médaillon au-dessus de la cheminée. La bonne suggéra Cachat le Géant dont le surnom lui plaisait. Quitterie proposa Saussure pour le grand médaillon de la porte. Les deux autres déplacèrent la chaise, tracèrent les noms. À les voir s'amuser comme des gamins, Quitterie se revit quand elle jouait avec Annibal. C'était bien cela. Son guide et sa domestique s'entendaient déjà à merveille. Ils étaient comme son frère et elle. L'argent et la noblesse en moins.

— Il n'y a pas de femmes, fit-elle remarquer. Je propose donc la veuve Coutterand, pour avoir ouvert la première auberge du pays.

Les voici donc en pleine effervescence. Les propositions de noms se succédèrent à vive allure pour le médaillon restant.

— On pourrait mettre Pernette Croz, jeta Gabin. Elle le mérite.

Il baissa la voix sur les derniers mots, espérant ravaler la bourde qu'il venait de commettre.

Trop tard !

C'était sorti de sa bouche.

~~~

Contrairement à ce que pensent son père et le curé, Quitterie fait son possible pour se conformer aux commandements de Dieu. Si elle ne va plus dans l'isoloir de l'église, c'est parce que la lubricité de son fiancé, c'est le diable à confesser. Or elle a encore son pucelage malgré le bouillonnement dans les veines d'Eudes. Elle rêve de nouer le lien sacré du mariage – à vingt-quatre ans, l'affaire est pressante. Mais Annibal se met à dénigrer la Froutte en bloc et la jeune comtesse ne comprend pas ce qui motive ce rejet dont son valseur est l'objet.
~~~

~~~

La fille Croz est ravie de plaisir quand Ponce vient la saluer à l'hôtel. Elle aime son air cordial, sa poignée de main bonne, ses boucles blondes balayées au-dessus du front. Mais ensuite, la douleur la gagne. Son sang tape dans la plaie vive que le violenteur lui a faite. Pourtant, Pernette veut chasser de sa tête ce voile noir posé sur ses jours depuis sept ans. Elle se bat intérieurement contre cet abus qui a atteint son corps et l'a fait honteux. Contre cet effroi qui a imprégné son cœur et l'a rendu craintif.
~~~

24

Après sa gaffe, Gabin s'était tu, incapable de savoir ce qu'il pouvait dire ensuite, ni quelles fâcheuses conséquences cela aurait.

— J'ai entendu parler des dîners de Pernette Croz, déclara Quitterie après un temps que son guide avait trouvé fort long. Mais si organiser des sauteries suffisait, n'importe quelle mondaine aurait son nom sur les murs du pavillon ! Par ailleurs, je n'arrive pas à me figurer quelles soirées une femme surnommée « Pauvrette » peut donner.

Le montagnard s'efforça de lui répondre sans s'enfoncer dans une conversation risquée.

— À chaque nouvelle ascension au Mont-Blanc, Pernette dresse un dîner en plein air que les ascensionnistes ne manquent jamais d'accepter en revenant du sommet. Elle trinque à leur réussite. Les gens de marque en raffolent. Ils défrayent généreusement ses dépenses car être conviés à son dîner atteste de leur victoire. Bien davantage que la presse qui n'envoie plus de journalistes, à moins d'une catastrophe. La dernière fois, c'était pour la caravane du Dr Hamel.

— C'est une brave femme, admit la comtesse. Mais elle n'a accompli aucun exploit. Son nom n'a pas sa place sur un médaillon.

Gabin observa un silence gêné. Sans savoir quel tourment l'agitait, Jeanne-Alice s'écria :

— Je sais quel nom on va mettre : Quitterie d'Arcy !

— Mais non, mais non, se défendit sa maîtresse. Je n'ai rien accompli de marquant pour le moment.

Elle mentait. Ce choix flatteur caressait la vanité de son cœur.

— On ne fait que prendre un peu d'avance, Mademoiselle. Dès demain, vous serez la première femme au sommet du Mont-Blanc.

Le guide décida de faire cesser cette discussion qui le mettait de plus en plus mal à l'aise. Il scruta le ciel par la fenêtre. Des nuages s'étaient amoncelés sur les hauteurs d'alentour.

— Le temps se gâte. Redescendons avant la pluie.

Quitterie lui en voulut d'avoir détourné la conversation alors qu'elle portait sur sa gloire à venir. Elle regarda par la vitre pendant que Gabin s'occupait d'éteindre le feu et de verrouiller l'armoire. Elle était malcontente car il venait de la priver d'un plaisir immédiat : voir son nom figurer sur le dernier médaillon.

— Avant de partir, je vais vous montrer quelque chose, dit-il en voyant sa mine fâchée.

Il invita les femmes à se placer debout, face au miroir posé sur la cheminée. Elles s'exécutèrent sans comprendre où il voulait en venir. Alors qu'elles voyaient leur reflet, il ouvrit la porte en grand. La glace réfléchit une superbe cascade qui s'écoulait de l'aiguille du Dru. Elles s'extasièrent sur cette vision paradisiaque. Cette image pleine d'une nature féerique venait de gagner son ticket d'entrée pour le musée de Mlle d'Arcy qui en fut reconnaissante à son guide.

Tous s'élancèrent dans la pente, alors que des nuages se regroupaient sur les cimes comme à un sinistre rendez-vous. Entre les amas gris, le soleil piquait. La comtesse marchait avec légèreté tandis que sa bonne allait d'une allure raide, significative des muscles tétanisés. Gabin proposa une courte halte à la fontaine du Caillet pour boire, mais aussi pour donner du relâche à Jeanne-Alice dont les pieds étaient froissés par les cailloux. Elle s'assit à l'ombre des arbres tandis que

Quitterie s'apprêtait à poser les questions qui lui brûlaient les lèvres : Avait-il une femme ? Des enfants ? C'est là qu'arriva un accident fâcheux qui allait changer le cours des choses.

La comtesse se trouvait à l'écart avec son guide quand un morceau de rocher se détacha dans un grand fracas. Il leva la tête, comprit que Jeanne-Alice était sur sa trajectoire.

— Ne restez pas là ! hurla-t-il.

La domestique le regarda sans réagir. Le bloc débaroula jusqu'à elle en une poignée de secondes, lui brisa la jambe avant de poursuivre sa descente, broyant la végétation sur son passage. Quitterie demeura dans une stupéfaction qui la pétrifia.

— Non, non, pas encore ! beugla Gabin en se précipitant vers la bonne qui poussait des hurlements.

Ses cris perçants attirèrent l'attention de Pernette, installée plus bas avec des vivres. Elle remonta jusqu'à eux, constata les dégâts en reprenant son souffle. Ce n'était pas beau à voir, cette chair giclant comme un fruit trop mûr. Elle échangea un regard d'intelligence avec le guide qui n'eut rien besoin de lui dire. Elle avait suffisamment côtoyé les hommes de la Compagnie pour savoir ce qu'il fallait faire.

— Je pars devant pour prévenir le docteur de l'accident, annonça-t-elle avant de disparaître dans la pente.

Parce que Jeanne-Alice souffrait le martyre, Gabin tira sa gourde de son sac, la força à boire ce qui restait d'eau-de-vie, tout en gardant un œil sur le ciel. Les nuages dont ils avaient fui les approches les rattrapaient. L'atmosphère avait fraîchi, comme souvent avant la pluie.

Le guide souleva le corps éclopé qu'il plaqua contre son torse. Il n'avait d'autre choix que de porter la bonne qui gémissait de douleur dans un délire alcoolisé. Par chance, elle ne pesait pas une plume. Les premières gouttes marquèrent les rochers des taches foncées.

— Suivez-moi, dit-il à la comtesse. Et prenez garde de ne pas déraper. Il fait bien glissant.

Celle-ci obtempéra, la main crispée sur son alpenstock.

La descente fut un calvaire. Gabin se reprochait cette halte à la fontaine. S'ils avaient filé, le rocher aurait roulé après leur passage, sans dommage. Pourquoi l'histoire se répétait-elle ainsi, à un endroit qui n'était pas réputé dangereux ? Il craignait maintenant qu'il arrivât quelque chose à Quitterie qui marchait derrière lui en ruminant ses pensées. La pluie lui dégouttait le long du cou. Elle se blâmait d'avoir refusé la monture qui aurait permis de redescendre Jeanne-Alice à dos de mulet, et non lovée dans les bras de son guide. Certes, sa soubrette était méchamment blessée, mais à cet instant, elle en était jalouse.

À mi-parcours, ils virent arriver Ventura, flanqué de Choucas, son berger noir à plastron blanc. Pernette l'avait croisé en allant avertir le docteur. Le guide était aussitôt parti à leur rencontre, mené par le flair du chien de troupeau qui n'avait pas son pareil pour retrouver une brebis blessée. Gabin confia l'accidentée à son ami pour aller protéger la marche de sa cliente.

Jeanne-Alice s'accrocha au cou de Lino telle une désespérée. Ses prunelles pâlirent, le sang partit de son visage. Des larmes ruisselèrent de ses yeux anxieux qu'elle planta dans ceux de cet homme providentiel. Il y avait dans l'expression du visage féminin une espèce d'abandon qui toucha Ventura. Il porta la brunette jusqu'à l'hôtel, comme si sa propre vie en dépendait. Le médecin les y attendait pour donner des soins à cette domestique soûle et trempée dont la jambe brisée ballottait lamentablement.

~~~

La jeune comtesse a brusquement saisi la frivolité de la vie mondaine qu'elle mène. Elle confie à son journal qu'elle ne se berce plus d'illusions sur la haute société. Maintenant qu'elle peut soutenir une conversation avec des gens instruits, l'esprit de coterie qui règne dans les salons l'indispose. Elle est irritée par ces dorures rutilantes qui l'entourent. Par ces salles où ne restent, après les nuits de bal, que les rires aigres de ceux qui se retrouvent seuls. Et pour cause : depuis quelque temps, son cavalier se montre distant. Terminé le batifolage qu'ils poursuivaient, le soir, après les valses. Eudes ne supporte pas d'entendre Quitterie parler politique ou religion. Voilà pour la raison officielle. La raison officieuse est tout autre.
~~~

~~~

Pour Pernette, c'est jour de fête. Chaque année au 15 août, on célèbre la Vierge à Chamonix. Rare fois où elle peut abandonner son tablier pour revêtir une robe d'un noir luisant, égayée d'un mouchoir de cou en laine violette. Ponce admire la blonde quand elle passe sur le parvis où il s'est posté. Elle ralentit à sa hauteur, coule un regard vers celui qui semble un homme de droiture morale. Le sentiment dans le cœur, il la suit dans l'église Saint-Michel, s'assoit sur le banc, juste derrière elle. Elle joint ses mains, prie avec ferveur pour que la sainte l'aide à retrouver sa confiance au monde.
~~~

25

Le lendemain de l'accident, le temps était aussi maussade que l'humeur de Quitterie. La pluie tombait par torrents, se disputait en tourmente avec le vent. Cette journée du vendredi, elle aurait voulu l'employer à se lancer à l'assaut de son destin, or les intempéries la forçaient à l'inaction, la privaient de Gabin. Elle avait des élans de cœur à sa seule pensée. Une sorte de bien-être heureux la pénétrait quand il était à ses côtés. Toutefois, elle ne pouvait courir à lui avec cette tempête sans dévoiler qu'il exerçait un fort attrait sur elle. Son calepin servit de réceptacle à sa contrariété :

La belle vallée qui faisait mon espoir
est devenue une affreuse contrée.
Cette terrible pluie m'obligera-t-elle à rentrer
sans grimper le Maudit ?

Pour comble de tout, la comtesse était dans l'embarras. Avec sa soubrette sur le carreau, elle n'avait plus personne pour l'aider à se changer à mi-parcours. Comment allait-elle faire pour passer son lourd costume d'ascension ? Comment allait-elle rester décente, seule avec une quinzaine d'hommes ? La seule solution était de revêtir sa tenue avant de quitter l'hôtel, au risque d'arriver épuisée pour la seconde journée, réputée éprouvante. Elle ne pouvait s'empêcher d'en vouloir à sa domestique d'être impotente, tout en ressentant une épaisse culpabilité.

Elle avait fait déplacer Jeanne-Alice au dernier étage de l'Union, sous prétexte que la blessée avait besoin de repos. En réalité, l'aristocrate ne supportait pas de la voir souffrir. Elle se reprochait d'avoir embarqué sa bonne dans cette aventure pour laquelle elle n'était pas taillée. La veille, elle s'était rendu compte de son erreur quand sa chambrière avait fait un malaise au sommet du Montanvert. Non seulement c'était une piètre marcheuse, mais encore elle avait le mal des montagnes.

Seule dans sa suite, Quitterie soupira. À l'agitation qu'elle avait connue la veille succédait un état de vacuité. Elle convoitait l'air libre. Aussi descendit-elle dans le hall vêtue d'une robe grise composée d'un corsage à boutons de chaînettes et d'une jupe froncée. Ce choix vestimentaire n'était pas un hasard : cet ensemble pouvait être enfilé sans l'aide d'une habilleuse. Elle sortit sous la verrière pour voir si le gros temps paraissait s'apaiser. Mais le vent était si fort qu'elle ne pouvait s'aventurer dans la rue sans crainte d'être renversée. Elle devait tâcher de s'occuper le plus possible.

— Allons voir comment ma soubrette a passé la nuit, dit-elle, s'exhortant à la visiter malgré son trac de la trouver très éprouvée.

Elle emprunta l'escalier de service, seul moyen de gagner les chambres de bonnes. Juste avant d'arriver au dernier étage, elle entendit une porte s'ouvrir, des voix.

— Le médecin ! murmura-t-elle.

Cela tombait bien, car elle voulait l'interroger sur les chances de guérison de sa bonne. La veille, il avait réduit la fracture, nettoyé la plaie, administré une potion somnifère à la blessée pour provoquer le sommeil. Quitterie lui avait demandé de prodiguer les meilleurs soins. Pour l'y inciter, elle n'avait pas hésité à lui remettre un louis d'or – soit 28 livres et 8 sous de Piémont, monnaie en vigueur à Chamonix.

Contrairement à ce qu'elle pensait, ce n'était pas le docteur qui sortait de la chambrette, mais une servante de l'hôtel, gênée de découvrir un homme qui n'aurait pas dû être là. L'employée baissa la tête, trahissant un seul souhait : filer au plus vite. La crainte d'être prise dans l'engrenage d'une affaire à laquelle elle ne voulait pas être mêlée se lisait sur ses traits. Vers l'escalier, elle sursauta en se trouvant nez à nez avec une dame en robe sans baleines. D'habitude, seuls les messieurs adeptes du droit de cuissage montaient jusque-là. Elle salua avec déférence la comtesse d'Arcy qu'elle avait reconnue. Et pour cause ! La veille, cette cliente lui avait donné des consignes inouïes pour requinquer sa domestique : brioche dorée le matin, viande rôtie à midi et chocolat au lait le soir – une préparation considérée à la fois comme une décoction médicamenteuse et une boisson mondaine. Jamais une bonne n'avait été aussi bien traitée !

La servante dévala les marches tandis que Quitterie s'engageait dans le corridor où régnait une chaleur de serre humide. Elle entendit frapper trois coups contre une porte dans le couloir transversal, puis une voix d'homme qui demandait la permission d'entrer.

N'y comprenant plus rien, elle s'arrêta à l'angle du mur, guigna de l'œil. Juste à temps pour voir un uniforme de guide pénétrer dans la chambre de sa soubrette. La porte se referma et le cœur de la comtesse dérapa. La crainte la submergea. Elle entra en moiteur. Et si elle s'était trompée sur Gabin ? Trompée sur sa bonne ? Fourvoyée au sujet de leur loyauté, de leur droiture. Ces deux-là s'étaient-ils unis pour l'écorcher intérieurement, comme l'avait fait Eudes et Sixtine dans le passé ?

À l'intérieur de la chambrette, une Jeanne-Alice hébétée redescendait son jupon avec maladresse, sans toutefois couvrir sa jambe blessée. La plaie devait respirer, ordre du médecin. C'était à lui, justement, qu'elle avait cru répondre quand on avait frappé. Quelle surprise pour elle de voir entrer le guide qui l'avait portée dans ses bras la veille ! Elle lui sourit avant de réaliser qu'elle était avachie sur son oreiller, la brassière ouverte jusqu'à la naissance de la poitrine en raison de la chaleur. Elle voulut se redresser, mais elle était à moitié groggy par les sels de morphine administrés contre la douleur.

— Pourriez-vous m'aider ? demanda-t-elle.

Deux bras vigoureux l'installèrent dans une position plus confortable. Encore tout étourdie, Jeanne-Alice jeta la tête en arrière pour regarder son visiteur. Une mèche de cheveux noire s'échappa de son chignon, glissa le long de sa joue et vint se loger entre ses seins sans qu'elle en prît une conscience suffisante. Les yeux masculins suivirent le mouvement de la mèche, tombèrent sur la gorge en balcon de celle qu'il avait plaquée contre son torse la veille. Serrée contre lui pour la rassurer. Cette gorge bombée et charnue... De quoi enlever le goût du travail, même à un grand professionnel.

Dans le couloir, Quitterie se demandait ce qui se passait derrière la porte close. Elle extirpa son mouchoir brodé de sa manche au poignet ajusté, le porta à son front comme pour essuyer une légère sueur. Elle écouta l'absence de bruit. À fleur de nerfs, elle colla son oreille contre le battant, n'entendit rien de plus. Ce silence la torturait.

— Pourquoi ne parlent-ils pas ? marmonna-t-elle.

Elle était suppliciée par le doute. Et s'ils étaient en train de s'embrasser ? Le sort n'était-il qu'un éternel recommencement dont elle était le jouet malheureux ? Soudain, elle perçut une conversation qui se perdit en chuchotements. S'ils faisaient des messes basses, c'était qu'ils avaient quelque chose à cacher. Elle hésitait à faire irruption dans la chambre quand des gloussements se firent entendre. C'était Jeanne-Alice qui riait.

— Il arrive à la faire rire dans son état, dit-elle entre ses dents.

La comtesse en éprouva une morsure au cœur. Elle eût hurlé de souffrance. Les larmes au bord des paupières, elle n'eut plus qu'une idée en tête : quitter cet endroit où elle étouffait. Elle tourna sur ses talons, emprunta le corridor en sens inverse, s'engagea dans l'escalier. Les doigts crispés sur son mouchoir, elle descendit les marches quatre à quatre, incapable de réprimer son envie de courir. Elle avait besoin de prendre l'air, mais ne se sentit pas d'afficher son visage défait dans le hall très fréquenté. En outre, il y avait le risque de tomber sur Eudes dans la rue. Car il était à Chamonix, elle en était persuadée depuis qu'elle avait aperçu la redingote bleue. Qui d'autre que lui se revêtirait d'un habit de bal en montagne ? Aussi décida-t-elle de regagner sa chambre pour s'y terrer. En arrivant à son étage comme un chariot lancé dans une pente raide, elle prit quelqu'un en pleine poire.

— Aïe ! expulsa-t-elle en lâchant son mouchoir.

Ses larmes avaient fait que, sans le voir, elle avait couru sur un homme. Parce qu'elle allait retomber en arrière, il la saisit par la taille, la ramena contre lui. Il tint son corps entre ses bras, si étroitement que cela constituait une infraction aux bienséances publiques. Elle ne lui fit aucune résistance pour autant. Collée sur les muscles pectoraux, elle sentait contre ses seins le cœur masculin battre. Elle savoura l'émotion troublante de cette étreinte inattendue. Et prolongée.

— Vous êtes arrivée si vite que je n'ai pas eu le temps de vous éviter, s'excusa-t-il en desserrant son étreinte. Rien de cassé ?

Cette voix grave et chaude…

Elle recula d'un pas, cligna des paupières pour voir au travers de l'eau salée qui troublait sa vision.

— Gabin ?

Tout fringant dans son costume des dimanches complété d'un paletot en mérinos sombre, il odorait le propre, le savon.

— C'est bien moi, dit-il en soulevant légèrement son chapeau.

— C'est que je n'ai pas l'habitude de vous voir en homme du monde.

— Pas plus que je n'ai l'habitude de vous voir en femme !

Il ramassa son mouchoir tandis qu'elle souriait à son mot d'esprit. Elle était à son avantage dans cette robe assortie au gris de ses yeux. La fronce de la jupe mettait en valeur sa taille fine. Le corsage cintré ne fermait pas bord à bord, laissant entrevoir la finesse d'une dentelle anglaise.

— Qu'est-ce que vous faites ici ? demanda-t-elle.

Pour la tranquillité des clients de l'hôtel, les guides n'étaient pas autorisés à se rendre dans les étages.

— Je suis venu vous chercher. Mais vu que c'est interdit par le règlement, j'ai pris l'entrée de service.

Dans le passé, il l'avait souvent empruntée pour rejoindre dans leur lit des clientes en mal d'amour. Des dames trop gâtées qui l'utilisaient avant de le jeter comme un jouet cassé à la fin de l'été.

— Me chercher ? Pour quelle raison ?

— Avec cette pluie, j'ai pensé qu'une activité serait la bienvenue. Et j'ai quelque chose qui pourrait vous distraire.

Cette sortie n'était qu'un prétexte pour lui rendre visite. Depuis la veille, il ruminait ses pensées. Il était présent quand elle avait demandé au docteur de tout faire pour sauver la jambe de sa bonne. Sa cliente avait le cœur bon. Elle serait déçue quand elle s'apercevrait que la réalité de la vie était en désaccord avec ses espérances.

— Mais alors… réalisa-t-elle soudain. Si vous êtes ici, qui est avec Jeanne-Alice ?

— Ah ! Vous êtes au courant qu'elle a de la visite. C'est Ventura. Il a tenu à m'accompagner quand je lui ai dit que je venais vous trouver. Il voulait prendre des nouvelles de votre bonne.

— C'était Ventura ! chevrota-t-elle, trahie par ses nerfs.

Pas certain de comprendre, il préféra clarifier la situation.

— Je sais que c'est un peu cavalier de sa part, mais il ne tenait plus en place. Il ne fait que parler de votre femme de chambre depuis son sauvetage d'hier. Je crois qu'il a un faible pour elle.

Le menton de la comtesse trembla. L'accident, le mauvais temps, la confusion en raison de l'uniforme… elle éclata en sanglots. Elle se sentit ridicule, mais elle était incapable de contenir le flot de ses larmes. Gabin lui rendit son mouchoir. Elle était bouleversée. Sa poitrine remuait quand elle sanglotait. Il s'approcha doucement, désolé de voir que le corps de cette femme ressemblait à une plainte. Soucieux de faire disparaître l'incommodité qu'elle paraissait éprouver, il lui prit la main et porta ses doigts contre ses lèvres, les couvrit de baisers. Quitterie le laissa faire, les joues enflammées par la rougeur du plaisir. Il avait la peau douce. Elle aimait cette manie qu'il avait de raser toute barbe et toute moustache, d'aller à travers le siècle sans se soucier de la mode masculine.

Le geste tendre de son guide dénoua l'atmosphère. Un sentiment de chaleur se répandit en elle. C'était l'éveil d'une sensualité encore brouillée qui la poussait vers cet homme. Ses bécots lents et appuyés révélaient qu'il comprenait tout. Tout ce qu'elle ne disait pas des trahisons et des déceptions. Elle eut le sentiment qu'il était différent des mâles qu'elle avait connus jusqu'à présent.

— Je suis triste de vous voir si malheureuse.

Il y avait en elle un appel au secours auquel il avait envie de répondre. Une attirance qui le sollicitait grandement. Il posa sa paume chaude sur l'avant-bras féminin d'un geste d'une grande douceur, l'encouragea à se confier d'un regard engageant.

— Tout est arrangé, dit-elle en souriant à travers ses larmes.

Gênée de se donner ainsi en spectacle, elle battit des cils, détourna le regard, les joues cramoisies.

— Vous ai-je embarrassée avec mes baisers ?

— Au contraire, je trouve charmante votre façon de faire.

— Est-ce la présence de Ventura au chevet de votre bonne qui vous chagrine ? Il ne pense pas à mal. C'est un bon gars, vous savez.

— Du tout ! Bien au contraire. Ma soubrette est brave et aimable. Je suis contente de savoir qu'elle a de la visite. Avec ce qu'elle endure, elle a besoin de se changer les idées.

— Et vous aussi, il me semble. Je ne supporte pas de voir vos beaux yeux gris qui ont pleuré.

— Je promets de sécher mes larmes si vous me parlez de cette chose qui pourrait me distraire.

La comtesse tamponna ses paupières avec son mouchoir.

— Je ne veux rien dire à l'avance, car il s'agit d'une surprise. Je vous y conduis de suite, si vous voulez.

— Je dois être affreuse, se plaignit-elle en cherchant à relever son chignon effondré dans sa nuque.

— Vous aurez retrouvé votre teint de rose dans une minute.

— Vous me flattez, dit-elle en portant ses pas vers sa suite. Mais il pleut fort dehors. Entrez pendant que je change de tenue.

Face à cette familiarité soudaine, il resta sidéré, à regarder la porte ouverte comme si le battant allait lui revenir en plein visage.

~~~

Eudes affirme que rien ne l'indispose plus que la parole expansive de Quitterie. Il a cette conviction que l'ordre social ne peut être assuré que si les femmes gardent la bouche fermée. Voilà pour la raison officielle. La raison officieuse est qu'Annibal l'a menacé du pire s'il ne décourageait pas les rapports familiers avec sa sœur. Et la Froutte est un froussard qui déteste recevoir des coups, tandis que le comte est un solide querelleur qui aime en donner. Aussi le valseur préfère-t-il s'arranger à l'amiable. Après tout, Mlle d'Arcy n'est pas la seule dot rondelette du bal. Il y a aussi cette superbe jeune fille dont le père est rédacteur de presse. Alors, à quoi bon risquer de s'abîmer le portrait ?
~~~

~~~

Ponce ne bouge pas d'un pouce sur son banc pendant qu'on célèbre la Vierge dans l'église Saint-Michel. Ses yeux bons et humides de chien fidèle brillent d'un tendre éclat qu'attise la vision de Pernette, assise très droite, le rang devant lui. Juste avant qu'elle ne se lève pour aller communier, l'aspirant guide lui frôle la nuque. C'est un geste léger, affectif. Un effleurement. Elle frémit. Jamais encore elle n'a senti la caresse des doigts sur sa peau. Une caresse masculine. Aussitôt, elle s'affole, bondit sur ses pieds d'un mouvement effaré. Plus rien ne suffit à dompter sa crainte. Oubliant l'hostie consacrée, la fille Croz se précipite vers la sortie. Ponce a tout juste le temps de la voir passer par la porte qui conduit sur la place. Et de disparaître.
~~~

26

— Eh bien, ne restez pas dans le couloir ! dit la comtesse en débouchant la carafe à liqueur.

Planté devant la porte ouverte, Gabin se sentit devenir nerveux, alors qu'elle semblait l'inviter dans sa suite en toute simplicité. S'il était commun dans ses manières, il ne voulait surtout pas être impoli avec sa cliente. Aussi finit-il par en franchir le seuil, le chapeau à la main. Il avança de quelques pas pour prendre le verre de porto qu'elle avait rempli à son intention avant d'aller changer de tenue. Au garde-à-vous dans l'encoignure de l'entrée, il aperçut une série de pièces en enfilade : un salon, une logette pour domestique, un cabinet d'hygiène et une chambre dont la porte restait entrouverte malgré sa présence.

Il s'aventura un peu dans le salon. Pas besoin de jeter un coup d'œil dans la chambre pour savoir comment elle était meublée : grand lit, coiffeuse à tiroirs, paravent, psyché de bois noir. Il connaissait le luxe de cette pièce faussement feutrée. Il but le vin de liqueur qu'il trouva plus sucré que tout ce qu'il avait goûté alors. On n'entendait que le froissement des vêtements derrière le paravent. Cet écran entre eux semblait l'exhorter à lui dire les choses telles qu'elles étaient.

Au risque de tout fiche en l'air.

Intimidé et hésitant, il mit ses mains dans ses poches. Dans celle de droite, ses doigts rencontrèrent l'argent de l'expédition. Dans celle de gauche, le peu qu'il possédait. Il fit le compte des sous qui lui restaient, ne put retenir une grimace. Les galoches des gosses avaient besoin d'être ressemelées. Et il n'avait pas de quoi payer le cordonnier, alors qu'il avait dit à leur mère de ne pas s'en faire.

Il approcha du seuil de la chambre pour parler quand la psyché réfléchit l'image de Quitterie affairée derrière le paravent. Il eut alors l'affolante vision du corps semi-dénudé, des dessous féminins. Il aperçut les bas de soie charbon qui escaladaient les jambes fuselées, grimpaient les cuisses rose charnel. Quelle apparition enchanteresse que ces bas lancés à l'assaut du mont intime, sans jamais parvenir à l'atteindre !

Si proche de lui et pour autant inaccessible.

L'idée d'être seul avec elle lui scia le ventre. Il y avait quelque chose de suffocant et d'enivrant à la fois chez cette femme. Médusé d'admiration devant cette silhouette sculptée par les heures passées à escalader, il resta coi. Il respirait à peine, pris dans un dilemme qui s'exaspérait : lui parler, ou se taire. À trancher ce doute, il mit trop longtemps et les dessous envoûtants disparurent dans une tenue de pluie. Préoccupé d'être trouvé en position de voyeur, il se recula de quelques pas, reposa le verre ciselé près du service à liqueur.

La comtesse sortit de derrière le paravent, prit son pardessus à plis qu'elle déposa sur son avant-bras. Elle avait les yeux gonflés en dessous, mais le sourire à la bouche.

— Je suis prête !

Son pantalon, qui dessinait ses jambes aperçues dans l'image volée, la faisait paraître avec toutes ses grâces naturelles.

— Le costume masculin vous va à ravir, osa-t-il.

Le cœur chamadant, elle se laissa encenser par ce montagnard qui en pinçait pour elle. C'était la première fois qu'un homme la félicitait d'enfreindre les règles vestimentaires. Sans en prendre une réelle conscience, tous deux étaient entraînés dans un mouvement irréversible, telle une barque emportée par le courant.

Ils quittèrent la suite. Lui, se dirigea vers l'escalier en bois qui menait à l'entrée de service. Dans un élan de spontanéité, elle lui prit le bras pour le faire changer de direction. Il était temps pour elle d'abandonner cette triste manie qu'elle avait de douter du sexe mâle.

— Prenons l'escalier principal et sortons par la grand'porte, voulez-vous.

— Sauf votre respect, Mademoiselle, les gens vont jaser. Et pas qu'un peu !

— Je n'ai pas à me cacher d'être en si plaisante compagnie.

Gabin lui sourit avec un air de reconnaissance. Pour lui, ce geste, c'était un signe de confiance. Et il en avait besoin après ce qui était arrivé au Montanvert. L'accident n'entacherait en rien sa réputation de guide car ce n'était pas sa cliente qui était blessée, mais la domestique de celle-ci. Toutefois, il le vivait très mal. À ses yeux, l'histoire se répétait. Qu'avait le sort à s'acharner ainsi ?

— Mais j'y songe, se risqua-t-elle. Peut-être est-ce vous qui ne pouvez vous afficher avec moi ?

Elle voulait le tester à propos de sa situation maritale, mais il ne broncha pas. Elle ne savait plus que penser, même si elle devinait en lui un ressort secret d'intempérance. Était-il un célibataire adepte des conquêtes de passage, ou un homme marié au cœur volage ?

La traversée du hall par deux costumes masculins formant un couple bien assorti transfigura l'atmosphère étouffée de l'hôtel. Les clients et le personnel n'attendirent pas de les voir franchir la porte pour se mettre à cancaner avec frénésie.

— Vous vous trompiez, plaisanta-t-elle. Personne n'a fait attention à nous.

Ils rirent de connivence.

Sur le parvis de l'établissement, Gabin l'aida à passer son pardessus sur ses épaules, puis ajusta son paletot sur son dos. Il pleuvait à torrents. Vu que les rues tournaient en boue, ils prirent place dans une voiture couverte, l'un en face de l'autre. Une fois la portière du fiacre refermée de l'extérieur par le cocher, l'aristocrate minauda avec le charme d'une dame qui joue à faire la mignonne :

— Venez donc près de moi.

Elle eut une manière si polissonne de tapoter des doigts sur la banquette que son guide la rejoignit – où était passée sa capacité à résister aux emballements inconsidérés ?

En s'asseyant, il approcha son visage glabre si près du sien qu'elle crut qu'il allait l'embrasser. Mais il se contenta de la respirer. Elle s'était parfumée d'Eau admirable de Cologne. Son odeur de fleurs lui donna des idées : il allait lui offrir maintenant le bouquet qu'il n'avait pas pu lui remettre le jour de son arrivée.

Avec des gestes délicats, il roulotta la manche droite de la comtesse jusqu'à l'articulation du bras. De la pointe de la langue, il dessina une marguerite des Alpes à l'intérieur de son poignet, une anémone pulsatille sur la peau blanche de son avant-bras, un sabot-de-Vénus dans le creux de son coude. Elle frissonna en savourant son organe qui se promenait sur sa chair frémissante, s'amincissait en tige, s'arrondissait en pétale, se relevait en pistil. Cette langue fraîche, plus caressante qu'une main, plus souple que des doigts, plus humide que des lèvres, provoqua l'émoi chez Quitterie. La lécher ainsi, c'était un moyen bien osé de l'entreprendre. Un moyen si hardi qu'il lui mit le sang sous la peau. Un véritable incendie !

— Ne vous arrêtez pas en si beau chemin, murmura-t-elle à son oreille, exhalant un souffle brûlant.

Gabin en fut étourdi comme un hanneton. Il se reprit à lui frôler la peau, sentit le feu qui courait dans ses veines. Il remonta ses bécots légers jusqu'à former une grappe de fleurs sur son cou gracile. Elle attendit la suite avec fébrilité, mais il n'ajouta pas un geste. D'habitude, il n'était pas si entreprenant.

~~~

La jeune comtesse ignore qu'elle se trouve prise dans les manigances d'Annibal, tombé dans la jalousie. Elle est persuadée qu'Eudes a fini par réaliser qu'elle est laide, contrairement à Sixtine dont le charme a su le captiver. C'est d'ailleurs à elle qu'il fait maintenant des compliments à perdre haleine. La mignonne correspond aux canons de la beauté féminine avec son air languissant et ses doux yeux humectés de larmes. Il faut la voir opiner de la tête quand M. de la Froutte dit que la femme n'est pas faite pour raisonner, mais pour obéir sans murmure. Au point qu'on peut y être trompé. En réalité, le mutisme de Sixtine relève plus de la sournoiserie que de la soumission. La camarade de pension marque sa rancune en détournant le valseur de Mlle d'Arcy qui s'est révélée une bien piètre amie. Au tour de Quitterie de se retrouver sans compagnie.
~~~

~~~

Malgré le temps qui passe, Ponce se prête à la bizarrerie du manège de Pernette avec calme et persévérance. Il attend quelque chose qui tarde à venir avec la patience inépuisable d'un homme galant. Peut-être sera-t-il récompensé de sa constance lors de la fête annuelle des guides, à la fin de l'été. L'ancien aspirant y étrennera son uniforme flambant neuf. Après la messe de protection, les jeunes gens à marier iront au bal sur la place du village où l'on pose chaque année un carré de plancher fort pour l'occasion. Il a invité la fille Croz en espérant qu'elle viendra aux festivités en plein air. Qu'elle ne s'enfuira pas s'il l'invite à danser. Qu'il pourra faire avancer les choses avec cette farouche blondinette dont il est épris.
~~~

27

Les baisers fleuris de Gabin avaient donné à Quitterie un émoi divin. Jamais on ne lui avait offert un bouquet aussi voluptueux. La tête lui tournait presque. Le fiacre fit halte devant l'Auberge de la Veuve. Il en sortit, puis ce fut au tour de la dame aux joues couleur de l'incendie. Elle refusa le parapluie que le cocher avait déployé. Sur le marchepied, elle avala des gorgées d'air frais pour faire baisser sa température. Le guide caressa des yeux le jeu des ombres sur ses jambes. Ce pantalon moulant était d'une indécence affolante ! Le fiacre repartit en cahotant dans une atmosphère étouffée de brume.

Il sortait de l'hôtellerie un bruit de fête qui rendit la comtesse guillerette. Elle, qui avait pensé mourir de chagrin sous les toits de l'Union, se sentait maintenant euphorique. Il ne restait rien des tracas du matin. À l'intérieur, une bonne odeur de civet, un goût de vin, des conversations animées. Une servante se précipita au-devant d'eux. Elle les débarrassa de leurs vêtements humides. Quitterie apparut en corsage de soie vert d'eau. Son décolleté était tempéré par une gaze de Chambéry, si légère qu'elle s'agita dans l'air, à la manière d'un ange frémissant. Par transparence, le voile de lin laissa deviner ses petits seins bien plantés. Le montagnard en fut tout remué.

— La bienvenue ! dit le restaurateur, flatté de voir qui arrivait.

Cette aristocrate était un de ces dandies femelles que l'on rencontre habituellement où il est de bon ton de s'afficher.

Il montra à la dame ce qui rendait unique l'établissement hérité de sa mère, la veuve Coutterand : caricatures, dédicaces et poèmes couvraient les murs de la salle à manger, du sol au plafond. Parce qu'il n'y avait plus de place sur les cloisons, certains hôtes avaient dessiné sur les battants de portes, signé sur les croisées des fenêtres.

— Bientôt, les voyageurs griffonneront sur la façade, dit-il.

La comtesse détailla les écritures avec grand intérêt. Il y avait des phrases bouffonnes, de beaux vers libres, de jolis croquis, d'autres plus coquins. L'ensemble était d'une grande extravagance.

— Il y a là la signature du docteur Hamel et celle d'Alexandre Dumas, précisa l'aubergiste. Pour voir les paraphes les plus anciens, il faut s'approcher de la cheminée. C'est la hotte qui a servi d'album en premier.

— Comme c'est intéressant ! s'extasia-t-elle.

— Cette partie date du siècle dernier. Quand les guides conduisaient les touristes à la glace dans l'anarchie générale, ajouta-t-il pour asticoter Gabin qu'il avait en amitié.

Celui-ci se planta devant l'âtre et lut tout haut un poème d'amour en coulant des regards à sa cliente qui l'écoutait avec attention. Sa voix est d'une douceur à fondre les nerfs, songea-t-elle en sortant Mémento de sa veste.

Curieux monde où les guides déclament comme des poètes !

Sur le manteau de cheminée, il y avait trace de la première ascension féminine au monde réalisée par trois demoiselles de la même famille. Elles avaient vaincu le mont Buet en 1786, la même année que la première au Mont-Blanc – ce qui valait au Buet le surnom de Mont-Blanc des Dames. Les deux sœurs et leur cousine avaient signé *Elisabeth, Jane & Mary Parminter* dans un entrelacs joliment dessiné. En dessous, se trouvait un quatrain qu'elle recopia :

Point de plaisir n'est parfait dans la vie.
Avec regret je quitte ces beaux lieux ;
Pour jouir, il faut être deux,
Or je pars loin de l'amour de ma vie.
... Carignan, août 1793

Ce paraphe serait passé inaperçu aux yeux de Quitterie sans ce patronyme familier. Carignan était le nom de jeune fille de sa mère, à cela près qu'il manquait la particule. La date était l'été précédant sa naissance. Curieux comme coïncidence !

— Je ne parviens pas à lire ce qui précède le nom de famille.

— Ma chère maman aurait pu vous le dire, mais moi, non, regretta l'aubergiste. J'étais trop petit, à l'époque. Malheureusement, les plus anciennes signatures s'effacent. Prenez celle de monsieur de Saussure qui datait de 1760. Un jour, on a vu qu'elle n'était plus là. Comme si elle s'était envolée pendant la nuit.

— Je vous dois le bonheur d'avoir vu ces noms avant leur envol.

— Vous serez encore plus heureuse quand vous aurez goûté ma cuisine ! fanfaronna-t-il. Venez, votre table vous attend.

En fait, à l'Auberge de la Veuve, on mangeait tous à la même table. Jeunes, vieux, nobles, roturiers, paysans, touristes, Sardes, Français, Suisses – sauf les Anglais qui ne faisaient aucun effort, comme d'habitude. C'était un pari que Gabin avait fait. Au fil des sorties, il avait remarqué que Quitterie aimait les histoires à faire rire et même les anecdotes grivoises à l'occasion. Un pari risqué qu'il aurait pu perdre, mais un pari gagnant puisqu'elle prenait place avec une joie étrange, presque disproportionnée. Pour celle qui avait cru à tort que son guide la trompaillait avec sa bonne, rien n'était plus plaisant que de s'attabler avec lui au milieu des convives.

On donna à la comtesse la même chose qu'aux autres : un petit vin fait de raisins blancs qui eut vite grisé tous les gens présents. Elle rit sans retenue aux gaillardises que certains voyageurs se firent un devoir de lancer dès le potage avec des voix crapuleuses. L'odeur de la soupe au lard irrita sa faim. Elle mangea avec appétit dans un brouhaha de conversations grossières. Son attitude sans chichis détonnait dans l'auberge. Elle en avait conscience et jouait le jeu à grand renfort de coudes sur la table et de rires bruyants. On servit la suite du repas. Les hommes attirèrent à eux le plat de croûte au pot. Ils se jetèrent sur ce pain avec plus de croûte que de mie, mitonné avec du bouillon, arrosé de graisse de marmite et doré au four. Après quoi, ils chantèrent au son d'un violon.

Gabin observait Quitterie alors qu'elle frappait dans ses mains pour accompagner la musique. Elle avait une si drôle de manière de s'offusquer, de contester, de lever les yeux au ciel, d'applaudir, d'éclater de rire qu'il serait resté toute une vie à l'écouter disserter sur tout, à la regarder se démener pour réaliser son grand projet. Son caractère viril, scandaleux chez une dame, n'était pas pour lui déplaire. Qu'il y eût des difficultés pour la satisfaire l'émoustillait.

Et puis, il n'était pas dupe.

Elle était plus femme qu'elle ne le montrait, cette créature qui essayait de concilier les exigences de sa passion avec les injonctions d'une aristocratie patriarcale. Pour preuve : son décolleté fort bien ajusté, ses phrases libres, ses lèvres charnelles. Des mots osés, une bouche à baisers. Il la devinait sensuelle sans être perverse, comme l'étaient certaines des étrangères qu'il avait connues dans sa jeunesse.

— Qu'avez-vous à me regarder de la sorte ? lui demanda-t-elle.

— Vous êtes ravissante.

Elle arrêta de battre des mains. Ce taquin la blaguait-il ? Elle sentit à sa respiration suspendue que son compliment était sincère.

— Ça ira pour cette fois ! répliqua-t-elle drôlement.

Amusé par son ton pince-sans-rire, il prit une expression

hilare. Une fossette se creusa dans sa joue gauche, marquant une forme de cœur dans sa peau. On lui devinait un reste de duvet doré sur son visage rasé. Il était impossible de ne pas le trouver attirant.

La conversation roula sur le temps. Allaient-ils pouvoir partir le lendemain ? Rien n'était moins sûr. Étonnamment, la comtesse semblait peu contrariée par cet ajournement supplémentaire. Elle buvait les paroles de son guide. Elle s'était affolée de lui après l'avoir entendu lui lire le poème d'amour écrit sur la cheminée. Ce qu'elle aimait chez les hommes, c'était leurs yeux. Et les siens étaient extraordinaires. Elle était également fascinée par ses mains, larges comme des battoirs. Elle avait envie qu'elles caressent son corps de femme, qu'elles le pétrissent. Quitterie d'Arcy était certaine d'avoir trouvé l'homme de ses rêves. Et elle le lui disait en lui coulant des regards fiévreux auxquels il répondait avec délicatesse. Il était d'autant plus séduisant qu'il semblait ne pas chercher à séduire. Elle mourait d'envie de se retrouver seule avec lui.

Le repas touchant à sa fin, le restaurateur leur proposa de boire du genièvre comme digestif. L'aristocrate regarda autour d'elle. C'était le milieu de l'après-midi, mais il faisait déjà sombre dans l'auberge en raison du jour gris. Le temps lui parut décalé. Le temps justement. Elle ne voulait plus en perdre. À quarante-quatre ans effectifs, elle était pressée de vivre. L'impatience monta en elle. Avec le montagnard, elle avait hâte d'aller au but. Elle ne se sentait plus capable d'attendre, plus capable de plaisanter avec les autres, d'être aimable avec les noceurs qui chantaient à tue-tête. Le corps impatient, elle brusqua leur départ.

— Nous allons prendre congé, annonça-t-elle tout à trac.

Elle sortit de l'auberge en corsage pendant que Gabin jouait son rôle de caissier en réglant la note. Il passa son paletot, prit le pardessus à plis, quitta les lieux. Dehors, il tombait une pluie mince, mais allègre. La température avait fraîchi. Il rejoignit la comtesse, réfugiée sous un abri surmonté d'une gouttière ruisselante. Elle avait le regard levé en direction des sommets que le brouillard avait avalés.

— Ça sent la neige, dit-il en lui couvrant les épaules.

Il avait conquis sa cliente en lui faisant découvrir des endroits insolites, en débitant des compliments au dessert. Mais ça ne faisait pas de lui un homme franc pour autant. Désireux de lui dévoiler un fait qu'elle ignorait, il lança :

— Il faut que je vous dise…

Elle se tourna vers lui avec une hâte fiévreuse, faisant régner sous l'appentis une subtile atmosphère de provocation. Elle était si près qu'il sentit dans son cou la légère caresse de ses cheveux. Elle approcha sa bouche de la sienne. Allait-elle l'embrasser ? Non. Jamais une dame de la société n'embrasserait un guide en pleine rue. Mais la tentation l'emporta. Elle le baisa aux lèvres. Son souffle avait un petit goût de pomme qui émoustilla les sens masculins.

— Je passerais volontiers le reste de ma vie à t'embrasser.

Il la regarda avec un air de stupeur vertigineuse. Tutoyé ! Elle l'avait tutoyé ! Telle une épouse dans l'intimité. Son rythme de cœur accéléré, il enlaça cette femme comme elle désirait de l'être.

Seuls dans la brume, ils restèrent ainsi lovés jusqu'à la venue de leur voiture, savourant avec volupté l'émotion enivrante de cette première étreinte amoureuse. Quelques flocons arrivaient jusqu'au sol lorsqu'ils quittèrent leur abri pour prendre place dans la voiture revenue les chercher.

— La route va blanchir, dit le cocher en fermant la capote.

Des nuages laiteux s'étaient amoncelés au-dessus d'eux. Ils ne pouvaient douter que bientôt la neige ne tombât sur le bourg, comme souvent à cette période de l'année. C'était la raison pour laquelle les ascensions majeures se faisaient en début d'été et non en fin de saison. Mais Quitterie s'en moquait, à présent, du mauvais temps. Elle rentrait à l'hôtel avec l'homme parfait. Contrairement à ce qu'elle pensait, il n'existait pas que dans les contes.

Sous la capote régnait une atmosphère féerique. Des bras tendres l'entouraient. Une bouche gourmande lui donnait un baiser exalté. Dans son cœur de femme montait un émoi de jeune fille. Le rêve d'un amour sincère l'enveloppa. La main caressante de Gabin retira la gaze légère de la petite poitrine si tentante, y découvrit une médaille frappée de la Sainte Vierge. Tout le chemin du retour, ils se pelotèrent comme des adolescents. Elle, un sein voilé, l'autre découvert. Lui, la braguette enflée.

~~~

La tendre comtesse est brisée par un grand chagrin : son histoire d'amour avec M. de la Froutte n'en était pas une. Elle est si blessée qu'elle ne fait que pleurer. Comme elle a été naïve ! Comme elle regrette d'avoir abdiqué sa pudeur et sa dignité pour de mauvaises promesses ! Pourquoi n'a-t-elle pas écouté son frère ?

Annibal a promis qu'il ne chercherait pas querelle à Eudes s'il rompait avec Quitterie. Mais il est furieux contre celui qui a broyé le cœur de sa sœur. Pour elle, tout est terminé : les émois romantiques, comme les espoirs ingénus de la jeunesse. À vingt-huit ans, la demoiselle traverse ces moments difficiles pendant lesquels on doute de soi, on doute des autres. On doute de l'amour, de l'amitié et même de la famille. Surtout maintenant que leur père les rejette, elle et son frère. Le comte reproche à sa fille d'avoir voulu se former l'esprit, à son fils d'avoir mis des idées perturbatrices dans la tête de sa cadette.
~~~

~~~

Cette fin d'été, Pernette se rend à la fête des guides. Ponce lui fait signe d'approcher de l'orchestre. Au moment où elle fend la foule, un soûlard lui saisit le bras, l'attire contre lui avec force, tente de l'embrasser. Son haleine chargée d'alcool lui fait remonter les stigmates de l'abus exercé par le serveur. La voyant se débattre, les tresses défaites, Ponce intervient. Il saisit l'ivrogne par le cou, lui comprime suffisamment la carotide pour le convaincre de s'éloigner.

Le tout nouveau guide pense qu'elle va s'enfuir, mais la blondine arrange ses nattes soyeuses. Elle le remercie, apprend qu'il se prénomme Pierre. Elle prononce « Pierre Ponce », se prend à rire. C'est la première fois qu'il entend son rire. Un rire charmant qui le fait fondre. Il plante ses yeux amoureux dans ceux de cette fille au petit nez de chatte. Et tandis que les danseurs scandent l'air à coups de galoche ferrée sur le plancher fort, Pernette sent sa main se faire envelopper par celle de cet homme doux comme un agneau mérinos.
~~~

28

La comtesse d'Arcy fit un retour très remarqué à l'Hôtel de l'Union où elle s'afficha avec son guide. Il avait suggéré d'emprunter l'entrée de service, mais elle ne faisait rien pour éviter le scandale qu'il sentait venir. D'une démarche chaloupée, elle traversa le hall bondé de monde en raison de l'atmosphère hivernale régnant dehors. Son corsage en partie déboutonné sema le trouble chez les étrangers qui lisaient la presse internationale dans les fauteuils rembourrés.

Ces derniers jours ne ressemblaient à rien de ce que Gabin avait imaginé. Mais tous ces imprévus l'emballaient. Jusqu'à sa rencontre avec Quitterie, trois mois plus tôt, le sort avait régné sur sa vie en despote cruel. Malgré les incidents qui pouvaient surgir à tout moment avec cette femme folâtre, ces instants passés à ses côtés le grisaient. Il éprouvait un sentiment d'inquiétude et de plaisir, d'impatience et de désir. Et, il devait bien se l'avouer, quand elle l'avait embrassé, il avait eu envie que ce baiser brûlant se prolongeât pendant des heures. Cette aristocrate française était la femme de ses rêves. C'était insensé, il le savait. Mais c'était plus fort que lui.

Soudain, elle s'élança dans l'escalier en criant :

— Le premier arrivé en haut !

Il resta un instant interdit. C'était d'une fraîcheur si enfantine ! Il gravit les escaliers quatre à quatre pour la rattraper. Ils arrivèrent essoufflés devant la porte de la suite, y entrèrent en croulant de rire.

— Quel âge as-tu ? plaisanta-t-il, osant le tutoiement à son tour.

— L'âge d'être comblée.

Il retira son paletot, se coula près d'elle, la caressa des yeux. Sa poitrine haletait dans le corsage ouvert. Il effleura du doigt le bombé de ses seins, dégrafa les derniers boutons. Qu'il était bon de pouvoir se permettre des privautés ! Un magnétisme sensuel s'alluma entre eux. Chacun devenait amoureux parce qu'il se sentait désiré.

Avec une moue de provocation, elle fit deux pas de côté, se déshabilla afin d'apparaître nue, à l'exception de ses bas. Ah, le contraste entre la soie charbon et la peau laiteuse au scintillement de perle ! Contrairement à ce qu'il pensait, elle ne vint pas à lui, mais lui tourna le dos pour aller vérifier si la porte était verrouillée. Il fallait la voir imprimer un mouvement exagéré de balancement à sa croupe. Gabin s'enflamma à la vue de ses fesses rondes qui tortillaient.

Ah, les fesses de Quitterie ! Blanches et hardies.

Quand elle revint se lover dans ses bras, il voulut l'embrasser, or elle lui refusa l'accès à sa bouche en renversant la tête en arrière. Alors il fit glisser sa langue sur son cou frémissant, happa un mamelon. Puisqu'il savait par expérience que les dames aimaient voir les hommes s'attarder aux bagatelles de la porte, il allait lui faire perdre la tête. Il s'agenouilla devant elle ; sa langue reprit sa marche conquérante sur son ventre frémissant. Passant ses bras autour de ses hanches, il cajola ses fesses, frotta son visage sur le haut de ses cuisses. Il éprouva sur ses joues glabres le soyeux de ses bas dont la vision l'avait transporté quelques heures plus tôt. Ses mains gagnèrent son entrecuisse. Ses doigts caresseurs explorèrent son sanctuaire. Ses pouces écartèrent doucement les lèvres gonflées d'envie.

— Pur délice, gémit-elle en sentant sa langue s'immiscer dans son intimité.

Dans la frénésie du désir, elle enserra de ses mains le visage masculin plongé dans sa féminité, tandis que sa bouche mignotait son berlingot. Un frisson de plaisir lui descendit de la croupe jusqu'aux entrailles. Son petit organe charnu trémula tel un grelot au rythme de cet homme habile qui l'amena à jouir éperdument. Elle tituba sous la vague de plaisir, le corps incendié, le cœur incendiable.

— Oh, Quittie, tu es une embellie dans ma vie ! susurra-t-il, la figure semi-enfouie dans sa toison humide.

— Qu'as-tu dit ? demanda-t-elle en se retirant brusquement en arrière.

— Que tu étais une embellie dans ma vie.

Il se releva, déboutonna sa chemise, les sens très excités.

— Je veux dire : comment m'as-tu appelée ?

— Quittie.

Elle se mit à arpenter la chambre, les mains sur les hanches. Quittie ! Il l'avait appelée Quittie !

— Personne ne m'appelle ainsi en dehors de mon frère.

— Je ne savais pas. C'est un nom tendre qui m'est venu dans le feu de l'action.

— Mon frère ! Bon sang ! s'écria-t-elle. Avec toutes ces anicroches, le mauvais temps, l'accident, et maintenant toi, je l'ai oublié !

— Content d'être dans le même sac que la pluie et une jambe cassée ! ironisa-t-il, dépouillé de sa chemise.

— Je devais lui envoyer un message, et ça m'est sorti de la tête.

— Tu lui écriras dès que nous aurons fini de nous aimer.

Il lui tendit les bras. Son torse admirable happa le regard de la comtesse un instant, mais elle revint à son manquement. Elle était estomaquée, car c'était la première fois qu'elle n'avait pas son frère à l'esprit. La première fois qu'elle vivait pleinement, sans penser à lui.

— Il doit être mort d'inquiétude.

— Tu es arrivée il y a trois jours, ce n'est plus à une heure près.

— Tu ne comprends pas ! Il est tout pour moi.

Elle se jeta sur le papier à lettres en tenue d'Ève.

Silence.

On n'entendait plus que le grattement frénétique de la plume.

Silence troublé par une petite toux.

Quitterie leva la tête. C'était son guide qui faisait « hum, hum » pour retenir son attention sur lui. Il la regarda jusqu'au fond des yeux, le désir bouillant dans les veines. Elle lui sourit furtivement, reprit sa correspondance.

— Hum… Hum… réitéra-t-il, histoire de montrer qu'il était toujours partant pour la bagatelle.

L'indifférence du coup d'œil que la comtesse lui accorda, par pure politesse, n'échappa point à ses yeux quémandeurs.

Pour s'excuser de sa négligence auprès d'Annibal, elle prétexta que les intempéries avaient empêché l'envoi d'un messager exprès. Un mensonge diplomatique. Pour se faire pardonner, elle écrivit qu'il lui manquait affreusement. Elle termina sa lettre par *Je t'embrasse comme je t'aime*. Elle signa *Ta mie*, alors qu'elle détestait ce mot dont il gratifiait ses conquêtes. Elle ajouta ses initiales, un simple paraphe dépourvu d'entrelacs féminins, laissant les fioritures aux courtisanes. Ceci fait, elle enfila à la hâte une culotte de lingerie et une sous-robe qu'elle recouvrit d'une redingote à châle. Ainsi attifée, elle fonça à la réception pour envoyer sa missive.

Et Gabin de se retrouver seul dans la suite luxueuse, la toile de son pantalon dressée !

Cette situation grotesque lui rappela les humiliations endurées avec des clientes quand il était encore aspirant guide. Ces dames du monde pour qui ce jeune Sarde était d'un exotisme bien tentant.

Il s'interrogeait. S'était-il fait des illusions au sujet de la comtesse ? Était-elle égoïste et manipulatrice ? Était-elle de ces richardes qui vivaient dans leur unique fantaisie, habitaient où elles voulaient, ne fréquentaient que ceux qui évitaient de les contrarier. Il se souvint des mots de Blier au sujet des voyageuses : « Le touriste en jupon, faut s'en méfier. Plus c'est rupin, mieux c'est vicelard. »

Gabin pensa que si on le trouvait là, il serait dans l'embarras. La découverte d'un guide aguerri dans la chambre d'une vieille demoiselle pourrait entacher la réputation de la Compagnie. En outre, il avait été échaudé dans le passé. Comme cette fois où sa cliente avait quitté Chamonix en catimini, le laissant attendre nu dans le lit, jusqu'à l'arrivée de la femme de chambre avec des draps propres. Il se rhabilla prestement, revêtit son paletot et quitta l'hôtel par la porte de service. Il avait éprouvé assez de mécomptes pour se montrer prudent.

~~~

La noirceur s'introduit dans les pages du journal de Mlle d'Arcy. Elle est si abattue qu'Annibal s'emporte. Il se jette sur Eudes comme un furibond, le traîne devant son juge. Il le frappe sous les fenêtres ouvertes de sa sœur, le bat sans prononcer un mot. Le coureur de dot trouve cela injuste, car il s'est éloigné de Quitterie, comme demandé. Et l'autre brute qui le remercie en lui amochant le portrait !

La jeune comtesse ne s'abaisse pas à regarder ce qui se passe au rez-de-chaussée. Elle préfère écouter le bruit sourd des coups et les plaintes émises par la Froutte qui couine d'une voix fragile tandis que son frère lui ensanglante la bouche. Elle accompagne ces représailles fraternelles d'un opéra de rires stridents, savourant le soulagement de crever ses cloques boursouflées d'amertume.
~~~

~~~

Au moment où Ponce veut se fiancer, il rencontre un obstacle de taille : le père de Pernette. Ce profiteur à qui elle donne tout ce qu'elle gagne depuis ses onze ans. Pour preuve : elle ne possède rien. Pas même le tablier qui recouvre son uniforme de boniche.

Quand le guide se rend à Saint-Gervais pour demander la main de sa blonde selon les usages, le père Croz la lui refuse d'emblée. Pourtant, la situation du prétendant n'est pas si mauvaise puisqu'il fait désormais partie de la Compagnie. Mais l'extorqueur d'argent ne l'entend pas de cette oreille. Si sa fille convole, sa paye ira dans la poche de son mari, et non plus dans la sienne. Alors il devra travailler pour nourrir sa famille. Hors de question pour le paternel !
~~~

29

— J'ai un message urgent, dit la comtesse en agitant son papier plié en l'air.

— Il partira dès demain matin, lui assura le réceptionniste.

— Je paye le double s'il part ce soir.

L'homme envoya un commis se renseigner. Peut-être qu'un messager exprès était suffisamment fou – ou suffisamment pauvre – pour se jeter sur la route malgré la nuit et les intempéries.

— Je vous ferai porter la réponse, Mademoiselle.

Quitterie préféra attendre sur place. Elle s'en voulait terriblement d'avoir oublié Annibal qui s'inquiétait sans cesse pour elle. Si encore son excuse était d'être en chemin pour le toit de l'Europe. Mais la réalité était qu'elle jouait la jouvencelle, le cœur chaviré et la tête dans les nuages.

Et le commis qui ne revenait pas ! Elle fit quelques pas pour calmer son impatience, zieuta par la baie vitrée. La rue était déserte, à l'exception d'un individu en paletot noir.

— Diable ! jeta-t-elle en retirant la tête de la fenêtre, comme si elle eût craint d'être vue.

— Ce n'est pas le Diable, mais Jean Gabin, commenta l'employé qui avait suivi son regard.

Une foule de questions assaillit la comtesse. Pourquoi avait-il quitté sa suite ? Pourquoi ne l'attendait-il pas ? Elle lui avait pourtant dit qu'elle reviendrait sitôt son message envoyé. Elle repensa à ce qui s'était passé. Il avait assouvi ses désirs charnels avec habileté, avait usé d'un petit nom dont elle s'était offusquée, parce que trop familier. Or, c'était elle qui avait supprimé « monsieur » devant Gabin, usant de son patronyme comme d'un prénom. C'était elle aussi qui l'avait tutoyé en premier. Alors il ne fallait pas s'étonner ensuite de s'entendre appeler « Quittie » dans l'intimité. De fait, il n'y avait rien là de déplaisant. Au contraire. Quittie, c'était doux et joli.

— Mais enfin, que fait-il dans la rue ? s'irrita-t-elle.

— Vu le sens de sa marche, je dirais qu'il rentre chez lui.

L'employé avait raison : Gabin s'en retournait sans un mot d'explication. Il était évident qu'il avait mal vécu l'interruption de leurs ébats. Elle l'avait laissé sur sa faim alors qu'elle avait été comblée. Pire, elle s'était montrée cassante, puis indifférente. La comtesse devait être lucide : vexé et frustré, son bel amant partait. Il en avait le droit. Ce n'était pas parce qu'il était son guide attitré qu'elle pouvait le soumettre à sa volonté. N'empêche que quelque chose la chagrinait. Quelque chose qui l'affectait en profondeur. Elle eut l'impression qu'il la quittait. Comme tous les autres avant lui.

— Et où est-ce, chez lui ? demanda-t-elle.

— Il vit au hameau de la Côte. Avec sa famille.

Le réceptionniste n'avait pu s'empêcher d'ajouter cette précision pour signifier que c'était mal de jouer avec un homme qui avait des responsabilités.

Le mot « famille » tournait déjà en boucle dans l'esprit de Quitterie. Si elle suivait le montagnard, elle verrait où il habitait, saurait s'il y avait une madame Gabin et des petits Gabin. Pour le savoir, elle devait se hâter, sans quoi il aurait bientôt disparu de sa vue. Oubliant qu'elle attendait le retour du commis, elle sortit en trombe de l'hôtel, laissant l'employé stupéfait.

— A-t-on idée d'être aussi impétueuse à cet âge ? maugréa-t-il.

Un vent de neige forcissait dehors. La température avait

encore fraîchi. Quitterie grelotta de froid dans sa redingote à châle sous laquelle elle était quasi nue. Tant pis ! Elle se réchaufferait en pressant l'allure derrière le paletot qui tourna à main droite.

Elle s'engagea dans la rue monteuse menant à la sortie de Chamonix. Une bourrasque souleva la masse de ses cheveux châtains. Des flocons lui bécotèrent les joues à la manière de baisers froids et piquants. Brusquement, une rafale venue des cimes la bouscula. Elle dérapa sur le sol glissant, tomba en avant.

— Nom de Dieu ! lâcha-t-elle, aussitôt emplie de surprise.

C'était bien de sa bouche qu'avait jailli cette expression offensante à l'égard du Seigneur.

Elle se releva, retira les salissures de ses mains, frotta ses rotules endolories, remarqua que ses bas étaient troués aux genoux. Mais aucun élément, fût-il déchaîné, n'aurait pu l'empêcher de suivre cet homme. Elle se remit en route, marcha vers la Côte d'un pas rien moins que résolu. Déjà, elle ressentait l'inquiétude de ce qu'elle allait découvrir. Le chemin de son avenir se traçait dans la pente devant elle. Serait-il grand ouvert, ou bouché comme le ciel ?

C'était incroyable ce que les choses pouvaient changer en quelques jours. Annibal était passé aux oubliettes, car Gabin avait accaparé toute son attention. Avec son guide, elle avait découvert les trésors du Montanvert, chanté à tue-tête à l'Auberge de la Veuve, brûlé de désir dans le fiacre, joui éperdument. Elle s'étonnait de la rapidité avec laquelle elle avait mêlé ce montagnard à sa vie. Elle se rappelait de lui lorsqu'elle l'avait vu la première fois.

Qu'il était beau !

Elle se souvenait des mots qu'il choisissait avec soin pour l'encourager au-dessus d'un précipice, la complimenter après une course réputée difficile. Elle sentait encore la chaleur de son corps pressé contre le sien quand il l'avait extirpée de la crevasse dans laquelle elle était tombée par imprudence.

Quitterie ouvrit le col de sa veste pour libérer la tiédeur qui montait de son buste en émoi. Ses pas heurtaient son cœur contre le sol, tels des coups portés contre elle-même et ses emportements.

— Je l'ai fait fuir, alors que je l'ai dans la peau.

Elle battit de cils pour en chasser les flocons qui s'y accrochaient, vit qu'il entrait dans le hameau de la Côte. Les chalets étaient construits sur un soubassement de molasses qui formait la base des habitations dont les murs étaient en bois. La comtesse ressentit une angoisse irraisonnée. Une malepeur lui serra la gorge comme si un torrent de crainte s'était mis à gonfler en elle. Et si son guide avait une femme dans sa vie, que ferait-elle ? Allait-elle subir une déception aussi cruelle que le jour où Eudes avait demandé la main de Sixtine ? Elle éprouva le vertige de cette possibilité : devoir renoncer à Gabin, fuir Chamonix, et par là même oublier le Maudit.

Rasant les murs de bois, elle parvint à ne pas perdre de vue le montagnard qui tourna l'angle d'un oratoire. Mais quand elle arriva à la petite chapelle, il avait disparu. Un courant d'air froid et humide fila par sa veste ouverte. Elle était seule dans le centre du hameau. Seule dans la semi-obscurité. L'espace d'une seconde, elle eut le sentiment que tout menaçait de lui échapper.

Seule ? En fait, non.

Le nez collé à la fenêtre, Pernette Croz regardait tomber cette étrange neige d'été quand elle vit passer une ombre entre son chalet et celui de son voisin. Elle n'eut pas longtemps à attendre avant de voir un bel habit tourner en rond dans la ruelle. La présence de ce vêtement hors de prix ne pouvait être le fruit du hasard. La tenue ajustée à la taille rasa les madriers, et, contre toute attente, un visage féminin jaillit derrière la vitre tachée de gouttes cristallisées.

— Ça alors ! s'écria-t-elle en quittant son poste d'observation.

À bien y réfléchir, ce n'était pas si étonnant. La silhouette était trop menue pour être un homme et la comtesse était souvent attifée comme un dandy. Avec cela, son guide vivait ici – il aurait fallu être aveugle pour ne pas voir qu'il se passait quelque chose entre ces deux-là. Pernette aurait pu jouer la discrétion, mais la dame avait l'air perdue. En outre, sa visite inattendue était la plus belle occasion qu'elle pût avoir pour lui rendre service, et espérer en retour l'avoir à dîner.

Quitterie entendit une porte grincer dans son dos. Elle se retourna, tomba nez à nez avec deux tresses d'un blond cendré.

— Madame Croz ! s'exclama-t-elle, soulagée de voir un visage familier alors qu'elle commençait à désespérer.

— C'est mademoiselle, en fait. Puis-je vous aider ?

— J'avais rendez-vous avec mon guide, mais je n'ai pas fait assez attention à ses explications et me voilà perdue. Il faut dire que c'est la première fois que je m'aventure jusqu'ici.

La montagnarde la regarda en diagonale, mais sans méchanceté aucune – ce n'était pas son genre. Toutefois, elle n'était pas dupe. Jamais Gabin n'aurait fait venir une cliente dans son modeste logis. Il était trop fier pour cela. C'était pour cette raison que tous les guides donnaient rendez-vous aux touristes à la Compagnie, ou qu'ils passaient les chercher à leur hôtel.

— En fait, vous êtes déjà venue ici, rectifia Pernette. Mais vous ne pouvez pas vous en souvenir, vu que c'était avant votre naissance.

La pauvre vieille part du chignon ! songea la comtesse en lui adressant un sourire d'indulgence.

— Vous me rendriez un grand service en m'indiquant sa maison.

La femme tressée désigna vaguement du doigt la construction voisine avant de retourner au chaud sans ajouter un mot. Ce fut donc en priant pour que cette porte fût la bonne que Quitterie s'engagea dans ce qui donnait accès à un chalet séculaire.

~~~

Malgré son cœur défloré, Mlle d'Arcy consent à retourner au bal avec son frère qui la fait danser à la régalade, bien qu'elle appréhende le rapprochement tabou de leurs corps. Elle y rencontre un officier de marine. Le militaire lui offre ses hommages, lui raconte ses expéditions en Extrême-Orient, se montre très assidu auprès d'elle. Bouquet sur l'oreille, Quitterie valse dans ses bras avec une grâce de mouvements qu'on ne retrouve que chez les demoiselles désespérées. C'est sa dernière chance de ne pas finir célibataire, alors que toutes ses amies sont déjà mères. Dans quelque temps, elle aura trente ans.
~~~

~~~

Pierre Ponce n'est pas homme à renoncer facilement. Il aime Pernette d'un amour franc et sincère, et veut faire sa demande en mariage avant qu'elle ne devienne trentenaire. Il désire plus que tout qu'elle porte son nom, qu'elle porte ses enfants. Une fois unis, ils partageront le même foyer, les mêmes bonheurs, les mêmes initiales : PP. Mais le père Croz se dresse en travers de leur avenir. Le guide prend conscience qu'il n'obtiendra jamais le consentement du paternel. Il lui faut faire autrement.
~~~

30

L'oreille tendue, Quitterie se pétrifia d'attention devant le vieux chalet. Du chambranle d'entrée s'élevait un brouhaha enfantin. Ses inquiétudes étaient fondées : Gabin avait une famille. La gorge serrée, elle songea à s'en retourner avant de se raviser. Rien n'eût paru plus absurde que de renoncer à connaître la vérité maintenant qu'elle était là. Si cet homme était aussi roublard qu'Eudes en son temps, autant le confondre sur-le-champ. Elle prit une inspiration avant d'ouvrir la porte dans un fracas de bois.

C'était une pièce rectangulaire dont on pouvait toucher le plafond de la main. Une carrossée de gamins étaient assis autour d'une table sur laquelle deux chandelles formaient des amoncellements de cire. Ils se turent en voyant cette dame vêtue d'un habit sali aux genoux. L'air sentait l'odeur des bûches de châtaignier mises au feu. Elle remarqua un vieillard recroquevillé dans un fauteuil devant la cheminée culottée de suie. Des tons noirs et gras recouvraient les poutres. Contre le mur du fond se trouvait une enfilade de lits-clos. La comtesse resta dans l'entrée où était entreposé un berceau vide. Elle pensa que ces gens devaient être bien pauvres pour manger et dormir tous dans la même pièce.

— Il y a quelqu'un ? demanda-t-elle d'une voix forte.

Le vieux et les enfants échangèrent des regards étonnés. Ne les voyait-elle donc pas ?

Soudain, une femme entra par une porte que Quitterie

avait prise pour un placard. Elle détailla cette dame affublée d'un vêtement d'homme. C'était le genre de clientes fortunées que Gabin accompagnait à la Mer de Glace. À la différence qu'aucune n'était jamais venue chez eux. Sa présence échevelée à cette heure avancée ne disait rien qui vaille à la mère de famille qui se montra prudente comme en présence d'un animal susceptible de mordre.

De son côté, l'intruse remarqua que la maîtresse des lieux était charnue comme une prune, et plus jeune qu'elle. Avec son caraco débordant de nichons blancs et ses prunelles d'un bleu de faïence, elle devait plaire aux hommes, à n'en pas douter. La comtesse posa une main sur sa poitrine à vif. Elle avait reconnu l'attaque de la jalousie à la morsure qui lui entamait le cœur.

Toutes deux se faisaient face en se défiant du regard quand la voix de Gabin s'éleva :

— Mademoiselle d'Arcy ? Que venez-vous faire ici ?

Quitterie se figea. Son cœur battit tel un tambour de régiment. Son amant se tenait derrière elle avec un panier de bois. Les traits réguliers de son visage se dessinaient à la lumière jaune de sa lampe-tempête. Son attitude restait calme, mais la mère de famille, qui le connaissait mieux que personne, savait qu'il bouillait intérieurement.

— Je m'en occupe, Marie, dit-il. Tu peux faire manger les enfants.

La femme s'exécuta. Il y avait du lait épaissi pour les petits et de la soupe aux raves pour les autres. On n'entendait que le bruit des cuillères plongeant dans les assiettes creuses.

— Qu'est-ce que vous faites ici ? répéta-t-il, la voix si grondante de colère rentrée qu'elle était méconnaissable.

La présence de l'aristocrate chez lui représentait ce qu'il redoutait : la confrontation entre son milieu social et celui de ses clients. Jusqu'à présent, il était parvenu à cloisonner son monde en deux réalités opposées : la riche comme Crésus et la fauchée comme les blés. L'artificielle et la naturelle. La factice et l'authentique. Il naviguait entre deux pans de société qui ne devaient jamais se croiser pour préserver sa famille et ses rentrées financières. Sous son toit, personne ne mourrait de faim, mais il fallait compter chaque sou pour subvenir aux besoins d'une dizaine de personnes.

Quitterie jeta un coup d'œil hésitant aux gosses, le nez dans leur assiette, mais l'oreille attentive. Elle se retourna, affichant l'air meurtri de celles dont le cœur est désespéré. Gabin tressaillit à la vue de son visage défait. Elle ressentait une sensation d'étourdissement. C'était peut-être l'odeur de graillon, ou la marche folle pour le suivre sans se faire distancer. Elle fit un pas en arrière, un autre sur le côté, agrippa la main de Marie, la serra comme si elle conservait un dernier espoir. Celle-ci la fit asseoir sur une chaise tripode, sortit une bouteille de gentiane et un verre culotté qu'elle remplit à ras bord.

— Buvez ça ! dit-elle, mettant sur sa figure le plus d'affabilité qu'elle put, sans pour autant sourire.

Elle avait remarqué combien la venue impromptue de cette étrangère dans leur foyer semblait contrarier Gabin. Se pouvait-il que les liens qui existaient entre eux fussent de nature inconvenante ?

— J'ai à vous parler, finit par répondre la comtesse.

Elle but l'eau-de-vie sous l'œil scrutateur d'un guide très différent de d'habitude. Il avait l'air d'un ours blanc réveillé en plein sommeil. L'insistance de son regard froid ne faisait aucun doute : il tentait de déceler les raisons de sa présence. Mais ce n'était pas tout. Elle eut l'impression qu'il était gêné d'être vu au milieu des siens.

— Et de quoi donc ? s'enquit-il.

Quitterie lui jeta un regard noir. Quel culot il a ! songeat-elle. Il aurait dû éprouver de la gêne, or il était visible qu'il n'avait pas vergogne de sa conduite. Elle eut envie de faire un esclandre illico, de tout déballer, de montrer à sa famille quel genre d'homme il était. Mais le vieillard était faiblard, la femme avait un air bon et les enfants ne devaient pas être mêlés aux histoires des adultes. Et puis, il y avait ce berceau vide. Un bébé logeait-il dans le ventre de Marie, ou avait-il été rappelé à Dieu prématurément ? La comtesse réfléchissait. Son soudain manque de scrupules la tracassait. Et si son père la voyait de là-haut ? Quelle image lui donnait-elle en transgressant toutes les valeurs familiales qu'il lui avait transmises ?

Le silence se fit dans la pièce. L'atmosphère se réduisit à des bruits aussi menus que les bruits de succions émis par les plus petits, et quelques marmonnements en provenance du fauteuil.

— Je viens, papa, répondit Marie en servant un verre au vieux qui avait entendu le glouglou de la gnôle.

Quitterie dévisagea son guide qui semblait maître dans l'art de louvoyer. Son comportement inqualifiable annonçait une vive algarade. En privé.

— Sortons ! lui ordonna-t-elle, au bord de l'indignation.

À peine fut-il dehors qu'elle le soumit à la question de façon familière :

— Pourquoi ne pas m'avoir dit que tu étais marié ?

— Parce que je ne le suis pas ! rétorqua-t-il vivement.

— Et cette ribambelle de gosses autour de la table, alors ?

— Je n'y suis pour rien !

Il réalisa que leur conversation s'embrouillait en quiproquo tandis qu'elle le fixait avec des prunelles échauffées qui le mettaient au défi de détourner les yeux.

— Comment peux-tu me mentir de la sorte, alors que je viens de rencontrer ta femme, tes enfants et même ton beau-père ? Moi qui croyais que tu étais différent des autres hommes ! Que je pouvais te faire confiance ! Qu'il se passait quelque chose entre nous…

Gabin la considéra avec attention. Sa fâcherie féminine mâtinée de sentiments amoureux donnait à sa gestuelle une allure animale. Elle portait en elle une sorte de fougue, un besoin d'exploser, de colère comme de joie. En se lançant à sa poursuite dans la pénombre, en le suivant dans la neige, elle venait de lui prouver qu'elle n'était ni indifférente ni égoïste. Elle avait montré que, malgré ses débordements, elle valait mieux que toutes les autres femmes. Plus important encore : elle avait des sentiments pour lui.

— Quittie, tu as vu juste, la rassura-t-il en exagérant exprès le ton chaud de la séduction. Il se passe quelque chose puisque je me suis épris de toi. Je sais que c'est de la folie, mais je ne parviens pas à t'ôter de ma tête. Pour ce qui est du reste, je crois qu'un malentendu s'est glissé entre nous. Et je vais te le prouver sur-le-champ. Suis-moi.

— Non ! refusa-t-elle en ravalant ses larmes pour sauvegarder son peu d'honneur qui n'avait pas été bafoué. Je ne retournerai pas me ridiculiser auprès des tiens.

Cette ondulation de sa poitrine qui tressautait, ce flot de mots tout charnel. Elle était d'une sensualité évidente.

— Ce n'est pas du tout ce que tu crois, murmura-t-il en tentant un contact physique.

Elle résista quelques instants avant de lui abandonner ses mains qu'il caressa avec tendresse. Le cerveau en ébullition, les sentiments en désordre, elle était incapable d'ordonner son courroux.

— Il faut que tu me fasses confiance, insista-t-il.

Il enveloppa de ses bras puissants le corps nerveux en une étreinte instantanée. Il la grisa de baisers jusqu'à la faire chanceler. Puis il desserra son enlacement romantique, lui prit la main et l'entraîna à l'intérieur.

— J'ai manqué à tous mes devoirs, dit-il sans attendre. Comtesse, je vous présente Joseph, mon père, Marie, ma sœur, et tous ces petits mignons sont mes neveux et nièces. Vous tous, je vous présente mademoiselle d'Arcy de Beauséant, une solide marcheuse que j'ai l'honneur d'accompagner sur les sommets.

Quitterie considéra le montagnard avec des yeux humides.

Nul doute qu'il avait dit vrai, rompant la tyrannie de la jalousie maintenant qu'il en avait l'occasion, pour mieux la rassurer.

— Votre sœur ? dit-elle, confuse de sa méprise tandis que Gabin expliquait la situation à sa cadette dont il espérait l'approbation.

Marie avait eu du flair : leur relation était inappropriée. Les guides n'étaient pas censés batifoler avec les clientes – même s'il y avait des précédents. Les mœurs alpines se corrompaient de plus en plus avec les étrangères esseulées qui séjournaient à Chamonix. Une publicité tapageuse qui allait si loin qu'on en parlait de Londres à Paris, et dont se serait bien passée la Compagnie. Son frère et cette aristocrate, c'était le genre de liaison à éviter à tout prix. Or il semblait entiché d'elle qui paraissait toquée de lui !

Était-ce déjà trop tard ?

Gabin était un grand sentimental, et sa sœur redoutait de le voir éprouver du déboire. Comme dans sa jeunesse quand il était le jouet de voyageuses qui se piquaient d'exotisme. Aujourd'hui encore, il était probablement moins maître de ses émotions que la comtesse ne l'était. Inquiète, Marie chercha le moindre signe de fausseté chez la dame, mais sa mine lui apparut franche. Et si elle était sincère ? Elle ne voulait rien faire pour empêcher son frère de prendre du bon temps, même si cette liaison lui paraissait dangereuse.

— Quel brouillamini ! finit-elle par dire en signe d'assentiment.

Un sourire, qui gagna de proche en proche, vint éclaircir ces visages un temps crispés.

— Vous resterez bien manger un bout avec nous, proposa-t-elle en ajoutant un couvert.

L'aristocrate s'assit sans faire de manière en face de l'assiettée de soupe. Elle refusa fermement de retirer son pardessus pour manger, mais accepta de dire le bénédicité :

— Le pain d'hier est rassis. Le pain de demain n'est pas cuit. Merci, Seigneur, pour le pain d'aujourd'hui !

Elle surprit l'assemblée avec cette courte prière inventée par sa mère. Ses frères la récitaient en cachette de leur père qui considérait ces mots comme un horripilant bavardage.

À la fin du repas, Quitterie apprit que son guide subvenait aux besoins de sa famille élargie depuis la mort de son beau-frère. Tous deux cherchaient du quartz au Montanvert quand ils avaient été ensevelis sous une chute de pierres – non loin de l'endroit où Jeanne-Alice avait eu la jambe brisée. Seul Gabin avait survécu.

— Sous le choc de la nouvelle, j'ai perdu l'enfant que j'attendais, murmura Marie.

Le cœur de l'aristocrate se serra. Même étranglée par le désarroi, la voix de la veuve avait une douceur qui émouvait.

— Qu'en est-il de votre mère ? osa-t-elle, aussitôt gênée de ce qu'elle venait de se permettre.

— Elle est morte quand on était petits, répondit Marie d'un ton douloureux. Papa n'a jamais refait sa vie, ajouta-t-elle alors que son père baissait la tête en entendant cette confidence.

Le serrement dans la poitrine de Quitterie devint un poing. Elle ne connaissait que trop bien cette triste situation parentale. Après quoi, elle aborda le sujet qui l'attirait et l'épouvantait en même temps : pourquoi Gabin était-il resté garçon toutes ces années ? La réponse était simple : sa situation avait fait fuir les filles à marier. Elles l'avaient quitté ou trahi, s'engageant parfois en douce auprès d'un autre que lui. La comtesse comprit alors que le montagnard n'avait pas honte de sa famille, mais de la pauvreté de leur condition.

Cuillère en main, elle regarda avec intensité cet homme plein de sollicitude pour les siens. Un homme capable de se priver de son nécessaire pour le donner à sa sœur. On eût dit que se dévouer pour autrui était sa vie à lui. Il semblait être aussi proche de sa cadette qu'elle-même l'était de son aîné. Tout comme Annibal et elle, Gabin et Marie formaient un couple fraternel. Elle crut voir devant elle le miroir de leur étroite relation familiale. Aussi leur parla-t-elle de sa mère morte après sa naissance, de son défunt père, de ses trois frères dont un seul se préoccupait d'elle.

Durant tout le repas, Gabin la couva du regard. Lui, qui pensait qu'il n'était pas fait pour être aimé ! Elle, qui s'était juré que plus jamais elle n'aimerait ! Ensemble, ils venaient d'entrer dans la sphère d'amour qui encercle les gens pour toujours. Leurs palpitants battaient déjà à l'unisson. Désormais, leurs pieds iraient dans la même direction : cette nuit à l'Hôtel de l'Union, demain au sommet du Mont-Blanc.

~~~

Une nuit, du côté des quais, Mlle d'Arcy se jette dans le Léman avec ses souliers de satin et ses gants bien tirés. L'officier de marine l'a bernée en embarquant pour la Cochinchine sitôt après l'avoir dépucelée. Elle se laisse couler dans les eaux sombres pour noyer sa désillusion. Elle a compris que la valse est une danse impure. Que le véritable amour n'existe que dans les contes. Que les hommes ne cherchent qu'à s'amuser avec les femmes. Annibal la repêche in extremis, la ramène au bercail, la réchauffe, la console.

Comme après l'incident de la mare gelée.
~~~

~~~

Ponce a une idée : ce n'est pas le père Croz qu'il lui faut convaincre, mais Pernette. Elle doit couper les ponts avec tous les membres de sa famille, sans exception. Son paternel qui fait besogner sa fille à sa place, qui lui extorque ses revenus sans vergogne. Sa mère qui ne s'est jamais opposée à cette exploitation, qui n'est pas venue la voir une seule fois en vingt ans. Ses frères aînés, ces gamins de quarante ans, qui ne savent toujours pas comment gagner de l'argent. Ses sœurs qui ont pu se marier, alors qu'on lui refuse des épousailles avec l'homme qu'elle aime. Ce qu'ils lui ont fait, tous, c'est proprement honteux.

Ce que la blondine endure depuis l'enfance, c'est de l'esclavage.
~~~

31

La comtesse et son guide marchèrent dans une sorte de nuit blanche. En chemin, ils essuyaient leurs lèvres mouillées des baisers qu'ils se donnaient en savourant la délicieuse griserie de l'amour qui commence. À l'hôtel, le réceptionniste apostropha la dame :

— Un messager exprès s'est mis en route avec votre pli.

— Je ferai l'éloge de votre établissement, lâcha-t-elle en guise de remerciements, un brin gênée de l'avoir oublié.

Annibal serait bientôt rassuré à son sujet. Elle avait le sentiment de l'avoir trahi tout en étant soulagée d'en être séparée par une forte distance et un chemin d'accès difficile. Elle espérait que les moissons accaparaient son aîné au point d'estomper le retard de son message. En plaine, c'était le temps des récoltes, tandis qu'à Chamonix la neige imposait blancheur et silence à l'été finissant. Et c'était bien ainsi, cette trêve immaculée qui feutrait le monde en attendant de pouvoir valser sur la tête du Maudit.

Une fois dans la chambre, Quitterie voulut vérifier que la porte de la suite était verrouillée. Elle avait besoin d'une porte bien close pour se livrer en toute liberté à une lascivité secrète. Une conduite qui capta l'attention de Gabin.

— Tu n'as rien à craindre, la rassura-t-il en se plaçant entre elle et l'entrée.

Avec des gestes mesurés, il la saisit dans ses bras, la porta au-dessus du sol. Elle traversa le salon, bien accrochée à ses épaules. Il la reposa tout doucettement sur l'épais tapis de la chambre, faisant glisser ses seins sur son torse en bois d'arbre.

— Je suis là pour te protéger.

Sa main conquérante monta jusqu'à sa poitrine moulée.

— Tu es là, murmura-t-elle, l'âme apaisée.

Désormais, elle n'était plus seule. Elle pouvait compter sur un homme. Et jamais personne de l'hôtel ne se permettrait d'entrer sans frapper. Elle allait pouvoir se débarrasser de cette manie qui lui était venue au couvent où aucune porte n'avait de verrou, pas même celle des commodités. Une manie qui n'avait fait qu'empirer par la suite.

— Défais-toi, que je te voie, l'invita-t-il de sa voix mâle.

Parce qu'elle procédait avec fougue en amour comme dans le reste, Gabin se retrouva devant une femme à demi nue qui exhibait sa belle anatomie. Elle lui mangea les lèvres, seulement vêtue de ses bas troués et de sa culotte fendue. Lui, promena sa langue sur sa peau, dessina l'arrondi d'un sein, suçota un mamelon avec une lenteur gourmande. Quitterie gémit, palpitante de convoitise. Sa toison pubienne était comme de l'herbe sèche, prête à s'enflammer à la moindre étincelle. Elle se frotta à lui avec la hardiesse d'une coquine qui se sait désirée par un honnête homme. Sentant contre son bas-ventre sa verge d'une raideur impeccable, elle l'attira vers le lit, s'assit sur le bord, les jambes ouvertes.

Le montagnard s'accroupit devant elle, le palpitant bondissant. Il roula lentement ses bas charbon, les retira l'un après l'autre en éprouvant leur soyeux. Ses yeux clairs se glissèrent par la fente de sa culotte, guignèrent les lèvres pâles, la vulve rose dans son écrin. C'était d'un érotisme à la fois sauvage et tendre. Elle ôta ses dessous dans un roulis de hanche, s'allongea avec tant d'abandon qu'elle se fit l'effet d'une courtisane à la chair avide. À cet instant, valait-elle mieux que les demi-mondaines suant la luxure qui se répandaient dans le lit de son frère ? Elle pensa à la promesse qu'Annibal lui avait faite pour la sauver du suicide. Promesse qu'il avait tenue jusqu'à présent. Mais il était trop tard pour que la morale dressât ses barricades. Gabin se tenait devant elle dans un état d'érection avancée.

La sensation de son membre viril à l'entrée de sa bonbonnière fut celle d'un flambeau alimenté par les tisons du désir. Ses hanches se soulevèrent pour venir à la rencontre de ses assauts. Il la pénétra de volupté jusqu'aux abîmes secrets où la sensibilité règne en reine. Son braquemart était un morceau de choix pour l'intimité de Quitterie qui se referma sur lui avec concupiscence. Cet homme lui incendiait les entrailles plus que des épices ne l'eussent fait. Les sens très excités, il eut des élans plus soutenus. Les parties charnues de son amante recelaient un feu sensuel, sourdant du plus profond de sa féminité. Ruante et perlée, elle provoquait en lui des sentiments enflammés dont il s'efforçait de contenir la brûlante explosion. Cette chambre, qu'ils emplissaient de leurs ébats, paraissait devenue le cœur battant de Chamonix. Bien sûr, cette nuit, pas plus qu'une autre, ne durerait éternellement. Mais le temps s'était arrêté pour les laisser s'aimer jusqu'à l'épuisement.

Lorsque la comtesse eut à nouveau conscience d'être dans sa suite, elle était si lasse que pendant quelques instants il n'y eut aucun mouvement sur le lit. Elle fut émue de sentir le corps chaud de son amant contre le sien. Il tenait toujours un de ses seins dans une main. Elle le regarda dormir quelques instants avec de l'attendrissement dans les yeux. Puis elle se leva à pas feutrés avec l'idée de consigner ce qu'elle avait vécu la veille.

Elle se plaça devant le meuble de toilette sur lequel l'attendaient un broc d'eau et une cuvette d'ablutions. Elle se rafraîchit, se parfuma de Cologne. Vêtue d'un déshabillé en mousseline gris perle, elle alluma une lampe à huile. Dans Mémento, elle nota sa filature, sa rencontre fortuite avec Pernette, ses propos incohérents. Elle dépeignit le hameau de la Côte, ces habitations ramassées sur elles-mêmes aux ouvertures réduites pour lutter contre le froid. Elle décrivit le chalet de Gabin au toit recouvert de planchettes en épicéa. Elle détailla l'intérieur du logement composé d'un mobilier utilitaire aux lignes trapues : table robuste, coffre de rangement faisant office d'armoire, alignement de lits-clos fermés par des rideaux de chanvre, chaise tripode reposant sur des pieds à l'oblique, berceau décoré de motifs religieux.

Cette vie sans fioritures disait à quel point son homme était pauvre. Aussi pauvre qu'elle était riche. Il y avait un fossé entre eux. Un fossé si profond qu'ils ne seraient pas trop de deux à unir leur humour, leur intelligence et leur amour pour le remblayer. Sous peu, leur duo contrasté aurait à braver l'opinion. Leur couple irrégulier aurait à faire face au jugement de ceux qui se montreraient hostiles à leur union. À commencer par son frère dont elle redoutait la réaction. Mais Quitterie ne faiblirait pas, quoiqu'elle appréhendât avec inquiétude de se retrouver avec Annibal, de plus en plus souvent en proie à l'irritabilité.

Ce n'est pas la fortune qui rapproche les gens. C'est l'amour qui efface les distances.

Gabin la surprit, la tête penchée sur son carnet, alors que, absorbée par son écriture, elle ne l'avait pas entendu arriver. Elle portait une flatteuse robe d'intérieur, longue et décolletée. Il se présenta à elle en tenue d'Adam. Son torse d'airain, son ventre aux muscles durs, ses jambes puissantes lui détournèrent l'esprit de ses écrits. Il contourna le bureau, se plaça derrière sa chaise. Elle inclina bas la tête. Il entra dans une extase sensuelle à la seule vue de sa nuque lascivement affaissée sous la torsade de ses cheveux châtains. Il lui massa les épaules. La pression des mains masculines avait une douceur charnelle qui semblait la pénétrer par la peau.

— Que c'est bon ! fit son amante, laissant échapper un roucoulement.

Il lui embrassa la chevelure avec une tendresse folle. Elle tourna vers ses baisers sa tête languissante, lui jeta un regard indécent, souda ses lèvres aux siennes. Elle se leva, vint coller son corps frotté de parfum contre la nudité mâle. Il savoura comme un homme qui connaît sa chance cette voluptueuse impression animale de la femme, si caressante à ceux dont la vie a passé sans véritable amour.

— Dieu que le déshabillé te réussit ! dit-il en éprouvant l'étoffe dont le froissement lui suggérait de la faire glisser au sol.

Entre eux, tout était harmonieux, suave. Il n'y avait ni milieu aristocratique ni milieu rustique. Elle lui plaisait à l'excès. Il lui plaisait à la folie. Ils avaient contracté une liaison intime. C'était aussi simple que cela. Mais était-ce suffisant pour prétendre au bonheur ?

~~~

Mlle d'Arcy a disparu. Son frère remue ciel et terre, finit par la retrouver dans le lit d'un inconnu. Il veut la ramener au domaine de Fortune où leur père la demande, mais elle se fait prier. Si Annibal maîtrise son impatience, c'est parce qu'elle va au-devant d'une épreuve. Lorsqu'elle pousse enfin la porte du château, ses deux autres frères jettent un regard réprobateur sur sa tenue de noceuse.

Quitterie avance vers le corps alité, mais il est trop tard. Ses yeux grisaille se brouillent à la vue de son père inatteignable en son sommeil éternel. Elle reste ainsi, toute quinaude, tandis que le curé fait sonner la cloche de la chapelle. Son esprit répand en elle la molle quiétude dont le cœur a besoin pour ne pas se fendre ; elle était en brouille avec son paternel. Annibal enveloppe l'épaule fragile de sa sœur, lui conseille de s'habiller de deuil. Déjà les premiers riverains se présentent pour les condoléancer sur la mort du comte.
~~~

~~~

Ponce tente de persuader Pernette qu'elle ne pourra vivre librement qu'en accomplissant une rupture totale avec sa vie d'avant. Sa parentèle ne devra pas savoir ce qu'il advient d'elle. Que son fiancé l'enlève, qu'il la marie sans le consentement paternel, qu'il ensemence son cœur de tendresse, qu'il féconde son corps d'enfants forts, aucun Croz ne devra être au courant. De rien. Jamais. Si Pauvrette accepte, elle n'aura plus que son mari comme famille, et leurs petits à venir.
~~~

32

L'angélus tinta au clocher à bulbe de l'église Saint-Michel. Quitterie ouvrit les yeux, s'étira, encore groggy de jouissance. La clarté du jour s'infiltrait dans la chambre par un pli du rideau. Un rayon de soleil traversait la pièce, traînait sur le plafond une fine raie dorée. Elle se leva sans bruit, écarta légèrement le rideau en velours olive, sourit d'un air content. Ce premier jour de septembre avait ramené l'été. Des percées de bleu franc trouaient les nuages, triomphaient déjà de la neige tombée la veille.

Debout devant la fenêtre, la comtesse considéra comme une promesse d'ascension ce temps clair et vivifiant. Elle retourna au lit, se glissa entre les draps, se colla contre Gabin qui s'était endormi sur le matin, les sens ravis. Elle soupira d'aise. Jamais elle n'avait éprouvé un tel enchantement dans des bras masculins. Elle se dit que ce bonheur longtemps refusé d'un compagnon affectueux était pour quelque chose dans l'amour qui revenait enfin dans sa vie. Après avoir mis sa patience à rude épreuve, le destin la récompensait en lui offrant une crème d'homme. Si doux, si appétissant qu'elle avait envie de le manger. Elle embrassa son cou. Sa peau salée disait combien ils avaient chahuté leur lit durant la nuit.

— Le chaud temps est revenu et j'ai une furieuse envie de grimper, lui glissa-t-elle à l'oreille pour le réveiller. As-tu faim ?

— J'ai une faim de loup !

Ils déjeunèrent fort bien d'un rôti de veau, de tomme de Savoie et d'une omelette soufflée. Gabin était habitué à une telle frugalité que c'était une jouissance pour lui d'avoir droit à une gâterie. Il se régala de cet entremets préparé avec des jaunes d'œufs travaillés au sucre vanillé, mélangés avec des blancs en neige et passés au four. La comtesse remarqua dans ses traits ce contentement radieux qu'il affichait souvent. Son naturel la réjouissait. Il faisait friandise de tout.

Leur peau savonnée, ils s'habillèrent. Quitterie passa une robe longueur plancher avec un col large, des manches gigot et un serre-taille sur une jupe conique. Le corsage soulignait la forme arrondie de sa poitrine. Le tout était dans une combinaison de fleurs et de rayures – rendue possible par la découverte récente de colorants verts éliminant le besoin de contours sur les motifs imprimés.

Leur première visite de la journée serait pour Jeanne-Alice. Dans l'escalier de service, ils croisèrent Pernette qui repartait après avoir pris des nouvelles de la blessée. Elle engagea la conversation après les politesses d'usage :

— Alors, c'est pour bientôt, cette fameuse ascension ?

— C'est pour demain, répondit la comtesse.

— Demain ? Ce serait étonnant ! Monsieur le curé ne donne à personne la permission de partir un dimanche. Mais je vous souhaite bonne chance, si vous vous risquez.

Après ça, la femme tressée dévala les marches.

Un nuage passa au front de Gabin, mais ce fut rapide, car Quitterie s'adressait à lui sur un ton offusqué :

— Ce que je trouve étonnant, moi, c'est de croiser Pauvrette ici. À croire qu'on va à l'Union comme dans un moulin !

— C'est qu'elle fait partie du personnel de l'hôtel. Elle y est entrée comme bonne volante à l'ouverture, en 1816. Elle travaille moins qu'avant, mais le directeur l'appelle quand arrive une cliente difficile à satisfaire. La dernière en date, c'était une romancière. Et je peux te dire qu'elle a causé un sacré tintouin !

— Une romancière, dis-tu ?

— Oui, une drôle de dame avec un nom d'homme. George...

— George Sand ?

— C'est ça ! Pernette était sa femme de chambre et moi son guide. Je l'ai emmenée à la Mer de Glace et au Montanvert.

— Ne me dis pas que c'est toi qui as coupé ses talons de bottes ?

— C'était pour lui rendre service. Elle a débarqué en tenue de bal avec ses amis. Un musicien renommé qui fredonnait sans cesse, et sa maîtresse. Romancière aussi.

— Franz Liszt et Marie d'Agoult ! s'exclama Quitterie.

— C'est bien ça. Il y avait aussi un certain Pictet, major d'artillerie. Pernette a été appelée à la rescousse car personne ne voulait s'occuper d'eux tellement ils étaient perchés.

— J'ai lu dans la presse qu'ils buvaient du champagne au petit-déjeuner et faisaient du ramdam toute la nuit.

— C'est vrai ! La clientèle parisienne se barricadait dans les chambres, croyant à une invasion de cosaques, comme pendant l'occupation de la France. Quand ils ont quitté l'hôtel, le chef de cuisine a recompté l'argenterie, et le directeur a fait venir le curé pour asperger les chambres d'eau bénite. Il craignait de ne plus pouvoir les louer tant les autres voyageurs avaient eu peur.

— Raconte-moi leurs excursions.

— Notre caravane ne passait pas inaperçue. Le musicien était habillé dans le style Renaissance. Le major était en tenue militaire et madame Sand en costume d'homme. Elle n'a pas aimé la Mer de Glace parce qu'il y avait trop d'Anglais. Elle les traitait de snobs quand elle en croisait.

— Et comment est-elle, en vérité ?

— C'est une dame intelligente avec des manières de rustaude. Elle porte une blouse étriquée sous des habits masculins. On peine à croire que c'est une baronne. En fait, tu lui ressembles. En plus jolie.

Il regarda Quitterie avec une insolence caressante. Elle rit de surprise. Cette comparaison flatta son orgueil car elle admirait davantage George Sand qu'elle ne la jalousait. Les amants réalisèrent alors qu'ils étaient restés à discuter dans l'escalier. À ce rythme-là, les préparatifs de leur expédition ne seraient jamais finis à temps.

~~~

Raidie de deuil, Mlle d'Arcy se tient au bord de la fosse creusée pour son père. Le curé l'invite à s'agenouiller sur le prie-Dieu installé à son intention, mais elle reste debout, comme ses frères. Plus personne ne s'en souvient, mais jusqu'à ses onze ans, elle a été élevée en plein air, comme un garçon. À la fin des obsèques célébrées en grande pompe, c'est une procession de notables qui vient rendre un dernier hommage au défunt, ou discuter du bois le meilleur pour un cercueil. La jeune femme en tenue de grand deuil quitte les lieux avec le cortège funèbre avant de revenir seule à la brunante.
~~~

~~~

Pernette sait que Ponce a raison, or elle ne parvient pas à rompre toute relation avec les siens. Elle veut se rendre à Saint-Gervais pour leur parler. Elle insiste pour y aller seule, au grand dam de son prétendant qui ne leur fait pas confiance. Mais pour elle, c'est une histoire de famille. Elle veut leur dire que malgré tout ce qu'ils lui ont fait, elle est encore de cette famille, justement. De la famille Croz. Elle appartient à cette lignée. Elle espère obtenir leur consentement pour passer de la tutelle de son père à celle de son mari. Le guide la suit en douce. Son instinct protecteur lui dit qu'elle court un danger auquel seule sa présence lui permettra d'échapper.
~~~

33

Quitterie et Gabin gagnèrent la chambrette de la blessée, la trouvèrent en compagnie de Ventura qui ne voulait plus partir à l'aventure. Quand le marchand-naturaliste était avec Jeanne-Alice, il percevait de la chaleur dans son cœur. À moins que ce ne fût ce sentiment qui s'était installé au fond de lui. Un sentiment qui ne se laisserait pas chasser, même s'il le voulait. Déjà, il éprouvait un vif attachement pour elle.

Ventura salua la comtesse en tripotant son chapeau de feutre. Son air honnête lui revenait, et elle ne se trompait pas. C'était un bon Gaulois dont les mains évoquaient de grosses pattes d'animal. Sous des dehors rustres, il était attentionné. Ayant appris que sa bonne raffolait du miel de Chamonix, il lui en avait offert un pot.

L'aristocrate scruta sa domestique. Était-ce la rencontre avec le beau Lino, ou les remèdes antalgiques administrés par le docteur ? Toujours est-il qu'elle souriait béatement sur son lit en suçotant une cuillerée de miel blanc et brillant. C'était comme si elle était passée de l'abattement à l'entrain, malgré une convalescence qui s'annonçait longue. Mais Ventura était-il la véritable raison de son optimisme ? N'était-ce pas plutôt cette échappatoire tombée du ciel sous la forme d'un accident ? Sa jambe cassée l'empêchait de se joindre à la caravane : un soulagement pour celle que le Maudit effrayait.

— Avez-vous fixé l'époque du départ, Mademoiselle ?

— C'est pour demain, ma soubrette. Je désire profiter de ce temps admirable.

— Je pars devant pour réunir les hommes, annonça Gabin.

— Je viens avec toi, dit Ventura, toujours de bonne volonté au coup de main.

— Je vous rejoins à la Compagnie, approuva Quitterie.

Une fois seules, les deux femmes retrouvèrent le sentiment de familiarité qu'elles ressentaient dans la fréquentation de l'autre.

— Cette robe de matinée vous va à ravir, Mademoiselle.

— Merci, ma soubrette.

— Toutefois, je vois que lundi est boutonné avec mardi dans votre nuque. Approchez-vous, je vais arranger ça.

La comtesse s'assit au bord de son lit, le dos tourné. Jeanne-Alice se chargea du reboutonnage, les bras tendus.

— Vous avez dû drôlement batailler pour vous habiller.

Quitterie rougit légèrement. Rien n'échappait aux yeux attentifs de sa domestique. C'était inutile de lui mentir.

— Je n'y serais jamais parvenue sans l'aide de Gabin.

Sa bonne afficha un air qui voulait dire : « Je le savais ! » D'un coup d'œil, elle avait jugé sa maîtresse à qui le guide-chef avait jeté un regard de mâle amoureux en quittant la chambrette. Malgré ses origines modestes, cet homme plaisait à la comtesse. Certains signes ne trompaient pas, telles ces marques de changement que la chambrière décelait chez sa patronne. Ses pommettes encore roses des étreintes de la nuit, ses prunelles éclairées d'une lueur de bonheur.

Quand Jeanne-Alice était entrée à son service, Mlle d'Arcy était une aristocrate que toutes les fréquentations mondaines avaient déçue. Une femme du monde menant une vie clinquante et confortable, mais ne connaissant ni l'amitié ni l'amour. L'amitié, elle l'avait trouvée avec elle, sa soubrette. L'amour, elle semblait venir de le rencontrer. Dans ce bourg montagnard, loin de son milieu huppé, loin de l'emprise de son frère, Quitterie s'intéressait aux gens qu'elle croisait et ils le lui rendaient bien. Sa simplicité coutumière, sa familiarité sincère avaient déjà conquis bon nombre de locaux.

— On dirait que le cœur de la cascade d'Arpenaz vous a porté chance, Mademoiselle. De mon côté, je vous dois la vérité. Je vous avais promis de vous seconder dans votre entreprise, mais j'ai un vertige terrible dès que je m'élève un peu. Et votre géant blanc me flanque une trouille bleue. J'aurais dû vous le dire bien avant, mais je craignais de vous décevoir.

— Votre honnêteté vous honore, ma soubrette. C'est moi qui suis à blâmer. Je n'aurais jamais dû vous entraîner dans cette histoire. Sans mon obstination, vous n'auriez pas été blessée.

— Avec les bons soins que vous m'offrez, je serai bientôt sur pied. Ce qui m'inquiète, c'est votre costume d'ascension.

— Ne vous faites aucun souci. Tout est arrangé. Gabin va m'aider à le passer et je sais que je peux compter sur sa discrétion.

— Je suis rassurée. Ventura m'a dit grand bien de lui.

— Je crois que vous n'êtes pas mal tombée non plus. D'après ce que j'en sais, votre galant est brave et bon.

Jeanne-Alice rougit de plaisir. C'était la première fois qu'un homme lui faisait la cour. Pupille de l'Assistance publique, elle était entrée en condition, à peine sortie de l'enfance. Elle avait usé ses jeunes années auprès d'une riche veuve. À son décès, elle était entrée au service de Mlle d'Arcy. Treize ans plus tard, son haut degré d'intimité avec sa maîtresse exaspérait Annibal qui cherchait à la faire renvoyer. La comtesse était parvenue à la garder à son service. Pour combien de temps encore ? N'étant pas mariée, Quitterie était passée sous la tutelle de son frère à la mort de son père. Jeanne-Alice n'était pas naïve. Le comte parviendrait à ses fins. Elle devait s'y préparer. Mais pour le moment, il était loin. Elle pouvait se détendre.

Émue de voir la jambe estropiée de sa bonne, la comtesse lui tourna le dos pour cacher son trouble. Elle fit quelques pas dans la chambrette, se regarda dans le bout de miroir suspendu à une poutre.

— Mon Dieu, ma coiffure ! Je suis affreuse.

— Vous avez trop crêpé vos cheveux. Je vous l'ai déjà dit. Le crêpage ne va qu'aux blondes.

— Sans vous, je ne suis bonne à rien.

— Contrairement à moi qui suis bonne à tout faire.

Les deux femmes rirent de connivence.

— Je ne peux pas me présenter ainsi à la Compagnie.

— Je vais vous arranger ça.

Sa patronne s'installa près d'elle avec une brosse et des épingles trouvées sur la tablette.

— J'ai l'impression que votre guide a le béguin pour vous, osa Jeanne-Alice en lui démêlant les cheveux.

— Ne dites pas de bêtises ! Nous nous connaissons à peine.

La voix de Quitterie avait pris une inflexion immature malgré elle.

— Sauf votre respect, vous mentez très mal, Mademoiselle.

— On ne peut décidément rien vous cacher ! Je reconnais que je ne le laisse peut-être pas indifférent.

— Cela saute aux yeux que vous l'avez ensorcelé.

La comtesse réfléchit quelques secondes avant de se confier à sa soubrette. À qui d'autre aurait-elle pu parler de ce qui était un scandale aux yeux du plus grand nombre ? Qui d'autre qu'elle ne la jugerait pas de mœurs légères ?

— J'ai probablement tort d'agir avec Gabin comme je le fais, mais j'avais besoin de savoir.

— De savoir quoi ?

— Si j'étais encore capable d'aimer un homme.

— Et qu'avez-vous découvert ?

— Que je sais encore aimer. Mais maintenant, j'ai peur de voir mes déboires sentimentaux revenir au galop.

Quitterie craignait les hommes comme étant capable de lui enflammer l'esprit, de lui embraser le cœur, de la manipuler telle une marionnette avant de la réduire en cendres.

— Cela n'arrivera pas, Mademoiselle. Il est épris de vous. Je l'ai vu dans ses yeux. Mais qu'en est-il de vous ? Quels sont vos sentiments ?

— J'ai de l'estime et de l'amitié.

— C'est tout ? Dans ce cas, pourquoi vous inquiéter ?

— J'ai peut-être un peu plus de sentiments que cela à son égard.

— Seriez-vous un peu amoureuse de lui ? Ça se comprendrait. Il est beau, amusant, intelligent, courageux...

— C'est juste. Comment ne pas l'aimer ?

— Vous l'aimez, donc ! Et par bonheur, il vous aime aussi. C'est Ventura qui me l'a dit. Il le tient de Marie, la sœur de Gabin. Elle dit que vous plaisez à son frère plus que quiconque. Qu'il est tout tourneboulé. Qu'elle ne l'a jamais vu comme ça.

La comtesse en rougit de plaisir et d'étonnement.

— Pourquoi m'aimerait-il autant ? Il me connaît à peine.

— Parce que vous êtes bonne et plaisante, et que vous avez une belle âme. Tournez-vous un peu que j'attache vos boucles.

— Vous êtes trop aimable, ma soubrette.

— Marie dit la même chose que moi et elle n'est pas femme à raconter n'importe quoi. Vous le savez, vous l'avez rencontrée.

Sa patronne fit « oui » de la tête. Elle se laissa coiffer en silence, avant de poursuivre, l'air plus grave :

— Je suis inquiète de savoir comment mon frère va prendre les choses. Vous savez comment il est... J'ai peur de sa réaction et dans le même temps, je suis déterminée à lui présenter Gabin. Cette rencontre inespérée est ma dernière chance d'être heureuse. À mon âge, c'est même un miracle. Pour tout vous dire, je n'y croyais plus.

— Monsieur le comte veut ce qu'il y a de mieux pour vous. Dites-lui ce que vous ressentez, je suis certaine qu'il comprendra.

Jeanne-Alice avait dit cela, mais elle ne le pensait pas. Chez Annibal d'Arcy, un rien pouvait ouvrir la voie à l'énervement. Et cette histoire d'amour n'était pas rien.

— Vous avez raison. Il ne s'opposera pas à mon bonheur.

Quitterie parlerait à son frère comme on se parle à soi-même, avec confiance et franchise.

— Vous voilà coiffée, Mademoiselle ! Regardez-vous dans le miroir. Mon Dieu, que vous êtes belle ! Vous allez faire sensation à la Compagnie des guides. Je plains Gabin. Il va souffrir mort et passion en vous voyant.

— Tout comme Ventura quand il vous voit dépoitraillée et la cuisse dénudée ! Je comprends ses motivations à vous rendre visite aussi souvent.

— Le corsage ouvert, c'est en raison de la chaleur de four qui règne sous les toits, se justifia Jeanne-Alice, non sans malice. Et le jupon remonté, c'est pour laisser la plaie respirer. Ordre de ce bon docteur !

Elles se regardèrent, l'une moqueuse, l'autre amusée. Cet instant de connivence devait rester gravé dans leur mémoire, comme ces secondes où le destin bascule soudain, chambardant la situation, renversant les espérances, détruisant les certitudes.

~~~

Seule devant le monticule de terre fraîchement remuée, Mlle d'Arcy voudrait parler à son père. Elle se dit que Dieu devrait créer des familles telles que les fâcheries ne soient pas interrompues par la mort du parent qui les a commencées. Sans cesse, elle revient des derniers mots prononcés aux premiers, égrenant l'éternel chapelet du regret. C'est prostrée dans sa robe noire qu'Annibal retrouve sa sœur à la nuit tombée. Il s'estomaque de la voir là, couchée sur la tombe glacée, presque invisible entre les gerbes de fleurs. Aussitôt, il s'inquiète pour son état mental. Et s'il n'arrivait pas à temps, la prochaine fois ?
~~~

~~~

Pernette se trouve à Saint-Gervais, devant la masure où elle est née. C'est avec leur dureté et leur malfaisance que les membres de la famille Croz la reçoivent. Furieux de l'entendre déballer ses intentions, son père lui crache au visage des menaces terribles. Ses frères la rossent à coups de tisonnier. Sa mère n'esquisse pas un geste pour la défendre. Faut-il être cruche pour venir leur annoncer en personne qu'elle ne leur versera plus un sou ! À croire qu'elle aime être battue. Ponce, qui l'a suivie en catimini, intervient de façon musclée pour la tirer de ce mauvais pas.
~~~

DEUXIÈME PARTIE

La passion à son sommet

1

Une silhouette féminine à la mode, avec ses épaules inclinées, son buste arrondi, sa taille étroite et ses hanches pleines se présenta à la Compagnie ce samedi 1er septembre 1838 en fin de matinée. Le silence se fit quand Quitterie entra dans le local où étaient réunis six guides, six porteurs, six rantourneurs et un prêtre, garant de la probité du groupe. Tous détaillaient cette châtaine qui portait de grosses boucles bien lisses sur le front – une coiffure nettement plus avantageuse que le crêpage du matin. L'arrière de sa tête était recouvert d'un chapeau auvent du même imprimé que sa robe mi-fleurie, mi-rayée. Gabin ne put cacher qu'il éprouvait une admiration sans bornes pour cette dame.

En tant que guide-chef de l'expédition, il s'adressa au groupe tout coi et tranquille – en apparence.

— Maintenant que nous sommes au complet, commençons. Mademoiselle d'Arcy, je crois que vous avez quelque chose à nous dire.

Elle salua poliment l'assemblée, exprima dans la foulée son désir d'ascensionner au plus vite pour profiter du beau temps. Les visages masculins s'allongèrent quand elle demanda au curé :

— M'autoriseriez-vous à partir demain…

— Demain, c'est dimanche ! la coupa Blier.

Elle continua de poser sa question à l'homme d'Église.

— … après la première messe…

— On ne peut pas se lancer dans une ascension marquante un dimanche, dit Noiret.

— ... que nous irons entendre tous ensemble ?

— Messe ou pas, ça nous portera malheur, s'assombrit Bourvil.

— Le Ciel nous punira comme il a puni les pauvres bougres de la caravane Hamel, renchérit Villeret.

Pernette arriva au local sur ces entrefaites. Elle s'installa sur le banc extérieur, comme à son habitude. Il n'y avait pas de meilleur endroit pour apprendre ce qui se tramait tout en reposant ses guibolles fatiguées. Des éclats de voix lui parvinrent aux oreilles. La voix féminine, c'était la comtesse d'Arcy. La voix masculine émanait du curé. Le brouhaha provenait des guides et des porteurs.

Contrairement à ce que Quitterie pensait, l'opposition ne venait pas du religieux, mais des montagneux – comme s'appelaient entre eux les gens du cru. Sans se départir d'une certaine réserve, le prêtre se montrait accommodant, conscient que ce ciel limpide était peut-être le dernier de la saison. Moins compréhensifs, les hommes répétaient que le Dr Hamel s'était entêté à partir un dimanche malgré les mises en garde, et sans assister à l'office par-dessus le marché. Ils voyaient cette catastrophe comme une punition divine dans laquelle le client avait eu la vie sauve tandis que trois des leurs avaient été avalés par le glacier.

— Je ne suis pas Hamel ! s'offusqua-t-elle. Je ne manquerai pas la messe. Je me recommanderai aux prières pour que personne ne soit englouti. Je ne partirai qu'après la bénédiction de monsieur le curé. Et je n'irai pas non plus contre la volonté de mes guides...

Les mots s'embourbèrent dans sa bouche : elle venait de réaliser qu'elle était justement en train de s'opposer à eux. Ils parurent se consulter en se jetant le même coup d'œil. Certains menacèrent de renoncer à l'expédition, malgré la perte financière. Ne sachant plus comment démêler cet imbroglio, elle se rallia aux yeux de Gabin qui eut pour réaction de passer la tête par la porte. Se doutant que la femme tressée était assise dehors, il lui demanda de se joindre à eux.

— Assez perdu de temps en discutailleries ! dit-il. Je propose un vote à main levée sous la surveillance de Pernette Croz.

— Cette histoire ne la concerne pas ! s'exclama Quitterie, plissant le front plus que nécessaire.

— Il nous faut quelqu'un de neutre pour compter les mains des dix-huit votants.

La comtesse secoua le menton de droite à gauche, mais personne ne sut si c'était en signe de désapprobation, ou d'incrédulité face à la tournure des événements. Pernette se plaça face au groupe sans sourciller. Depuis trente ans, c'était à elle que les guides confiaient le rôle de départiteur, eu égard à ce qu'elle avait accompli.

— Pour ou contre d'ascensionner demain ? demanda-t-elle.

— Pour ou contre d'ascensionner demain dimanche, rectifia Blier, en insistant lourdement sur le dernier mot.

En femme exercée aux situations difficiles, la montagnarde changea sa formulation :

— Ceux qui sont pour le dimanche lèvent la main.

De ses bras maigres, on ne voyait que ses doigts hors du bâti grossier de sa manche. Son index droit s'agita dans l'air pour compter : trois mains se levèrent, mais aucune n'appartenait au curé qui gardait les siennes le long de sa soutane.

— Mademoiselle d'Arcy, Jean Gabin et Lino Ventura, ce qui nous fait trois voix en faveur du dimanche, dit-elle.

— Hourra pour le lundi ! crièrent les hommes d'une seule voix.

Ils accompagnèrent leur victoire d'un lever de chapeau.

La comtesse ne réagit pas d'emblée. Bouche béate, elle les regardait exulter. En plus de l'argent qu'elle leur avait déjà versé, elle avait fait acte de soumission en demandant la permission d'ascensionner, allant à l'encontre de ses idéaux de liberté et d'indépendance. Mais elle devait se montrer lucide. Gabin et Ventura avaient beau être dévoués, deux guides sur six, ce n'était pas envisageable pour se lancer dans pareille expédition. Sans compter que le curé, les porteurs et les rantourneurs s'étaient ralliés à la fronde. Elle pensa : Je comprends maintenant ce que Pauvrette voulait dire avec son « Bonne chance, si vous vous risquez ! » C'était perdu d'avance.

— Acceptez-vous de différer le départ à lundi ? demanda Gabin.

Sa cliente acquiesça d'un hochement douloureux de tête. Il éprouva le besoin de se rapprocher d'elle qui expulsait des soupirs de contrariété. Il se retrouva avec son décolleté fleuri sous le nez. La vision de ces seins trémulants lui fouetta les sangs.

— Le baromètre est au beau fixe, la rassura-t-il sans parvenir à regarder ailleurs. Lundi, le temps sera toujours avec nous. Je vous hisserai au sommet sans faillir, je vous le promets.

Son sous-entendu polisson, susciteur de plaisir et d'espérance, éveilla chez Quitterie une soif insatiable d'amour et de conquête.

— Vous avez intérêt à tenir votre promesse, monsieur Gabin, car me voilà déjà dévorée par l'impatience de m'y élever.

Il lui décocha un regard de concupiscence. Elle eut envie de lui donner un baiser ardent, mais ce n'était pas le moment. Autour d'eux, le dissentiment d'opinion, d'abord sérieux, se calmait, s'apaisait pour devenir plus léger. Il fut décidé que la comtesse monterait Roussette pour éviter la fatigue inutile de la marche d'approche. La doyenne des mules était fiable et expérimentée ; elle connaissait les chemins ancestraux par cœur. Quitterie accepta parce qu'il s'agissait d'une mule et non d'un mulet.

— À propos d'animaux, annonça-t-elle, je voudrais qu'un

pigeon fasse partie du convoi. J'ai dans l'idée de le lâcher au sommet avec un billet attaché à la patte avec mon heure d'arrivée.

Le prêtre lui proposa de lui fournir un mâle de son colombier qui reviendrait d'instinct vers sa femelle. Cela l'intéressait de voir comment son volatile supporterait l'air des altitudes.

— J'étalerai un drap blanc sur le parvis de l'église pour vous faire savoir qu'il est bien rentré.

— Je promets de ne pas oublier vos pauvres, remercia-t-elle.

— Venez aumôner demain à la grand'messe. J'y prierai pour votre succès.

— Comptez sur ma présence.

D'une poche dissimulée dans son serre-taille, elle tira de l'argent qu'elle lui remit discrètement pour avoir un banc réservé. Le curé afficha un air satisfait avant de conclure d'un ton péremptoire :

— Cela vaut aussi pour vous autres.

Les hommes acquiescèrent d'un « oui » conciliant. Aucun ne se serait mis à dos le représentant local du Tout-Puissant avant d'aller risquer sa vie sur les pentes du Maudit. Ils le regardèrent s'éclipser derrière la porte en compagnie de Pernette qui en savait suffisamment pour orchestrer la suite des opérations. Ils écoutèrent ensuite la comtesse qui conférait avec le guide-chef au sujet des provisions.

La liste suscita un élan d'enthousiasme : six pains de quatre livres, vingt poulets rôtis, trois longes de veau, deux langues de bœuf, deux gigots de mouton, trois kilos de sucre, deux kilos de chocolat, trois livres de pruneaux, douze citrons. Pour les boissons : un baril de vin ordinaire, dix-huit bouteilles de vin de Saint-Jean, une bouteille de cognac, une de vinaigre, une de sirop de capillaire – ces fougères semblables à des cheveux dont les feuilles servent à la préparation de remèdes pour les bronches. L'aristocrate ajouta trois gourdes pour son usage : une d'orgeat, une d'eau, une de limonade, et un pot de blanc-manger – une gelée de viande blanche.

L'ensemble serait réparti dans des sacs que les rantourneurs et les porteurs achemineraient jusqu'à l'endroit où ils feraient demi-tour. Un dîner copieux au retour de l'ascension était également prévu pour tous les participants. Les hommes salivèrent en imaginant cette succession de festins à venir. Guillerets comme s'ils allaient hériter d'une fortune, ils quittèrent le local pour effectuer l'intendance qui leur incombait : préparer les mulets et leurs bâts, faire sécher les couvertures au soleil, vérifier la solidité des cordes de chanvre, commander les provisions de bouche chez l'épicier, le boucher, le caviste et le boulanger. Gabin et Quitterie se retrouvèrent seuls.

— Rentrons à l'hôtel, gazouilla-t-elle.

Il hocha la tête en signe d'approbation. Il avait un furieux désir de sa petite châtaine. Dehors, l'atmosphère était d'une tiédeur exquise. Elle prit le bras de son guide, eut soudain envie de se confier.

— Tu sais, le but véritable de mon ascension est de faire provision de belles images pour garnir mon musée intérieur que je visiterai dans mon fauteuil, quand j'y serai clouée par l'âge.

— Faire provision de belles images, c'est une bonne idée. Mais on devrait aussi faire provision de gaieté pour quand nous serons vieux.

Sa réponse la fit fondre parce qu'il ne se moquait pas de son musée. Parce qu'il lui parlait d'avenir. D'un avenir à deux. Elle caressa son avant-bras avec des frôlements qui lui rappelaient leurs ébats de la veille. Gabin lui murmura des indécences à l'oreille. Elle rit et son rire lui fit penser à un gloussement amoureux. Il l'embrassa en pleine rue avec une sensualité béate qui la pénétra de volupté. Elle mourait d'envie que cet homme lui incendie le corps.

Elle traversait le hall de l'hôtel à son bras quand elle entendit le réceptionniste la héler. Il avait à lui remettre un billet de visite d'un monsieur descendu au Bellevue, une auberge d'Argentières qui servait de relais pour les mulets. Elle fit à son intention un geste de la main qu'il saisit parfaitement : Plus tard !

L'employé n'insista pas. Le bruit courait que la comtesse d'Arcy était en partance pour le Mont-Blanc. Ce n'était pas le moment de la contrarier : si elle venait à changer d'établissement, ce serait la concurrence qui bénéficierait de la publicité de cette folle entreprise. Charlet et Simond, les propriétaires de l'hôtel, seraient fort mécontents et il les aurait sur le râble. Le réceptionniste ne prendrait pas le risque d'importuner cette dame pour un touriste qui n'était pas client de l'Union. Tant pis pour ce monsieur de la Froutte dont le message resterait en souffrance ! Si encore il avait laissé un pourboire.

~~~

Quitterie vient de passer cette fatale année de la trentaine. Elle est déprimée à en mourir. Elle se défie des hommes en amour, des femmes en amitié. Elle a brûlé ses souliers de satin dont la semelle s'était jaunie à la cire des parquets de danse. Pour lui changer les idées, son frère lui propose d'aller goûter chez le pâtissier. Ensemble, ils mangent du gâteau de Savoie, boivent du vin muscat, parlent de la mort de leur père, de leurs aînés qui ne veulent pas s'occuper du domaine, des déboires sentimentaux de la demoiselle – affectée au point de vouloir se défaire d'elle-même. Annibal est solide. Mais depuis qu'il l'a sortie du lac, il a peur. Sa chère Quittie ne croit plus au mariage, redoute de finir seule. Alors, il lui fait une promesse.
~~~

~~~

Que Pernette s'en veut de s'être comportée comme une génisse docile ! Sans l'intervention musclée de Ponce, elle serait restée sur le carreau. Elle ne parvient pas à surmonter le dégoût que les siens lui ont inspiré lors de sa visite. Mais à toute chose malheur est bon puisqu'elle a enfin rompu les ponts derrière elle. Fini les relations avec ses proches à qui elle ne donnera plus un sou. Ils ne lui importent plus. Elle ne veut plus faire partie de la famille Croz. Elle veut fonder la famille Ponce. La voilà libérée, délivrée. Qu'elle croit !
~~~

2

La pendule de voyage sonnait les heures avec constance, mais la comtesse et le guide-chef restaient sans bouger. Ils relevaient d'une affection aiguë qui les obligeait à garder la chambre : la maladie d'amour. Un trouble qui leur donnait envie de tordre le temps dans leurs mains pour accroître celui qu'ils pourraient passer au lit.

Gabin caressa la peau rose, presque mauve, aux endroits où elle ne voyait jamais le soleil. Cette peau douce chargée d'une odeur plus délicieuse que la vanille de l'omelette soufflée. L'effleurage de ses doigts sembla faire pénétrer dans la chair de son amante une folie enivrante. Elle émit des roucoulements presque aussi indécents que les cris qu'elle avait poussés cette nuit à la façon des bêtes sauvages. Il lui suçait la bouche quand la pendule suspendit quelques instants son tic-tac pour carillonner des coups sonores. Quitterie compta.

— Déjà huit heures ? s'étonna-t-elle en se redressant.

Elle se leva d'un bond, écarta légèrement le rideau en velours. Un soleil vaillant avait poussé la lune hors du paysage.

— Reviens te coucher, que je te montre combien je t'aime.

— Il faut que je me prépare. Je suis attendue à la grand'messe. Et toi, aussi, d'ailleurs.

Elle versa de l'eau dans la cuvette, s'affaira à dissoudre le sel déposé sur sa peau par le flux et le reflux des marées charnelles.

Son amant la regarda faire ses ablutions devant le meuble

de toilette, le désir avivé par ce moment d'intimité. En voyant ses seins gigoter au rythme du savonnage, une chaleur lui partit du bas-ventre et lui monta à la tête comme une bouffée d'envie. Il se leva pour la rejoindre, la saisit par les hanches, se pencha sur elle jusqu'à lui faire cambrer les reins. D'un même mouvement, elle rejeta le buste et la tête en arrière. Il passa de petits coups de langue sur la pointe des mamelons rougis à force d'être suçotés. Comment rester lucide sous des cajoleries aussi voluptueuses ? Elle reposa lavette et savon sur la tablette de marbre.

— Accroche-toi, dit-il pendant qu'il la soulevait.

Elle se suspendit à son cou, enroula ses jambes autour de sa taille avec une agilité de singe. Elle en était à s'asseoir sur l'extrémité de sa verge pointée vers sa toison quand la porte s'ouvrit tout d'un coup. Un homme en costume de flanelle blanche entra sans prévenir.

— Annibal ! s'écria-t-elle en voyant la moustache en virgule.

Il était mortifiant que, dans l'état de luxure où elle était, quelqu'un pénétrât dans sa suite.

— Quittie ! s'exclama le comte, scandalisé de trouver sa sœur dans cette lubricité de guenon.

Scandalisé ? Pas vraiment. C'était son truc de tomber sur les gens à l'improviste et de s'amuser de leur gêne.

La respiration hachée de sa cadette disait le trac qui lui étreignait la gorge. Le temps de rassembler un peu de salive dans sa bouche asséchée, elle jeta :

— En voilà une façon de surprendre son monde !

Il y eut un de ces silences où l'on ne sait plus de quel côté vient le tic-tac de la pendule. Mais en tendant l'oreille, on pouvait entendre le martèlement jaloux des tripes d'Annibal, le battement gêné du palpitant de Gabin, les tressaillements affolés du cœur de Quitterie. Le guide la reposa au sol, ayant saisi que l'intrus soigné dans sa tenue était le comte d'Arcy. Bien qu'il eût deux ans de plus que sa sœur, le noble réussissait le tour de force de paraître plus jeune qu'elle – sans doute parce qu'il avait une nature moins inquiète.

Annibal jaugea sa cadette comme une génisse à la foire aux bestiaux. Au luisant gonflé de son entrecuisse, il sut que la nuit avait été torride.

— Désolé d'interrompre tes bagatelles, sœur chérie ! Mais tout de même, est-ce là une façon d'accueillir l'homme de ta vie ?

Gabin n'en crut pas ses oreilles. Ce tutoiement en sa présence, ce jeu de mots déplacé, tout était fait pour signifier la possession des faveurs d'une femme. Comment ce diable sorti de sa boîte se permettait-il de parler à Quitterie ? Jamais lui-même ne s'était adressé ainsi à sa sœur. Les mâles argentés n'avaient-ils donc aucune manière ?

La comtesse fit quelques pas dans la suite, l'air sonnée comme si elle descendait d'un manège. Elle ramassa son déshabillé, passa une manche lentement, le regard tourné vers la fenêtre. Elle cherchait à se persuader qu'elle était encore dans son sommeil, en train de cauchemarder. Intriguée par le fait de voir trouble, elle s'approcha de la vitre. Une bulle d'air emprisonnée dans le verre avait gauchi sa vision des majestueux sapins dressés devant l'hôtel. Leurs branches souples, leurs aiguilles effilées lui apparurent tel un peloton d'exécution armé d'arcs et de flèches pointés dans sa direction. Elle pencha la tête de côté. Sa vision s'altéra davantage – probablement la fine de champagne dont elle avait abusé la veille. Elle appuya son front contre la vitre froide, ferma les yeux en priant pour un réveil salvateur. Elle inspira, rouvrit les paupières, décolla sa tête du verre. En pure perte.

Ce n'était pas un cauchemar.

Ou plutôt si.

C'en était un puisque Annibal était là. À la regarder avec un air d'incompréhension. N'était-ce pas les difficultés qui venaient de surgir avec son arrivée imprévue ? S'il était vrai qu'il y eût un orage à l'horizon, peut-être saurait-elle écarter à temps les nuages qui s'amoncelaient.

— Mon frère, je vous présente monsieur Gabin, dit-elle pour reprendre les rênes de la situation.

Le comte reporta son attention sur l'homme qu'il avait interrompu alors qu'il s'apprêtait à pénétrer sa sœur. Le bougre était plus jeune que lui, solidement bâti et doté d'un iris à la clarté envoûtante. Il paraissait arriéré avec son visage glabre à une époque où aucun mâle ne pouvait conter fleurette sans ornement sous le nez et au menton. Plus bas, il y avait l'incurvation de son ventre plat devant lequel son sexe toujours dressé semblait immense. Et ce n'était pas la seule chose surnaturelle que ce bipède primitif exhibait fièrement. Sous l'insolent braquemart se trouvaient des bourses aussi grosses que des pommes de reinette. Pourquoi ne débande-t-il pas ? se demanda Annibal. En de telles circonstances, n'importe qui aurait cessé d'être en érection. Et d'où tient-il de pareils sacs à semence ? Serait-ce l'altitude qui dote les indigènes d'attributs aussi démesurés que les sommets alentour ? L'espace d'un instant, le noble se fit l'effet d'être un petit individu envieux. Mais il se félicitait d'avoir précipité son arrivée. Encore un peu et ce taureau des montagnes infligeait aux entrailles de sa sœur quelques assauts dévastateurs.

— Monsieur Gabin, je vous présente le comte d'Arcy.

— Rangez votre engin avant de blesser quelqu'un ! le calotta ce dernier en guise de salutations.

Quitterie expulsa un rire aussi immodéré qu'inapproprié. Le guide comprit qu'il avait vu juste en trouvant sa bonne humeur parfois factice. Elle dissimulait son embarras dans cette apparence trompeuse de dame allègre. En fait, c'était une femme de sensibilité rentrée, très tendre sous le masque mondain. Avec quelque chose de fragile.

Mais qui s'en souciait ?

Certainement pas son frère qui avait couvert son nez d'un mouchoir à ses initiales, indisposé par l'air chargé d'une odeur cinglante de copulation. En ouvrant une fenêtre, le comte remarqua une bouteille vide de fine champagne, des restes de repas, des vêtements épars. Tout un fatras qui laissait à penser que la nuit avait été festive avant d'être lascive. Un désordre d'amusement, un empilement de joies désordonnées si loin des habitudes de sa sœur.

— Il est temps pour vous de nous quitter, dit-il au gars fortement membré.

Mais Gabin n'était pas pressé. Avant de se rhabiller, il s'offrit une ablution pendant que le noble inspectait la suite comme la mère supérieure d'un couvent. Sa préciosité et la sévérité de son abord frappaient d'autant plus que le guide le comparait à Quitterie qui avait conquis son cœur par son naturel. Il comprenait maintenant d'où lui venait cette manie de vérifier sans cesse que la porte était verrouillée.

Un reste de peur, probablement.

— Vous devez bien avoir un endroit où aller ? le souffleta le comte, agacé de le voir prendre son temps.

Gabin perçut la morgue insultante que contenait cette question. Il se tourna vers Quitterie en étouffant la révolte qui montait en lui.

— Pars devant, lui dit-elle, sa nudité à peine voilée par son déshabillé transparent. Et dis au curé que j'arrive.

Elle s'était approchée de son amant pour lui répondre avec une familiarité qui froissa toutes les délicatesses d'Annibal. À en juger par leur proximité, on eût dit que ces deux-là se connaissaient depuis longtemps. Qu'il y avait autre chose entre eux qu'une simple fornication. Cette seule pensée lui fit bouillir le sang. En attendant de pouvoir mesurer la dangerosité de ce rival inattendu, il devait reconquérir les faveurs de sa sœur qui semblait heurtée par son arrivée impromptue. Mais pour cela, il lui fallait se débarrasser de l'arriéré.

— Soyez assez bien élevé pour nous laisser, à présent ! Rentrez chez vous ! Et restez-y, à l'avenir ! Cela vaut mieux.

— À l'avenir, soyez assez bien élevé pour frapper aux portes, le cingla Gabin. Et attendez avant d'entrer ! Cela vaut mieux.

Le comte eut un instant la conviction que l'imberbe n'était pas aussi attardé qu'il le paraissait.

— Partez avant d'être frappé ! éructa-t-il.

— Annibal, il suffit ! éclata Quitterie qui savait combien il aimait corriger les hommes qu'elle fréquentait.

Son frère affecta d'être désolé, parlant suffisamment fort pour être entendu par le montagnard qui gagnait la sortie.

— Pardonne-moi, ma mie, j'ai poussé ta porte trop vite, dit-il en se penchant sur sa sœur qui sentit la fragrance familière de l'huile de Macassar. J'oublie toujours que je ne suis pas ton mari.

Surpris par ces paroles incongrues, Gabin se retourna sur le seuil. Juste à temps pour les voir se baiser aux lèvres, comme si c'eût été la chose la plus naturelle du monde à faire. Il écarquilla d'un même mouvement les yeux et la bouche. Quitterie voulut le retenir, mais déjà le guide avait refermé la porte derrière lui. Dans le couloir, il resta quelques instants empêché de sa personne, les idées en désordre. Se pouvait-il que les liens qui existaient entre la comtesse et son frère fussent de nature douteuse ?

~~~

Parce que Mlle d'Arcy redoute la solitude inhérente au statut de vieille fille, Annibal lui a fait la folle promesse de renoncer au mariage. Il restera garçon et tous deux pourront ainsi unir leur célibat. Ensemble, ils formeront l'un de ces couples fraternels très en vogue, tels Eugénie et Maurice de Guérin, Emily et Branwell Brontë, George Sand et Hippolyte Chatiron. Ces derniers ont des points communs avec les d'Arcy. Hippolyte était le compagnon de jeu de sa cadette durant l'enfance. Il lui a appris comment monter à cheval et à tirer au pistolet. Il a également joué un rôle dans son divorce.
~~~

~~~

Pernette pense être libérée de sa famille. Elle se trompe. La loi est intraitable avec les demoiselles : les pères peuvent prendre leur salaire directement chez l'employeur qui se doit de leur donner s'ils le demandent. Tout le problème vient du fait que la fille Croz travaille dans un hôtel. Si elle ne touchait pas de gages, il n'y aurait pas d'extorsion possible. Mais le métier de guide qu'exerce Ponce ne paye pas suffisamment pour permettre à la blondine d'arrêter de travailler. Comme tout s'arrangerait si elle avait un autre moyen de subsistance !
~~~

3

Au moment où Gabin se rendait à la grand'messe, se tenait un conciliabule dans la suite de la comtesse. D'aucuns auraient été surpris d'entendre les d'Arcy débattre férocement de leur couple fraternel. Mais il ne fallait pas s'y tromper : malgré leurs désaccords, une complicité les unissait au point de se donner des témoignages de leur attachement.

— Que viens-tu faire ici ? demanda-t-elle.

— J'étais sans nouvelle de toi depuis ton départ.

— Je t'ai envoyé un exprès, dit-elle, sans préciser quand.

Le messager était arrivé au château alors que le destinataire était en chemin pour Chamonix. Ils s'étaient croisés sans le savoir.

— Je me suis rouillé les sangs, se plaignit-il en s'installant dans un fauteuil. Mais je constate que tout va bien pour toi, si ce n'est que tu ne sembles pas très contente de me voir.

Il alluma un cigare.

— Je ne t'attendais pas. Et puis, tout cela est gênant.

Elle fit un geste circulaire qui embrassa le lit défait, les vêtements éparpillés, les restes d'agapes.

— Allons, Quittie, pas de ça entre nous. Chacun a droit à ses petites gâteries. Nous en avons convenu ainsi.

Il tira sur son tabac de Cuba, amenant à lui une grande quantité de fumée.

— Dis-moi tout, poursuivit-il. As-tu vaincu le Maudit ?

— Je n'ai pas encore pu tenter l'ascension en raison des intempéries, mais le départ est prévu pour demain.

— Je comprends mieux. Tu voulais tuer le temps en attendant.

Il rejeta la fumée en ronds parfaits dont il suivit la montée vers le plafond d'un œil à la fois connaisseur et suffisant.

— Justement, je voulais te parler de Gabin. C'est le guide-chef de mon expédition et...

— Un guide ? la coupa-t-il. Tu forniques avec un guide ? Et celui de ton expédition par-dessus le marché ! Pourquoi t'abaisses-tu à prendre un amant parmi le petit personnel ? Il y a suffisamment de riches villégiateurs ici pour trouver un noble à mettre dans ton lit. Faut-il que tu sois désespérée !

— Parce que toi, tu ne couches qu'avec des filles de race, peut-être ? Je ne te dis rien quand tu trousses des gourgandines dégottées dans les cabarets. Quand ce n'est pas dans le caniveau !

Écorchée au plus profond d'elle-même par sa jalousie envers les donzelles qu'il lutinait, elle avait mis dans ses paroles tout son ressenti face aux attaques de son frère qui se posait en père la vertu.

— Ce n'est pas la même chose, se justifia-t-il. En tant que femme, tes fréquentations salissent notre nom et notre lignée.

— Quelle injustice ! Tu es libre de culbuter qui tu veux, tandis que je dois coucher avec des particules. Même si je ne les aime pas !

Elle avait élevé la voix au ton criard de la dispute.

— L'amour n'a rien à voir là-dedans, tu le sais bien. Ce ne sont que des amusements, des liaisons sans lendemain.

Elle afficha un air si troublé qu'il en fut troublé à son tour. Moins d'une semaine s'était écoulée depuis qu'elle avait quitté Genève et pourtant elle semblait changée. Il peinait à reconnaître en cette femme désordonnée la Quitterie qu'il connaissait. Son teint était admirable, sa santé insolente. Elle n'avait pas l'air contrariée de voir son grand projet différé. Et les changements ne s'arrêtaient pas là. Il y avait eu ce faux sourire qu'elle avait affiché en le voyant, avec cette impression que sa présence l'indisposait. Lui, qui s'était fait une idée enthousiasmante du bonheur de la surprendre par une arrivée inopinée ! Quelle déception !

Était parce qu'il était entré sans frapper ?

Il était vrai qu'elle lui avait demandé maintes fois de se défaire de cette manie. Mais il soupçonna autre chose. Ce guide n'était-il qu'une toquade ? Ou était-elle un peu trop entichée de lui ? Lui avait-il tourneboulé la tête ? L'amour était-il bien en dehors de tout cela ? S'il s'agissait d'une liaison de cœur, l'équilibre de leur couple fraternel en serait menacé. La pendule de voyage le tira de ses réflexions en sonnant sur un ton clair.

— Neuf heures ! paniqua sa sœur. Je dois vite me préparer. Au train où vont les choses ce matin, je vais finir par rater la grand'messe. Le curé m'y attend. J'ai promis de venir aumôner.

Elle décida de s'habiller en dame pour ne pas froisser le prêtre et les notables du bourg qui seraient présents en nombre. Personne ne se permettait de rater la messe chantée du dimanche.

Annibal la regarda gesticuler sans toutefois parvenir à lacer son corset. Une autre fois, il serait venu à sa rescousse, mais pas aujourd'hui. Il ne s'attendait pas à une aussi froide et fâcheuse réception. Il avait délaissé le domaine pendant les moissons parce qu'elle avait manqué à ses devoirs. Car il était certain qu'elle avait omis de lui envoyer le message promis. Avait-elle oublié son frère préféré à peine arrivée ? S'était-elle jetée au cou de ce guide avant même d'avoir défait ses bagages ?

Non, cela ne se pouvait pas.

Sa sœur se montrait méfiante à l'égard des hommes. Il lui fallait du temps pour se laisser approcher. Mais alors… cela signifiait qu'elle le connaissait d'avant. Se pouvait-il qu'elle l'eût rencontré lors de ses précédents séjours à Chamonix et qu'elle n'en eût rien dit ? Leur liaison était-elle une simple passade, ou était-ce plus sérieux ? Soudain, le comte eut un doute. Quid de cette prétendue volonté d'être la première femme au sommet du Mont-Blanc ? Et si elle avait monté cette histoire pour venir retrouver ce guide sans éveiller ses soupçons ? Il songea à son défunt père. Quand il avait réalisé que sa fillette aimait grimper les collines, il l'avait placée en pension à Dijon. Il avait toujours l'air inquiet quand Quitterie sortait. À l'époque, Annibal trouvait exagérée cette crainte de voir l'histoire familiale se répéter. Aujourd'hui, il s'interrogeait. Son père avait-il raison de se tenir en garde contre les montagnes et leur force d'attraction ?

— Aide-moi à passer ma robe, s'il te plaît.

— C'est le travail de ta domestique. À ce propos, où est-elle passée, celle-là ? J'ai vu que la logette était vide.

— Elle occupe une chambre de bonne au dernier étage.

— J'aurais dû y penser. Tu l'as délogée pour t'ébattre à ta guise.

— Absolument pas. J'ai dû la faire déplacer après l'accident.

— Quel accident ?

— Nous redescendions du Montanvert quand un rocher s'est détaché. Jeanne-Alice a eu la jambe brisée.

— Tu n'aurais jamais dû t'aventurer seule avec elle.

— Nous n'étions pas seules. Jean Gabin était avec nous.

— Ce guide est donc un incapable ! incrimina-t-il.

— Tu fais erreur. C'est un des meilleurs guides de la vallée.

— S'il faisait bien son travail, personne n'aurait été blessé. Il est peut-être qualifié pour les expéditions entre les draps des dames, mais je doute de son excellence en ce qui concerne la montagne. Tu dois le remplacer par un autre, plus compétent.

Sa sœur devint rouge, fulmina contre lui. Après avoir essayé de congédier sa soubrette, il tentait maintenant de renvoyer son guide.

— Sûrement pas ! Jean Gabin reste à la tête de ma caravane.

— Tu risques de payer cher les conséquences de ton entêtement.

— C'est mon expédition, c'est moi qui décide.

Exaspérée de devoir tout justifier, elle quitta sa chambre illico. Conscient d'avoir poussé le bouchon trop loin, il osa une plaisanterie hardie sur le seuil :

— Puis-je te conduire à l'autel ?

Elle eut une seconde d'hésitation qui n'échappa pas à son frère. Il venait à peine d'arriver que déjà il voulait tout diriger sous prétexte qu'il savait mieux que quiconque ce qui était bon pour elle. Quitterie se heurtait à lui comme on heurte du pied quelque chose. En fait de l'aider, il était la pierre qui risquait de lui occasionner un faux pas, de la faire trébucher alors qu'elle était en chemin pour la plus grande réalisation de sa vie. Naturellement, elle se morigénait car elle était responsable de la venue d'Annibal. Jamais il n'aurait entrepris ce voyage s'il avait été rassuré à son sujet. Que ne lui ai-je envoyé cet exprès plus tôt ! se lamenta-t-elle in petto.

— Je suppose que oui, finit-elle par répondre en entendant le bruit de ses bottes dans son dos.

Il la rejoignit en haut du grand escalier avec un sourire aux dents superbes. Ce sourire mi-enjôleur, mi-contrit qui faisait qu'elle lui pardonnait tout. Depuis toujours.

— Formidable ! s'exclama-t-il. J'adore regarder les péquenots qui ne savent pas quoi faire de leurs mains.

— Tu es odieux !

Elle esquissa un air de reproche tout en s'accrochant au bras qu'il lui offrait d'un geste ample.

— Inutile de m'encenser ! Je connais ma valeur.

Il profita de son éclat de rire pour la reconquérir.

Le réceptionniste les regarda traverser le hall sans oser rappeler à la comtesse qu'il avait un billet de visite à lui remettre. Probablement parce que le gentilhomme à qui elle donnait le bras l'avait menacé du pire une heure plus tôt s'il ne lui disait pas quelle suite occupait sa sœur.

~~~

Les d'Arcy définissent conjointement les règles de leur couple fraternel. Chacun pourra avoir une maîtresse ou un amant à sa guise, mais aucun ne devra jamais s'attacher à quiconque. Et les voilà qui adoptent une grande liberté de ton, s'affichent publiquement ensemble, se montrent insouciants des préjugés. Petit à petit, Quitterie reprend goût à la vie. Annibal se réjouit de la voir manifester sa belle humeur d'avant. Mais sa crainte de perdre sa sœur adorée lui a dicté une promesse qui va se révéler difficile à tenir.
~~~

~~~

Un soir, des hommes débarquent dans l'établissement où la fille Croz termine son service. Il y a Ponce, Balmat et Payot – qui sera le guide d'Alexandre Dumas. Ils s'installent au bar. Ils sont trois, mais commandent à boire pour quatre ; quelqu'un va arriver. Ils l'invitent à se joindre à eux sous le regard étonné d'une fille de salle qui travaille la brosse à la main, agenouillée sur le sol.

Payot place le verre d'alcool supplémentaire devant Pernette. Elle va en avoir besoin, car c'est elle, le quatrième convive. Elle écoute Ponce lui exposer qu'ils partent bientôt en expédition et qu'ils ont l'intention de l'emmener avec eux. Le Victorieux ajoute qu'après ça, elle sera célèbre. Les gens viendront la voir de partout ; ils lui donneront des étrennes. Assez d'étrennes pour qu'elle n'ait plus besoin de travailler dans les hôtels. Alors son père ne pourra plus toucher ses gages à sa place.
~~~

4

La comtesse conduisit son frère à Saint-Michel. De l'extérieur, l'église était un joyau du style baroque savoyard avec son clocher à bulbe surmonté d'une flèche. Le bulbe était recouvert d'ancelles, ces planchettes de bois issues du cœur de l'arbre. En approchant de l'édifice religieux, les d'Arcy remarquèrent une présence inopinée. Un homme en habit s'appuyait sur une canne à pommeau. Cette bouche en fente de tirelire, cet air de paon en parade…

— On dirait la Froutte ! se rembrunit Annibal.

C'était bien lui. De prime abord, ils l'avaient pris pour un autre tant il avait changé. Les années lui avaient épaissi les traits et l'avaient engraissé tout de travers. Non seulement il n'avait plus rien de séduisant, mais encore il avait l'air ridicule avec sa redingote en soie bleue, si inappropriée pour le lieu. Décidément, cette petite noblesse ne pouvait être apparentée à la grande aristocratie !

Eudes s'avança vers eux, vint au baisemain.

— Que faites-vous ici ? l'interrogea Quitterie en reprenant ses doigts presque aussitôt.

— J'ai appris que vous alliez tenter le Mont-Blanc et je veux être le premier à relayer votre exploit dans la presse.

Il était entré dans le métier comme gazetier par le biais de Sixtine dont le père était rédacteur. Depuis, son beau-père était décédé et sa femme avait obtenu le divorce. Eudes était maintenant journaliste à *La Feuille de chou*. Contrairement à ce que son nom évoquait, ce quotidien était un titre d'importance qui devait son succès à sa formule novatrice : articles de qualité et publicité. On y trouvait des romans-feuilletons d'Alexandre Dumas, des prépublications d'Honoré de Balzac, des critiques d'art de Théophile Gautier. L'ajout de réclames dans ses colonnes avait permis de baisser le prix de l'abonnement de 80 à 40 francs, soit 2 sous le numéro. De quoi attirer un large public.

— C'est amusant de voir qu'on peut être journaliste sans maîtriser l'art d'écrire ! railla-t-elle.

Il grimaça, accentuant la bouffissure de ses yeux noirs.

— Mon métier n'est pas d'écrire, mais d'informer. Et vous pourrez compter sur moi pour divulguer l'issue de votre entreprise. Qu'elle soit heureuse ou tragique.

Quitterie frémit à cette remarque ; si elle échouait, Eudes se ferait un plaisir de le faire savoir au monde entier. Ils se toisèrent du regard. Il était passé à son hôtel pour lui parler en privé, mais elle n'avait pas donné suite à son billet de visite. Il allait donc lui révéler maintenant de ce qu'il taisait depuis vingt ans.

— J'ai cherché à vous voir ces derniers jours. Je voulais savoir si votre frère vous avait dit qu'il était la cause de notre rupture.

— Qu'allez-vous inventer ? s'assombrit-elle.

— Allez, d'Arcy ! Dites à votre sœur que vous m'avez contraint à la quitter parce que je n'étais pas assez riche.

Il écarta légèrement les pieds, planta sa canne entre ses souliers de ville et appuya ses mains l'une par-dessus l'autre sur le pommeau. La position idéale pour mesurer l'effet de son annonce. La comtesse regarda son frère qui hésitait, comme si répondre eût été la dernière chose à faire. Elle s'agita, le requit de déclarer sur-le-champ s'il était vrai qu'il eût fait de telles manigances contre elle.

— C'était pour ton bien, Quittie.

Tout le corps féminin se crispa. Annibal avait fait capoter

ses fiançailles et elle n'avait pas vu les choses telles qu'elles étaient. Comme si un écran de fumée l'avait empêchée de comprendre la réalité. Elle avait suivi son frère aveuglément, mais n'était plus sûre de rien à présent. Et s'il était finalement un mauvais berger ?

— Dites-moi, d'Arcy, reprit la Froutte, que pensez-vous de ce guide sans le sou avec lequel votre chère Quittie s'affiche partout ?

La comtesse eut un mouvement d'épaule pour manifester son écœurement. Dans sa tête, tout était saccagé. Autour d'elle, c'était un bruit de voix soutenu. Son ancien fiancé se querellait avec son frère, toujours prêt à se batailler contre ses amants. Elle était lasse de leurs boniments respectifs. Annibal qui, sous prétexte de la protéger du monde extérieur, ne faisait rien qui ne soulevât des difficultés sans nombre. Et Eudes dont elle redoutait maintenant d'avoir à subir la plume. Quel comble de retrouver le bourreau de son cœur de jeune fille en journaliste prêt à la jeter en pâture au monde entier !

Si Quitterie n'y prenait pas garde, elle serait de nouveau prise dans un engrenage dont les roues n'auraient de cesse de la broyer. Il était temps pour elle de déchirer le voile de sa naïveté. Temps de rejoindre Gabin qui lui faisait gentiment signe de la main malgré ce baiser déplacé dont il avait été le témoin malheureux. Elle voulait dissiper tout malentendu.

Annibal la regarda marcher vers le guide-chef tandis qu'elle avait l'impression de gagner quelques degrés de liberté en s'éloignant. Il ne fit rien pour la retenir car il voulait s'entretenir avec la Froutte en tête à tête. Ou plus exactement menacer cet échotier de bas étage.

— Faites attention à ce que vous allez écrire sur ma sœur, dit-il après avoir attendu que celle-ci soit hors de portée d'oreille.

— Et vous, faites attention à votre comportement, car le moindre pas de côté sera publié. J'ai déjà de quoi remplir plusieurs numéros rien qu'avec vos excès en tout genre. J'ai déjà un thème pour ma une. Que pensez-vous de « L'inceste dans l'aristocratie » ?

— De quoi parlez-vous ? blêmit le comte. Vous savez très bien que vos dires sont mensongers.

— Prouvez-le !

— Vous êtes un bâton merdeux ! C'est à ne pas savoir par quel bout vous prendre. Je vous conseille de tenir votre langue, sinon…

— Sinon quoi ? le provoqua Eudes, sa couperose enflammée. Vous allez encore agiter vos poings ?

— Ne me tentez pas !

— Allez-y, frappez-moi ! Et tous mes confrères qui sont là pour couvrir la tentative de Quitterie feront des articles sur la façon dont son frère traite les journalistes.

— Que voulez-vous, à la fin ?

Annibal craignait la publication d'indiscrétions travesties sur leur famille en France, au royaume de Sardaigne, en Suisse. Peut-être même au Royaume-Uni où la reine Victoria venait d'être couronnée. Et au royaume de Prusse, ennemi juré des Français.

— De vous, je ne veux rien. De Quitterie, j'espère un exploit qui assurera suffisamment de lecteurs à mon journal pour que je passe rédacteur. J'ai besoin de gagner ma vie, contrairement à vous qui employez votre temps selon votre bon plaisir. Si vous m'empêchez de travailler, je vous ferai une publicité que vous vous rappellerez !

La menace plana dans l'air.

Le comte n'en revenait pas de la véhémence du journaliste qui rompait ainsi la tyrannie maintenant qu'il en avait l'occasion, pour mieux se venger de lui.

Eudes n'avait jamais digéré le fait d'avoir été frappé sous les fenêtres de Quitterie. Il en voulait terriblement à Annibal qu'il tenait pour responsable du fiasco de son mariage. Sans son intervention, il se serait uni à Quitterie qui était amoureuse de lui, au contraire de Sixtine qui l'avait épousé afin de se venger de sa camarade de pension – pour ensuite le rendre cocu. Et pour couronner le tout, sa femme avait obtenu la garde de leur fille, alors que c'était lui qui s'était occupé de leur petite pendant la fugue adultère de sa mère. Peu de gens le savaient, mais Eudes était un papa poule qui gardait une plaie ouverte de n'avoir pas vu grandir Carola.

~~~

Annibal a décidé de faire un voyage au long cours. À son retour, il prendra la gérance du domaine de Fortune. Avant de partir, il passe un contrat avec sa sœur pour maintenir sa belle humeur. Un acte écrit dans lequel elle s'engage à lui envoyer une lettre par jour jusqu'à leurs retrouvailles. Tout est défini : nombre de pages, illustrations à l'aquarelle, portraits de proches au fusain, anecdotes amusantes sur les amis, querelles de voisinage, cancans sur les notables. En contrepartie, il lui enverra des plantes rares pour ses herbiers, ou encore des remèdes exotiques, comme cette liqueur de kawa qui fait taper le cœur. Et si elle tient son engagement sur la durée, il lui rapportera un perroquet répéteur, haut en couleur. Quitterie s'y inféode pour maintenir le lien entre eux malgré la distance. Mais son frère lui a caché qu'il emporte dans ses bagages une belle jeune femme dont il s'est épris. Quoi de mieux qu'un tour du monde en bateau pour vivre une liaison amoureuse à l'abri des regards ?
~~~

~~~

Pernette retrouve Ponce, Balmat et Payot au lieu de rendez-vous. À la surprise générale, une femme les rejoint. C'est la fille de salle qui brossait le sol le soir où ils sont venus à l'hôtel. Elle a entendu leur conversation ; elle aussi veut devenir célèbre pour recevoir des étrennes. Mais Balmat refuse, car elle nourrit de son lait un petit de sept mois, alors que Pauvrette est sans enfant. Cette affaire, ce n'est pas la place d'une mère.

Juste avant de se lancer, le Victorieux demande à la fille Croz : « Es-tu bien décidée à t'aventurer ? C'est qu'il ne nous faut pas de pleurarde ! » Ce à quoi elle répond : « J'irai comme un homme. » Cet arrangement fait, ils partent avec un morceau de pain dans la poche, une gourde de sirop pour elle, une bouteille de gnôle pour eux. À la grâce de Dieu !
~~~

5

Gabin se tenait devant le clocher où l'on pouvait lire *An 1119* gravé dans la pierre par les moines bénédictins qui l'avaient construit. Il vit arriver Quitterie dans le matin déjà tiède, si transparente qu'on eût dit un fantôme. Il tressaillit à la vue de son visage défait, l'interrogeant du regard sans qu'elle délivrât une quelconque explication. Aussitôt, il se reprocha de l'avoir laissée avec son frère.

La comtesse fut accueillie par Marie, les guides de sa caravane et même Pernette Croz, venue avec un tabouret de traite. Près d'eux se tenaient le syndic, le notaire, l'instituteur, le vétérinaire, des hôteliers et bon nombre de villageois. Il y avait également des villégiateurs, des touristes de passage et des journalistes – gazetiers, échotiers et autres littérateurs. *La Presse*, *Le Siècle*, *Le Journal de Paris*, *Le Corsaire* et *Le Messager de Neuchâtel* avaient dépêché des correspondants à l'étranger. *Le Journal de Savoie* et *Le Courrier patriotique des Alpes* avaient envoyé des chroniqueurs en province. Certains étaient arrivés la veille. D'autres étaient en chemin. C'est qu'il en fallait du temps pour rallier Chamonix au départ de Paris !

Quitterie réalisa que sa visite à ses amis dans la presse au moment de quitter Genève avait fait son office : la nouvelle de son expédition s'était propagée comme une traînée de poudre. Et les journalistes n'avaient pas fait le déplacement pour rien, car le bruit courait que Mlle d'Arcy avait une liaison enflammée avec le guide-chef de son expédition.

Aventure, danger, émancipation, amour, indécence, lutte des classes et transgression : tous les ingrédients d'une bonne histoire étaient réunis !

La comtesse entra dans l'église par la porte à la Toscane où une surprise l'attendait : Jeanne-Alice était assise sur le dernier banc, sa jambe posée sur l'agenouilloir devant elle. Elle était venue dans les bras de Ventura, incapable de la laisser seule, un dimanche de surcroît. Quitterie posa une main chaleureuse sur l'épaule de la blessée qui remarqua une traînée humide au cou de sa maîtresse. Celle-ci était un peu honteuse, car elle n'avait plus sa soubrette à l'esprit, entre la nuit torride passée avec Gabin et l'arrivée inopinée d'Annibal.

Le curé se tenait au pied de la chaire, debout face à ses ouailles qui se serraient sur les bancs tant il y avait foule. Il portait une bure dont la grossière étoffe de laine brune était ennoblie d'une croix pectorale en argent. L'aristocrate marcha jusqu'à lui, plaça des billets entre ses mains croisées.

— Pour vos pauvres.

Il fit disparaître l'argent dans sa manche, puis désigna l'emplacement qu'il avait réservé pour elle. En avançant dans l'église, elle remarqua que le style baroque alpin s'accompagnait de courbes, de trompe-l'œil, de colonnes torses et d'ornements. Elle fut surprise de constater que, bien qu'occupant le premier rang, quelqu'un était installé devant elle. Curieusement, il s'agissait de Pauvrette assise sur son tabouret. Comment pouvait-elle se trouver si près du chœur qui abritait les retables consacrés au Saint-Esprit et à Notre-Dame du Rosaire ? Cette interrogation s'ajoutait à celle que Quitterie se posait sur les dîners. Elle questionnerait Gabin au sujet de la montagnarde pendant la marche d'approche qu'elle ferait le lendemain matin.

Le prêtre attendit que chacun trouvât une place et que la comtesse fût assise sur son banc de location pour monter en chaire. Annibal n'était toujours pas là, alors que la messe allait commencer. Sa sœur se retourna pour voir s'il arrivait, ce que, en temps normal, elle ne se serait jamais autorisée à faire. C'eût été un manque d'éducation inconcevable. Mais l'endroit était loin de la vie mondaine. Ce faisant, elle réalisa que le syndic, le notaire et l'instituteur étaient installés dans son dos. Derrière eux s'alignaient les bigotes et derrière encore, les hommes de sa caravane. Elle avait pensé que les guides viendraient s'asseoir avec elle, vu qu'il s'agissait d'une messe pour leur ascension, or ils avaient pris place sur leurs bancs habituels.

Alors que Quitterie scrutait la grand'porte, son regard gris perlé croisa un regard bleu perçant. L'homme lui fit une sorte de demi-clin d'œil qui pouvait passer pour un tic si quelqu'un l'interceptait au vol. Elle aurait dû rester impassible, vu que les fidèles la fixaient puisqu'elle était retournée. Mais son naturel fut si prompt qu'un large sourire éclaira son visage, la signalant entre toutes les personnes présentes. Les commères se retournèrent pour voir à qui elle adressait ce sourire primesautier. Leurs yeux inquisiteurs tombèrent sur l'un des meilleurs guides de la vallée : Jean Gabin.

Cette connivence en public n'échappa nullement au comte d'Arcy qui rejoignait sa sœur par la contre-allée en prenant son temps. Dans son costume de flanelle blanche, il attirait tous les regards. Ses cheveux peignés à l'huile de Macassar étaient ramenés en arrière ; sa moustache en forme de virgules le rendait irrésistible. Du moins se complaisait-il dans cette idée qui flattait sa fatuité naturelle. Marie interrogea son frère d'un coup de coude pour savoir qui était cet homme fort joli en costume hors de prix. Gabin lui donna son nom en grinçant des dents. Pernette voulut savoir à son tour, puis ce fut sa voisine. La nouvelle de son identité se propagea entre les bancs.

Annibal s'approcha de sa cadette sans qu'elle le vît arriver. À destination de Gabin qu'il savait attentif à ses faits et gestes, il prit place près d'elle. Trop près pour les convenances.

— As-tu vu la simplette sur son tabouret de traite ? lui glissa-t-il à l'oreille, la faisant sursauter.

— Quel besoin as-tu de te montrer aussi cassant ?

Il fut surpris d'entendre sa sœur prendre la défense d'une crétine à laquelle on avait visiblement renoncé à expliquer que le premier rang était réservé aux gens importants.

— Ton col est mal mis, dit-il en faisant le geste d'ajuster le haut de sa robe, bien qu'une attitude décente se fût révélée plus appropriée.

Quitterie esquiva sa main d'un mouvement du buste, assorti d'un regard qui signifiait : « Tiens-toi convenablement ! »

Le curé toussa pour indiquer qu'il allait commencer son sermon. On n'entendait plus que le calme d'une assistance recueillie, à peine troublé par le raclement involontaire d'un sabot ferré, l'éternuement d'un enrhumé, le babil d'enfant. Mais Annibal n'en resta pas là. Désireux d'exciter la jalousie de Gabin, il passa un bras dans le dos de sa sœur d'un geste conquérant. Celle-ci émit un claquement de langue réprobateur. Elle se déplaça sur le banc pour s'éloigner de lui. Qu'avait-il à se montrer aussi envahissant ? Les commères et leurs homologues masculins – les journalistes – observaient ce qui se tramait entre les d'Arcy. Cela ressemblait à une querelle conjugale. Eudes se frottait les mains. Voilà qui promettait du croustillant dont les lecteurs étaient friands !

La plus perturbée par la scène était Jeanne-Alice qui venait de découvrir que le comte était à Chamonix. Sa présence expliquait la traînée humide en bas des joues de sa maîtresse : des larmes. À peine était-il arrivé qu'il posait déjà problème avec son désir de possession qui le transformait en tyran domestique. La chambrière savait que sa venue fortuite n'augurait rien de bon. Ni pour elle ni pour sa patronne. Ventura remarqua les sourcils froncés de la blessée. Bien qu'il ne sût pas de quoi il retournait, il prit sa petite main dans sa main pattue, la serra un peu trop fort sans le vouloir. Elle ne chercha pas à se dégager, rassurée par sa poigne de fer.

Quitterie se dit qu'elle avait commis une erreur en réservant ce banc. Ce premier rang quasi vide donnait l'impression qu'ils étaient des seigneurs jouissant d'un droit de prééminence alors qu'il disait leur solitude, leur éloignement et leur froideur. La comtesse, qui désirait s'intégrer à ce peuple bourru qu'elle commençait à apprécier, se sentit gênée. Son frère et elle se comportaient comme des étrangers hautains, alors qu'elle voulait faire corps avec les membres de sa caravane. Sans leur concours, jamais elle n'atteindrait la cime. Et puis, elle était un peu du pays, vu que sa mère était née sarde.

Le curé posa ses mains blanches sur le bord de la chaire, un brin gêné. Il avait eu vent de la liaison entre Mlle d'Arcy et son guide-chef, et ne pouvait éviter le sujet sans s'attirer les foudres des bigotes.

— Attention ! jeta-t-il, mettant en garde hommes et femmes contre leurs penchants naturels. Les personnes éprises peuvent se montrer oublieuses des convenances, de leur place et de leur rang.

Il ne poussa pas le bouchon plus loin, car les protagonistes de l'histoire étaient des célibataires sans enfant. Il n'y avait donc ni adultère ni abandon de famille. Rien de véritablement condamnable. Et il avait remarqué une chose au cours de sa vie sacerdotale. Quand on considérait l'ensemble des épousailles, on tirait de l'entrelacs des unions une conclusion frappante : ceux qui semblaient le plus mal accordés au départ formaient des mariages heureux. Et si Dieu était derrière le rapprochement entre la comtesse et le montagnard ? On a bien vu des rois épouser des bergères. Alors pourquoi pas l'inverse ? Si cette alliance devait s'officialiser, elle apporterait prospérité à son église. Une telle cérémonie pesait quand il s'agissait de comptabiliser le service rendu pour obtenir la portion congrue de l'évêché.

Le prêtre aux vues larges prêcha ensuite l'union au Sauveur – un thème qu'il estimait plus fédérateur que les liaisons périlleuses.

— Dieu est rencontrable, affirma-t-il, pas peu fier de risquer un néologisme en plein sermon.

Il jeta néanmoins un coup d'œil sur l'instituteur qui réprouvait la création de mots, considérant cette pratique comme fautive. Celui-ci ne manquerait pas de lui adresser d'amicales remontrances sur le danger de ce procédé et la nécessité à s'en tenir à la langue d'origine.

L'homme d'Église poursuivit son prêche malgré le regard en biais du maître d'école :

— Plus le croyant se hisse sur les hauteurs à la seule force de sa volonté, plus il a de chances de trouver le Sauveur en chemin. Car Dieu ne se cache pas dans les altitudes. Il est l'altitude. La plus haute des altitudes.

Silence dans l'assemblée – incompréhension, en fait.

Satisfaction du prêtre d'être écouté religieusement.

Il descendit de sa chaire, traversa l'église à pas feutrés. Rendu devant l'autel consacré à la Madone, il pivota sur ses talons et invita ses ouailles à prier. Les mystères de la Vierge étaient figurés dans des médaillons encadrés par des perles évoquant les grains du chapelet.

— Prions pour que l'ascension de Mademoiselle d'Arcy soit couronnée de succès, et que chacun revienne sain et sauf.

Pernette Croz approcha son tabouret si près de la statue qu'elle ne semblait faire qu'un avec elle. Son attitude étrange n'avait l'air d'étonner personne.

À partir de « Marie pleine de grâce », le curé lança une prière répétitive qui existait depuis le XIIe siècle. Les fidèles récitèrent les quinze mystères du Rosaire, qui dans leur tête, qui en marmottant dans leurs mains comme Quitterie :

— Ô Marie, je m'adresse à Toi avec une confiance filiale. Daigne accorder à mes jambes la force de grimper, à ma tête la volonté d'aller jusqu'au sommet, à mon cœur la pureté d'aimer Jean Gabin, à mon âme la charité de pardonner à mon frère. Ô bonne Mère, Reine du Rosaire, protège les hommes de ma caravane. Amen.

Après cinq mystères joyeux, cinq glorieux et cinq douloureux, le compte y était. La messe touchait à sa fin. En temps normal, le prêtre communiait, puis ses ouailles avançaient pour communier, et cette ritournelle se concluait par une courte oraison. Cette fois-ci, il expédia le rite de communion pour aller saluer le comte d'Arcy de qui il espérait obtenir de l'argent – la toiture de Saint-Michel montrait des signes de faiblesse. Ce n'était pas tous les jours qu'un Français fréquentait son église. Les cloches ne parvenaient que rarement à arracher les riches touristes étrangers aux grasses matinées. Quitterie les laissa. Elle voulait mettre un cierge à la Madone pour sa soubrette afin de la préserver de la boiterie. Le docteur devait lui éviter ce genre de complications, mais deux précautions valaient mieux qu'une.

En remontant l'allée centrale, elle vit Annibal remplir le tronc aux pauvres. Elle se rappela combien il savait se montrer généreux et se reprocha la gêne qu'elle éprouvait sous le poids de son affection possessive. Alors qu'elle franchissait la porte, elle aperçut Gabin sous un franc soleil. Aussitôt ses pensées s'éloignèrent de son frère et s'envolèrent vers son amant qui guettait sa sortie, posté sur le parvis. Il avait les yeux tendres. Il était magnétique. Sa séduction n'était pas celle des autres hommes. Il ne cherchait pas à plaire. Et c'était tout bonnement irrésistible.

— Je voudrais t'expliquer ce que tu as vu ce matin, dit-elle, se jetant ex abrupto dans son sujet. Il y a une quinzaine d'années, j'ai passé une alliance avec Annibal. Nous nous sommes promis de rester célibataires afin qu'aucun de nous ne se retrouve seul en vieillissant. Notre attitude peut paraître choquante, mais ce n'est que de l'amour fraternel. Depuis l'enfance, c'est lui qui veille sur moi, notre père ayant sombré dans la dépression après la mort de notre mère. Mes autres frères sont plus âgés. Nous n'avons jamais été proches.

Gabin fut soulagé d'apprendre que la nature de leur relation n'était pas douteuse, même si leur liaison platonique restait pernicieuse à ses yeux. Ému par sa franchise, il voulut lui parler de ce que tout le monde taisait, par crainte de la voir tourner les talons.

— J'ai moi aussi quelque chose à te...

Quitterie n'entendit pas la suite de ses paroles, recouvertes par les voix excitées d'un groupe de jeunes qui les avaient rejoints.

Il s'agissait d'aspirants guides désireux de faire partie de sa caravane. Tous voulaient ascensionner à ses côtés en tant que volontaires. Ils aideraient les guides et les porteurs sans autre contrepartie que le boire et le manger. Cela leur ferait une course notable pour postuler au titre de guide plus tard. Parce qu'il n'y avait que peu de places à pourvoir, ils parlaient tous en même temps.

Le comte, qui s'était enfin débarrassé du curé, se trouvait au même instant sur le parvis où il cherchait sa sœur du regard. Quand il la vit disparaître derrière un troupeau de braillards, il la crut en danger. Son teint vira au pourpre. Il courut vers elle, dégagea les jeunes hommes un par un, brutalisant d'importance ceux qui résistaient.

— Non, mais vous êtes inouï, ma parole ! s'indigna Quitterie en s'interposant. Ce sont des aspirants voulant rejoindre ma caravane.

— La réponse est non ! gronda Annibal sans la consulter.

Il refusa toute adjonction aux guides retenus. Il y aurait déjà bien assez de témoins des nécessités féminines.

— De quoi vous mêlez-vous ? désapprouva-t-elle.

Il ne l'entendit pas. La sueur coulait le long de ses tempes. Les postulants s'éloignèrent sous les regards effarés des fidèles et des journalistes qui croquaient la scène pour l'édition du lendemain. Du pain bénit ! se dit Eudes en notant les détails de la bataille dans son carnet. Il allait écrire une série d'articles racoleurs qui le vengeraient du passé et le rendraient fameux.

Les yeux pleins d'un vague effarement, Quitterie regarda Annibal qui continuait à faire des moulinets de bras. Elle connaissait bien l'entrelacs des défauts et des qualités de son frère. Mais cette fois, il était allé trop loin. Lasse de son animosité, de ses décisions à l'unilatérale et de sa tutelle possessive, elle allait mettre les choses au point avec lui. Certes, il s'était montré généreux dans le passé en alimentant son cabinet de curiosités, mais elle s'était lassée de ce troc. Et puis, elle était presque sûre d'avoir été la dupe de ce contrat qui ressemblait à un « ni vu, ni connu, je t'embrouille ». Mais avant d'ordonner à son aîné de ne plus s'occuper de sa vie et de quitter Chamonix, elle voulait prévenir Gabin, aussi l'entraîna-t-elle à l'écart.

— Comme tu peux le voir, j'ai un problème familial à régler d'urgence. Ce qui m'empêche de poursuivre les préparatifs avec toi. Je te laisse choisir quelques aspirants parmi ces jeunes. Tu sauras mieux que moi lesquels pourront se rendre utiles sans y laisser la vie.

— Fais ce que tu as à faire. Mais couche-toi de bonne heure, car je viendrai te chercher au milieu de la nuit. Je t'enlèverai et je t'emmènerai toucher le ciel. Et ça, personne ne pourra l'empêcher.

Cette croyance en un lendemain lumineux enamoura les prunelles de Quitterie que son frère cherchait partout. Soudain, celui-ci se pétrifia d'attention, la tête dressée de même qu'un oiseau de proie. On s'embrassait derrière l'église ! Il s'y rendit à pas de renard, reçut comme un coup de poignard en plein cœur. C'était un couple uni dans un baiser brûlant.

~~~

Le comte d'Arcy revient de son long périple avec du vague à l'âme. Il remplit sa part du contrat en offrant à sa sœur un perroquet plein de couleurs. L'oiseau est superbe, mais il ne parle pas. À l'instar d'Annibal, mutique depuis son retour. Quitterie met sa morosité sur le compte des obligations qui lui incombent désormais : le voici à la tête du domaine de Fortune. Il lui faut tout apprendre, tout comprendre après des années d'oisiveté. Mais elle se trompe. Ce qui lui pèse, c'est d'avoir rompu avec sa compagne de voyage qui espérait un beau mariage, alors qu'il s'est engagé à rester garçon. Si seulement il n'avait pas fait cette promesse à sa cadette, ce boulet qu'il s'est lui-même attaché au cou ! De toute évidence, l'avenir sera plein de renoncements secrets.
~~~

~~~

Et voilà Pernette Croz engagée dans une affaire d'hommes. À trente ans, c'est pure folie. Le premier jour, tout va bien. Le soir, elle passe une bonne nuit de repos sous une pile de couvertures. Sa première nuit avec Ponce. Le lendemain, rien ne va. L'air lui manque. Elle souffle comme les poules qui ont trop chaud. Les trois guides, qui lui ont fait miroiter le bénéfice qu'elle tirerait de cette aventure, sont obligés de la pousser. Elle mange de la neige, récolte une diarrhée carabinée. Ses jambes s'en vont à tous les diables. Ils la prennent chacun sous un bras, la traînent, la tirent et finissent par la porter. Elle arrive à destination presque évanouie. Pour la ravigoter, père Balmat lui donne en dot la taupinière blanche. Reste à la marier. Aussi demande-t-il : Quel est le luron qui l'épouse ici ? Pierre Ponce lève la main, promet de régulariser la situation devant le curé. L'orphelin et la blondine seront bientôt unis pour la vie. Si Dieu le veut.
~~~

6

Quitterie alla quereller Annibal, jaloux des complaisances qu'elle avait pour son guide. La discussion commencée sur le ton de la dispute s'acheva sur un compromis. Le comte pourrait assister à la bénédiction de la caravane, à condition de quitter le bourg sitôt après. Sa sœur ne voulait pas de sa présence batailleuse au milieu des journalistes pendant qu'elle serait dans les hautes altitudes. Il apprendrait l'issue de son ascension dans la presse. Elle le rejoindrait au domaine familial dès qu'elle le pourrait.

— Puisque nous semblons d'accord, tu voudras bien me laisser, dit-elle. J'ai encore à faire.

La comtesse fit une visite au notaire. De retour à l'hôtel, elle s'assura à la réception qu'on lui enverrait une bonne pour l'habiller. Elle passa la soirée dans sa chambre, à consigner les événements de la journée. Quelques heures plus tard, comme elle s'était enfin assoupie, Gabin vint frapper à sa porte. Depuis la veille, il ruminait cette pensée : Quel droit ai-je à vivre une relation intime qui finira en déconvenue quand Quitterie découvrira que je n'ai pas été entièrement honnête avec elle ?

Elle lui ouvrit, vêtue d'un déshabillé qu'elle avait laissé entrouvert avec une jolie impudicité.

— Pardonne-moi de venir troubler ton sommeil, s'émerveilla-t-il à voix basse.

Elle le fit entrer avec un sourire d'une chatterie presque

criminelle. Ses yeux étaient gonflés. On voyait qu'elle avait pleuré – la faute en était à son frère. Et pourtant son cœur était gai de retrouver Gabin au milieu de la nuit. Elle se colla à lui en cambrant les reins. Ils s'étreignirent debout, dans un baiser passionné, comme après une longue séparation. Elle embrouilla ses jambes dans les siennes.

— Tu ne voudrais pas arriver en retard à ton jour de gloire, dit-il avec un regard mi-séduit qui contrastait avec son ton quasi offusqué.

— La bagatelle avec toi vaut plus que toutes les félicités de la vie, insista-t-elle en commençant par l'endroit où il était inflammable.

Gabin céda à son affection goulue. S'aimer à quatre heures du matin, avec ce qui les attendait, c'était une aberration voulue, un égarement recherché. Il semblait chaviré de la posséder, mais tracassé dans le même temps. Un pli soucieux barrait son front. Quitterie ne l'avait jamais vu ainsi. La responsabilité de l'expédition, sans doute. En réalité, il était pris dans un conflit intérieur. Partagé entre son souhait de lui dire les choses et le risque de faire capoter la course alors que les hommes étaient réunis pour le casse-croûte du départ.

Quand l'habilleuse se présenta, la comtesse la fit entrer et raccompagna son amant à la porte. Ils s'embrassèrent avec une émotion où le charnel se voilait à peine sous la tendresse.

— Je suis si heureuse de toucher enfin à l'exécution de mon projet. Avec toi comme meneur, je suis assurée qu'il finira bien.

— Je ne suis qu'un simple guide, très semblable aux autres.

Sa réponse inquiéta la châtaine. Maintenant qu'elle était lancée dans cette affaire périlleuse, elle se demandait si une telle entreprise n'était pas à craindre – sans quoi, comment expliquer le trac audible que sa voix mâle trahissait.

— Ne dis pas de sottises ! protesta-t-elle. J'ai confiance en toi.

Sur le seuil, Gabin marqua une pause comme s'il voulait ajouter quelque chose. Mais il se contenta de secouer les épaules de façon évasive. Sans doute était-ce mal de lui cacher ce qui lui causait un tel tracas qu'il ne pouvait plus penser à rien d'autre. Elle referma la porte en fronçant les sourcils. Il n'était pas comme d'habitude. Il semblait dissimuler quelque chose de fâcheux. Certains guides avaient-ils fait faux bond ? Elle n'en fit pas moins ses préparatifs avec l'habilleuse.

À cinq heures du matin, la comtesse passa sa revue vêtue en dame. Contrairement à ce qu'elle craignait, aucun homme ne manquait. Elle s'assit au milieu d'eux, consciente que l'exploit à venir appelait une véritable camaraderie et une forte solidarité. Et c'était par la table que la communion commençait entre montagneux. Cela faisait plaisir à voir, tous ces gars qui creusaient la motte de beurre et levaient leur verre à la bonne issue du voyage. Tous ? Non. Gabin mangeait du bout des dents, impuissant à extirper de son esprit ce qui l'avait empêché de dormir. Sa cliente mit son manque d'appétit sur le fait qu'il avait à charge la sécurité de la caravane. Vingt-trois personnes à préserver, ce n'était pas rien.

Une fois les estomacs pleins, elle regagna sa chambre où l'habilleuse l'attendait en somnolant sur un tabouret en tapisserie. Quitterie fut bientôt habillée et coiffée. Ou plus exactement le corps harnaché et la tête tressée d'une longue natte serrée d'un nœud de satin – les deux nuits en montagne nécessitaient une coiffure facile à refaire. Après quoi, la comtesse descendit dans le hall, les poches gonflées : liqueur de kawa, Mémento, crayons. Elle jeta un œil à l'extérieur par la baie de fenêtre, parcourut la presse, puis se tâta le pouls, les yeux rivés sur sa montre à secondes sautantes.

Nombreux curieux massés dehors pour voir partir ma caravane. J'ai quarante-quatre ans et demi. Je ne suis donc pas la jeune première dont parlent les journaux. 64 pulsations par minute.

Le réceptionniste approcha à pas de velours tandis que la comtesse écrivait dans son carnet. Faisant mine de ne pas remarquer l'incroyable costume d'ascension qu'elle arborait, il lui remit le billet laissé à son intention quelques jours plus tôt, puis s'éclipsa. Elle le déplia, reconnut l'écriture, blêmit. Elle le relut trois fois et cela lui fit des lentilles d'eau au coin des yeux. Non seulement il l'avait bernée, mais encore il la prenait pour une cruche depuis des années.

— On n'est jamais si bien trahi que par les siens, grommela-t-elle avec une moue dégoûtée.

~~~

À quoi rêvent les vieilles filles ?

La Feuille de chou, 2 septembre 1838
Par E. de la Froutte

Quitterie d'Arcy de Beauséant, comtesse française établie à Genève, rêve d'être la fiancée du Mont-Blanc. Pourquoi cette vieille demoiselle veut-elle s'unir au roi des Alpes, plutôt que s'occuper de bonnes œuvres ? Parce qu'elle cherche auprès de cet amant glacé ce que les hommes ne lui ont pas donné. Parce qu'elle est dévorée d'une soif de notoriété. Elle espère que cette ascension lui offrira la célébrité nécessaire pour entrer dans le cercle fermé des salons parisiens qui la boudent depuis des années.

Mais une aristocrate peu habituée aux grandes fatigues peut-elle aller là où les femmes ne se sont encore jamais aventurées ? Son goût morbide de la gloriette ne risque-t-il pas de la conduire à sa perte ? N'y a-t-il donc aucun homme avisé dans sa parentèle pour l'empêcher de commettre pareille folie ?
~~~

7

Le curé arriva avec un goupillon, un seau d'eau bénite, une bible et un pigeon dans une cage. Il considéra la foule qui s'entassait devant l'Hôtel de l'Union. Tout Chamonix savait qu'une Française était en partance pour le Mont-Blanc. Personne ne pouvait croire qu'une femme ayant la prétention de marcher sur la tête du géant fût dans son bon sens. Certains se lancèrent dans des paris d'argent en attendant cette dame qui se faisait désirer.

Les guides faisaient sensation dans leurs knickerbockers en drap de Bonneval. Les aspirants rêvaient du jour où ils porteraient ces pantalons larges et courts, serrés au-dessous du genou. Les porteurs étaient reconnaissables à leur air de force et de santé, les rantourneurs aux bêtes qu'ils tenaient par la bride. Les mulets étaient bâtés de ballots contenant des vivres, des cordes, du charbon de bois, un réchaud, des casseroles et l'emballage personnel de la cliente. Étaient également présents le syndic et le notaire, l'instituteur et le vétérinaire, des journalistes, des notables et des accompagnateurs à la retraite. Les familles des guides venaient ensuite. Marie soutenait Jeanne-Alice, calée sur ses béquilles pour assister au départ de sa maîtresse. Et enfin des villageois flanqués d'enfants à demi ensommeillés.

Mais toujours pas de comtesse.

Le guide-chef demanda au curé de commencer la bénédiction sans elle. Le temps passait et il leur fallait se mettre en route s'ils voulaient pouvoir dormir aux Grands Mulets. L'homme d'Église réclama le silence. À six heures, il lut l'Évangile des Béatitudes selon Matthieu. Sa voix forte couvrait le grondement qui persistait au loin avec le bruit sourd des moulins dont les meules écrasaient le grain. Tout le monde écouta le Sermon sur la montagne, empli des conseils de Jésus pour aider au-delà des souffrances – et de la souffrance, il y en aurait.

Le prêtre poursuivit sa lecture avant de ralentir son débit en devinant un bruissement dans l'assemblée, un subtil déplacement de l'attention qu'on lui portait. Quand il leva la tête de sa bible, son regard fut attiré à l'opposé d'où il se trouvait. Ses yeux s'écarquillèrent. Une silhouette se frayait un chemin au milieu de la foule qui se penchait de gauche et de droite pour voir qui arrivait. Il distingua entre les gens un grand chapeau de paille doublé de gaze verte. Sur son passage, un murmure courut dans l'assemblée : c'était la très attendue Mlle d'Arcy. Elle ralentit à la hauteur de son frère qui se tenait avec une certaine raideur. Il se sentait presque menacé dans cette populace bigarrée, comme s'il fût coincé au milieu d'ennemis.

Annibal afficha son habituel sourire contrit. La veille, lors de leur dispute, il l'avait comparée à leur mère, morte d'épuisement. Lui qui l'avait toujours soutenue semblait aujourd'hui la trouver trop aventureuse. Craignait-il de la voir aller au-delà de ses limites physiques ? Ou était-ce parce qu'elle avait refusé de changer de guide-chef ? À moins que ce ne fût une autre raison. Dans sa jeunesse, Quitterie avait perçu des échanges à mots couverts entre son père et ses frères, dans le fumoir, à l'heure des cigares et des verres de fine. Ils semblaient complices dans une histoire qui devait rester secrète. Elle aurait aimé savoir de quoi il s'agissait, mais elle avait appris au couvent que les femmes ne devaient pas s'immiscer dans les affaires.

Annibal lui laissa quelque avance, puis la suivit de façon à ne jamais la perdre de vue. Ce fut une bousculade insensée. Tout le monde voulait voir cette Française dans son costume extravagant : chemise-pantalon à carreaux vert-rouge, manches collantes, taille ceinturée, guêtres de cuir, brodequins à clous. Le haut de son visage était dissimulé par un masque en velours noir avec des lunettes bleues à la place des yeux. Un boa réchauffait sa nuque le long de laquelle pendait une tresse. Les badauds, qui ne demandaient qu'à s'ébaudir, lâchaient des exclamations de surprise, poussaient des « oh » étonnés et des « ah » pâmés. La comtesse se plaça à quelques pas du curé, ôta son masque à lunettes. Maintenant immobile, elle le regardait, parfaitement consciente de l'émoi suscité par son arrivée.

— En voilà une tenue pour une dame de votre rang ! osa-t-il.

Ce faux reproche était destiné à contenter les bigotes.

— On ne va pas à la cour du roi des Alpes en robe de soie et souliers minces ! rétorqua-t-elle.

Le prêtre se contenta de hausser les épaules. Il reprit sa lecture de l'Évangile tandis que l'aube blanchissait l'horizon. Quand ce fut fini, il trempa le goupillon dans le seau.

— Seigneur, accorde à ceux qui sont aspergés de cette eau le chemin d'une vie nouvelle. Amen.

Les mots « vie nouvelle » tournoyèrent dans la tête de Quitterie comme une formule magique. Un remède infaillible contre la maussaderie, la vieillerie et l'ennui. Ces derniers mois, elle avait vécu avec l'idée de marquer les esprits, de laisser une trace, de transmettre quelque chose à la postérité. Mais à présent, le fond de ses pensées avait quelque peu changé. L'amour y avait fait son entrée. Elle buvait des yeux Gabin qui vérifiait la bride de Roussette, tandis que les porteurs se plaçaient en ligne, signe que le départ était imminent.

— Bon voyage ! cria Jeanne-Alice de sa voix aiguë.

Ventura se retourna pour lui envoyer un baiser dans l'air. La femme de chambre se laissa rougir. La comtesse agita la main à l'intention de sa soubrette tout en fouillant la foule du regard. N'y trouvant pas son frère, elle pensa qu'il était reparti, comme convenu. Du moins l'espérait-elle. L'idée qu'il fût tapi dans l'attroupement l'inquiéta. Pourquoi se sentait-elle menacée en sa présence ? Elle cherchait une réponse à sa question lorsque deux voyageuses vêtues de corsets lacés par-devant – à la mode suisse – s'approchèrent pour la dissuader de se lancer dans cette folie. Peine perdue. Elle savait quoi répondre aux personnes moins avides de sensations qu'elle :

— Attendez-moi là, je serai bientôt de retour avec un succès à fêter. Vous êtes conviées, bien sûr.

Elle s'appuya contre le flanc de Roussette en détournant la tête pour que le duo corseté ne vît pas l'irrépressible sourire qui gagnait son visage. Gabin se précipita pour aider sa cliente à s'installer en amazone. Il la prit par la taille avec des gestes prévenants, la hissa sur le dos de la mule au flegme imperturbable. Le mouvement ouvrit les pans de sa chemise écossaise, dévoilant la naissance de sa poitrine.

Troublant trésor de la féminité.

Les amants se regardèrent, enamourés. À l'idée de se rendre ensemble sur le toit de l'Europe, leurs cœurs voltigèrent avec une légèreté égale à celle de l'air alpin. Annibal ressentit de l'amertume à les voir si épris. Dissimulé derrière des touristes, il surveillait leurs faits et gestes. Surtout ce Gabin dont la mine trop honnête alertait son instinct. L'imberbe tramait quelque chose, mais quoi ? Et Quitterie qui s'affichait en public avec cet arriéré ! Le comte sentait que sa sœur lui échappait. Pour preuve, les propos qu'elle avait tenus la veille : « Je veux vivre cette vie montagnarde, quelques grands yeux qu'elle te fasse ouvrir. » Il s'en voulait de n'avoir rien trouvé d'autre à répondre que : « Papa avait raison de craindre que tu finisses comme maman. »

Il se flagellait intérieurement quand une femme au teint de papier mâché sortit de la foule. Son tablier brillant d'usure frôlait le sol à chaque pas. Ses mains tenaient une branche de buis. Annibal reconnut la simplette qui priait sur un tabouret de traite. Elle se posta devant le curé, désigna son seau d'un mouvement ascendant du menton. Le prêtre fit oui de la tête. Il ne pouvait pas lui refuser ça. Pernette trempa le buis dans l'eau bénite et passa la branche dégoulinante dans le harnais de Roussette. À haute voix, elle fit une courte mais fervente prière pour demander à Dieu la grâce d'une réussite sans accident, et au Victorieux la protection de la comtesse.

— C'est très aimable à vous, mademoiselle Croz, remercia celle-ci, déconcertée par cette scène où la superstition côtoyait la religion.

— Je vous attends après-demain pour dîner, comme prévu.

L'assemblée les scrutait. Quelle chose étrange que cette montagnarde aux tresses blondes qui parlait avec cette dame à la tresse châtaine ! Tous considéraient avec étonnement ces femmes qui semblaient n'avoir rien d'autre en commun que leurs nattes.

À six heures trente, la caravane s'ébranla. Bourvil, Blier, Noiret et Villeret marchaient en tête, tandis que Ventura fermait le cortège avec le fidèle Choucas. Au centre du convoi, Gabin veillait sur Mlle d'Arcy qui avançait vers son destin avec des attitudes convoitantes. Le curé suivrait sa progression chez le syndic qui disposait d'une puissante lunette d'approche. Les autres l'observeraient qui avec un télescope, qui avec des jumelles, qui avec une longue-vue. En attendant, les journalistes se précipitèrent vers Jeanne-Alice afin de lui soutirer des informations sur sa patronne. D'autres se ruèrent sur Marie pour l'interroger sur la relation sulfureuse que son frère entretenait avec la comtesse.

Eudes de la Froutte les regardait rivaliser entre eux en réfléchissant. Un secret ! se dit-il, persuadé d'avoir flairé autre chose. Il y a un secret. Une sexagénaire en robe fanée ne pouvait tremper son buis dans le seau du curé, et encore moins asperger une aristocrate sans un secret. Son intervention sans gêne, sa pratique presque profane intriguaient le journaliste qui rêvait de traîner le nom des d'Arcy dans la boue. Il en voulait autant à la sœur qu'au frère, car il avait encore dans les oreilles les rires tonitruants de Quitterie qui s'échappaient de la fenêtre sous laquelle Annibal lui amochait le portrait.

La Froutte fondit sur Pernette comme un aigle sur sa proie. Il l'aborda sous prétexte de la croquer dans son carnet. Elle s'immobilisa, habituée à être dessinée par les excursionnistes. Pendant qu'il esquissait sa physionomie singulière, elle observa la foule. Les gens commençaient à se disperser. Certains s'attardaient par petits groupes. D'autres suivaient des yeux l'alpenstock de Quitterie dont l'embout métallique étincelait sous les rayons du soleil levant, comme s'ils refusaient d'admettre que la cérémonie ait pris fin. Le regard de la montagnarde croisa celui d'un homme raide avec des moustaches en virgules. Le comte d'Arcy la fixait avec morgue, mais elle n'en avait cure. Ses prunelles jaune bistré se portèrent plus loin, sur le Maudit. Elle se représenta le bivouac aux Grands Mulets. La caravane serait confrontée aux traîtresses que sont les crevasses. Cachées par la neige fraîche, mais suffisamment larges et profondes pour avaler les gens sans prévenir. Comme Ponce l'avait été. Quelques jours après l'avoir demandée en mariage.

La voix d'Eudes bourdonna soudain contre son oreille.

— Puis-je vous parler ? Je veux dire : vous parler en privé.

Le journaliste faisait son travail. Un travail dominé par la recherche du sensationnel. C'était une presse grand public. Il fallait plaire au lectorat, augmenter les tirages et vendre toujours plus pour rassurer les actionnaires. Pernette s'apprêtait à lui répondre quand un littérateur au mitan de la trentaine s'adressa à elle, faisant mine d'ignorer la présence de son confrère.

— Bonjour, mademoiselle Croz. J'écris pour *La Feuille de chou*. Puis-je vous poser quelques questions ?

Il avait un visage intelligent, mais avant qu'il ait pu ajouter quoi que ce soit, Eudes lui fit signe de dégager. Pas question que ce gâte-papier lui dame le pion auprès de leur rédacteur !

— Écoutez, Hugo, il n'y a pas qu'un seul poisson dans la mer. Allez donc interroger la femme aux béquilles. Il paraît qu'elle s'est cassé la jambe en faisant des galipettes avec un guide de la caravane.

Le trentenaire repartit, emballé par ces clabauderies dont les lecteurs étaient friands. Jeune papa, il avait besoin d'argent et la concurrence faisait rage au sein même des rédactions. D'autres chroniqueurs étaient arrivés pour couvrir l'événement. *L'Écho de la Jeune France*, le *Journal du Mont-Blanc*, *Le Constitutionnel*, *Le Véritable Messager boiteux de Berne et Vevey*, le *Grand Messager boiteux de Strasbourg*. Aucun canard ne voulait manquer un titre exceptionnel.

Eudes accompagna la montagnarde vers le garde-frais où elle entreposait le laitage qu'elle vendait aux marcheurs. Fine mouche, Annibal d'Arcy les suivit discrètement jusqu'à la petite construction au milieu de laquelle coulait une veine d'eau glacée. Il se cacha derrière la glacière, les épia à travers les planches disjointes, un peu comme quand il regardait par le trou de la serrure au domaine familial. Peut-être apprendrait-il quelque chose qui lui fournirait une excuse valable pour rester à Chamonix malgré le compromis passé avec sa sœur.

Avant de s'épancher, Pernette vérifia que la caravane était perdue de vue. Rien ne devait empêcher la comtesse de réaliser son exploit. Sans ça, pas de dîner. Or elle comptait sur ce tête-à-tête pour évoquer le passé avec Quitterie. Le journaliste écouta la sexagénaire lui confier la vérité, écarquillant en même temps ses profonds yeux noirs et sa bouche en fente de tirelire. Il avait eu du flair : il y avait bien un secret. Un grand secret. Eudes de la Froutte se frotta les mains de contentement. Cette révélation lui offrait de quoi écrire des articles éberluants qui l'assoiraient dans un siège de rédacteur, à coup sûr. Il espérait pouvoir ainsi se rapprocher de sa chère fille que Sixtine tenait éloignée de lui. La jeune Carola avait tourné femme et ressemblait trait pour trait à sa mère au même âge.

~~~

Une femme d'âge canonique grimpe le colosse !

La Feuille de chou, 3 septembre 1838
Par E. de la Froutte

Tôt ce matin, Quitterie d'Arcy s'est présentée en pantalon de zouave devant le curé venu bénir sa caravane. Elle a quitté Chamonix sur le dos d'une antique mule. Malgré ses quarante-quatre ans bien tassés, elle espère atteindre la cime dès demain. Et pourtant la science est formelle : la nature féminine interdit des efforts aussi outranciers.

À l'aide de puissantes longues-vues, on la suit pas à pas. On scrute les moindres détails de son ascension. « Priez pour elle ! » implorent les Chamoniardes qui font donner des messes pour que leur mari revienne autrement que les pieds devant. « Pariez contre elle ! » répliquent les touristes qui risquent beaucoup d'argent sur son abandon.
~~~

8

Pendant la marche d'approche, la comtesse reluquait les fesses du guide-chef mises en valeur par ses knickerbockers – ils ignoraient alors que ce vêtement serait adopté par des militaires, des aventuriers, des sportifs et même une princesse nommée Lady Di. Gabin ramassa une poignée de myrtilles dont les plants étaient plus vigoureux là qu'ailleurs. Il déposa les fruits noir bleuté dans la main de Quitterie qui le questionnait au sujet de Pernette Croz.

— Hier, je l'ai observée pendant la messe. Je me demande pour qui elle priait avec tant de ferveur.

— Pierre Ponce, son fiancé défunté.

Elle se rappela que Pernette l'avait corrigée d'un « mademoiselle » quand elle l'avait appelée « madame ». Cette femme avait connu l'amour avant de finir célibataire malgré elle.

— Comme c'est triste ! se rembrunit-elle.

Gabin lui raconta ce qu'il savait. Du placement de Pauvrette dans une auberge quand elle était gamine, à la disparition accidentelle de son grand amour juste avant leurs noces, en passant par son amitié avec Alexandre Dumas. Il hésita à lui dire que Ponce était guide et qu'il avait fait sa demande en mariage dans d'incroyables circonstances. Mais quelque chose le retint de parler. Comme une entrave dans la gorge. À l'évidence, le moment était mal choisi. Il le lui dirait plus tard. Quand l'extase d'avoir posé le pied sur la sommité glacée rendrait la déception moins amère.

— Comment peut-elle être l'amie de Dumas ? releva sa cliente sur un ton incrédule.

— Il y a six ans de ça, il est venu à Chamonix pour fuir l'épidémie de choléra qui sévissait à Paris. Il a demandé à Payot, son guide, de lui présenter Balmat alors âgé de septante ans. Il voulait entendre ses souvenirs pour les consigner dans un livre qu'il écrivait. De là, il a rencontré Pernette avec laquelle il s'est lié d'amitié.

— *Impressions de voyage en Suisse*, cita Quitterie.

Dumas y surnommait Balmat « le Christophe Colomb de Chamonix » car il avait bravé mille dangers pour trouver un monde ignoré.

— C'est un curieux titre pour un livre qui se passe dans les États de Savoie.

— C'est vrai ! s'esclaffa-t-elle. Dumas vient-il souvent ici ?

— Il voudrait bien, mais il est interdit de territoire pour sept ans.

— En voilà une histoire ! Pourquoi cela ?

— Il est sous le coup d'une interdiction royale pour un délit rural qu'il a commis un soir de beuverie.

Cette anecdote provoqua un fou rire chez sa cliente. Elle la trouvait aussi absurde que l'amitié entre Dumas et Pauvrette – décidément, cette montagnarde était une énigme. Sa gaieté se communiqua aux hommes. Tous riaient de bon cœur en voyant sa bouche tachée du noir bleuâtre des myrtilles.

Sur le coup des neuf heures, la caravane atteignit Pierre-Pointue. Quitterie mit pied à terre et dit au revoir à la brave Roussette. Les mulets furent débâtés et les charges réparties sur le dos des porteurs équipés de clefs de portage – un système emprunté aux colporteurs du XVIIIe siècle. Tandis que les rantourneurs repartaient au bourg avec les bêtes, elle écrivit à la hâte dans Mémento :

Je sens bien que Gabin ne me dit pas tout au sujet de Pauvrette. Il se montre réservé quand j'aborde le sujet. Il y a quelque chose de secret avec cette femme. Qu'a-t-elle donc de particulier ?

Les quatre aspirants glanèrent du bois pendant qu'il y avait encore de la forêt ; il servirait pour le feu au bivouac du soir. La caravane arriva à Pierre-à-l'Échelle au moment où sa montre marquait dix heures. Cette halte à 2 700 mètres d'altitude devait son nom à l'endroit où l'on entreposait les échelles destinées à franchir les crevasses du glacier des Bossons. Les sacs furent déliés pour une halte-déjeuner sur ce terrain pierreux et élevé. La comtesse grignota du pain et du blanc-manger pendant que les hommes faisaient disparaître un gigot et vidaient quatre bouteilles de vin.

Tout le monde boit et mange. Le pigeon prend de l'eau et Choucas désosse la charpente du gigot. En face de nous le Brévent, la Dent du Midi. Dans le lointain la montagne de Fenestral. Beau tableau pour mon musée. Pouls : 72.

La caravane repartit. En chemin, Quitterie aperçut des perdrix blanches, appelées « lagopèdes » par les naturalistes. Elle courait plutôt qu'elle ne marchait, entraînée par des bouffées d'impatience.

— Doucement, lui dit Gabin qui trouvait qu'elle allait comme un bandoulier – ces bandits des montagnes à la rapidité légendaire.

— Ô mon guide, répondit-elle non sans malice, je vous reconnais pour seigneur suzerain. Je promets donc déférence à votre avis et obéissance à vos décisions.

— N'en faites pas trop ! rit-il, amusé par sa verve endiablée.

La traversée du glacier des Bossons se passa dans l'allégresse, la comtesse gagnant la confiance des hommes qui la voyaient sauter les crevasses avec facilité. Elle avait le pied sûr, sans conteste.

Quatorze heures : arrivée au bivouac des Grands Mulets. Les porteurs quittent la caravane. Je demande à Gabin de leur donner 10 francs d'étrennes pour les récompenser.

Elle confia aux porteurs un pli avec des nouvelles rassurantes à l'intention de sa soubrette qui devait se ronger les sangs. Pour Ventura. Le marchand-naturaliste avait tenu compagnie à Jeanne-Alice toute la nuit. Il avait embrassé la brunette jusqu'à l'étouffement, avait caressé son corps blessé très langoureusement.

Pouls irrégulier, mais aucune fatigue. Le temps est superbe. Aucun nuage entre la montagne et moi. La vue s'étend jusqu'au Léman. Le pigeon se nourrit bien.

Quitterie s'installa avec tous les hommes, à l'exception de Lino – accablé de sommeil, il dormait sur un replat, Choucas contre son flanc. Elle but de la limonade, mangea une aile de poulet et des pruneaux. Elle mastiquait les fruits séchés en jetant un regard à l'un ou l'autre des montagneux. En fait, elle comptait quel âge total avait la caravane qui monterait à la cime le lendemain, hors aspirants. Elle connaissait l'âge des six guides : le plus jeune avait trente-neuf ans, le plus âgé cinquante ans. Elle le fit de tête, sans se tromper.

— À nous sept, nous avons trois cent dix-neuf ans, dit-elle soudain. Je trouve que nous allons très lestement pour notre grand âge !

Sa remarque tout à trac amusa beaucoup les hommes. Il n'y avait qu'elle pour compter leur poids en année ! Ils trinquèrent à la santé de cette femme qui ne manquait ni d'allant, ni de courage, ni d'esprit. Ils comprenaient maintenant pourquoi Gabin s'était entiché de cette cliente grâce à qui tous auraient des pains de quatre livres à mettre dans la bouche de leurs enfants.

Tous se chauffèrent la voix pour chanter *Le ranz des vaches*, une chanson zurichoise de 1531 que le pasteur Bridel avait publiée en français et en patois en 1813. Leur cliente écouta avec émotion l'unisson parfait de ces sons tristes et doux que Jean-Jacques Rousseau évoquait dans son dictionnaire de musique. Il était défendu, sous peine de mort, de jouer ce chant dans la Légion étrangère suisse. Et avec raison : il faisait déserter les militaires qui l'entendaient tant il excitait en eux l'ardent désir de revoir leur pays.

L'intermède chanté laissa place à la contemplation du panorama. Villeret empila des couvertures pour former un siège douillet. La comtesse s'y installa, les pieds dans une peau de mouton.

Villeret est un homme serviable. Il vous taille vos crayons si proprement que vous pourriez dessiner avec vos gants de première communiante.

Le bivouac installé, Gabin s'assit tout près de celle qui traçait une esquisse du vaste paysage sur ses genoux. Il enveloppa ses épaules d'un bras chaud, formant le cœur feutré d'un cocon.

— Aide-moi à mettre un nom sur les sommets, dit-elle en reprenant ce tutoiement qui les rapprochait plus qu'une union officielle.

— Ici, ce sont les Aiguilles Rouges. Et là, les Fiz. Derrière, ce sont les montagnes de Salenton. Et derrière encore, les montagnes d'Abondance.

Il usait de sa voix grave si doucement que les sons semblaient non des mots, mais des paroles chuchotées dans un confessionnal. Elle agita ses regards pour faire correspondre son croquis avec le beau panorama embrasé par le soleil couchant. Elle avait sur le visage un émoi d'enfant émerveillée de sa découverte du monde.

— Au-dessus du Léman, c'est le Jura.

Tandis qu'elle notait tout ce qu'il disait, il l'embrassa discrètement dans le cou, respirant son odeur de fleurs avec bonheur.

— Tu as tout ce qui peut toucher un homme.

Un frisson parcourut l'échine de Quitterie. Elle inclina son corps, tourna la tête, fit en sorte que son minois arrivât au niveau des lèvres de son amant qui s'était penché pour l'embrasser.

— Tu as tout ce qui peut faire fondre le cœur d'une femme.

Le jour baissa en même temps que la température. Les glaciers se retrouvèrent dans l'ombre. Avec le bois glané, on alluma un grand feu qu'on pouvait apercevoir de la vallée. Mlle d'Arcy pensa à son frère qui devait déjà être loin. Et c'était bien ainsi, car il n'avait rien à faire à Chamonix. D'ailleurs, il n'aurait jamais dû venir. Jamais dû entrer sans frapper dans sa suite, jamais dû interférer dans ses relations avec Eudes, jamais dû humilier Gabin devant elle.

Annibal aurait dû rester au château, tout comme elle y était restée pendant qu'il bourlinguait sur toutes les mers du monde en charmante compagnie – la comtesse en avait aujourd'hui la certitude. Quand je pense qu'il a emmené cette garce de Sixtine dans ses bagages sans rien me dire ! songea-t-elle. Car c'était elle, la belle demoiselle à laquelle le comte avait renoncé. Eudes avait dénoncé son épouse adultère et l'amant de celle-ci dans le billet de visite laissé à l'hôtel. La Froutte était cornard. Annibal et Sixtine l'avaient cocufié par-delà les lustres. Quitterie se sentait blousée elle aussi. Jusqu'à sa rencontre avec Gabin, elle n'avait jamais trompé son frère qui la menait en bateau depuis vingt ans.

Un rayon de lune frappa le dôme du Goûter. On ajouta du bois dans le feu qui flambait en susurrant. Les guides soupèrent gaiement avec leur aimable cliente enroulée dans un plaid. Elle fit du thé avec sa cafetière, mais il était si mauvais qu'elle lui préféra le vin. Les verres et les rires s'entrechoquèrent. La comtesse apprit à mieux connaître les montagneux qui cumulaient deux métiers pour subsister. Villeret, le timide fabricant de chandelles et spécialiste des crayons appointés. Bourvil, l'amusant botaniste et tailleur d'habits très considéré au pays. Blier, le boucher à la robuste constitution et grand chasseur de chamois. Noiret, le meunier et minéralogiste aux jambes fermes sur les glaciers. Ventura, le marchand-naturaliste à la figure honnête. Gabin, le cristallier à la haute stature qui méritait toute confiance. Tous aussi vaillants pour crapahuter que pour déboucher les bouteilles.

Tous mariés, en dehors des deux derniers.

Une pensée effrayante traversa l'esprit de Quitterie. Si une avalanche emportait la caravane, elle ferait quatre veuves et une vingtaine d'orphelins, sans compter les neveux de Gabin. Mais l'heure n'était pas à la noirceur. Le groupe chanta quelques chansons du pays. Puis les chants se turent et chacun songea à prendre du repos. Tous s'élanceraient à l'assaut du géant avant le jour, sauf les deux plus jeunes aspirants qui resteraient au bivouac pour donner l'alerte en cas de malheur. Blier, Bourvil, Noiret et Villeret se couchèrent sans ciller sur le rocher au-dessus de l'abîme.

L'aristocrate s'habilla pour dormir. Elle enfila des bas de laine et de soie avant de s'allonger sur sa peau de mouton disposée au pied du rocher. Elle posa sa tête sur son oreiller en gomme que le guide-chef avait gonflé au souffle. Il lui enveloppa les pieds d'une serviette en flanelle et la couvrit d'une pelisse doublée de fourrure. Cela fait, il partit pour reconnaître l'itinéraire avec Ventura. Leurs voix se consumèrent dans la nuit éclairée par une lune si blanche qu'elle projetait des ombres crues.

Tout le temps de leur absence, Quitterie guetta leur retour en compagnie de Choucas dont la mission était de surveiller le bivouac. Elle perçut d'horribles craquements suivis de plaintes grinçantes qui semblaient monter du centre de la Terre. Elle éprouva une espèce d'épouvante physique quand la montagne retomba dans un silence sépulcral. Ce fut ainsi qu'elle sut qu'elle aimerait Jean Gabin toute sa vie, et mille ans après sa mort.

Des jappements joyeux l'informèrent du retour des deux éclaireurs. Le chien fut gratifié d'une caresse sous l'oreille. Elle soupira de soulagement quand son guide préféré vint la rejoindre. Il lui sourit largement ; le blanc de ses dents brilla au clair de lune. Il se glissa sous la douce pelisse fourrée. Au moins, ici, les amants n'avaient pas à subir le regard en biais de ceux de la vallée. L'obscurité les protégeait du jugement aigre des bien-pensants, des fiancés revanchards et des grands frères trop protecteurs.

Gabin se coucha dans son dos, l'enveloppa dans ses bras. Les formes féminines se courbèrent pour épouser le corps chaud de l'effort qu'il venait de fournir pour lui tracer la route de la victoire. Harassé, il s'endormit aussitôt, contrairement à Quitterie. Le sommeil n'arrivant pas, elle observa autour d'elle et se crut transportée dans un autre monde. Ses regards s'élevèrent. La voûte céleste lui apparut constellée de poussière lumineuse. Ses yeux s'arrêtèrent sur un point qui scintillait au fond des cieux. Un point plus brillant que les autres. Par la pensée, elle quitta la Terre, flotta dans l'air jusqu'à cette étoile qu'elle associait à sa mère. Louise de Carignan lui annonçait une journée superbe. Sa fille se sentit calme et heureuse. Blottie dans les bras de son homme, elle attendit l'aube avec confiance, comme on attend un bonheur dont on est sûr.

~~~

La comtesse d'Arcy est dans ses lubies !

La Feuille de chou, supplément, 3 septembre 1838
Par E. de la Froutte

Grâce aux lunettes nocturnes, on connaît les détails de sa première nuitée dehors, seule avec des gaillards qui n'ont pas lésiné sur la bouteille. On a vu le guide-chef envelopper sa cliente dans une fourrure pour la réchauffer. Sous la pelisse, la vaillance montagnarde n'a laissé aucune place à l'endormissement. Voilà un homme qui pousse le professionnalisme jusqu'à payer de sa personne !

Annibal d'Arcy n'a pas souhaité répondre aux questions sur sa sœur qui suit son caprice. Elle veut être la première femme sur le toit de l'Europe ! Or les médecins sont formels : cette entreprise est au-dessus des capacités féminines. Le froid intense repousse le sang à l'intérieur du corps et déforme la matrice jusqu'à la stérilité. On frémit d'avance à ces périls !
~~~

9

Réveil : quatre heures avant jour. J'enfile un surtout matelassé et chausse des crampons sur mes brodequins trop grands, au cas où mes pieds enfleraient. Je prends un bouillon et douze pruneaux.

La caravane prit la direction du dôme du Goûter en suivant la trace faite pendant la nuit. On divisa le groupe. Blier, Gabin, Quitterie, Ventura et Choucas formaient la première cordée. Bourvil, Noiret, Villeret et deux aspirants la seconde. Ils passèrent sous un bloc de séracs effilés dont les pointes se dressaient vers les premières lueurs de l'aube. La comtesse avança sans trembler malgré la mort au-dessus de sa tête et le vide sous ses pieds. Gabin n'avait encore jamais rencontré une femme aussi peu encline à céder à la peur.

Cinq heures trois quarts : arrivée au Petit Plateau. Elle ouvrit Mémento. Son crayon avait beau être parfaitement taillé, la mine picotait la feuille, se dérobait entre ses doigts engourdis par le froid. Sentant des gerçures sur sa figure, elle s'enduisit de pommade au concombre, enfila des gants de tricot et un bonnet en fourrure.

Neuf degrés sous zéro. Une tasse de limonade, des pruneaux. Les jambes et le moral vont bien. Pressentiment de succès.

Courbature dans les riens, pesanteur sur les yeux : la suite fit connaître à Quitterie et aux aspirants le mal des montagnes.

Neuf heures et demie : arrivée au Mur de la Côte. Je ne trouve pas mon pouls. Je respire mal. J'ai envie de dormir.

Là commença une atroce souffrance pour la comtesse et les

deux jeunes, pris d'une chaleur étouffante dans la poitrine. Tous les trente pas, ils s'immobilisaient sous le joug d'horribles palpitations. Puis le sommeil les prenait en marchant. Les guides intimèrent l'ordre aux aspirants de retourner au bivouac. Ils ne pouvaient pas s'occuper d'eux en plus de leur cliente qui confia à Gabin son frottoir et sa fiole de kawa en cas d'évanouissement.

Vingt-cinq pas. Elle s'endormit, se réveilla après quelques instants, fit des efforts inouïs pour avancer.

— Rebelote ! pesta Blier en la voyant s'assoupir de nouveau.

Elle se ranima, parvint à peine à quinze pas. Puis, son esprit s'enfonça dans une espèce de ouate comateuse.

— La voilà qui dort encore ! s'exclama Bourvil, les jarrets coupés par les haltes incessantes.

— On n'est pas rendu ! se lamenta Noiret, saisi de migraines.

Dix pas. Les palpitations devinrent si frénétiques qu'elles tournèrent en suffocation pour la comtesse et le brave Choucas. Ventura installa son chien en travers de ses épaules, comme un mouton. La tête de Quitterie dodelina. Ses bras souffraient d'engourdissement. Ses jambes la démangeaient terriblement. Gabin utilisa le frottoir pour lui étriller les muscles des cuisses et des fesses sous les yeux ébahis de ses compagnons. C'était la première fois qu'un des leurs brossait l'arrière-train d'une dame en public.

Cinq pas. Tout était obstacle pour la grimpeuse, même ses brodequins qui ne lui tenaient pas aux pieds. Elle avala des gorgées d'air, regarda l'énorme poing blanc brandi au-dessus d'elle. Les guides lui accordèrent six minutes. Pas une de plus. On la fit asseoir dos à dos avec Gabin. Elle dormit aussitôt, un voile vert devant les yeux. On la réveilla. Un supplice.

Un feu brûlant lui consumait la poitrine. Elle crut qu'elle étoufferait sans avoir eu la force de mener son grand dessein jusqu'à son terme. Le mal des montagnes lui donnait l'impression qu'une chaleur de serre régnait dans son costume d'ascension. Gabin l'empêcha de se découvrir. Il faisait un froid du diable.

— Si je meurs avant le sommet, promettez-moi d'y porter mon corps, et de l'y laisser, anhéla-t-elle. Mon notaire vous récompensera d'avoir accompli mes dernières volontés. C'est dans mon testament.

Elle fit trois pas, s'appuya à deux mains sur son alpenstock, retomba dans l'apathie.

— Elle dort debout, constata Villeret d'une voix abattue.

— Il faut se rendre à l'évidence, elle ne peut plus remplir sa tâche, déclara Blier qui en avait assez de lanterner dans le vent glacé.

— On a qu'à faire comme Balmat avec Pauvrette, dit Bourvil.

Il porta aussitôt sa main à sa bouche, tout penaud. Les autres retinrent leur souffle, inquiets de savoir si la comtesse avait entendu son impair. Les guides étaient convenus de retarder le plus possible le moment où ils lui révéleraient qu'elle n'aurait jamais la primeur. Si leur cliente l'avait su avant le départ, la course aurait été annulée. Ils comptaient sur l'ivresse des montagnes pour atténuer son déplaisir. En haute altitude, beaucoup perdaient le sens logique – on en avait vu se mettre nus et se rouler dans la neige pour refroidir leur peau, ou chercher à s'envoler en battant des bras. Gabin s'était opposé à cette entourloupe avant de céder à ses compagnons, à condition d'être celui qui annoncerait la mauvaise nouvelle à Quitterie. Il avait un argument pour faire passer la pilule : si elle ne pouvait prétendre à être la première femme au sommet du Mont-Blanc, elle était assurément la première femme alpiniste.

Leur cliente était sans réaction : elle n'avait donc pas entendu la gaffe. Ses yeux semblaient en si vive souffrance qu'il eût été inhumain de la laisser poursuivre ainsi. Redoutant un évanouissement, Gabin lui fit boire de la liqueur de kawa.

L'effet stimulant du jus de poivre la sortit de sa léthargie, juste au moment où Ventura disait :

— Il faut qu'on la porte !

— Hors de question ! réprouva-t-elle dans un murmure haché.

— Mais vous n'avancez plus, protesta Noiret dont les joues tournaient au violet.

— J'entends faire l'ascension entièrement sur mes jambes.

— Vous n'y arriverez pas sans aide, osa Blier.

— Hommes de peu de foi !

Gabin retrouva un semblant de sourire : le tempérament véritable de la comtesse refaisait surface. Il la débarrassa de sa corde et aida à ses efforts en misant sur sa fierté :

— En ce moment, tout Chamonix a les lunettes fixées sur nous.

Elle releva la tête, comme piquée au vif. Si elle renonçait, Eudes en ferait la une de son journal. La crainte d'un pareil affront lui redonna de l'énergie. Elle se hissa petit à petit par ses propres moyens. Après d'indicibles efforts, son pied foula enfin la cime du roi des monts. Le guide-chef étendit une pelisse sur la neige. Elle s'y allongea, tout asséchée de souffle. Elle s'y requinqua, fière d'avoir atteint le point culminant de son destin.

Tout comme il y a à Lourdes une eau miraculeuse qui rend la vue aux aveugles, il y a au sommet du Mont-Blanc un air prodigieux qui rend le souffle aux asphyxiés. Fini la suffocation, le besoin impérieux de sommeil et le pouls indomptable !

Ses forces lui étant en partie rendues, elle lâcha le pigeon avec un billet à la patte sur lequel elle avait écrit : *Arrivée à bon port à 13 h 25.* Choucas aboya après l'oiseau qui partit à tire-d'aile en direction du bourg où sa femelle l'attendait en roucoulant dans les bras du curé. Celui-ci avait préparé le drap blanc à poser sur le parvis de l'église. La comtesse était encore étourdie, mais d'exaltation cette fois. Elle se disait que l'heureuse issue de l'ascension devait déjà courir de bouche en bouche. Bientôt, la nouvelle volerait dans la vallée, franchirait les Alpes, passerait les frontières, circulerait jusqu'à Paris pour arriver aux oreilles des salonnières les plus fameuses.

Elle planta son alpenstock sur la tête du colosse avec le plaisir de la victoire, tel un chevalier son étendard sur la tourelle d'une place forte ayant succombé à l'assaut. Elle était allée au bout d'elle-même, mais n'avait pas renoncé. Le souvenir de sa mère se présenta à elle à cet instant. Elle avait entendu dire que Louise était allée au-delà de ses forces. Comment avait-elle pu s'épuiser au point d'y laisser la vie ? Ne s'était-elle jamais remise de sa naissance, ou y avait-il autre chose ? Sa mort avait un caractère suspect. Que cherchait-on à lui dissimuler ? Avec un père mutique et des frères peu coopératifs, la comtesse ignorait ce qui s'était vraiment passé. Mais elle refusait de demeurer plus longtemps dans l'ignorance. Le temps où les femmes ne devaient pas s'immiscer dans les affaires était révolu. On lui devait la vérité.

Quand elle serait de retour au château, elle interrogerait Annibal au sujet de leur mère. Et cette fois, elle ne lui permettrait pas de se défiler. Elle perçut de l'âcreté dans son cœur en pensant à lui, et en fut peinée. Peut-être parce qu'il avait emmené cette traîtresse de Sixtine en voyage. À moins que ce ne fût ce drôle de sentiment qui s'était installé au fond d'elle. Un sentiment qui ne se laisserait pas chasser, même si elle le voulait. Quitterie éprouvait de la méfiance envers ce frère capable de l'embrouiller pour batifoler avec sa pire ennemie. Son attitude mensongère lui faisait craindre le pire. Que lui avait-il caché d'autre ?

Elle se perdait dans ses pensées quand elle sentit qu'on la soulevait du sol. Ses guides avaient formé un siège en arrimant leurs bras. Ils étaient joyeux car son succès signifiait une fête arrosée et le reste de l'argent payé. Ils élevèrent leur cliente autant qu'il leur fut possible pour l'ovationner. Elle se trouva plus haut encore que le toit de l'Europe. Quatre pieds plus haut, pour être précis. À cet instant, rien n'était au-dessus d'elle, en dehors du ciel.

4 septembre 1838 – Je suis la première femme au sommet du Mont-Blanc. Cet exploit porte désormais mon nom pour l'éternité. Personne ne pourra jamais me l'enlever.

Était-ce l'ivresse des sommets ou la camaraderie d'un groupe maintenant soudé ? Toujours est-il que l'aristocrate se laissa embrasser par ces hommes qui méritaient toutes les récompenses. Des baisers sonores claquèrent dans l'air, si fort que tous riaient en pensant qu'on avait dû les entendre jusqu'à Chamonix. C'était beau, la complicité entre compagnons de cordée. Maintenant, elle comprenait ce qu'englobait le terme « montagneux » : fraternité, solidarité, entraide et communion. À cet instant, le vent souleva les cristaux blancs du sol. On aurait dit qu'il neigeait des papillons, comme dans un conte de fées.

— Voulez-vous que je grave *Mont-Blanc* dans le bois de votre alpenstock ? lui proposa Villeret.

— Rien ne me ferait plus plaisir.

Elle se laissa ensuite encorder par Gabin pour visiter cette cime longue de cent cinquante pieds d'où l'on devinait la courbe de la Terre. Couverte d'une pelisse qui lui laissait les bras libres, elle s'y promena avec une euphorie de l'esprit qui lui venait du ciel bleu pur. Sans doute était-ce à cet endroit que vivaient les défunts. Elle joignit ses mains, s'adressa à sa mère. Quoiqu'elle fût invisible, Quitterie savait que Louise était là, flottant autour d'elle, heureuse de voir sa fille toucher la voûte céleste. Elle se sentit évaporée comme si elle avait rencontré l'amour au sommet. Un amour grandeur nature qui aimait à se personnifier dans un homme. Gabin. Sa chaude présence l'exaltait. Elle l'écoutait avec délice nommer les montagnes : le mont Rose, le Cervin, la Jungfrau, le mont Vélan, les Aravis. Elle souleva son voile vert pour mieux voir le Jardin de Talèfre et son fascinant gazon fleuri sur glace.

Elle aperçut une partie du Léman. Et la ville de Genève où résidait le monsieur avec lequel elle avait eu une liaison sans passion. Par bonheur, son cœur était aujourd'hui débarrassé de l'esclavage des hommes mariés.

Ici, les penchants vulgaires sont éloignés. Les choses terrestres n'arrivent plus jusqu'à moi. Mes pensées sont aussi légères que cette atmosphère. Je ressens une présence diffuse. Dieu, peut-être…

Son œil satisfait voyait un océan dont les cimes étaient la crête des vagues. Cette impression lui rappela quelque chose d'intriguant. Elle scruta l'horizon, une main en visière au niveau des sourcils. Elle cligna des paupières, éblouie par l'étincellement des neiges.

— Mais où donc est la mer ? demanda-t-elle.

— La mer ? répéta le guide-chef en riant.

— Oui, la Méditerranée. J'ai lu qu'on la voyait de la cime.

— Tu sais, certains voyageurs cherchent à brillanter leurs récits d'ascension. Mais je suis déjà venu neuf fois ici et je peux t'assurer qu'on ne la voit pas.

— On aurait menti à la première femme victorieuse du Maudit ?

Cette parole, qui se voulait amusante, sonna comme un reproche bruissant dans le vent. Gabin s'exhorta à lever le voile.

— J'ai quelque chose à te dire, se lança-t-il.

— Moi aussi.

— Moi d'abord. C'est important.

— Honneur aux pionnières.

— Je t'écoute, finit-il par céder.

— Avec toi, tous les bonheurs me viennent à la fois, s'illumina-t-elle. Aussi ai-je décidé de venir vivre à Chamonix. Hier, j'ai demandé au notaire de me trouver une propriété. Nous pourrions nous y établir ensemble. Qu'en penses-tu ?

Elle avait envie de poser ses valises dans ce bourg coupé du monde l'hiver. De se retrouver enfermée avec son homme dans un cocon de neige étanche aux événements extérieurs.

Gabin la regarda une pleine seconde, stupéfait par cette déclaration qui n'avait que le ciel pour témoin. S'il acceptait, il délogerait du modeste chalet familial pour s'installer dans une riche demeure avec tout le confort. Aussitôt, il craignit de ne pas être à la hauteur du piédestal sur lequel trônait sa belle. Cette femme adorable à qui il avait menti par omission. À présent, il bataillait en lui-même pour s'arracher à son silence, dévoiler sa tromperie et ses complices. Nerveux, il se mordit la lèvre supérieure, parut sur le point de dire quelque chose. Quitterie devina sa gêne – qu'elle pensait financière – sans comprendre qu'il s'apprêtait à lui faire des révélations.

— Qui ne dit mot consent ! s'enthousiasma-t-elle.

Ravie de son effet de surprise, elle lui souriait d'un air content quand Noiret vint les avertir qu'il leur fallait redescendre.

— Une tourmente va arriver, observa-t-il placidement.

La comtesse vit quelques nuages légers qui moutonnaient dans le lointain. Elle n'avait pas réalisé qu'elle trônait sur l'éminence blanche depuis près d'une heure. Bourvil était bleu de froid. Villeret avait les lèvres éclatées. Choucas avait presque disparu sous les bouffées de neige que le vent soulevait par rafales. Elle obtempéra sitôt après avoir porté un toast avec une tasse de lait d'amande – seule boisson permise à cette altitude par le Dr Rotule.

— À mes guides !

— À la première femme alpiniste ! tenta Gabin, embarrassé.

Il y eut un moment d'hésitation, puis les cinq autres choquèrent leur gourde de bois.

— À la première femme alpiniste ! reprirent-ils en chœur.

Quelques goulées de vin plus tard, Ventura sortit son chien de sous la neige, l'épousseta, le chargea sur ses épaules. Quitterie regarda une dernière fois la vue pour la faire entrer dans son musée. Le ciel s'étendait sans aucun obstacle jusqu'à l'horizon, comme s'il n'y aurait jamais rien d'autre au-delà. Elle quitta la sommité glacée après y avoir laissé sa carte de visite aux lettres dorées, à l'abri dans une bouteille. Elle ignorait encore que cette manie bizarre changerait son destin.

~~~

La comtesse fait sa coquette à la cour du roi des Alpes !

La Feuille de chou, 4 septembre 1838
Par E. de la Froutte

Tôt ce matin, Mlle d'Arcy a quitté le bivouac des Grands Mulets vêtue d'un attirail extravagant dont l'incommodité fait la joie des parieurs. On sait qu'elle a le côlon constipé, car elle a mangé quantité de pruneaux aux propriétés laxatives.

La comtesse a fait halte en chemin. Non pour se reposer, boire ou manger, mais pour se farder le visage. On l'a vue dans la lunette s'enduire les joues de pommade. Que de soins coquets ! Que d'apprêts ! Quel tracas pour ses guides qui grelottaient dans le froid en attendant qu'elle se refasse une beauté ! C'est pomponnée comme pour figurer dans un bal qu'elle est parvenue ce jour au sommet de la Taupinière blanche – surnom donné au Mont-Blanc par les indigènes.
~~~

10

Pour gagner du temps à la descente, les guides utilisaient la technique de la ramasse. Ils l'apprirent à leur cliente, car ils la savaient toujours partante. Dans une pente sans crevasse, ils la firent asseoir sur la neige, l'attachèrent avec une corde afin de pouvoir la retenir si jamais elle déviait de sa trajectoire. Ils la poussèrent dans le dos pour lui donner de l'élan. Bien que glisser ainsi ne fût pas élégant, elle le fit avec une certaine grâce. Elle arriva en trois minutes en bas d'une côte qui prenait une demi-heure à monter.

— Hourra ! cria-t-elle en levant les bras avec une joie d'enfant.

Elle les rabaissa aussitôt pour les croiser sur son estomac. En proie à un flux de ventre, elle chercha un sapin derrière lequel s'accroupir. Mais à cette altitude, il n'y avait aucun arbre. Ce n'est vraiment pas le moment, pensa-t-elle.

— Pas de panique ! lui dit Gabin en la voyant se tortiller.

Il creusa un profond trou dans la neige avec Bourvil et Villeret. Les trois autres s'éloignèrent pour tailler des marches les unes au bout des autres dans la pente de glace qui s'était formée sur leur itinéraire. Peu après, la noble dame entra dans des commodités sans porte, mais aux murs d'un blanc immaculé. Ce qui l'aurait rendu honteuse dans son milieu social était d'une simplicité désarmante avec les gens de montagne. Les besoins naturels étaient… naturels !

Ici, tout était plus facile que dans son milieu mondain où

l'artificiel commandait. Les obligations codifiées l'ennuyaient désormais. Ce qu'elle voulait, c'était une vie débarrassée du paraître et du qu'en-dira-t-on. Elle désirait aimer et être aimée. Après vingt ans de célibat forcé, elle s'éprit de cette envie de devenir la femme de quelqu'un. Il n'est jamais trop tard pour être heureuse, se dit-elle.

Aux Petits Mulets, la caravane vit arriver des nuages gris ardoise dans le bleu de plus en plus sombre du ciel. Une tourmente d'un noir menaçant s'abattit sur la sommité glacée. À deux heures près, Quitterie manquait son succès, tel un vaisseau qui coule devant le port après son tour du monde. Ce fut alors en elle une joie décuplée.

— La Madone a été bonne avec moi, dit-elle en formant le signe de croix. Je le serai à mon tour.

Gabin l'imita en priant la Vierge de lui donner la force de parler franchement à Quitterie. Mais supporterait-elle la vérité ? Pas sûr. Plus bas, ils trouvèrent des neiges molles dans lesquelles ils enfoncèrent jusqu'aux genoux, rendant chaque pas fatigant. Les yeux de la comtesse la picotèrent à la descente du Grand Plateau. Elle fit halte, son alpenstock à côté d'elle. En voulant frotter ses paupières, elle le bouscula du coude, le précipita dans la pente.

— Mon bâton ! Mon bâton ! cria-t-elle.

Elle voulut courir après, mais il descendait à une vitesse folle, poursuivi par Choucas qui déboula d'on ne sait où en aboyant.

— Il va droit à la crevasse ! s'exclama Noiret.

— Il est perdu ! dit Blier quand le bâton disparut dans l'abîme.

Elle pensa : Mon frère sera furieux d'apprendre que j'ai précipité son cadeau dans les entrailles de la Terre.

Tous avancèrent avec précaution au bord de la fissure glacée. Le chien émit trois jappements clairs et perçants, comme pour signaler que l'objet ferré était planté dans la paroi opposée. Gabin évalua qu'il se trouvait à une trentaine de pieds en dessous d'eux. Il savait que Quitterie tenait beaucoup à son alpenstock sur lequel était gravé le nom de toutes les ascensions qu'elle avait faites. Y compris celle du Mont-Blanc où cette adorable dame lui avait demandé de venir vivre avec elle. Le comble des félicités humaines pour un gars comme lui.

— Je vais le chercher, annonça-t-il en s'encordant.

Ses compagnons n'y mirent aucun obstacle. Non seulement le guide-chef commandait, mais encore il était amoureux de cette femme – inutile de vouloir le raisonner. Ventura et Noiret le descendirent sous le regard mi-effrayé, mi-émerveillé de la comtesse. Quand Gabin revint avec son bâton, une chaleur se répandit en elle, s'ouvrant sur une certitude : c'était l'homme de sa vie. Elle le serra dans ses bras sans pudeur aucune. À les regarder, on pouvait croire qu'il y avait là deux mondes discordants. Or, ils étaient deux aspects d'une même passion pour la montagne. Il était vain de les opposer.

Le vent se leva, chassa les nuages. La caravane se divisa pour repasser sous les séracs du Goûter. Les pyramides bleutées se haussaient de pointes acérées qui jaillissaient comme des flèches vers le ciel. Quitterie pressa le pas en silence, telle une voleuse se sentant poursuivie. Une voleuse de bonheur prête à tout pour garder son fabuleux larcin.

Dix-huit heures. De retour au bivouac des Grands Mulets. Les aspirants ont allumé un grand feu avec le charbon de bois. Sa clarté envoie un message rassurant à ceux qui guettent notre retour.

Elle n'était pas pressée de regagner le bourg. Enchantée des jouissances de la journée, elle voulait profiter de cette ultime soirée à l'auberge de la belle étoile. Vin, longes de veau, langues de bœuf, chocolat… tout disparut dans les estomacs voraces des ascensionnistes. Malgré la fatigue, tous étaient d'humeur joyeuse. La dernière veillée était un moment de fête entre les guides et les clients revenus vivants de la plus éprouvante des expéditions. Ces soirs-là, chacun s'amusait en écoutant les autres raconter des anecdotes truculentes sur le métier.

Bourvil narra l'histoire du porteur chargé des cigares d'une expédition. Il jurait avoir été dépouillé par des voleurs alors qu'il sentait le tabac à plein nez. Rires. Blier parla d'une outre aux pouvoirs magiques. Quand le cuisinier la surveillait pendant la nuit, le vin s'évaporait ; quand le client s'en servait comme oreiller, il n'en manquait pas une goutte. Éclats de rire. Noiret expliqua que le rantourneur préposé au ravitaillement n'avait pas trouvé la caravane, car il s'était trompé de sommet. Pensant la cordée morte, il avait mangé toutes les provisions. Fou rire général. Tout comme les baisers du sommet, les parties de rire des Grands Mulets devaient ricocher jusque dans la vallée. Leur cliente les fit entrer dans son musée intérieur, telle une réserve de belle humeur pour les jours tristes à pleurer. Quand ses facultés seraient amoindries.

Enveloppée dans une pelisse en peau de mouton, elle considéra Gabin aux côtés de qui elle avait envie de vieillir. Elle chercha son regard, vit une lueur sérieuse dans ses yeux. Une gravité, comme s'il bataillait avec des pensées déroutantes. C'était une expédition différente de toutes les autres, bien plus qu'il ne l'avait prévu. Et il avait un sujet délicat à aborder avec Quitterie. Un fait qu'il avait tenu caché à dessein :

— J'espère que tu n'auras jamais de regrets.

— J'aurais pu avoir des regrets si je n'avais pas tenté cette ascension, lui sourit-elle en s'étirant sur sa peau de mouton.

Le visage masculin était à peine éclairé par le feu mourant, mais elle vit qu'il comprenait ce que sous-entendaient ses propos. Et bien qu'elle n'eût pas l'intention de dormir, elle sombra dans le sommeil presque aussitôt, le cœur rempli d'un sentiment de bonheur indestructible. Plus rien ne pourrait l'atteindre. Jamais.

~~~

Crise d'orgueillite chez la vieille fille !

La Feuille de chou, supplément, 4 septembre 1838
Par E. de la Froutte

Parvenir au sommet du Mont-Blanc n'a pas suffi à Mlle d'Arcy ! Aussi a-t-elle exigé de grimper sur les épaules d'un guide pour se trouver plus haut que les grands hommes l'ayant précédée. Elle voulait dépasser ses illustres devanciers, tels Balmat et Saussure.

Dans les jumelles, on a vu le guide épuisé faire non de la tête. Par solidarité, ses compagnons se sont unis pour le tirer d'embarras. Ils ont formé de leurs mains une sorte de siège pour décoller leur cliente du sol. Pauvres d'eux ! Obligés de se ruiner la santé pour élever cette orgueilleuse de quatre pieds…
~~~

11

Six heures. Nous quittons le bivouac à court de provisions. Le moral est bon. L'œil est irrité. Peut-être aurons-nous beau temps ce matin. Quoique je ne sache pas ce que signifient ces nuages gris.

Ils marchèrent au pas de gymnastique, traversèrent le glacier des Bossons, replacèrent l'échelle sous la pierre. La comtesse allait au milieu de ses guides, ses frères du Mont-Blanc. Entre elle et les hommes de sa caravane, il y avait cette camaraderie des efforts et des fatigues, cette fraternité des aventures et des dangers. Ces quelques jours épiques, loin du monde, les avaient plus étroitement liés que des années de vie commune n'auraient pu le faire. Quitterie en garderait une vive gratitude. Elle se souvint de sa promesse à la Madone.

— Guide-chef ?

— Comtesse ? répondit Gabin avec un intérêt mêlé d'une pointe d'amusement.

— Je veux donner 5 francs à la première personne que je croiserai en chemin, et 5 francs à la suivante également.

— Je m'en acquitterai sans faute.

À Pierre-Pointue, Choucas disparut derrière un rocher. Ils le retrouvèrent qui fouaillait l'air de sa queue, tout joyeux d'être tombé sur Pernette qui attendait la caravane avec Roussette chargée de laitage. Une promesse de croûtes de fromage pour le chien.

— Mademoiselle Croz ! s'égaya la dame. Que faites-vous ici ?

— Je suis venue vous féliciter pour votre exploit, et aussi vous rappeler que je vous attends chez moi.

Elle regarda l'aristocrate avec un grand sérieux, comme s'il s'agissait d'une question de vie ou de mort.

— Vous pouvez compter sur ma présence.

Le ton de la réponse, aussi sérieux que celui de la question, rassura Pauvrette. Par gloriole et par curiosité, la comtesse d'Arcy viendrait au dîner auquel seuls les vainqueurs étaient conviés.

— Vous ne serez pas déçue, se vanta la montagnarde. En attendant, venez donc goûter ma bonne beurre fraîche.

Les hommes salivèrent en voyant la crème fraîchement barattée, le pain bis, la tomme de Savoie et le lait disposés sur une nappe de chanvre, étendue sur une pierre plate. Pernette fit bouillir du lait sur le feu qu'elle avait allumé en arrivant. Gabin voulut en profiter pour mettre les choses à plat avec Quitterie :

— J'ai quelque chose à te dire : être la première femme alpiniste ne fait pas de toi la première femme au sommet du Mont-Blanc.

— Je le sais, idiot !

— Vraiment ?

Il se tenait cambré, d'un air tout estomaqué.

— Bien sûr que je ne suis pas la première à y être montée ! Avant moi, il y a eu Balmat, Saussure et d'autres encore.

— Tu ne comprends pas.

— Tenez ! dit Pernette en tendant une tasse de lait bouilli à Quitterie dont la belle humeur était visible.

— Je vous remercie ! J'ai grand faim et grand soif tout soudain. Mon caissier va vous dédommager.

Gabin paya pour les provisions et lui remit 5 francs en sus.

— C'est bien trop pour une tasse de lait, refusa la femme tressée.

— C'est une promesse que j'ai faite à la Madone, expliqua la comtesse. Et Elle a fait que ça tombe sur vous.

— Dans ce cas… je ne voudrais surtout pas La contrarier.

Gabin les écouta discuter entre elles tandis que Roussette broutait au hasard. Un soupir de lassitude s'échappa de sa bouche. Il lui avait plus surgi d'hésitations en une semaine qu'il n'en avait eu en vingt ans. Que lui arrivait-il ? Lui, le guide si prompt à prendre une décision face au danger, voilà qu'il n'éprouvait plus de courage, mais un abattement. Tandis qu'un vent de mauvais temps se levait, il se décevait d'être si désorienté. De la poussière lui entra dans les yeux ; il cligna des paupières, les ferma. Son esprit se perdit au Montanvert, le jour où il avait dû annoncer à sa sœur que son mari gisait sous les pierres. Jamais il n'avait imaginé Marie si fragile, si démunie. Et bientôt, ce serait au tour de Quitterie de se retrouver sans défense. Exposée à souffrir.

Avant de rejoindre les autres guides qui cassaient la croûte, il s'adressa à Pauvrette sur un ton presque suppliant :

— Dis-lui ce qui l'attend.

— Parce qu'elle n'est pas au courant ? demanda la blonde, la voix plus tendue qu'elle ne l'aurait souhaité.

— Au courant de quoi ? s'enquit la comtesse.

Une bourrasque de vent agita les mèches folles échappées de son unique tresse. Depuis quelque temps, il lui semblait que Gabin lui cachait quelque chose. Un détail qu'il s'obstinait à dissimuler. Vu sa gêne, il ne pouvait s'agir que d'argent.

— Que tout Chamonix vous attend pour vous fêter glorieusement, dit Pernette dont le ton trahissait un rien d'embarras.

Quitterie s'interrogea. N'était-ce qu'une impression, ou bien la montagnarde en savait plus long ?

— J'espère que ma modestie sera mise à rude épreuve ! finit-elle par répondre pour dissimuler son inquiétude croissante.

Pernette sourit tandis que l'aristocrate s'efforçait de remettre en place une mèche échappée de sa coiffure.

— Permettez que je vous arrange un peu. Vous ne pouvez aller au-devant de vos admirateurs avec une natte défaite.

Ce fut au tour de la comtesse de sourire.

— Venant de la spécialiste des tresses, je ne peux qu'accepter ! Grâce à vous, j'éviterai d'apparaître échevelée dans les journaux.

Elle fut troublée de constater que la femme en tablier la recoiffait avec des gestes maternels, tout en la mettant en garde :

— Dans les jours à venir, les journalistes se montreront peut-être injustes envers vous. Certains hommes se sentiront menacés par votre réussite. Vous risquez même d'entendre des propos déplaisants.

— Vous avez raison, je dois m'y préparer, acquiesça Quitterie, non sans remarquer au passage la perspicacité de Pauvrette.

— Pour vous y aider, je vais vous dire une chose concernant…

Son interlocutrice ne l'écoutait plus, trop occupée à verser de l'eau blanche sur son mouchoir. Elle le roula en boule et tamponna ses paupières avec cette eau mêlée d'extrait de saturne.

— J'ai des maux d'yeux tenaces, se justifia-t-elle.

— Vos paupières sont gonflées.

— J'ai la sensation d'avoir du sable dans les yeux.

— Ça ressemble à la cécité des neiges.

— C'est impossible, j'ai toujours porté mon voile vert.

Ce disant, elle réalisa qu'elle l'avait relevé tout le temps où elle était restée sur la cime. Quelle sotte je fais ! se reprocha-t-elle. Retirer mes protections au plus fort de l'exposition !

— Bientôt, vous allez voir comme par temps de brouillard. Peut-être même devenir aveugle.

— J'espère ne pas en arriver là !

— La vue vous sera rendue après un ou deux jours dans le noir.

— On vous écouterait pendant des heures, dit Quitterie, sans sarcasme aucun. Mais j'ai senti une goutte.

— Juste une chose avant de vous remettre en route…

— Nous poursuivrons ce soir, l'interrompit la comtesse.

Roussette, d'habitude si tranquille, frappa le sol d'un dur coup de sabot. Pernette devina qu'en insistant davantage elle risquait de l'exaspérer et de la voir se désister au dernier moment.

— Saurez-vous retrouver la route de chez moi ? demanda-t-elle.

— Je n'y suis venue qu'une fois, mais j'ai bonne mémoire.

— Deux fois, en fait.

— Une seule. Le soir où je cherchais le chalet de Gabin.

— Vous êtes venue avant cela. Avec votre maman.

Quitterie faillit lui demander ce qu'elle voulait dire. Mais lorsqu'elle vit son visage dénué de toute expression, elle pensa que c'était vain. Sa réponse n'aurait pas plus de sens que la précédente.

— C'est impossible, ma bonne amie. Ma mère est morte quand j'étais toute petite. Vous devez me confondre avec une autre personne.

Sur ces mots, elle repartit à pas pressés dans la pente, escortée par cinq de ses guides. Ventura et son fidèle Choucas restèrent avec Pauvrette qui prétextait que Roussette lui imposait de marcher lentement. Personne n'était dupe : la femme tressée n'avait plus d'allant. Lino l'accompagnait par solidarité montagnarde, et aussi pour avoir des nouvelles de Jeanne-Alice à qui Pernette avait rendu visite la veille. Voilà comment il apprit que la blessée avait quitté sa chambrette pour s'installer avec Marie au hameau de la Côte.

La comtesse avait refusé de regagner le bourg à dos de mule. Elle voulait arriver sur ses pieds pour apparaître en femme solide devant les journalistes. Elle était soulagée de savoir que son frère était reparti. Elle aurait détesté le savoir en train de l'attendre à Chamonix. Il fallait la voir sautiller en chemin comme une pouliche ayant rompu son lien. Elle se réjouissait à l'idée de rencontrer ses admirateurs, de recevoir des félicitations, d'obtenir d'élogieux articles de presse. La redescente fut la dernière joie de Quitterie d'Arcy.

~~~

La comtesse regagne le bivouac sur les fesses !

Par E. de la Froutte

(Article rejeté par le journal)

Après s'être soûlée à la cime, il a bien fallu que la perruche quitte son perchoir. Mais de là à descendre sur le derrière ! Quel choc pour les observateurs de voir la vieille demoiselle s'asseoir dans la neige et passer ses jambes de chaque côté du guide-chef assis devant elle ! Il lui tient les chevilles pendant qu'un autre guide l'attache avec une corde. Et leur cliente de dévaler la pente, cuisses écartées ! Sont-ce des manières pour une dame de la haute société ?

La décadence ne s'arrête pas là ! À peine finie la glisse que les pruneaux font leur office. On voit les hommes creuser une fosse d'aisances. Et la comtesse de poser culotte en plein champ de neige pour soulager son inconfort. L'aristocratie française n'est plus ce qu'elle était !
~~~

12

Le chemin du retour fut ponctué d'une alternance de coups de vent et d'averses de pluie. Une odeur de terre mouillée saturait l'air. Sur le plat, Quitterie aperçut quelqu'un qui venait à sa rencontre.

— Voilà la seconde personne à 5 francs ! s'enthousiasma-t-elle. Je me demande sur qui la chance vient de tomber.

Sa vision était floue. Elle n'identifia que tardivement l'individu qui marchait vers elle, chaussé de bottes à la polonaise. Le sourire qui flottait sur ses lèvres disparut presque aussitôt.

Annibal !

Son cœur se serra de contrariété en le voyant approcher, hors de souffle et trempé. Sa présence indésirable lui fit l'effet d'un rocher décroché de la montagne qui viendrait lui barrer la route. Elle fit halte en silence, donnant l'impression d'hésiter avant de se décider à avancer vers son frère qui se déplaçait moins avec gaucherie qu'avec prudence, comme s'il se méfiait du terrain sur lequel il progressait.

— Préparons-nous à avoir des ennuis, prévint le guide-chef en fronçant les sourcils.

Les montagneux se jetèrent des regards affolés dans un désarroi indécis face au noble en complet-jaquette de flanelle claire. Sûr qu'il avait mis le doigt sur la vérité et qu'il allait la dévoiler à sa sœur ex abrupto. Gabin eut le sentiment que tout menaçait de lui échapper. Plus personne ne voudrait louer ses services quand son carnet comporterait une mention dénigrante. Il regrettait d'avoir cédé à ses compagnons sous prétexte que la fraternité régnait entre eux. Et il n'avait fait qu'empirer les choses en différant le moment de parler à sa cliente avec franchise. Maintenant, il allait payer le prix fort.

Le comte d'Arcy lui jeta un regard mi-victorieux, mi-accusateur avant de reporter son attention sur Quitterie.

— J'ai une mauvaise nouvelle, dit-il sans autre forme de procès.

Il soufflait comme une forge, mais jubilait intérieurement.

— Où avez-vous été appris ? le cingla-t-elle pour le rappeler aux convenances.

— Vous avez raison. Bonjour, ma sœur.

Le vent avait forci. Ses mugissements se mêlaient aux râles de son essoufflement. Il avait guetté le retour de la caravane, avait marché tel un forcené pour annoncer à sa cadette ce qui devait la ramener à lui – du moins l'espérait-il.

— Peut mieux faire, le fustigea-t-elle.

— Toutes mes félicitations pour votre ascension, ajouta-t-il avec une politesse de commande.

— Vous deviez rentrer au château sitôt la bénédiction terminée.

— J'étais sur le départ quand j'ai entendu la Froutte évoquer une chose affreuse vous concernant. Aussi ai-je préféré rester par crainte du coup que cela ne manquera pas de vous porter.

— S'il s'agit de votre tour du monde en bateau avec Sixtine, je suis au courant. Eudes m'a fait part de votre perfide dissimulation dans un billet de visite laissé à mon hôtel.

— Bon Dieu d'enfoirure ! Quel envieux il fait !

— Quel menteur vous faites !

Le silence s'abattit entre eux. Pesant. Le comte avait mal calculé son coup. Il aurait dû surseoir, attendre qu'elle fût reposée de son éprouvante expédition, mais il mourait d'envie d'accabler Gabin.

— Nous parlerons de cela plus tard, grogna-t-il entre ses dents.

La bourrasque de vent qui balayait l'endroit en continu souleva ses cheveux plaqués à l'huile de Macassar.

— Vous louvoyez, comme d'habitude, lui reprocha-t-elle.

— C'est qu'il y a plus grave.

Il se pencha sur elle comme pour mieux faire pénétrer l'idée d'un danger dont il venait la sauver. Quitterie huma le mélange de fruit exotique et de cigare froid. Une nausée lui serra les entrailles.

— Plus grave que d'être trahie par son frère ? Quand je pense à ce contrat absurde. Quelle naïve j'ai fait ! Comme vous avez dû rire de moi avec cette garce de Sixtine ! Mais cette période est révolue. Je sais maintenant que vous êtes un traître. Un traître de mon sang.

— Comme vous y allez !

— Tout est fini entre nous. Je vous quitte.

Il partit d'un rire affreux qui exprimait toute sa vexation.

— Quittie me quitte ! Voyez-vous ça ! Et où irez-vous ?

— Je vais m'installer ici, à Chamonix, près de mes amis.

Bien que sa position d'aîné l'eût autorisé à réagir vertement, Annibal resta muet, pétrifié par les propos féminins. Comme il aurait aimé avoir la force d'âme de faire un geste de remontrance pour l'interrompre ! Pourtant il se tut, avec le sentiment terrible d'être rejeté. Il passait après ces rustres dont les pantalons ridicules s'arrêtaient au genou. Sentant sa sœur agir selon son cœur, bien plus que selon son esprit, il se dit qu'il devait lui prouver sur-le-champ qu'elle était aveuglée, sans quoi il risquait de la perdre à jamais. Et ça, il ne le supporterait pas. Il n'était pas de ceux que l'on quitte.

— Vous faites erreur, ma mie. Aucun d'eux n'est votre ami. Prenez Jean Gabin, par exemple. Il vous a menti.

Il parlait du guide comme s'il n'était pas là. Celui-ci demeura coi. Il était indigné d'être tenu à l'écart de la conversation, mais peu désireux, malgré tout, d'avouer la vérité dans ces conditions.

— Annibal, vous êtes grotesque !

Dès l'instant qu'il s'agissait du guide-chef, Quitterie demeurait sourde aux avertissements, obstinément résolue à défendre l'homme avec lequel elle entretenait une liaison passionnée.

Le noble prit conscience qu'il s'y prenait mal. S'il persistait dans cette voie, sa sœur allait se braquer contre lui.

— Accordez-moi un instant en privé, rusa-t-il en la prenant par le coude pour l'emmener à l'écart.

Il avait parlé avec cette voix de gorge qu'il utilisait quand il voulait obtenir quelque chose d'elle. Jusqu'à présent, elle s'était toujours sentie intimidée par cette voix caverneuse. Mais cette époque était révolue.

— Pas maintenant ! s'irrita-t-elle en dégageant son bras d'un mouvement sec. Je suis pressée. On m'attend pour me célébrer.

Elle rappela ensuite à Gabin de remplir ses fonctions de caissier. Celui-ci ne se fit pas prier. Avec un rire imperceptible, il glissa 5 francs dans la poche du complet-jaquette, comme s'il était un domestique ayant fini son service.

— Que faites-vous ? éructa le comte, rouge de contrariété.

— Pour le dérangement, commenta-t-elle avec ironie.

Elle était persuadée que son frère cherchait à lui gâcher son retour victorieux, parce qu'il ne supportait pas la place que le guide-chef occupait dans son cœur. La situation lui rappela sa réaction épidermique lorsqu'elle avait valsé pour la première fois. À l'époque, sa jalousie n'avait pas encore paru sur la scène comme elle le ferait par la suite.

Dans sa jeunesse, la comtesse avait eu le sentiment que son frère et elle bâtissaient quelque chose de solide, de beau. Elle se souvenait de son chaperonnage zélé, des livres de controverse, des leçons de contraception, de l'air saturé de macassar. Ah, l'odeur de cette huile parfumée ramenée de son tour du monde ! Un relent entêtant qui donnait maintenant à Quitterie une impression d'écœurement. Surtout depuis qu'elle soupçonnait, derrière le contrat destiné à l'aveugler, la pernicieuse influence de Sixtine. Cette camarade devenue sa rivale. Quelle fausseté chez Annibal ! Elle aurait dû rompre avec lui bien avant.

~~~

Ennuis domestiques pour la glorieuse comtesse !

Par E. de la Froutte
(2e article rejeté par le journal)

Annibal d'Arcy n'a pas résisté à l'envie d'aller au-devant de sa sœur pour être le premier à la féliciter. Il a déclaré : « Je suis tellement fier d'elle que j'en ai presque honte. »

On a suivi leurs retrouvailles à la jumelle. Les larmes de Mlle d'Arcy étaient probablement dues à la mauvaise nouvelle apportée par son frère : sa femme de chambre a profité de son ascension pour rendre son tablier.
~~~

13

Annibal comptait bien remettre les pendules à l'heure, à commencer par sa sœur.

— Cela semble beaucoup vous amuser de m'humilier devant vos guides. Mais vous allez moins rire dans un instant ! L'heure est au règlement de comptes.

— Ne tournez pas tout au mélodrame ! répondit-elle sur le même ton furieux. L'heure est à la fête ! Cela vous a peut-être échappé, mais figurez-vous que je viens de vaincre le Mont-Blanc. Vous avez devant vous la première femme à avoir foulé sa cime.

Une bourrasque de vent lui rabattit sa tresse contre le visage.

— Non justement, vous n'êtes pas la première. Et vous ne trouverez personne d'autre que moi pour vous le dire.

Il avait jeté cela sur un ton si dur qu'elle demeura quelques instants hébétée, les doigts refermés sur sa tresse, les mains tremblantes.

— Qu'allez-vous encore inventer ?

— Je n'invente rien. N'est-ce pas, messieurs ?

Son regard brillait de la joie mauvaise du secret qu'il détenait.

La comtesse regarda les guides les uns après les autres. À mesure qu'elle les interrogeait des yeux, le sillon qui séparait ses sourcils se creusait davantage.

— N'y en a-t-il donc aucun parmi vous qui aura la trempe

de dire à ma sœur qu'elle n'est pas la première femme à être parvenue au sommet ?

— Cessez de les accabler avec vos accusations ridicules, les défendit Quitterie. Vous leur faites peur.

Puis, remarquant la rougeur soudaine de Gabin :

— N'est-ce pas que je suis la première ?

Silence.

Elle eut aussitôt l'impression de ne pas tout savoir. Avec ce doute à peine définissable qui la tourmentait depuis le matin du départ, et qui était revenu à la surface quand elle parlait à Pernette.

— N'est-ce pas ? réitéra-t-elle.

Les hommes embarrassés la considéraient sans rien dire. Les secondes de silence s'écoulèrent avec une lenteur exaspérante. Et plus le temps passait, plus son irritabilité et son angoisse croissaient.

— D'une certaine façon, finit par dire Blier.

— En quelque sorte, ajouta Villeret.

Leur cliente porta une main à sa poitrine oppressée. Tous les yeux braqués guettaient le moment où elle en arriverait à un malaise nerveux.

— Suis-je la première, oui ou non ? insista-t-elle.

Gabin se raidit sous le regard interrogateur de Quitterie, froncé par l'attente d'une explication qui tardait à venir.

— Vous êtes la première femme alpiniste, biaisa-t-il.

Sa réponse absconse accrut le désarroi féminin. Les propos d'Annibal étaient-ils fondés ? Le Maudit avait-il été vaincu par une autre femme sans qu'elle-même en fût informée ?

— La première femme alpiniste, répéta-t-elle comme si elle cherchait où était le piège. J'ai du mal à saisir la nuance.

— Je veux dire que vous avez vous-même organisé et payé toute votre expédition. Sans mari, ni fiancé. Vous êtes la première femme au monde à avoir jamais pris une telle initiative.

Cette explication louvoyante amena un imperceptible sourire aux lèvres du comte. Si l'imberbe jouait sur les mots plutôt que d'admettre la vérité, la discussion promettait d'être serrée. De fait, Quitterie ne le laissa pas se défiler et continua à le fixer dans les yeux.

— Cela ne répond pas à ma question : suis-je la première femme au sommet du Mont-Blanc ?

Gabin resta hagard. Ses yeux translucides se rapetissèrent. Il regrettait de ne pas avoir mis la comtesse dans la confidence avant. Il aurait dû lui avouer pourquoi il l'avait laissé croire à une première.

— La deuxième, en réalité, reconnut-il, empli de remords.

Il avait pris un ton précautionneux pour prononcer le mot « deuxième ». Jusque-là, il s'était bien gardé de l'utiliser.

— La deuxième, articula-t-elle, la voix altérée.

Une sueur lui monta au front. La première féminine avait-elle eu lieu sans qu'elle le sût ? Elle pâlit. Il fallait la voir le décortiquer de ses yeux scrutateurs, détectant jusqu'au léger papillotement de ses paupières. Pendant qu'elle se demandait comment il avait fait pour contenir un tel secret, il baissa vers le sol son regard clair, malheureux qu'elle eût appris la nouvelle si tard.

— Enfin la vérité ! applaudit le comte.

Sa sœur perçut la délectation dans sa voix. On eût dit une haine ancienne, un conflit de famille longtemps contenu qui éclatait enfin.

Gabin examina sa cliente à la dérobée. À en juger par son visage qui se décomposait, elle était à bout de nerfs. À moins qu'il ne lui fournisse rapidement une explication, elle serait bientôt en larmes.

— Une autre femme a foulé la cime avant vous, avoua-t-il.

Il s'étonnait lui-même d'avoir à présent ce franc-parler qui lui avait tant fait défaut ces derniers jours.

Elle le toisa, les mains nouées sous la poitrine, toute déçue, toute vexée, au point que tout lui parût douteux dans ce qu'il avait dit, ou fait jusqu'à maintenant.

— De qui s'agit-il ?

— Peu importe ! explosa Annibal. Ce serait le pape que ça ne changerait rien au fiasco de votre expédition. Vous avez perdu la course. Vous ne serez jamais que deuxième, voilà tout !

Elle plia sous l'affront, mais se redressa aussitôt :

— À plus forte raison ! Je veux savoir qui m'a doublée.

— C'est moi.

La voix qui venait de s'exprimer était voilée. Presque souffreteuse.

~~~

Une montagne de querelles !

Par E. de la Froutte
(3ᵉ article rejeté par le journal)

Stupéfaction chez les observateurs ! Pas besoin d'entendre pour comprendre que les échanges entre les d'Arcy ont tourné en altercation devant les guides et une femme du cru. Est-ce une querelle de famille ? Une querelle d'affaires ? Une querelle d'amoureux ? Difficile de démêler ce nœud entre le frère et la sœur quand le bruit court que leurs relations seraient de nature douteuse. Mais quand bien même. N'est-ce pas inouï de se disputer alors qu'il y a une telle victoire à fêter ? Autre question : qui est cette femme nattée d'une soixantaine d'années ? Que fait-elle là ? C'est la question que tous les parieurs qui ont perdu de coquettes sommes se posent.
~~~

14

Pernette Croz rompit le silence en répétant :

— C'est moi, la première.

Elle avait rattrapé le groupe immobile. Elle s'était approchée sur Roussette avec Ventura et Choucas sans que personne n'en prît conscience. Le chien renifla le complet-jaquette à l'entrejambe pour voir s'il avait affaire à un mâle dominant. Le comte recula avec nervosité. Lino rappela son berger qui vint se placer à ses pieds.

— Impossible ! décocha Quitterie. Vous pourriez être ma mère.

— C'est que j'y suis grimpée il y a longtemps. En 1808, exactement. J'avais trente ans.

— Vous dites qu'il y a trente ans en arrière, vous êtes parvenue au sommet du Mont-Blanc, à l'âge de trente ans.

La comtesse le disait pour s'en convaincre. Il y avait dans sa voix un grand désappointement qu'elle cherchait à faire passer pour de l'admiration. Pourquoi cette première appartenait-elle à une autre ? Pourquoi ce succès n'était-il pas voué à sa seule gloire ? Soudain, elle parut être de ces femmes chez qui la réussite d'une autre femme aiguillonne la conscience de ses propres échecs. Le morceau de bravoure qu'elle venait d'accomplir aurait dû lui procurer de la fierté. Or elle éprouvait plutôt de l'humiliation, car une servante l'avait fait sans moyens financiers, trois décennies plus tôt.

Quitterie allait poser une autre question quand elle ressentit une sensation d'étourdissement. La chaîne de montagnes ondula comme un linge battant au vent. Épuisée, elle demanda qu'on lui serve une tasse de cidre.

— Laissez-moi y ajouter quelque chose de sérieux, dit Gabin en y versant une rasade de gentiane.

C'était tout ce qu'il avait trouvé pour la secourir. Il était trop tard pour lui prendre la main, l'embrasser ou lui dire ce qu'il aurait dû lui exposer plus tôt. Elle but la mixture, s'ébroua sous l'alcool. Et la voilà requinquée, la bouche pleine de questions :

— Avec qui êtes-vous montée ?

— Avec Payot, Ponce et Balmat.

La comtesse regarda, interloquée, les tresses cendrées sur le devant du corps, les yeux bistre, le petit nez de chatte. Non seulement Pauvrette avait accompli cette prouesse des lustres en arrière, mais encore avec le vainqueur du Mont-Blanc !

Voyant son air incrédule, Pernette expliqua :

— Les guides voulaient que je devienne célèbre. Ils pensaient qu'après ça, les touristes voudraient me voir. Que je toucherais assez d'étrennes pour arrêter de travailler dans les hôtels et me marier.

— La chose a-t-elle eu l'effet escompté ?

— Non. Elle est passée inaperçue.

L'ascension avait eu lieu à la dernière minute. La presse n'avait pas été prévenue ; quand bien même, aucun journaliste ne se serait déplacé. En 1808, on ne prêtait pas attention à une sortie entre guides. C'était la notoriété et le rang du client qui faisaient la publicité d'une course. Et personne ne s'intéressait aux filles d'auberge.

— Je vous confirme l'aspect très confidentiel de votre grimpée, médit la comtesse. J'ai lu des dizaines d'ouvrages sur la conquête du Maudit et votre nom n'apparaît dans aucun. Il n'est même jamais fait mention d'une femme ayant tenté l'ascension.

— Il n'y a que les montagneux qui le savent, commenta Pauvrette, indifférente à la raillerie.

— Vous voulez dire les guides de l'époque ?

— Les guides, et les autres.

— Quels autres ?

— Tout le monde, répondit Annibal.

L'intervention de son frère la surprit. Son étonnement augmenta encore quand il précisa :

— Le syndic, le notaire, les porteurs, les boutiquiers, les cristalliers, les aubergistes, les hôteliers...

Quitterie mordilla sa lèvre supérieure. Cette information lui causait une gêne insupportable. L'impossible était-il devenu réalité ?

— Pas le curé, tout de même ?

— Tout le monde, répéta-t-il en faisant quelques pas vers sa sœur qui recula d'autant.

Son menton trembla, mais elle ne se délesta d'aucune larme. Elle tendit sa tasse devant elle, crut lire de la compassion mêlée d'inquiétude dans le regard de Pauvrette. Bourvil lui versa du cidre, Gabin de la gentiane. Ce n'était pas le moment de chipoter la gnôle.

— Allez-y doucement ! sermonna le comte. Elle ne supporte pas l'alcool.

Quitterie lui lança un regard de travers. Elle comprenait maintenant pourquoi Pernette Croz avait le droit de s'asseoir devant le premier rang de l'église : elle faisait partie des personnalités du bourg. En foulant la cime du Maudit, elle était à jamais la première femme, tout comme Balmat était le premier homme. Une sorte d'Adam et Ève de l'alpinisme. Pionniers pour l'éternité.

— Pourquoi personne n'a-t-il jugé bon de m'en informer ? s'enquit-elle avec une exaspération tout juste contenue.

— On craignait de vous voir renoncer si vous l'appreniez, expliqua Ventura qui avait gardé le silence jusque-là.

— Depuis la catastrophe Hamel, les touristes continuent de venir au bourg, mais on a moins de travail, révéla Villeret.

— En vous ramenant saine et sauve du Maudit, c'est la confiance qu'on ramène à la Compagnie, crut bon d'ajouter Blier.

— Nous avions besoin d'un exploit comme le vôtre, justifia Noiret.

Quitterie réalisa que les villageois avaient fait bloc pour étouffer dans l'œuf toute espèce de rumeur qui aurait pu nuire à la bonne marche de l'expédition. Elle tourna une mine atterrée vers Gabin, gêné de se trouver au milieu de cet embrouillamini d'explications. Elle était arrivée au bourg si pressée d'escalader qu'elle ne s'était pas interrogée sur les moyens d'existence des habitants. Ils manquaient de tout, alors qu'elle n'avait jamais manqué de rien.

— Vous parlez d'un exploit ! s'attrista-t-elle. J'ai seulement refait ce que mademoiselle Croz a accompli il y a trois décennies.

— Je ne compte pas, la rassura celle-ci. Pour preuve : tout le monde m'a oubliée.

— Tu es tombée dans l'oubli par excès de modestie, dit Bourvil.

— C'est vrai, reconnut Pernette. Vu que j'ai été poussée et portée, je n'ai jamais considéré que je l'avais vaincu.

— Seriez-vous parvenue en haut autrement que sur vos jambes ? interrogea Quitterie qui secouait la tête sans comprendre.

— J'étais à moitié morte, justifia la montagnarde, peu soucieuse d'aggraver son cas. Je n'avançais plus, alors les guides se sont relayés pour me porter au sommet.

— Quel mérite d'aller au Mont-Blanc sur le dos d'un autre !

— C'est pourquoi je n'ai jamais demandé d'étrennes aux touristes. Mon seul gain, c'est d'organiser des dîners pour ceux qui vont au sommet. Mais c'est peu. À peine vingt invités en trente ans.

Quoique les montagneux lui eussent donné tous les éclaircissements, la comtesse semblait à peine y croire. Et pourtant, c'était la stricte vérité. Il n'était nul besoin de chercher d'autres causes à cette situation grand-guignolesque, l'explication résidant en une combinaison équivoque de facteurs. En montagne, la tradition était de s'entraider. Depuis l'arrivée des étrangers, la pratique était de se taire.

— Grâce à vous, les journaux parleront de nous autres, argua Ventura. Les touristes voudront nous prendre pour guide.

Les journaux... Dans l'instant, tout s'affola en Quitterie :

— Eudes est-il au courant de ma deuxième place ?

— Mademoiselle Croz lui a tout raconté, médit le comte.

— Il savait qu'une femme était montée avant vous, expliqua Pernette. Il voulait publier l'information sans attendre. Vu qu'il ignorait qui était la première, j'ai fait un troc avec lui : je lui donnais son nom s'il différait son annonce de quelques jours. Sans quoi les journalistes seraient repartis avant même votre retour au bourg.

— J'imagine qu'il vous a grassement payée pour ça.

— Je n'ai pas touché un sou. Votre frère pourra vous le confirmer. Il m'a espionnée tout du long.

Celui-ci confirma ses dires d'un mouvement de tête agacé.

— J'avoue ne pas saisir vos motivations, dit la comtesse.

— Je l'ai fait pour votre mère.

— Qu'est-ce que notre mère vient faire ici ? se contraria Annibal, inquiet du tour que prenait la conversation.

— C'est ce qu'elle voulait pour votre sœur, rétorqua Pernette sans se laisser intimider.

Quitterie resta statique, mais pas immobile. Elle regarda le sol quelques instants. Était-ce la gêne vis-à-vis de cette femme qui perdait la tête, ou la tristesse d'évoquer la défunte dans ce contexte qui abaissait ses paupières rosées ?

— Vous ne savez rien de ma mère, murmura-t-elle.

Une poignée de secondes plus tard, elle releva la tête, tendit de nouveau sa tasse. Son air bilieux contredisait la placidité de ses gestes. Elle se donna de la constance en buvant lentement le mélange. L'alcool lui monta aux joues. Elle jeta un œil sur le Maudit, sourd au fracas de ses rêves qui s'écroulaient. Elle ne savait plus quoi penser des gens qui l'entouraient. Son frère était-il son allié ou son adversaire ? Gabin était-il son ami ou son ennemi ? Pernette était-elle sa rivale ou sa complice ? La comtesse d'Arcy de Beauséant se sentit affreusement vulnérable.

~~~

Bonne à tout faire

Par E. de la Froutte
(4e article rejeté par le journal)

On connaît maintenant l'identité de la femme aux tresses enfantines. Il s'agit d'une vieille servante qui sert de bonne à tout faire aux célébrités de passage. La scandaleuse George Sand, responsable d'un tohu-bohu à l'Hôtel de l'Union où elle droguait ses amants avec des cigares roulés dans des feuilles de datura. L'excessif Alexandre Dumas, persona non grata au royaume de Sardaigne pour avoir mis le feu à la Dent du Chat. Et maintenant les d'Arcy, ce couple soi-disant fraternel. Cette domestique, surnommée Pauvrette, semble n'avoir que des fréquentations désastreuses !
~~~

15

Quitterie éprouvait un malaise indéfinissable. Peut-être se sentait-elle piégée par l'attitude des montagneux. Tous savaient, mais personne n'avait rien dit. Pas même Gabin qu'elle avait suivi les yeux fermés, comme elle l'avait toujours fait avec Annibal. L'amour, quelle duperie ! La famille, quelle tromperie ! Il ne restait que l'amitié. Etait-ce aussi une escroquerie ? Un seul nom n'avait pas été évoqué dans cette cabale contre elle.

— Ma soubrette ? s'enquit-elle, le visage soudain déformé par l'incertitude. Était-elle au courant, elle aussi ?

— Jeanne-Alice n'en savait rien, lui assura Ventura qui avait caché les choses à la bonne malgré son penchant pour elle.

— C'est exact, confirma Pernette en toussant d'une toux sèche et courte. J'ai attendu que vous soyez au bivouac pour le lui dire. Elle a aussitôt fait partir un pigeon avec un billet à la patte, pour vous prévenir. Mais l'oiseau est revenu avec son message.

La comtesse songea que sa femme de chambre était la seule personne honnête et loyale de son entourage. Tous les autres avaient monté contre elle la conspiration du silence. Elle attarda ses yeux sur Gabin. En lui proposant de vivre ensemble à Chamonix, elle lui avait avoué son amour avec une intensité qu'elle ne s'était pas autorisée depuis Eudes. Il baissa le front, honteux. Il la savait rudement heurtée.

Elle reporta son attention sur les autres protagonistes de l'histoire. Aucun ne mouftait. Non contents de briser le rêve de sa vie, ils lui rendaient le retour au bourg pénible et l'avenir bancal.

— En tournant la situation au mieux de vos intérêts, vous m'offrez en pâture à la presse et à la foule, reprocha-t-elle à la cantonade. Tout le monde va se payer ma tête.

— C'est l'inverse, la rassura Pernette. Les gens sont venus pour applaudir la première femme alpiniste.

— Permettez-moi d'en douter !

La voix de Quitterie trahissait de l'ironie, mais aussi de l'anxiété. Or, la montagnarde n'avait fait cette remarque que parce qu'elle pensait sincèrement ce qu'elle s'apprêtait à expliquer ensuite.

— La première femme au sommet, c'est à la portée de n'importe qui. La preuve : j'y suis parvenue. Mais la première femme alpiniste, c'est un autre registre. Plus prestigieux, plus professionnel. Plus masculin. Les gens vont vous prendre au sérieux.

Étonnamment, le comte apporta de l'eau à son moulin :

— C'est vrai. J'arrive du bourg et je vous assure que vous ne trouverez personne pour vous moquer. C'est la gloire qui vous attend.

Il avait l'air certain de ce qu'il avançait.

— Tout le monde est impatient de vous célébrer ! renchérit Gabin, comme si c'était l'évidence même. Le syndic a prévu une cérémonie officielle en cas de victoire.

Quitterie s'estomaquait de constater que, comme dans une mise en scène bien réglée, les acteurs rivaux s'accordaient désormais pour la convaincre de retourner à Chamonix. Son frère et son amant réussissaient le tour de force de s'unir pour éviter sa fuite vers Genève – elle avait évoqué l'idée folle de gagner la Suisse par les cols, tel un contrebandier. Les mains énervées, elle chercha Mémento dans sa poche. La rougeur déborda de ses pommettes pour envahir le reste de son visage. Depuis toujours, l'alcool la rendait cramoisie. Elle écrivit rageusement, en diagonale sur une page entière :

On m'a volée comme dans un bois.

Le ciel était bas. Des lourds nuages pesaient dans l'atmosphère électrique. Il régnait une lumière comme celle qui précède les violents orages. Elle balaya le groupe du regard. Ses lèvres se plissèrent en un sourire amer. Elle dit froidement, tout d'une traite :

— Vous m'avez tous tellement menti que je peine à vous croire. Mais si succès il y a, je refuse que vous y preniez part. J'irai donc seule au-devant de la foule. J'espère que l'accueil confirmera vos dires, sans quoi vous pourrez me mettre au nombre de vos ennemis.

À cette annonce, les mines s'allongèrent, mais personne ne trouva rien à répliquer.

Gabin resta quelques instants figé, hypnotisé par le regard tempétueux de Quitterie. Il y avait dans ses yeux devenus pourpres quelque chose de définitif qui lui pétrifia tout l'être. Elle se mit en route alors que des gouttes de pluie formaient des taches sur les rochers. Les guides la laissèrent prendre de la distance avant de se lancer, suivis par Pernette sur Roussette, puis Annibal. Choucas fermait le cortège. Le chien de troupeau voulait garder un œil sur le complet-jaquette qu'il associait plus à un loup qu'à un mouton.

La comtesse marcha droit devant elle avec une assurance qu'elle ne ressentait nullement. Son bel avenir de femme victorieuse et amoureuse venait de se déchirer tel un journal intime découvert par un père sévère. Ses prunelles s'embuèrent. Parce qu'elle refusait que les larmes massées derrière ses paupières ne coulent devant les longues-vues qui la scrutaient, elle les ravala, les transforma en rage. Elle expulsa sa colère en tapant ses brodequins par terre. Que ne s'était-elle libérée plus tôt de ses illusions vis-à-vis des hommes ?

Il se mit à tomber des hallebardes. Elle leva la tête, but à bouche que veux-tu les cataractes de pluie pour effacer le goût âcre de la trahison. Ce fut le moment que choisit le syndic pour faire tirer une boîte – mortier rempli de poudre qui faisait office de canon. Ce coup de canon en son honneur fut, au regard de l'amour qui l'abandonnait, une consolation. Aucun élément, fût-il déchaîné, n'aurait pu empêcher Quitterie d'infléchir le cours des événements. Maintenant qu'elle avait fait le plus ardu en terrassant le géant blanc, rien n'eût paru plus absurde que de renoncer à la gloire.

Nouveau coup de canon.

Quelques onces de satisfaction montèrent en elle. De son bras droit bien haut, elle salua à la muette à l'intention des jumelles braquées sur elle. Déjà, elle ressentait l'attrait de la notoriété. Un nouvel horizon se profilait. Le chemin de la libération se traçait devant elle. C'était incroyable ce que les choses pouvaient changer en une grimpée. Elle éprouvait le pouvoir de décider de sa vie. Ce pouvoir que son père et ses frères possédaient de naissance. Ce pouvoir qui venait d'échapper à Eudes : malgré les quatre articles racoleurs qu'il avait proposés à *La Feuille de chou*, c'était le dénommé Hugo qui faisait la une avec sa chronique distillée à l'eau de rose.

Dernier coup de canon.

La comtesse distingua un fatras de silhouettes, de chapeaux, de bras levés. La foule s'épaississait. Avant d'entrer dans le bourg, elle s'arrêta pour regarder derrière elle. Les yeux lui cuisaient ; la tête lui tournait de fatigue et d'alcool. De la gnôle ne restait que la nausée. Tout lui soulevait le cœur : les bobards, la duperie, l'hypocrisie. Elle devina les silhouettes de son frère et de son amant entre les grands rais de lumière traversant la pluie.

— Maintenant que les hommes quittent ma vie et que le sang se retire de mes joues, il ne manquerait plus que la vue fausse compagnie à mes yeux, ironisa-t-elle à haute voix.

Gabin, qui l'observait sans discontinuer, avait remarqué

qu'elle s'était retournée. Pris d'une soudaine tristesse, il la regarda s'éloigner, la bouche sèche, le cœur en capilotade. Il s'en voulait d'autant plus de sa déloyauté qu'elle lui avait demandé de payer tout le monde rubis sur l'ongle. Elle avait prévu des bonis sous la forme d'un rouleau de 100 francs pour chacun des participants, y compris les rantourneurs. En outre, les guides seraient gratifiés d'une pièce de 20 francs en or à titre d'étrennes. Il se blâmait d'avoir leurré d'absurdes espoirs cette femme entière et honnête. Cette femme qu'il aimait. Plus tard, il irait lui demander pardon d'être un aussi mauvais compagnon.

Le comte d'Arcy voyait les choses autrement. La brusque rébellion de Quitterie l'avait surpris. Il l'avait cru plus inféodée à lui. Or, l'oiselle s'était échappée de sa cage dorée pour céder au béguin avec le premier venu. À présent, frère et sœur ressemblaient à deux amants brouillés qui se tournent le dos après des années d'amour insurpassable. Cette folle envie de liberté qu'éprouvait sa cadette lui rappela l'intensité de ses amours anciennes. Puisque leur couple fraternel était éclaté, Annibal n'avait plus besoin de rester garçon. Et cela tombait bien. Depuis quelque temps, il lui arrivait d'envier ceux de ses camarades qui se retrouvaient, le soir, en famille.

~~~

Quelle gloire pour les femmes !

La Feuille de chou, 5 septembre 1838
Par V. Hugo

Toute la vallée de Chamonix est en joie ! Il y a des scènes de liesse inouïes. Depuis la première de Balmat, aucun événement n'a créé une telle émotion : hier, une femme a gravi le Mont-Blanc. Il s'agit d'une Française. Ses guides louent son inaltérable bonne humeur face aux difficultés.

Le syndic a fait tirer des coups de canon en l'honneur de cette dame qui a grimpé à quinze mille pieds. Les villageois se sont précipités hors des maisons pour la voir. Les notables ont fait cortège pour l'accompagner à son hôtel qu'elle a mis des heures à rejoindre tant était nombreuse la foule bordant la route. Le nom de Quitterie d'Arcy restera gravé pour l'éternité à côté de ceux des pionniers de l'alpinisme.
~~~

16

Quitterie avait l'esprit agité par son retour triomphal : la route bordée de gens applaudissant, les balcons garnis d'admirateurs, l'escalier de l'Union qu'elle n'avait pu gravir sans serrer quantité de mains, le siège de sa suite fait par les étrangers de distinction venus la féliciter, les clients de l'hôtel désireux d'obtenir un autographe.

Quel succès ! Quatre heures de rencontres durant lesquelles tout n'était que respect, estime, admiration et vénération. Finalement, je ne regrette pas d'avoir été privée de la première place.

Le docteur vint l'ausculter dans sa chambre. Ayant pris un bain, elle le reçut les pieds dans des pantoufles. Il examina ses yeux. Elle apprit que l'extrait de saturne contenu dans l'eau blanche était en fait de l'acétate de plomb, déconseillé en cas d'ophtalmie des neiges. Le médecin lui lava les globes oculaires à l'eau calmante de bleuet, lui prescrivit un potage de santé, une soirée au lit et une journée au calme avec les rideaux tirés pour reposer sa vue. Il se chargerait d'expliquer au monde qu'on devrait attendre un peu pour la célébrer.

Sa patiente se conforma à ses conseils qui lui permettaient d'échapper au festin avec les guides, au dîner chez Pernette et à la cérémonie donnée par le syndic. Elle n'avait envie de voir personne. Pour un motif légitime : les gens du cru l'avaient jugé assez confiante pour la berner et Gabin l'avait estimé suffisamment amoureuse pour la duper. Quel dépit de réaliser qu'il ne valait pas mieux que son frère !

Parlons-en d'Annibal, justement.

Alors qu'il débouchait dans le couloir, le médecin lui barra l'accès à la suite de sa patiente dont l'état nécessitait un repos absolu.

— Votre patiente n'est autre que ma sœur. Je vais donc passer outre.

— Les visites sont interdites, et cela vaut pour tout le monde.

Des éclats de voix résonnèrent dans le corridor, suivis d'une bousculade. Des « Ah, bon Dieu non ! » et des « Oh, que si ! » s'éructèrent en gerbes à travers le mur. Puis un grand bruit retentit, comme si on avait ouvert une porte avec tant de force qu'elle avait rebondi contre la cloison. La comtesse dressa l'oreille. Des pas précipités se firent entendre. La porte de sa chambre s'ouvrit à toute volée et Annibal apparut sur le seuil, un masque de colère sur le visage. Il s'avança avec une contenance hautaine vers sa sœur alitée. En découvrant ses yeux injectés de sang, il s'enquit de sa santé. La réponse fut une volée de bois vert parce qu'il était une nouvelle fois entré sans frapper. Vu qu'il se croyait tout permis, elle l'interrogea sans prendre de gants.

— N'as-tu rien à me dire au sujet de notre mère ?

— Rien que tu ne saches déjà.

Elle vit que sa question le privait de l'assurance qu'il avait affichée en entrant.

— Ta voix sonnait étrange quand tu as reproché à Pernette Croz d'évoquer notre mère.

— Je déteste que les gens qui ne l'ont pas connue parlent d'elle.

— Comment est-elle morte ?

— Mais enfin, tu le sais parfaitement. Qu'est-ce qui te prend ?

— Je sais ce que mon père et mes frères ont bien voulu me dire.

— Te voilà de nouveau dans tes humeurs noires ! la cingla-t-il.

— C'est toi qui m'as déprimée en chassant Eudes de ma vie.

— Un coureur de dot qui ne t'a jamais aimée ! Tout comme cet arriéré de Gabin qui te suit comme un chien attiré par ton gousset.

— Ta jalousie, Annibal !

— Ton égoïsme, Quitterie ! Tu ne t'es jamais souciée de savoir ce à quoi j'ai renoncé. Le monde pouvait crouler autour de toi. Du moment que ton existence de petite fille gâtée n'en souffrait pas, tu ne t'apercevais de rien.

— Pauvre petit garçon riche !

— Es-tu à ce point aveuglée ? railla-t-il grossièrement. Tu es incapable de t'en sortir sans moi.

Il avait l'air absolument sûr de son fait.

— Je vois, dit-elle comme si tout était limpide.

Les larmes n'étaient pas loin, mais elle les contint. Elle lui lança des duretés, lui ordonna de sortir de sa chambre, lui défendit de reparaître. Pour Quitterie, il n'était plus question que son frère pût continuer à asseoir sa domination sur elle. Il lui jeta un regard plein d'animosité, la blâma de s'être esquinté la santé. Il lui intima de pratiquer des activités conformes à son rang. De cesser ce vagabondage indigne de son âge. Après un féroce monologue au cours duquel il s'emporta, il annonça qu'il rentrait chez lui.

— Tu ferais bien d'en faire autant avant que la Froutte ne réduise ta gloriette à néant dans la presse ! Parce qu'elle restait de glace, il ajouta : Et trouve-toi quelqu'un d'autre pour te repêcher dans le lac, la prochaine fois.

Il lui restait un peu de morgue au coin des lèvres quand il claqua la porte. Il dévala l'escalier en pensant à ses frères qui lui disaient de faire sa vie. Assez vite lui vint le sentiment d'avoir sacrifié son bonheur pour une ingrate. Déjà, Annibal cherchait comment tirer du destin la revanche qui lui était due. Car il ne comptait pas comme un mince sacrifice d'avoir renoncé à Sixtine. Il avait toujours veillé sur sa cadette, la maternant dans l'enfance, la protégeant du monde extérieur, l'empêchant de commettre le pire et lui assurant des revenus confortables. Ses aînés avaient raison : le passé familial ne portait pas obligation de l'avenir. Il n'était pas le père de Quitterie, mais son frère. Et cette laisse fraternelle lui semblait aussi encombrante qu'une malle de voyage chargée de souvenirs inutiles et poussiéreux.

De son côté, la comtesse éprouvait l'étrange culpabilité d'une enfant sans reproche. Tout aussitôt, ce sentiment lui parut aberrant. Elle se morigéna de le ressentir, s'exhorta à consigner leur prise de bec pour ne pas la ruminer pendant des semaines.

Il y a eu combat entre mon frère et moi. Et il y a eu victoire. Quitterie 1. Annibal 0. Je me félicite d'avoir eu le courage d'affronter sa mauvaise foi.

Elle était loin de se douter que, dans le même temps, Gabin se trouvait à quelques mètres seulement. Il avait écouté les bribes d'altercation entre les d'Arcy, posté dans l'escalier de service. Encouragé par le départ du comte tonitruant, il s'engagea dans le couloir où régnait maintenant un lourd silence. Il toqua à la porte.

— Entrez ! dit-elle en pensant que c'était le docteur qui revenait.

Le cœur chamadant, il poussa l'ouvrant, gagna la chambre. Ses paupières se plissèrent tels les soufflets d'un accordéon pour distinguer son amante dans la pièce éclairée par le feu de cheminée. Alanguie sur le lit, elle jeta un coup d'œil surpris vers son guide qui lui répondit d'un sourire contrit. D'entrée, il chercha à éclaircir la situation, sans se trouver des excuses pour autant. C'était poignant. Le visage de Quitterie resta impassible, mais son cœur battait à grands coups douloureux. Elle avait mal. C'était la plaie vive qui saignait dans sa poitrine tandis qu'il lui parlait doucement. À un moment, elle n'écoutait plus. Elle réfléchissait. Il s'en rendit compte. Se tut.

Elle lui demanda de s'expliquer encore. Elle voulait comprendre pourquoi il lui avait caché la vérité. Pourquoi il l'avait autant blessée. Alors il dit qu'il était le pire des abrutis, qu'il regrettait d'avoir aussi mal agi :

— Quand bien même j'ai menti par mon silence, il faut me croire quand je dis que je t'aime.

Des mots bruts. Sans théâtralité. Sincères, selon toute apparence.

— Pourras-tu me pardonner ? supplia-t-il.

Elle inspira longuement, gonfla ses poumons, retint l'air, puis l'expulsa avec force. Elle avait des blessures fraîches. Des blessures qu'il fallait laisser guérir.

— Ce que tu me demandes est au-dessus de mes forces. Je rentre chez moi et ne reviendrai pas.

La voix féminine s'étrangla sur ces mots qu'elle n'était pas certaine d'avoir prononcés tout haut. Mais au regard de son vécu, sa défiance au sujet des hommes n'était que trop fondée. Gabin la fixa avec des yeux éperdus de consternation. Il était trop tard pour lui dire toutes les choses qu'il aurait aimé lui dire et qui devraient être comprises d'un seul regard. Regard qu'elle lui refusa en détournant le visage.

Il quitta la pièce en silence, la tête basse, l'air accablé.

À présent seule dans l'espace clos de sa chambre, Quitterie subissait un accès de tristesse. Des larmes coulèrent le long de ses joues livides. Elle les essuya à la hâte quand elle comprit que Jeanne-Alice venait lui rendre visite : le bruit de ses béquilles l'annonçait de loin dans les couloirs.

— Ma soubrette ! Quelle bonne surprise ! Approchez !

Elle trouva dans sa venue un secours inespéré, un apaisement. Jeanne-Alice : sa loyauté, son dévouement, l'excellence de son service. Cette femme n'était pas une domestique. C'était son amie. Celle qui avait fait partir un pigeon pour la prévenir. La comtesse se sentait proche de cette vieille demoiselle que son fiancé avait abandonnée devant l'autel. Que de liens elles avaient créés en dix ans de vie commune ! Chacune avait tout appris de l'autre au fil des jours.

La blessée approcha clopin-clopant, lâcha ses béquilles pour prendre sa maîtresse dans ses bras. C'était ce comportement familier que le comte d'Arcy lui reprochait. Après une étreinte chaleureuse, elles se promirent de ne rien se cacher de ce qui s'était passé ces deux derniers jours. D'entrée, sa bonne voulut mettre les choses au point car un serrement la poignait à l'idée d'être soupçonnée de trahison. Quitterie soulagea les inquiétudes de sa soubrette qui voulait aborder un sujet délicat.

C'était si difficile à dire qu'elle boula ses phrases, comme si ses mots culbutaient les uns sur les autres :

— Monsieur le comte m'a contrainte à donner ma démission en disant qu'une infirme ne vous serait d'aucune utilité. J'ai dû quitter ma chambre. Je me suis retrouvée dehors. C'est Marie qui m'a recueillie grâce à Pauvrette qui partait à votre rencontre avec des vivres. Elle vous fait dire que votre dîner est reporté à demain soir.

La bonne s'interrompit en voyant les épaules de sa maîtresse qui se soulevaient pour une profonde inspiration tandis que ses paupières se fermaient. Une fois de plus, Annibal s'était mêlé de sa vie !

— J'ai honte du comportement de mon frère, avoua-t-elle alors qu'une expression de lassitude gagnait ses traits fatigués.

— C'est mieux comme ça, Mademoiselle. Monsieur était toujours derrière moi, à m'espionner, à me…

La femme de chambre cherchait les mots adéquats.

— À vouloir me prendre en faute, dit-elle finalement. Toutes les nuits, je me réveillais en peur.

Jeanne-Alice avait sa maîtresse en affection mais ne supportait plus l'inquisition malveillante du comte. Et cette manie d'entrer dans sa chambre sans prévenir…

— Vous allez donc me quitter ? demanda sa patronne, plus sur le ton de l'observation que d'une question.

— Je le regrette sincèrement. Mais j'en ai assez de disputer le maintien de ma place.

Quitterie secoua les oreilles de dépit. Annibal avait gagné.

— Que puis-je dire pour vous faire changer d'avis ?

— Ma décision est prise, Mademoiselle. Je vais rester ici.

— Ici ? Mais enfin, vous avez le mal des montagnes !

— Je m'apprivoise avec elles. Je me sens de moins en moins en un pays sauvage.

Quitterie regarda la position déhanchée de Jeanne-Alice qui garderait probablement une boiterie malgré les soins médicaux.

— Je vais vous donner de l'argent pour vous dédommager de cet accident et vous loger. Mais ensuite, de quoi allez-vous vivre ?

— Ventura m'a offert de tenir son magasin quand je serai remise. Il dit qu'il ne s'en sortira pas sans aide avec l'afflux des touristes qui vont louer ses services grâce à votre exploit. Il a commis une erreur en vous cachant les choses, mais je comprends pourquoi il a fait ça. Je sais ce que c'est que d'être pauvre. Et puis, je ne veux plus être au service de personne. Je veux agir à ma guise. Disposer librement de moi.

Elle rougit parce qu'elle n'en revenait pas d'avoir osé dire ça à sa maîtresse qui avait toujours été si généreuse avec elle.

— Me pardonnerez-vous un jour ? demanda la comtesse, des cailloux plein la bouche.

— De quoi donc ?

— De n'avoir pas su vous protéger de mon frère.

Des larmes dans les yeux, sa femme de chambre opina vivement de la tête. Sa coiffe de boniche glissa dans sa nuque, libérant une cascade brune et soyeuse.

— Permettez que je vous arrange un peu, dit l'aristocrate.

Elle coiffa les cheveux de sa soubrette en un chignon haut perché, habituellement réservé aux dames bien nées. Elle la parfuma d'Eau admirable de Cologne, lui fit cadeau du flacon fuselé d'un geste spontané. Puis, elle servit deux verres de porto, comme si c'était elle, la domestique. Toutes muettes, les deux femmes restèrent un long moment face à face avant de boire ensemble le vin d'adieu.

Quitterie entendit les béquilles s'éloigner. Dans la solitude de sa suite, personne ne pouvait la voir, mais l'émail de ses yeux teintés de sang brillait de mélancolie. Elle allait devoir affronter l'avenir sans sa soubrette à ses côtés. Elle se mit à sangloter, persuadée d'avoir perdu une amie sincère.

~~~

Retour de jeunesse

La Feuille de chou, 6 septembre 1838
Par E. de la Froutte

Mlle d'Arcy, qui combine une carrière d'alpiniste avec un calendrier mondain chargé, court le guilledou avec le guide-chef de son expédition. Annibal d'Arcy a beau s'appliquer à démentir certaines insinuations à propos de sa sœur, cette histoire galante se nourrit de tous les on-dit. À cette période critique de leur vie où les femmes subissent le retour d'âge, c'est un retour de jeunesse qui prend la comtesse par les gambettes. Elle semble ignorer combien vite les hommes se lassent d'une antiquaille.
~~~

17

Je n'ai pas dormi. Ou peut-être que si, puisqu'une voix de femme me parlait. Ma mère était là, qui marchait sur la pelouse du Jardin, les pieds nus dans les fleurs. Elle me murmurait de la retrouver ce soir chez Pauvrette. Quel rêve étrange !

Confinée dans sa chambre pour la journée, Quitterie observait la vie du bourg, cachée derrière les rideaux tirés. Les gens vaquaient à leurs tâches routinières dans leurs vêtements aux couleurs de terre et de pierre. Ses yeux la cuisaient encore, mais elle voyait mieux. Dans l'après-midi, elle aperçut Pernette avec un panier de provisions. Après avoir pensé lui faire faux bond, elle se prépara pour son dîner, prétextant pour elle-même d'en avoir fait la promesse. Pour dire vrai, les paroles au sujet de sa mère avaient suffi à la faire changer d'avis. Comme s'il se dégageait de la montagnarde une attraction qui allait croissant malgré la rivalité que la comtesse éprouvait – d'autant plus absurde que sa concurrente ne tirait aucune gloire de sa victoire.

La dame arrêta son choix sur une robe d'une grande simplicité – que sa bonne avait eu la bonne idée de ranger dans ses bagages. Malgré ce désir de discrétion, elle était dans un état d'excitation plus proche d'un rendez-vous galant que d'un souper avec une femme de seize ans son aînée. Elle enveloppa un objet dans du papier journal, but quelques gouttes de kawa avant de se rendre à la Côte. Elle avait encore l'ascension de l'avant-veille dans les jarrets. Au cas où la soirée s'éterniserait, elle glissa la fiole dans sa poche de robe avec sa clef de chambre.

Elle quitta l'hôtel par la porte de service – quelle ironie de vouloir passer inaperçue maintenant qu'elle était parvenue à la célébrité ! Inspirer l'air du dehors après être restée enfermée lui fit le plus grand bien. Au coucher du soleil, elle gagna le chemin de traverse qu'elle avait emprunté main dans la main avec son guide quelques jours plus tôt. Son palpitant tambourinait dans sa poitrine. Peut-être à cause du guide, peut-être à cause de la boisson au poivre. Elle renonça à faire le tri, se refusa à penser à son amant. Ce soir, elle voulait oublier les hommes et en apprendre davantage sur Pernette Croz.

Le jour était près de manquer quand elle arriva à destination. Sa gorge se serra en apercevant le chalet voisin. La veille, elle avait substitué la raison au sentiment, mais elle n'en aimait pas moins Gabin d'un amour irraisonné. Il devait se trouver chez lui avec sa sœur et Jeanne-Alice. La comtesse avait voulu lui prendre une pension au bourg, mais sa soubrette avait refusé. S'étant liée d'amitié avec Marie, elle avait préféré rester au sein de sa famille d'accueil. Une fois guérie, elle s'installerait au-dessus du magasin où Ventura faisait des travaux pour rendre l'endroit confortable.

La montagnarde ouvrit sa porte avant même que son invitée n'eût frappé. Le panneau en mélèze était usé, les gonds étaient branlants. L'huisserie avait vécu, comme toute l'habitation. La comtesse resta un instant immobile sur le seuil, bouche bée de stupéfaction devant la silhouette drapée de bombasin – cette toile de laine et de lin. La toilette bleu canard était démodée, mais tout de même, Pauvrette avait meilleure allure qu'elle !

— Quelle robe magnifique ! la félicita Quitterie qui regrettait d'avoir choisi une tenue sans ornements.

— Elle m'a été offerte par une amie.

Elle lui fit signe de la suivre dans l'unique pièce chauffée. On entendait le bruit de ses semelles de bois à chaque pas. La comtesse sourit à l'idée que la sublime toilette bleue dissimulait les sabots rustiques de son hôte. Éclairé par des chandelles de suif, l'endroit évoquait l'atmosphère d'une chapelle dont la porte du fond mènerait à une cellule monacale – en fait, la chambre à coucher. Au mur, une patère supportait une veste d'homme dont le col était brodé d'un aigle. Quitterie reconnut l'emblème de la Compagnie. Pourquoi n'avait-elle pas fait le rapprochement ? Si Ponce avait demandé la main de Pernette au sommet du Mont-Blanc, c'était parce qu…

— Il était guide, dit Pernette qui avait remarqué son trouble.

Un silence laissa passer un ange.

— Savez-vous comment on appelle les femmes de guides ? poursuivit-elle. Les veuves blanches. Pour la raison que nos hommes disparaissent soit sous une avalanche, soit dans une crevasse. Le blanc les avale, mais jamais ne les rend. Ainsi va le monde de la montagne !

Troupeau d'anges.

La comtesse parvint à se dépêtrer de cet embarras en lui offrant l'objet enveloppé dans une feuille de journal.

La femme tressée déplia le papier, admira la pendule de voyage avec des yeux écarquillés où se lisaient la gratitude et aussi quelque chose ressemblant à de la gêne. En guise de remerciement, elle tira une chaise devant un des deux couverts disposés sur la table : une assiette de porcelaine portant l'insigne de l'Union – l'hôtel donnait la vaisselle écornée aux bonnes.

— Asseyez-vous pendant que je vais chercher le vin.

La conviée s'installa. Du pain et du jambon fumé étaient disposés sur la table de sapin. Le poêle à bois gardait au chaud un plat d'orties à la crème. Elle attendit, immobile, en regardant la nuit tomber au travers de l'unique fenêtre dont les jointures bâillaient. Savoir que Pernette était éprise d'un guide éveilla en elle une envie de lui ouvrir toutes ses pensées. Cette femme avait aimé un homme, et pourtant elle était vieille demoiselle. Quitterie n'avait plus de confidente maintenant que sa soubrette l'avait quittée. Mais ce soir, elle pourrait dire ce que cela faisait d'être une fiancée rejetée, une amante dupée. Elle pourrait expliquer que l'idée même du mariage lui semblait erronée. Elle avait gâché sa vie en croyant à l'amour filial, à l'amour fraternel, au grand amour.

À cet instant, Pernette revint avec le vin. Un peu haletante, elle remplit leurs verres, s'assit sur l'autre chaise dont le dossier disparaissait sous un châle.

— Je vais réciter le bénédicité, dit-elle en joignant ses mains, aussitôt imitée par son invitée. Le pain d'hier est rassis. Le pain de demain n'est pas cuit. Merci, Seigneur, pour le pain d'aujourd'hui ! Amen.

— D'où sortez-vous ce bénédicité ? s'écria la comtesse, ébranlée au plus profond d'elle-même.

— C'est votre mère qui me l'a appris.

Elle crut entendre un hoquet de surprise chez son invitée.

— Ainsi, vous prétendez avoir connu ma mère ?

— En effet. J'ai rencontré votre maman en 1793. J'avais quinze ans et elle avait une dizaine d'années de plus que moi. Elle était descendue à l'hôtel où je travaillais à l'époque. Elle était venue sans bagage et sans domestique, ce qui était inouï pour un membre de la noblesse sarde.

La dame sans bagage avait pris la fille Croz comme femme de chambre. Elles étaient devenues intimes par une de ces communions rapides entre deux femmes au cœur meurtri que le hasard rapproche.

— Impossible ! Jamais mon père n'aurait laissé ma mère voyager sans chaperon.

— C'est pourtant la vérité. Elle avait fui le château en catimini.

— Une fugue, dites-vous ? J'en aurais entendu parler.

Quitterie pâlit soudain, comme effrayée. Des bribes de phrases sortant du fumoir lui revinrent à l'esprit. Des lambeaux de conversations d'hommes : coup de folie, épuisement, au bout du fossé la culbute…

Pernette poursuivit son histoire en détachant chaque phrase pour lui donner plus de poids. La fugueuse lui avait confié ce qu'elle n'avait jamais osé dire à personne : elle subissait un mariage arrangé avec un vieux noble rigoriste qui ne l'aimait pas.

— Votre attirance pour Chamonix, vous la tenez de votre mère. Votre envie de vaincre le Maudit, c'est l'appel du père.

— L'appel du Père ? répéta son invitée sur un ton surpris. Insinuez-vous que c'est Dieu qui m'appelle du sommet ?

— Que non ! Je dis que vous êtes disposée aux grimpades comme l'était votre père. C'est de lui que vous tenez vos jarrets de fer.

La comtesse chercha à saisir les mots prononcés par Pernette dont la conversation allait de la cave au grenier. Elle paraissait confuse d'esprit, détachée de la réalité.

— Mon père a toujours traîné les bottes, lui répondit-elle avec un sourire triste. Il se déplaçait partout en voiture attelée. Même à la mare où j'ai failli me noyer petite, il est venu en calèche. N'importe qui aurait couru, mais pas lui.

— Vous parlez du comte d'Arcy. Moi, je vous parle de votre père. Et de l'été que votre mère a passé ici, avec lui.

Quitterie changea tout d'un coup de visage. Plus que les propos sans cohérence, c'était le ton convaincu qui l'avait frappée. Comme si son passé s'était écrit à Chamonix.

— Quel imbroglio me faites-vous là ? Ma mère n'a jamais mis les pieds à Chamonix !

Tandis qu'elle prononçait ces mots, un doute s'empara d'elle : en dehors de la famille d'Arcy, personne ne connaissait ce bénédicité.

Pernette se mit à tousser. Elle but une gorgée de vin, reprit la parole une fois la quinte passée.

— Le comte a été bien marri de ne pas savoir où votre

mère était partie. Il ne s'attendait pas à ce que sa petite épouse soumise s'échappe de sa cage dorée.

— Arrêtez ! Je ne veux plus rien entendre sur ma famille.

Un profond silence tomba sur les deux femmes. On n'entendait plus que la pendule de voyage qui battait à petits coups étouffés, tel un cœur contraint dans une poitrine cabossée.

La montagnarde voulut s'excuser sur l'inconvenance de ses propos, mais une nouvelle quinte lui lacéra la trachée. Ses épaules se contractèrent douloureusement à chaque spasme. Elle quitta la table pour aller boire de l'eau. La comtesse ne put s'empêcher de la considérer avec inquiétude.

— Est-ce que ça va ? demanda-t-elle en la voyant frissonner.

Elle se leva, saisit le châle qui se trouvait sur le dossier de chaise avec l'intention de le poser sur les épaules agitées de secousses. Mais Pernette le repoussa. Tousser lui donnait chaud.

— C'est un cadeau de mon ami Balmat, dit-elle en cherchant à retrouver sa voix rendue rauque par la toux. C'est lui qui a introduit les béliers mérinos ici. C'était un homme bon et intelligent.

L'aristocrate enroula le carré en mérinos autour de son propre cou, désireuse d'éprouver la douceur de cette laine sur sa peau. Elle repensa à la propriétaire de la mercerie Jullien-Favre à Genève qui lui avait tenu les mêmes propos au sujet de l'illustre montagnard.

— C'est un très beau cadeau qu'il vous a fait, complimenta-t-elle. Et qui vous a offert la superbe robe qui vous portez ce soir ?

— Louise de Carignan.

Quitterie tressauta. Un sentiment d'injustice poigna son cœur. Pourquoi Pauvrette avait bien connu sa mère alors qu'elle-même ne connaissant rien d'elle ? Elle eut envie de fuir. Coup d'œil en direction de la porte. Trois pas suffiraient pour sortir du chalet, ne plus rien écouter. Partir loin de toute cette histoire. Mais elle fut incapable de laisser la montagnarde dans cet état. Peut-être parce qu'elle était la seule autre femme au monde à avoir foulé le toit de l'Europe.

— Si vous ne me croyez pas, allez à l'Auberge de la Veuve. Vous trouverez sur la cheminée de beaux vers écrits par votre mère, alors qu'elle rentrait au château, le cœur gros.

Le quatrain signé *Carignan* passa devant les yeux de la comtesse. Elle l'avait recopié dans Mémento.

— Si vous étiez proche d'elle, pourquoi avoir passé sous silence votre amitié jusqu'à aujourd'hui ? Quelle intention cherchez-vous à camoufler ? Est-ce la même raison qui vous a poussée à dissimuler votre première au Maudit ?

Pernette était livide. Elle se rassit, baissa le regard comme elle le faisait toujours – travers de domestique. Son visage fané exprimait un mélange de tristesse et de stupéfaction. À l'évidence, elle ne s'était pas attendue à cette attaque.

— Je n'ai jamais caché mon attachement à votre mère dont la mort m'a profondément attristée. Je suis allée prier pour elle dans la chapelle ardente où son cercueil attendait la sépulture. Une dizaine d'années plus tard, j'ai refait le trajet jusqu'au château pour vous rencontrer. J'ai appris que vous étiez au couvent à Dijon.

— Je l'ignorais, regretta Quitterie en regagnant sa chaise à son tour, les jambes molles.

— Quand j'ai appris le décès du comte d'Arcy, je suis venue à la veillée funèbre en espérant pouvoir vous condoléancer. Mais je n'ai pu vous approcher. Votre frère Annibal avait interdit l'accès au domaine aux gens de Chamonix.

— Un vrai manipulateur, celui-là, dit Quitterie tout bas – trop bas pour son interlocutrice. Elle ajouta à voix intelligible : J'imagine qu'ensuite vous avez renoncé.

— Ensuite, j'ai attendu votre venue ici.

— Pour le coup, vous m'estomaquez ! Comment saviez-vous que je viendrais ?

— Je n'en étais pas sûre, mais je l'espérais.

La comtesse perçut dans ces propos une douce certitude, comme si les choses étaient décidées à l'avance.

— Pourquoi ne pas avoir cherché à me rencontrer plus tôt ?

— Mais je suis venue maintes fois à votre rencontre ! se justifia Pernette qui toussaillait dans son poing. À la Mer de Glace, sur le chemin du Jardin, sur le parvis de l'hôtel, au Montanvert, devant votre banc d'église. J'ai même évoqué votre mère à plusieurs reprises.

— C'est vrai. Je n'en prends conscience que maintenant. Pourquoi alors ne pas m'avoir dit les choses sans détour ?

— Vous étiez si distante quand je mentionnais Louise que j'ai pensé que vous n'étiez pas prête à entendre la vérité. Si je m'étais présentée à votre porte le premier jour, vous m'auriez jetée dehors.

Quitterie lui trouva une franchise un peu brusque. Elle songea aux jours écoulés, réalisa que la montagnarde avait tout fait pour nouer un lien avec elle en dissimulant ses véritables motivations. Comme tant de gens dans son entourage.

— Vous avez raison, rétorqua-t-elle froidement. Je vous aurais jetée dehors et j'aurais bien fait. Vous m'avez conviée à votre dîner sous prétexte de célébrer ma grimpée. Or votre but est de me raconter des sornettes sur mes parents. Je suis lasse de toutes ces faussetés.

— Ne renoncez pas à connaître votre véritable filiation !

Pernette avait parlé d'un ton ferme, mais ses yeux imploraient.

— Ne me dites pas ce que je dois, ou ne dois pas faire ! Vous n'avez aucune idée de ce que signifie vivre avec une mère fantôme.

Un fantôme dont le père crachait sur le portrait, pensa-t-elle, les yeux rougis par les larmes longtemps retenues.

— Votre mère était une femme d'une grande gentillesse, très amoureuse de votre vrai père qui sortait d'une bonne famille du peuple.

Les mots de la sexagénaire étaient saccadés par des toussements qui ne semblaient plus vouloir s'arrêter.

— Qui êtes-vous pour contester le sang noble dont je sors ?

Elle savait que sa rudesse de ton fâchait beaucoup de gens. Mais parler normalement à cet instant était aussi difficile que de ne pas laisser le tourment l'envahir.

— Je suis l'amie de Louise. Et je le resterai jusqu'à ma mort.

Quitterie réalisa que sa mère avait fait des confidences à une bonne d'hôtel. Louise était si seule, si désespérée, qu'elle avait accordé son amitié à une boniche, comme elle-même l'avait fait. Elle se mit soudain à haïr cette montagnarde qui, non contente de lui passer devant au Mont-Blanc, lui brûlait maintenant la politesse avec sa mère. Elle quitta précipitamment la table. Son coude heurta une chandelle dont le suif de chèvre coula sur le bois. La flamme se coucha l'espace d'une seconde avant de se mettre à danser en diagonale, creusant sur les visages féminins une ombre dramatique. Au moment où elle atteignait la porte, la voix de Pauvrette s'éleva.

— Vous êtes l'enfant chérie du Maudit.

La comtesse s'arrêta sur le seuil. Ces paroles ressemblaient à une incantation. Bénédiction ou malédiction ? Elle se retourna, vit la femme tressée qui toussait son âme. Elle aussi eut l'impression d'étouffer, comme si l'atmosphère du lieu se refermait sur elle. Hors du chalet, il ne lui déplut pas qu'un vent froid lui fouettât le visage. La lune était haute dans le ciel, éclairant d'une lueur argentée la dentelle de cimes et les pierres du chemin. Elle regagna son hôtel à vive allure.

Quand son invitée l'eut laissée, Pernette retrouva l'atmosphère qu'elle ne connaissait que trop bien : celle de la solitude. Elle redressa la chandelle. Pour elle, tout se passait en efforts pour rendre justice à Louise, pour ramener à l'unité ce qui était épars dans la vie de sa fille.

~~~

L'amour est aveugle !

La Feuille de chou, 7 septembre 1838

Par E. de la Froutte

La relation qui semble unir Quitterie d'Arcy et le guide-chef de son expédition alimente les plus folles rumeurs. Le bonheur de la comtesse est entaché par le mal dont elle souffre : la cécité des neiges. Ses yeux, rendus aveugles, sont trompés au point de ne pas voir que leur différence de milieu est un obstacle à leur avenir. Si brûlante soit leur liaison, elle ne durera que le temps où l'aristocrate restera à Chamonix. Sitôt qu'elle retournera dans le manège mondain, le sieur Gabin redeviendra ce qu'il n'a jamais cessé d'être : un cristallier qui fait le guide pour subvenir aux besoins de sa sœur dont le mari est mort par sa faute.
~~~

18

Quitterie ne ralentit que devant la porte de sa suite. Elle exhuma sa clef de sa poche, tourna la serrure, turlupinée par les propos obscurs mêlés de preuves irréfutables de Pernette Croz. À peine entrée, elle libéra son cou du lainage dans lequel elle étouffait de chaud ; alors seulement elle réalisa qu'elle n'avait pas rendu son châle à sa propriétaire. En l'abandonnant sur le fauteuil, elle vit qu'on avait déposé son certificat d'ascension au Mont-Blanc sur la console en son absence.

— Encore une vérité travestie ! jeta-t-elle.

Elle repensa au méli-mélo d'histoires de Pauvrette dont les mots retentissaient à ses oreilles : « … de beaux vers écrits par votre mère, alors qu'elle rentrait au château, le cœur gros ». Louise avait-elle réellement passé un été ici, à l'insu de son époux ? Avait-elle combiné le plan d'une fugue ? Aucun bonheur n'était-il plus possible pour elle auprès de son mari ? C'est inconcevable, songea Quitterie en tournant les pages de Mémento à rebours pour retrouver ses notes.

Point de plaisir n'est parfait dans la vie. Avec regret je quitte ces beaux lieux ; pour jouir, il faut être deux, or je pars loin de l'amour de ma vie… Carignan, août 1793.

Ses yeux s'embuèrent alors qu'elle relisait le quatrain. Cette histoire de fugue amoureuse eut subitement un côté plausible. Tout prenait une apparence de vraisemblance.

Quitterie porta la main à son décolleté à la recherche de sa chaîne de cou. Elle en suivit les fins maillons jusqu'à dénicher entre ses seins le pendentif en métal précieux. La pulpe de ses doigts lut pour elle les motifs frappés sur l'avers et le revers : un sujet de dévotion et un signe de noblesse. Cette médaille était tout ce qui lui restait de sa mère.

Sa mère...

Il y avait un mystère dans sa conduite.

Pourquoi Louise était-elle venue au bourg alors qu'elle aurait pu gagner des contrées moins hostiles ? Venait-elle retrouver celui qu'elle appelait « l'amour de sa vie » ? Qui était cet homme ? Pas le comte d'Arcy apparemment. Voilà pourquoi il maugréait « Le vice coloré en vertu » quand il passait devant son portrait ! pensa Quitterie. Son épouse volage avait fui le foyer conjugal, abandonné ses enfants pour rejoindre son amant.

Quel camouflet pour son père !

Son père ?

Pernette avait laissé entendre qu'elle ne sortait pas de sang noble du côté paternel. Se pouvait-il qu'elle fût l'enfant d'un autre ? Il ne semblait ni permis ni possible de le penser. Quitterie considéra la date, compta de tête. Août 1793. Elle sourcilla d'affolement.

Neuf mois avant sa naissance.

L'âme assaillie par un pressentiment, elle arpenta la chambre du compas de ses jambes toniques. Son cœur se mit à battre à grands coups. Le sang qui la travaillait lui fit porter la main à sa poitrine. Elle alla s'allonger avec la tête si bouillonnante qu'elle en oubliait presque que les yeux la picotaient.

Pas un bruit dans la chambre obscure. La pendule de voyage, offerte à Pernette, ne scandait plus son tic-tac familier.

La comtesse tourna et retourna leur conversation dans son esprit. Les mots de la montagnarde étaient comme des cailloux pointus déposés sur le chemin de son sommeil. Sa nuit fut entrecoupée par une série de cauchemars identiques. Une avalanche ensevelissait sa vie d'avant, faisant tout disparaître, jusqu'au château de Fortune.

Au matin, ce n'était ni la cécité des neiges ni la clarté du jour entre les rideaux ouverts, mais la fatigue qui brûlait ses prunelles. Le cauchemar récurrent avait mis en lumière ce qu'elle aurait dû comprendre plus tôt : le domaine familial appartenait aux descendants du comte d'Arcy et elle n'en faisait pas partie. Elle se redressa sur son séant. Son regard épuisé tomba sur le châle de Pernette posé près de son certificat ratifié par la Compagnie.

Avec cette attestation, personne ne pourra jamais m'enlever ma première au Mont-Blanc. Je suis l'heureuse usurpatrice d'un exploit. Et peut-être bien de mes droits filiaux également. Quelle est ma véritable ascendance ?

— Ma vie s'en va par lambeaux, comme la peau de mon museau, constata-t-elle face à la psyché de bois noir.

Alors qu'elle retirait des pellicules mortes de son nez pelé, elle décida de rapporter elle-même la pièce d'étoffe à sa propriétaire. La comtesse se torturait de questions, et le lainage était un bon prétexte pour retourner au hameau de la Côte. Elle enfila des brodequins qu'elle dissimula sous la même robe austère que la veille. Sans faire plus de bruit qu'une souris, elle sortit de sa suite sous le regard d'Eudes, dissimulé depuis l'heure du lever à l'amorce du couloir. Quel étonnement pour lui de voir une Quitterie aux yeux bouffis emprunter l'escalier de service en robe de faubourienne, un châle grossier sur les épaules ! Que signifie ce manège ? se dit-il.

Dehors, le soleil montait dans un ciel changeant. De la rue, elle jeta un œil discret dans le hall de l'hôtel où de nombreux journalistes semblaient attendre sa venue. Certains somnolaient, affaissés dans les fauteuils d'entrée. Elle s'éloigna à petits pas sans remarquer que son ancien fiancé la suivait en tapinois. Une fois dans le chemin montueux, elle allongea la foulée, marchant d'un pas non moins que résolu : elle allait tirer tout cet imbroglio au clair.

Arrivée devant le pauvre chalet, Quitterie constata que sa porte était ouverte. Elle s'approcha, jeta un œil à l'intérieur. Le dîner de la veille était sur la table qu'on n'avait pas desservie. Les verres de vin étaient renversés, peut-être par les souris venues manger le pain resté sur le plateau. Elle appela :

— Ohé ! Mademoiselle Croz !

Pas de réponse. Elle se décida à entrer, passa devant la table où le suif des chandelles consumées avait formé des taches grasses sur le bois. Elle traversa la pièce, se dirigea vers la petite porte du fond. Ses semelles cloutées résonnèrent dans le chalet silencieux. Elle toqua trois coups sur le bois. Le battant s'ouvrit ; le cadre était de guingois. Du seuil, elle aperçut le crucifix au mur, un petit miroir contre une poutre, des plantes séchées sur le chevet délabré, une paillasse de feuilles mortes, un drap de chanvre. Elle sentit une odeur familière. Elle inspira profondément. De la menthe. Ses feuilles étaient connues pour soulager les rhumes de poitrine. Elle avança dans la chambre, se pencha sur les plantes qu'elle reconnut pour avoir longtemps herborisé. Il y avait du saule blanc réputé pour faire chuter la fièvre, des pâquerettes pour lutter contre la toux et de la barbe-de-chèvre contre les spasmes. Pauvrette était souffrante.

— Elle est poitrinaire ! conclut-elle en se basant sur les vertus du règne végétal.

Quitterie rassembla ses souvenirs des derniers jours, lia ensemble ce qui lui sautait maintenant aux yeux : les cernes violacés devant l'hôtel, l'essoufflement au Montanvert, le teint plombé à la redescente du bivouac, la toux suffocante de la veille. La femme tressée avait donné le change, dissimulé le fait que le moindre coup de froid risquait de l'emporter. Où pouvait-elle être ?

— Pas dehors, j'espère ! s'exclama la comtesse dont la voix tendue par le souci résonna de façon étrange.

Elle ressortit de l'habitation, en fit le tour, scruta le jardin en pente. Deux chèvres mangeaient l'écorce d'un arbre. Des cochons fouillaient la terre à la recherche de racines et de vers. Des génisses paissaient au loin en faisant tinter leurs cloches. Tout semblait normal. Tout sauf cette tache bleu canard étendue au sol près du ruisseau.

La robe de bombasin !

Elle courut vers la forme inerte vêtue de la luxueuse toilette dont le drapé était relevé sur ses cuisses. Elle remarqua la maigreur de ses jambes. Pernette n'avait plus guère que la peau sur les os. Son visage était tourné sur le côté. Une tresse derrière la tête, l'autre en travers de son front blême.

Quitterie s'agenouilla, approcha son oreille de sa figure, écouta. Derrière le bruit lointain des sonnailles, elle perçut une faible respiration accompagnée d'un râle sourd.

— Mademoiselle Croz, est-ce que vous m'entendez ?

Aucun son, aucun signe de vie.

La comtesse la souleva un peu, la fit pivoter sur la hanche pour la retourner. Elle saisit le châle qui entourait ses épaules, le roula en boule, le glissa sous la tête inerte. Elle trempa ses mains dans le ruisseau, mouilla les joues blêmes d'eau fraîche, dégrafa le haut de la somptueuse robe. Une croix en bois s'échappa du décolleté de la montagnarde. Plutôt qu'un pendentif, c'était un chapelet trop gros pour son cou décharné. Pernette ouvrit soudain les paupières, regarda autour d'elle avec des yeux affolés. Elle gémit en voulant redresser sa tête. Ses lèvres bougèrent, tentèrent de former des mots, mais aucun son ne sortit de sa bouche. Le râle accompagnant sa respiration se fit plus sonore. Épuisée par ces efforts, elle referma les yeux. Sa tête retomba sur le lainage servant d'oreiller. Un grand calme s'empara de son corps. Le râle se tut.

Silence dans l'abandon du ciel.

— Oh, non, je vous en prie ! supplia Quitterie, trop accaparée pour voir qu'Eudes la regardait se débattre sans intervenir.

Elle resta un moment désemparée avant d'avoir l'idée de vérifier si le cœur de la sexagénaire tapait encore. Elle chercha son pouls, finit par sentir un léger battement sous la peau fine. Tout n'était pas perdu. Elle lui donna des claques. Un râle souleva les côtes de Pernette. Elle respirait. Mais pour combien de temps encore ?

— À l'aide ! hurla la comtesse en se relevant. À l'aide !

Elle se rua vers le chalet voisin, tambourina contre la porte.

— Quittie ! s'exclama Gabin, estomaqué de découvrir devant chez lui celle qu'il croyait repartie à jamais.

Le bonheur qui illumina le visage masculin abolit en un instant l'espace entre eux. Il lui ouvrit les bras, la regarda avec des yeux si éperdus qu'elle s'avança, se blottit contre lui avec un attendrissement dont elle tremblait toute. Lui, qui avait passé la nuit morfondu à l'idée qu'il ne la reverrait jamais, avait le cœur dans une extase ineffable. Tout était encore possible : se faire pardonner, lui instiller son amour au point qu'elle en soit tout imbibée, la garder avec lui pour toujours. Le célibat ne l'ensevelirait pas.

Ah ! L'espérance d'heureux lendemains !

Cette femme dont il était follement épris était là. Devant lui. À le regarder, pas moins émue qu'ahurie parce qu'il ne réagissait pas. Alors seulement des questions lui vinrent en tête. Que faisait-elle ici ? Pourquoi appelait-elle à l'aide ? Mais elles restèrent collées dans sa gorge tant l'angoisse sur le visage féminin était saisissante.

Sans un mot d'explication, Quitterie retourna au bord du ruisseau. Gabin fonça à sa suite, Marie sur ses talons, alertée par l'agitation. Après une seconde de stupeur, le frère et la sœur se répartirent la tâche tandis que la comtesse allait quérir un objet dans la chambre de Pauvrette. Des voisins arrivèrent, alarmés par la gravité que trahissaient les cris de détresse entendus plus tôt. Tous se figèrent en découvrant la scène. C'était irréel et fascinant ce corps inerte qui gisait au sol, drapé dans une éclatante robe de bal bleu canard.

— Je vais chercher le docteur, annonça le guide en repartant à fond de train.

Marie s'agenouilla derrière l'agonisante, la redressa en utilisant son propre corps comme tuteur. Les villageois s'écartèrent quand Quitterie revint avec le petit miroir qu'elle plaça devant le visage plus blanc qu'amidon. Un frémissement parcourut les spectateurs parmi lesquels Eudes s'était glissé pour se rapprocher de la saynète improvisée. Aucune buée ne se forma dans le miroir. La respiration ne se faisait plus.

Hébétée, la comtesse leva les yeux au ciel pour demander du secours. Mais tout ce qu'elle vit, ce fut des nuages épeurés qui se cachaient derrière les sommets comme pour fuir devant un drame à venir. Quand elle raisonna de nouveau, ce fut pour s'écrier d'une voix qu'elle ne reconnut pas :

— Comment fait-on repartir un cœur ?

Les gens présents furent effrayés par la déroute du ton.

— Avec du kawa.

Elle se retourna pour savoir qui avait parlé. C'était Jeanne-Alice, venue sur ses béquilles.

— Bien pensé, ma soubrette !

Elle fouilla sa poche de robe avec une hâte fébrile, en tira la fiole qui tenait compagnie à son carnet. Elle ôta le bouchon, colla le flacon sous les narines de Pernette.

Pas de réaction.

— Ça ne marchera pas, vu qu'elle ne respire pas ! jeta Marie, le front plissé par l'anxiété.

La comtesse saisit le menton de Pauvrette, lui ouvrit les lèvres et vida la fiole de kawa dans sa bouche. L'assistance suspendit son souffle pour scruter ce corps où la vie semblait éteinte. Il se passa encore quelques secondes dans un silence de cloître, puis les traits de la moribonde se tordirent sous l'effet du stimulant. Elle se cambra, produisit un son rauque. Tous les villageois lancèrent des hourras, sauf Eudes qui se livrait à une froide analyse pour ses prochains articles.

Prise d'un tremblement nerveux, la sauveteuse alla s'adosser contre l'arbre que la chèvre dénudait. Elle resta silencieuse en songeant que la réputation du poivrier qui faisait taper le cœur n'était pas usurpée. Elle sursauta quand une voix caverneuse retentit :

— Si vous êtes revenue pour finir le dîner, il est froid.

La poitrinaire n'avait pas l'air du tout surprise d'avoir été secourue par la comtesse. On aurait dit qu'elle s'y était attendue. Son visage ressuscité affichait une telle expression de confiance que Quitterie en aurait pleuré. Mais elle n'avait pas le droit de flancher devant celle qui était gravement malade. Elle essuya ses yeux d'un revers de manche sous le regard ému de toute l'assemblée. Les villageois relevèrent Pernette. Ils la portèrent dans son lit où elle fut veillée jusqu'à l'arrivée du médecin que Gabin avait encordé pour le tracter dans la montée. Le bon docteur commença l'auscultation séance tenante. Y avait-il l'ombre d'un espoir ?

~~~

Curieuse coutume indigène !

La Feuille de chou, 8 septembre 1838
Par E. de la Froutte

À Chamonix, il est une coutume que les étrangers victorieux du Mont-Blanc affectionnent particulièrement. On pourrait penser qu'il s'agit de la cérémonie officielle donnée en l'honneur du vainqueur par le syndic. Non pas. Peut-être la soirée à la Compagnie des guides où sont remis les certificats officiels ? Toujours pas. Alors la fastueuse fête à l'hôtel où loge le vainqueur ? Vous n'y êtes pas. Il s'agit en fait d'un dîner organisé par Pernette Croz, la servante connue sous le nom de Pauvrette. Pourquoi elle, me direz-vous ? C'est la question que tous les observateurs se posent.
~~~

19

Le docteur parlait à voix basse au couple qui se tenait près du lit de la malade, épaule contre épaule. Pernette avait cédé au sommeil sous l'effet du sirop de morphine.

— Elle ne vivra plus très longtemps.

Quitterie accusa visiblement le coup. Gabin lui prit la main de façon discrète. Il sentit ses doigts fins étreindre les siens.

— Il est possible qu'elle ne puisse plus se débrouiller seule, poursuivit le médecin. Et à ma connaissance, elle n'a aucune famille. Personne pour s'occuper d'elle.

— Elle m'a, moi, chuchota la comtesse.

— Sauf votre respect, vous n'êtes qu'une relation lointaine.

— Plus que ça, en réalité. Elle a été la femme de chambre de ma mère. Pensez-vous pouvoir la sauver ?

Il mit tellement de temps à répondre qu'elle en conclut que c'était impossible. Tout soudain, le visage du docteur s'anima.

— Pourquoi faites-vous tout cela ?

Il avait parlé comme s'il lui importait de le savoir pour se prononcer. Mais n'était-ce pas là une interrogation absurde alors que Pernette était au plus mal ? Pourtant, Quitterie n'eut pas l'air surprise par sa question. À dire le vrai, elle se la posait également. Pourquoi faisait-elle cela ? Peut-être parce que la montagnarde lui avait montré une facette de sa mère dont elle ignorait tout.

Elle prit sa respiration pour répondre avec sincérité.

— Mademoiselle Croz est venue en aide à ma mère quand elle en avait besoin. Aujourd'hui, je souhaite l'aider en retour.

Ces mots avaient coulé de sa bouche tel un flot libérateur. Quoique le mot « dette » ne fût jamais prononcé, elle se sentait en dette avec cette femme tressée. Une dette par voie d'héritage.

— Je vois ! dit-il en faisant un geste de la main en signe de compréhension.

— Je vous en prie, docteur, faites tout ce qui est en votre pouvoir pour qu'elle ne souffre pas.

— Comptez sur moi, dit-il en préparant des doses de tabac du diable, connu pour stopper la tousserie.

Il parcourut des yeux le visage soucieux de la comtesse d'Arcy. Ce n'était pas la première fois qu'elle dépensait sans compter pour soigner des gens de peu. Ne lui avait-elle pas donné un louis d'or pour panser la jambe de sa soubrette ? Il estimait que les cœurs généreux se dénotaient par cet altruisme naturel qui s'exerce parfois étrangement. D'ailleurs, n'était-elle pas vêtue d'une robe ordinaire tandis que Pauvrette ronflait en tenue d'apparat ?

Quand il fut reparti, Quitterie retourna au chevet de la malade, l'esprit absorbé par une seule pensée : qu'elle survive. Car cette femme alitée était la mémoire vivante de sa mère, la seule à savoir qui était véritablement Louise de Carignan. S'occuper de Pernette, c'était comme boire à la source de sa naissance, approcher au plus près de ses origines.

Gabin tira une chaise et s'assit tout près de la comtesse. Ils demeurèrent ainsi de longues heures, à chuchoter très bas. À murmurer une prière. À se faire des révélations sur leur passé familial respectif. À se dire l'intime de leurs sentiments. Ils ne quittèrent leur chaise que pour se rapprocher du poêle. Quitterie aspirait à boire quelque chose de chaud après s'être contentée d'un verre d'eau depuis le matin. Gabin la laissa, le temps d'aller chercher du lait chez lui.

En son absence, elle explora le petit buffet de la cuisine à la recherche d'une casserole. Elle découvrit ainsi que la marmite en étain servait de presse-papiers à des dessins. La curiosité l'incita à jeter un œil sur les sanguines représentant des paysages alpins – probablement offertes par des excursionnistes. Un dessin au fusain retint son attention. On y voyait deux femmes en déshabillé, l'une derrière l'autre. Celle qui était debout avait le visage encadré de tresses. Les joues s'étaient creusées, mais les yeux et la bouche n'avaient pratiquement pas changé. C'était Pernette jeune fille, sans conteste. Elle brossait les cheveux de la femme assise devant elle.

Quitterie plaça le portrait devant l'unique fenêtre pour l'éclairer à la lumière du jour. Elle fixa la femme assise, incapable de regarder ailleurs tant il lui semblait se voir dans un miroir.

Louise ! C'était Louise !

Aucun doute n'était permis.

C'était le visage qu'avait sa mère avant sa naissance. Un visage un peu différent que celui sur le grand portrait du château. Des joues plus rondes, des yeux rieurs.

— Maman, murmura-t-elle en passant l'index sur la sanguine.

Louise et Pernette en robes d'intérieur, comme deux amies qui se coiffent ou se fardent dans l'intimité d'un boudoir avant d'aller au bal. Dans l'intimité ? En fait, non, puisqu'il y avait forcément un dessinateur en face d'elles. D'ailleurs, l'œuvre était signée d'un nom qu'elle ne connaissait pas. Qui était cet homme autorisé à faire le portrait de sa mère en petite tenue ? La bouche pleine de questions, la comtesse se tourna vers la malade qui dormait comme une marmotte morphinée, gardant son secret.

Gabin revint sur ses entrefaites avec du lait et du miel pour préparer une boisson reconstituante. Il trouva Quitterie devant la fenêtre, pâle comme une statue.

— Regarde un peu ça, lui dit-elle illico.

En découvrant une Pernette à peine sortie de l'enfance

et une Quitterie d'une petite trentaine d'années, il ouvrit la bouche en grand, comme une truite sortie du torrent.

— C'est toi et Pauvrette ! lâcha-t-il sans parvenir à pousser plus avant la tentative d'exprimer ce que provoquait en lui ce dessin.

Quelque chose clochait. L'ordre des générations semblait être détraqué vu que la montagnarde avait l'air d'une gamine à côté de la comtesse qui était beaucoup plus jeune qu'elle en réalité.

— C'est bien Pauvrette. Et c'est ma mère qui est avec elle.

— Ta mère ? répéta-t-il sans pouvoir détacher les yeux du fusain. Tu lui ressembles comme deux gouttes d'eau.

— Pernette devait avoir quinze ans et ma mère dans les vingt-six ans. Ce dessin date donc d'avant ma naissance. Je me demande qui est ce *Victorieux* qui l'a signé.

Ce surnom remua en Gabin la corde la plus profonde. Mais il resta maître de lui face à cette question à laquelle il s'apprêtait à répondre, quand bien même un pressentiment l'avertissait qu'une perturbation s'annonçait.

— Je ne m'explique pas pourquoi elle a caché ce portrait au fond du buffet avec ces lettres, réfléchit-elle tout haut sans lui laisser le temps de placer un mot.

— Peut-être qu'elles contiennent la réponse, dit-il, soulagé de ne pas avoir à lui révéler l'identité du dessinateur.

Bouillant de curiosité, Quitterie se mit à compulser le courrier. Toutes les missives étaient de la main de sa mère. Toutes écrites entre l'été qu'elle avait passé à Chamonix et sa mort l'année suivante. Louise de Carignan confiait à la jeune Pernette ce qu'elle ne pouvait dire à personne d'autre : son époux se montrait intraitable malgré sa santé qui se dégradait. Elle se savait mourante, se désolait de laisser ses enfants derrière elle, surtout sa nouvelle-née au cou de laquelle elle avait suspendu sa médaille, pour la protéger. Elle avait fait promettre à son mari de chérir sa petite Quittie comme si elle était sa propre fille, de la laisser mener sa vie librement.

Louise estimait que le comte lui devait bien ça, vu qu'elle avait été unie à lui contre son gré, qu'elle lui avait donné ses plus belles années, qu'elle l'avait fait père de trois garçons pleins de vie qui assureraient la lignée. Dans chaque lettre, elle implorait Pernette de ne rien dire au Victorieux. Il ne devait pas savoir. Jamais.

— J'aimerais bien savoir qui est ce Victorieux, répéta la comtesse en prenant garde de ne pas faire porter sa voix.

À cet instant, des craquements de feuilles mortes se firent entendre. Pernette bougeait sur sa paillasse. Les cils qui vibraient sur ses paupières annoncèrent qu'elle allait se réveiller. Les yeux bistre s'ouvrirent, tombèrent sur la comtesse qui ne fit rien pour dissimuler les lettres qu'elle tenait en main.

De son côté, Gabin réfléchissait dans le but de dissiper son trouble. Si Louise avait fait promettre à son mari de chérir Quitterie comme si elle était sa fille, ça signifiait qu'elle était l'enfant d'un autre. Cela se pouvait-il ? Il considéra Pernette à qui il aurait aimé poser des questions telles que « Le Victorieux est-il bien celui auquel je pense ? Si c'est le cas, comment a-t-il pu dessiner Louise de Carignan dans l'abandon d'une scène aussi intime ? Avait-il accès à sa chambre alors que les étages des hôtels sont interdits aux guides depuis toujours ? Quelles relations entretenait-il avec la mère de Quitterie ? ». Mais Gabin ne voulait pas risquer de blesser sa bien-aimée qui fixait sur la montagnarde son regard interrogatif dans l'attente d'une explication qui ne venait pas.

— Je vais tout vous raconter, dit soudain la malade, comme si elle avait entendu leurs questions silencieuses.

Elle rassembla ses souvenirs, lia ensemble les morceaux de vie qu'elle avait partagés avec les protagonistes de cette histoire. Puis elle se racla la gorge avant de se lancer.

— Mlle de Carignan avait dix-neuf ans quand elle a rencontré le vainqueur du Mont-Blanc pour la première fois. À l'époque, elle était dame de compagnie de Marie-Antoinette d'Espagne – duchesse de Savoie, princesse de Piémont et épouse de Victor-Amédée III. Louise a aimé au premier regard ce bel homme de vingt-quatre ans qui recevait un titre honorifique pour son exploit des mains du roi de Sardaigne. Mais elle était membre de la noblesse sarde, promise au rude comte d'Arcy par le biais d'une union forcée. L'année de ses vingt ans, elle attendait son premier enfant. Elle lui a donné trois fils viables en sept ans, sans jamais cesser d'aimer en secret ce montagnard qu'elle n'avait pourtant jamais revu. Jusqu'à ce jour de juin 1793 où leurs chemins se sont croisés à l'Auberge de Savoie. Elle avait vingt-six ans. Elle était sans bagage, car elle venait de quitter le foyer conjugal à l'insu de son mari devenu invivable. Son beau Chamoniard avait trente ans. Il était de retour de voyage. Il ne l'avait jamais oubliée. Vu qu'il n'avait pas fait sa vie, ils sont tombés dans les bras l'un de l'autre. Après une nuit à l'auberge, ils ont fait la route ensemble jusqu'à Chamonix. Elle a passé l'été à l'Hôtel d'Angleterre où elle a pris pour bonne une blondinette à tresses.

Il se fit une pause éloquente pendant laquelle Pernette regarda ses auditeurs qui avaient compris qu'il s'agissait d'elle-même.

— En septembre, une lettre de créance a permis au comte d'Arcy de retrouver la fugueuse, reprit la malade. Il est venu à Chamonix et a ramené Louise au château de Fortune, manu militari. Elle était enceinte. Pour éviter le scandale, il a reconnu le bébé à sa naissance, et lui a donné son nom. Sa femme est décédée peu après à l'âge de vingt-sept ans. Il a honoré la promesse faite à la défunte en élevant la petite Quitterie comme sa fille.

Pernette s'ébroua pour revenir au réel de son chalet. La vision du Victorieux, hébété, qui voyait s'éloigner à jamais celle qu'il aimait, était encore dans son esprit. Et Louise qui s'éplorait comme à des funérailles dans le char à bancs qui la ramenait au domaine familial !

La mine ahurie, Quitterie regarda le drap de chanvre, le chevet délabré, le crucifix au mur. Parce qu'il faut bien porter le regard sur quelque chose quand on a devant les yeux un passé familial vergogneux. Ainsi, son père n'était pas son père et ses frères le savaient. Les deux aînés étaient suffisamment grands garçons au moment de la fugue de leur mère pour saisir quel scandale se tramait derrière la fureur paternelle. Ils en avaient informé Annibal sur le tard. Celui-ci n'avait rien voulu savoir jusqu'à sa fâcherie avec sa Quittie chérie. Aujourd'hui, il estimait avoir gâché sa vie pour une sœur qui n'était pas la fille du père, mais seulement une demi-sœur par la mère – ce qui réduisait la part fraternelle de Quitterie au quart-de-sœur.

Celle-ci connaissait maintenant son hérédité réelle. Elle était la fille du Victorieux et c'était sur les pas de son illustre père qu'elle avait marché sans le savoir. Non seulement elle peinait à le concevoir, mais encore cette nouvelle invraisemblable n'élucidait pas tout. Le désir de connaître la vérité, ce besoin d'explications qui l'avait tourmentée toutes ces années, la poignait à l'instant même. Dans quel inextricable filet Dieu l'avait-il emmêlée avant même sa naissance ?

— Il reste une chose que je ne saisis pas. On m'a toujours dit que ma mère était morte d'épuisement. Or elle semble déborder de santé sur ce portrait. Qu'est-ce qui a pu l'éreinter autant ?

— Le Mont-Blanc.

Quitterie et Gabin s'interrogèrent du regard sans comprendre.

— Elle a tenté de vaincre le Maudit avec votre père, mais le mal des montagnes l'a contrainte à redescendre le deuxième jour. Elle ne s'en est jamais remise.

— Un échec n'affecte pas le corps au point d'y laisser la vie.

— Un échec non, mais une grossesse à cette altitude, oui.

Quitterie en eut le souffle coupé. Elle se tenait debout, les lettres entre les mains, tout estomaquée de découvrir quelle femme hardie était sa mère. Non seulement elle avait tenté de terrasser le géant quinze ans avant Pernette Croz, mais encore elle l'avait fait alors qu'elle était enceinte.

— Quelle folie de se lancer à l'assaut du Maudit dans son état !

— Elle ne savait pas encore qu'elle vous attendait quand elle a tenté l'ascension. Sans quoi elle ne l'aurait jamais fait. C'était une femme amoureuse, pas une mère infanticide. Elle ne l'a réalisé qu'après. Le Victorieux n'en a jamais rien su. Il est décédé sans connaître la cause de sa mort, ni même votre existence. Ça m'a beaucoup coûté de taire ma bouche, car il était mon ami. Mais j'ai gardé le secret par respect pour Louise qui a payé de sa vie le fait de vouloir être libre comme un homme.

— C'est un miracle que tu aies survécu après être montée à quatre mille mètres dans le ventre de ta mère, releva Gabin.

— Ce miracle fait de vous l'enfant chérie du Maudit.

La comtesse regarda la sexagénaire de tous ses yeux jusqu'à ce qu'ils fussent emplis de larmes. Dans les tresses cendrées qui reposaient sur son châle en mérinos se devinaient encore quelques reflets blonds. À présent, Quitterie comprenait pourquoi le comte d'Arcy maudissait le portrait de sa mère : Louise l'avait fait cornard. Malgré cela, il avait pris soin de la petite bâtarde sans faire de différence avec ses fils. Aussitôt elle s'en voulut de s'être brouillée avec celui qui s'était comporté en père. Austère, mais juste. Au bout du compte, rien ne manquait à ce drame familial, pas même les morsures du remords. Et pour achever le tableau, elle apprit que son géniteur était mort dans d'étranges circonstances.

— Le Victorieux était porté disparu depuis des semaines quand on l'a retrouvé dans la grotte de Balme, expliqua Pernette. Il était allongé comme s'il dormait au bord du lac intérieur. Sur la fine croûte cristalline qui s'était formée à la surface de l'eau, on pouvait voir le visage de Louise gravé à la pointe du couteau par le guide avant de mourir.

Bien qu'il n'y eût rien d'amusant dans cette histoire, la

comtesse eut envie de rire tant cela ressemblait à un conte. Mais elle fit silence car la malade s'était rendormie de faiblesse. Elle avait eu la vie dure dans son enfance et avait perdu l'homme qu'elle aimait dans sa jeunesse. Qu'y avait-il de pire que d'être privée d'amour ? De son côté, Quitterie n'avait jamais manqué de rien, sauf de tendresse et d'affection. Par bonheur, les choses semblaient vouloir s'améliorer pour elle. Dans le passé, elle avait connu une froide solitude, mais avec Gabin qui entourait aujourd'hui ses épaules de sa force mâle, le poêle ronronnait. Malgré la séparation d'avec Annibal, elle était favorisée par le sort. Certes, elle ne pouvait plus compter sur son frère, mais elle n'était pas seule pour autant. En plus d'une mère frondeuse, elle avait deux pères remarquables, une sœur du Mont-Blanc et un fringant de quarante ans qui lui faisait taper le cœur.

Le couple quitta le chalet après l'arrivée de Jeanne-Alice venue les relayer au chevet de Pernette. En chemin pour l'Union, il fallait voir la comtesse et son guide se regarder d'un air ivre, s'arrêter pour s'embrasser à pleine bouche. Le seul contact de leurs lèvres leur fouettait les sens. Gabin la trouvait plus affriolante que jamais. Quitterie jugeait qu'il était impossible de lui résister, tant il l'enfiévrait.

Dans la chambre d'hôtel, leurs vêtements volèrent. Elle, sa poitrine arrogante, sa taille marquée, son ventre nu. Lui, ses attributs virils attisés par une bouffée de désir. Époustouflé de posséder une amante comme elle, il enfouit son visage glabre entre ses seins où se nichait sa médaille. Un fol emballement eut lieu ensuite. Leurs deux corps se mêlèrent, s'emboîtèrent. À la perfection.

Le lendemain, on leur porta en chambre des mets de choix avec des invitations arrivées par messagers. La comtesse d'Arcy était conviée dans les salons parisiens qu'elle avait tant convoités ces dernières années. Gabin l'encouragea à s'y rendre, pensant ainsi lui éviter d'avoir des regrets par la suite.

— Ta victoire t'appelle à Paris, Quittie. Va, vis ta gloire et reviens-moi.

Emportée par un élan d'amour envers cet homme qui avait lu en elle avec sa générosité naturelle, elle retira sa chaîne en or pour la lui mettre au cou, telle une corde.

Le surlendemain, l'aristocrate demanda son compte d'hôtel. Il se montait à 265 francs. Cette somme comprenait les nuitées passées à l'Union, les repas sur place et les vivres emportés en sortie. Elle donna en sus 15 francs d'étrennes au sommelier et 10 francs au cuisinier.

— Nous nous écrirons, n'est-ce pas ? hoqueta-t-elle au moment du départ.

Sa question mit Gabin à la gêne. S'il comptait parfaitement, il écrivait comme un sabot. En guise de réponse, il déposa sur ses lèvres gercées d'avoir trop aimé un baiser si brûlant qu'il la fit gémir.

— Tout va bien se passer, assura-t-il.

Il avait dit ça tranquillement et elle avait eu envie de le croire.

~~~

Une comtesse peu catholique !

La Feuille de chou, 9 septembre 1838
Par E. de la Froutte

C'est en voulant réanimer Pauvrette qui s'était évanouie après le fameux dîner du vainqueur que Quitterie d'Arcy a bien failli la faire passer de vie à trépas. Elle lui a fait avaler du kawa, une liqueur prohibée au royaume de Sardaigne. Non contente d'en détenir, elle a versé tout un flacon de cette potion dans la bouche de la servante à demi pâmée. La comtesse sera-t-elle bientôt persona non grata dans les États sardes, comme Alexandre Dumas ? Ce produit illicite, que son frère lui a rapporté d'un voyage autour du monde, est utilisé par les Indiens pour entrer en transe lors de cérémonies païennes. Voilà une pratique peu catholique pour une demoiselle élevée au couvent !
~~~

20

Les semaines suivantes, le froid s'installa au hameau de la Côte. Gabin passait du temps au chevet de la malade, recroquevillée dans le lit flambant neuf que la comtesse lui avait fait livrer. Le guide était souvent secondé par Jeanne-Alice qui marchait avec une seule béquille, plus rarement par Marie, surchargée avec sa carrossée de gamins. Le montagnard coupait du bois pour les deux foyers ; la béquillarde mettait à cuire. Leur âge et leur caractère s'accordaient. Et quand Pernette était réveillée, ils l'écoutaient évoquer son passé.

Un jour où la bise noire commandait dehors, elle leur raconta comment elle avait manœuvré pour entrer à l'Hôtel d'Angleterre l'année de ses quinze ans.

— Ce bon M. de Saussure y avait ses habitudes à l'époque, tandis que je travaillais encore à l'Auberge de la Veuve. Il avait inventé l'hygromètre à cheveu qu'il cherchait à améliorer. Pour ses expériences, il lui fallait un cheveu blond, plus sensible à l'humidité que le brun. Un cheveu doux au toucher et pris sur une tête vivante. Je lui ai dit qu'il pourrait tailler à la guise dans mes tresses s'il me faisait une lettre de recommandation. C'est comme ça que j'ai été embauchée et que j'ai servi Louise de Carignan. Elle venait d'arriver, sans domestique et sans bagage, mais au bras de mon ami Balmat.

— Quelle histoire ! s'exclama Jeanne-Alice, frappée d'admiration par l'audace de sa sœur de tablier.

La montagnarde leur parla ensuite du beau serveur qu'elle avait cru doté de toutes les qualités. Un monstre, en réalité. Elle raconta sa rouerie pour l'attirer à l'écart, ses mains qui serraient sa gorge jusqu'à la broyer, jusqu'à entendre qu'elle se tairait à jamais.

— La vie sauve contre la bouche cousue, s'assombrit-elle.

La respiration précipitée, elle évoqua l'enfant qu'il lui avait planté, l'indésirable qu'elle avait fait passer, ce bébé qui avait glissé entre ses cuisses. C'était une poupée qui était partie dans les flots sombres de l'Arve, une nuit de détresse. Aujourd'hui, sa rejetonne aurait quarante et un ans. Presque l'âge de Quitterie qu'elle ne pouvait s'empêcher de considérer comme sa fille. Sa voix s'étrangla.

Jeanne-Alice frémit d'épouvante. Elle mesura l'effort consenti par Pernette pour évoquer la violence, les derniers outrages, l'angoisse, la potion abortive, les douleurs, le sol taché de rouge, l'air empli d'une odeur ferrugineuse. Puis les traînées de lave emportée par le courant, la vie noyée, la solitude, le malheur pour plusieurs. Gabin baissa la tête en gardant le silence, comme si le comportement abject de ce violenteur entachait tous les hommes, salissait toutes les âmes, propageait un froid de tombeau sur l'humanité.

— Hic ! lâcha Pernette, hors d'haleine.

C'était un hoquet de fatigue. Parler la laissait haletante.

Ses gardiens de chevet lui proposèrent à leur tour de raconter leur vie en tâchant de se montrer aussi francs qu'elle.

Jeanne-Alice ouvrit le bal. Les deux autres écoutèrent, immobiles, attentifs au récit que la brunette leur faisait de son enfance à l'orphelinat, de ses années chez les sœurs, de son travail de boniche chez des dames de la haute société qui vivaient souvent en égoïstes.

— Mais ça, ce n'était rien à côté de ce qui m'attendait avec mon fiancé ! Il a tout planté là, le jour de nos noces. Il a tourné les talons devant l'autel. Il est parti comme ça, sans rien dire. Je ne l'ai jamais revu.

— Saligaud ! jeta la malade en secouant la tête.

Son tour venu, Gabin évoqua sa mère morte écrasée sous une charrette, son père qui battait la breloque parce qu'il était le conducteur de ladite charrette, son beau-frère aplati sous les pierres du Montanvert, le bébé de Marie disparu dans son ventre, les riches voyageuses qu'il s'était efforcé d'aimer avant de les voir partir sans se retourner. Sur le moment, il ne put s'empêcher de prendre entre ses doigts la médaille de Quitterie qu'il avait au cou. Entre son pouce et son index, il sentit la Vierge sur une face et l'aigle sarde sur l'autre.

Le feu mourut et le silence s'installa, de plus en plus profond. La facilité aurait été de relancer la conversation en parlant de Quitterie, mais personne ne prononça son nom.

Ah, qu'elle leur manquait !

Dans le même temps, à Paris, c'était le bleu d'altitude qui manquait au ciel, toujours gris.

Sur la façade des kiosques à journaux, les éditions spéciales arboraient des manchettes époustouflantes :

Le Toit de l'Europe balayé par des jupons !

Le Colosse défloré par une vieille demoiselle !

Le Géant blanc terrassé par la noblesse en cotillons !

C'était la première fois, depuis la Révolution, qu'on entendait un nom de femme dans toutes les bouches. On ne parlait plus que de cette aristocrate française qui avait fait aussi bien que Saussure et Balmat. La comtesse d'Arcy de Beauséant accaparait la célébrité pour elle seule, rendant les autres femmes inexistantes et les hommes transparents. Avec tous ces cartons d'invitation qui continuaient d'arriver, Quitterie remportait une nouvelle victoire. Une victoire dont le parfum pouvait porter à la tête. En la conviant, les salonnières les plus illustres lui donnaient aujourd'hui les clefs de la capitale.

~~~

La comtesse voulait éliminer Pauvrette !

La Feuille de chou, 10 octobre 1838
Par E. de la Froutte

On sait maintenant que Mlle d'Arcy avait accepté l'invitation à dîner de Pauvrette pour se retrouver seule avec elle dans un hameau isolé. Elle voulait profiter de ce tête-à-tête pour lui administrer du kawa, ce poison toxique contre lequel il n'y a pas d'antidote. Pour quelle raison veut-elle l'éliminer ? En quoi une bonne à tout faire constitue-t-elle une menace pour une aristocrate française ? Le mobile du crime est que la comtesse reproche à Pernette Croz d'avoir gravi le Mont-Blanc trente ans avant elle. Avec Balmat pour guide, excusez du peu ! C'est elle, la véritable héroïne. Voilà pourquoi c'est chez elle qu'a lieu le dîner du vainqueur. Quitterie d'Arcy s'est emparée d'un exploit qui ne lui appartient pas. Cela explique son empressement à gagner la capitale où elle se fait une gloriole avant que le tout-Paris découvre l'usurpation de titre.
~~~

21

— Je me demande quand la mort va venir, dit doucement Pernette, enfouie au fond du lit bien chaud.

Depuis quelques jours, son assurance semblait l'avoir abandonnée.

Jeanne-Alice cala sa béquille contre son chevet, s'assit au bord de l'épais matelas qui garnissait le lit. Ayant compris ce qui tourmentait la malade, elle lui prit la main pour la réconforter :

— La mort ne viendra pas avant le retour de la comtesse.

Celle-ci avait envoyé un colis à ses amis de Chamonix. Il était arrivé à *L'aventure* et Ventura l'avait aussitôt convoyé à la Côte. Un bon prétexte pour rendre visite à Jeanne-Alice qui devait s'installer au-dessus de son magasin au printemps. Le paquet contenait un pain de sucre de deux kilos pour les enfants, des chapeaux à coque ornés de plumes et garnis de rubans pour les femmes, des chapeaux galonnés en poils de lapin pour les hommes. Et une lettre dans laquelle elle leur donnait des nouvelles de sa vie parisienne. Partout, on encensait cette pionnière pour l'audace, le sang-froid et l'endurance dont elle avait fait preuve face aux dangers qu'elle avait courus.

En dehors du fait que l'aristocrate les avait gâtés avec de luxueux cadeaux, personne n'avait commenté le contenu de sa missive. Elle semblait accaparer les honneurs au détriment de Pernette qui n'avait pas réagi. Et pour cause : depuis son enfance, on lui répétait de travailler sans se faire remarquer, d'obéir sans murmure. Sa famille, ses employeurs, les clients, le garçon de restaurant, tous exigeaient ces signes de soumission. Baisser le regard, taire sa bouche, sans quoi il lui en cuirait. Et c'était ce qu'elle avait toujours fait : passer les affronts sous silence.

— J'espère que je vivrai assez longtemps pour revoir Quitterie, dit-elle en avalant des gorgées d'air.

Jeanne-Alice déboucha son flacon de Cologne, en parfuma les poignets de l'alitée qu'elle voulait empêcher de succomber au pessimisme. Elle venait de s'en mettre une goutte derrière l'oreille quand la porte s'ouvrit. C'était Gabin, de retour du bourg avec le journal. L'odeur qui lui arriva au nez en entrant dans la pièce avait ce parfum de fleurs et de fruits qu'il respirait sur la peau de Quitterie quand ils allaient au bonheur dans les draps de l'hôtel. Il fit effort pour contenir son trouble, se cachant à moitié derrière *La Feuille de chou* qui titrait : *La comtesse voulait éliminer Pauvrette !*

— Encore ce maudit la Froutte ! ronchonna la poitrinaire.

— Tous les journalistes sont repartis depuis longtemps, constata Jeanne-Alice. Mais lui reste ici, à fouiller la terre comme les cochons.

— On m'a dit qu'il était sur le départ, les rassura Gabin. Il a peur de se retrouver coincé ici pour l'hiver. Il fait bien de rentrer chez lui avant de tomber dans une crevasse. Un accident, c'est vite arrivé !

— On retrouvera sa redingote de paon dans quarante ans, ajouta Pernette. Quand le glacier la rendra.

Ce n'était pas drôle, mais tous trois se prirent à rire.

— Et si on écrivait à la comtesse ? proposa Jeanne-Alice.

Elle voulait prolonger la bonne humeur ambiante et aussi sortir Gabin d'une situation embarrassante : il ne répondait pas à la lettre de Quitterie, faute de savoir comment s'y prendre. Il écrivait mal, sa position d'aîné dans une famille orpheline de mère l'ayant souvent fait manquer l'école.

La brunette choisit, au nom d'eux tous, des mots rassurants pour les nouvelles à leur amie éloignée géographiquement. La lettre partit pour Paris avec le dernier messager exprès qui quitta Chamonix sur des routes quasi impraticables. Déjà, la neige recouvrait tout, imposait une vie calme et ralentie au hameau de la Côte qui serait bientôt coupé du monde par d'immenses murs blancs.

À Paris, on ignorait ce qu'était une vie au ralenti. Le calme n'était pas de mise.

Quitterie s'impatientait pendant que sa nouvelle bonne finissait de lui faire des nœuds d'Apollon – ces grosses coques en cheveux sur le sommet de la tête.

— On est si mal servi de nos jours, dit-elle en pinçant les lèvres.

Coiffée selon la mode, la comtesse d'Arcy se précipita rue de Sèvres dans sa robe à décolleté bateau couvert d'un grand col de lingerie. Elle se rendait à l'Abbaye-aux-Bois, un ancien couvent de bernardines où les religieuses louaient des logements à des dames de la haute société. Juliette Récamier, femme de lettres aussi connue pour son esprit que pour sa beauté, y tenait salon dans un vaste appartement au premier étage. Ses réceptions mondaines, présidées par Chateaubriand, réunissaient des esprits aussi brillants que Lamartine, Balzac, Tocqueville et Rachel – une tragédienne qui venait d'entrer à la Comédie-Française à dix-sept ans. Quitterie raconta par le menu son ascension au Mont-Blanc à cette assemblée friande de détails.

Sitôt fait, elle courut à l'hôtel de la Rochefoucauld – rue de Seine – chez Virginie Ancelot, réputée pour ses vaudevilles. Elle y conta sa grimpée à la compositrice Sophie Gay, à la poétesse Anaïs Ségalas et à l'inspecteur des monuments historiques Prosper Mérimée. La comtesse aurait bien voulu discuter avec ces célébrités, mais on l'attendait chez Delphine de Girardin, une romancière qui publiait avec succès des chroniques sous le nom de Charles de Launay.

Dans son salon se croisait une société choisie qui voulait des émotions, dont le peintre Eugène Delacroix et la femme d'esprit Fortunée Hamelin. L'ascensionniste y rencontra ceux dont elle avait repéré les traces dans les Alpes : le virtuose Franz Liszt et l'incendiaire Alexandre Dumas. S'y trouvait également l'indocile George Sand – aux cheveux trois fois coupés, trois fois trop courts. Contre toute attente, les deux femmes se comprirent mutuellement. Ensemble, elles burent du café moka arrosé de cognac, fumèrent des pipes de tabac noir du Sinaï. La baronne Dudevant finit par qualifier la comtesse d'Arcy d'« endurcie avérée ». Flattée, cette dernière la remercia infiniment pour le compliment.

Partout où Quitterie allait, on la félicitait. Partout, on ne parlait plus que de cette dame bien née qui avait imaginé, organisé et payé elle-même son expédition. Partout on s'inclinait devant elle. Partout on la voulait. Dans les salons du Paris romantique, elle monopolisait l'attention de par sa simple présence. Sa célébrité était immense. Alors, elle ressentit le vertige de la gloire et de la liberté. Le plaisir de l'orgueil et de la vanité.

~~~

Quitterie d'Arcy chahute à Paris !

La Feuille de chou, 15 janvier 1839
par E. de la Froutte

Voilà quatre mois que Mlle d'Arcy court les salons littéraires où elle se pâme sur Stendhal alors qu'il écrit sans succès depuis des années. Cet homme, qui n'est pas écrivain, mais consul à Trieste, serait sur le point de publier La Chartreuse de Parme *– un roman qui ne lui vaudra pas plus la célébrité que* Le Rouge et le noir. *Encore une fois, la comtesse fait le mauvais choix. Il faut dire que Paris l'a considérablement corrompue. Elle a tellement fréquenté les soirées mondaines, tellement chahuté, culotté de pipes, avalé de liqueur que la voilà tout à fait dévergondée.*
~~~

22

En fille de la ville, Jeanne-Alice découvrait l'hiver montagnard. La neige faisait disparaître le hameau tout entier, obligeant ses habitants à rester cloîtrés. Gabin ne sortait que pour aller chercher l'eau au bassin dont il fallait casser la croûte glacée. Elle-même ne s'aventurait dehors que pour se rendre au cacatire – nom donné à la cabane cachée derrière les sapins festonnés de givre.

Quand une envie pressante la prenait, elle activait sa boiterie jusqu'au lieu d'aisances duquel sa voisine voyait arriver quelqu'un par le cœur creusé dans la porte. L'abrupte pente rendait la construction d'un cacatire ardue, et justifiait qu'il n'y en eût qu'un pour deux familles. Marie criait alors que c'était occupé ; les fesses collées par le gel sur les planches servant de siège, elle respirait l'air frais par le motif évidé. Le trou donnait sur la fosse où reposait la cabane dont le parfum conjurait à la fois les sorts et la faim. Quand l'occupante en sortait, elle s'esclaffait en voyant Jeanne-Alice qui attendait son tour, coque emplumée sur la tête et bride rigide sous le menton. Celle-ci éclatait de rire face à son amie, le crâne emboîté dans une capote doublée de rose. Les sorties étaient si rares que c'était la seule occasion qu'elles avaient de porter ces bibis si peu appropriés aux rusticités de leur vie.

Gabin riait en entendant sa sœur et Jeanne-Alice se dilater la rate. Il trouvait admirablement loyale cette femme claudiquant. C'était elle qui se chargeait de tenir la promesse que

Quitterie avait faite au docteur : prendre soin de Pernette. Le guide avait contracté une liaison, sinon intime, du moins familière avec cette brunette qu'il fréquentait au quotidien par les fantaisies du destin.

Le dimanche, Ventura les rejoignait après la messe, les cercles aux pieds – ces larges semelles appelées raquettes en France. Il restait dormir dans le fauteuil à bascule tandis que Jeanne-Alice partageait le lit douillet de la femme tressée. Marie arrivait une fois les enfants couchés sous la surveillance de leur grand-père qui somnolait au coin de l'âtre. Le quatuor veillait devant le poêle chauffé au rouge.

Ils mangeaient lentement, du fromage de chèvre sur du pain bis. Pour faire ventre, ils buvaient une gorgée de cidre chaud après chaque bouchée. Puis Ventura taillait dans le pain de sucre. Du cône allongé au sommet arrondi, il extrayait de petits morceaux pour les adultes – et des morceaux plus gros qui seraient offerts en friandise aux gamins le lendemain. Gabin sortait la gnôle de gentiane, servait la rincette à ses amis tout en triturant sa chaîne de cou. Ils parlaient de la comtesse, imaginaient que le tout-Paris lui faisait gloire. Puis, chacun se trempait un canard, faisait fondre béatement une pierre de sucre dans sa bouche. Depuis des mois, les montagnards vivaient coupés du monde, enfermés dans un cocon de neige étanche aux événements extérieurs. Comment auraient-ils pu savoir que Mlle d'Arcy avait mangé son pain blanc le premier ?

À l'intérêt que les salonnières lui témoignaient, il apparaissait qu'elle était véritablement sortie de la ligne. Or plus le temps passait, plus Quitterie prenait conscience que cela n'était qu'un jeu de dupes. *La Feuille de chou* avait titré sur la première de Pauvrette, mais personne n'en avait eu cure. En apparence, tout au moins. Certes, on continuait de l'inviter aux soirées, mais on lui coupait désormais la parole pour l'empêcher de raconter son morceau de bravoure. Cette façon de faire, qui passait pour grossière à Genève, rendait la discussion animée à Paris où son exploit ne faisait plus l'unanimité. Après l'avoir encensée, les gens d'esprit s'entendaient à présent pour contester ses mérites. D'aucuns collectionnaient des articles de presse peu élogieux, dont celui paru dans *Le Fédéral* qui commençait ainsi : *Notre orgueilleux Mont-Blanc doit se sentir bien humilié, il a vu son sommet atteint par un pas de femme.*

Quitterie découvrait un public mondain aussi brillant que changeant, excessif comme un empereur et capricieux comme un petit roi. Elle qui avait tant rêvé de fréquenter les salons se laissa décevoir par l'esprit de coterie qui y régnait : le même que dans les bals où son père l'envoyait ferrer, sous la tutelle d'Annibal, un riche mari. Pour se rembourser de ce que la bâtarde lui avait coûté.

~~~

Au bout du fossé, la culbute !

La Feuille de chou, 17 mars 1839
par E. de la Froutte

Mlle d'Arcy vient de choir du piédestal sur lequel elle s'était dressée. Et quand on tombe de 4 809 mètres de haut, la chute est brutale. L'aristocrate est loin de rallier tous les suffrages, que ce soit au royaume de Sardaigne ou en France. J'ai moi-même entendu le syndic de Chamonix dire : « Sans doute que la comtesse d'Arcy a eu du mérite à grimper le Mont-Blanc, mais le Mont-Blanc en a bien moins maintenant que les dames y montent. » Elle s'est aussi vu repoussée par les salons d'un Paris qui semble finalement peu romantique. Aujourd'hui, elle lutte pour ne pas être éjectée du manège mondain qu'elle affectionne au point de perdre toute retenue. Et de se retrouver au matin dans le lit d'un monsieur connu, les nœuds d'Apollon défaits !
~~~

23

En montagne, le printemps montrait le bout de son nez, contrairement à la comtesse dont on était sans nouvelles.

— Dieu m'aura rappelée à lui quand elle reviendra enfin, se plaignit Pernette en plantant ses yeux marécageux dans le regard bleu.

Gabin posa sa paume large et chaude sur la petite main recroquevillée sans prononcer un mot. Il ne lui ferait pas l'affront de la rassurer par des paroles auxquelles ni elle ni lui ne croiraient. Lui-même s'interrogeait au sujet de Quitterie en caressant des doigts sa médaille. Elle devait être rentrée à Genève, vu qu'avril tirait sa révérence. La route était encore enneigée, mais les messagers avaient repris leurs allers et retours. Or, aucun courrier n'était arrivé. Pourquoi n'avait-elle pas répondu à leur lettre ? Avait-elle changé ses plans ?

— La chaîne va casser si tu continues à la tripoter comme ça, lui dit Jeanne-Alice. Tu devrais aller la voir pour tout mettre à plat.

Sans lui laisser le choix, la brunette différa son déménagement au magasin, le temps pour lui de se rendre à Genève. Elle pensait que la vie mondaine avait happé la comtesse avec la force du vide. Une vie aux antipodes de celle vécue par le guide qui avait beaucoup réfléchi au cours du long hiver. Après l'affaire du mensonge par omission, il s'était juré de toujours se montrer honnête avec elle. Aussi devait-il aller lui parler. Et cette conversation franche sur l'avenir venait inquiéter son esprit.

Au même moment, l'aristocrate relisait la lettre en provenance de Chamonix. Des larmes dévalèrent la pente de ses joues. Quand elle était arrivée à Paris, elle avait éprouvé le vertige du luxe, des toilettes, des invitations et de la célébrité, au point d'avoir oublié ce courrier reçu quelques mois plus tôt. Sa soubrette écrivait qu'elle avait appris à traire les chèvres de Pernette. Gabin lui avait montré comment saisir les trayons soyeux, les serrer à la base du pis et presser vers le bas pour faire jaillir le lait dans le seau. La première fois, Jeanne-Alice avait été surprise par la douceur du duvet. Des mamelles pourtant gonflées, elle n'était parvenue à rien tirer au début, n'ayant pas encore le doigté aussi ferme que doux du montagnard. Il lui avait enseigné qu'il faut toujours traire à fond, jusqu'à épuiser le pis, gage d'un lait abondant et mousseux à la traite suivante.

Quitterie avait rencontré des écrivains fameux, des musiciens talentueux, des peintres à succès, des personnalités de passage dans la capitale : prince russe, chambellan de Lorraine, conseiller au Parlement, dandy à moustaches. Des messieurs pleins de morgue, si différents du chaleureux Gabin. Au fil des mois, elle avait réalisé que c'était toujours les mêmes personnes qui fréquentaient les salons, toujours les mêmes invités aux réceptions. Les mêmes politesses, les mêmes questions, les mêmes discussions.

Et depuis quelque temps, le désintérêt, le détachement.

Après l'avoir encensée, les notables cherchaient maintenant à la ridiculiser. Et ce n'était rien à côté de la lassitude qu'elle éprouvait. Elle avait si souvent raconté son ascension qu'elle en avait les cordes vocales fatiguées. Elle trouvait la fréquentation des salons plus éreintante que l'ascension du Maudit. Le temps passant, elle s'y rendait avec le même empressement qu'elle eût mis à se rendre chez l'arracheur de dents.

Elle était déçue par ce milieu futile et frivole où elle n'avait finalement pas sa place.

La comtesse se sentait d'autant plus seule qu'elle ne s'accordait pas avec sa nouvelle chambrière. Elle allait devoir en trouver une autre, moins voleuse, moins paresseuse. Que Jeanne-Alice lui manquait ! Malgré sa vie de labeur, sa soubrette avait gardé son caractère aimable et son don véritable de tout faire avec entrain. À l'instar de Pernette, sa sœur du Mont-Blanc, la fidèle amie de sa mère.

Quitterie pensa au Jardin de Talèfre jonché de fleurs colorées, ce gazon verdoyant venu sur la glace on ne sait comment. Elle avait envie de retourner à Chamonix, de faire sa vie dans la propriété que le notaire lui avait trouvée.

De faire sa vie avec Gabin.

Elle rêvait d'être enlacée sur-le-champ par ses bras chauds, d'être embrassée à pleine bouche, de sentir ses jeux de main sur ses seins, de s'unir à sa guise avec lui. Cet homme ardent lui manquait. Son homme lui manquait.

— Il est grand temps de rentrer à la maison, lâcha-t-elle sous le regard rogue de sa bonne qu'elle renvoya dans la foulée.

Mlle d'Arcy se dégagea de ses engagements envers les salonnières en faisant valoir des obligations familiales. Alors qu'elle ne s'y attendait pas, elle avait reçu un carton qui l'avait autant surprise que ravie : Annibal la conviait à ses fiançailles, sans toutefois dévoiler l'identité de l'élue. Quitterie considéra cette invitation telle une main tendue en signe de réconciliation. Une main qu'elle comptait bien saisir. Elle ne voulait plus être en bisbille avec son frère préféré. Pas question de reproduire l'erreur de la brouille avec son père.

La comtesse partit donc pour le domaine de Fortune. Elle voyagea en compagnie d'Hugo qui avait écrit un article élogieux sur son ascension quelques mois auparavant. Il était envoyé par son journal pour couvrir les fiançailles du comte d'Arcy qui alimentait la presse en tenant secret le nom de sa promise. Arrivés dans l'Ain, le chroniqueur se rendit à l'auberge où il séjournerait tandis que Quitterie gagnait le domaine familial sans se douter que le destin allait la prendre à rebours.

~~~

La comtesse congédiée !

La Feuille de chou, 11 mai 1839
par E. de la Froutte

Le tout-Paris s'est comporté en mari volage. Il a renvoyé la comtesse d'Arcy comme une bonne qui n'a pas la discrétion de quitter le lit à l'heure où l'épouse revient de ses emplettes. La vieille demoiselle est fautive. Son goût de la réclame a lassé. Personne n'ignore aujourd'hui qu'elle s'est attaquée au pucelage du Mont-Blanc parce qu'elle n'a jamais eu d'homme à aimer. Elle a pris prétexte d'être conviée aux fiançailles de son frère pour quitter subitement la capitale. Elle est retournée dans sa province avec sa notoriété de faits divers pour rencontrer sa future belle-sœur qu'on dit d'une adorable beauté.
~~~

24

Le château de Fortune était en pleine effervescence pour les préparatifs de la fête sur laquelle brillait un soleil de mai. Partout, on voyait des domestiques en livrée s'affairer sur des terrasses élargies par le déploiement de tables fleuries, de chaises enrubannées, de cordons de lampions. Dans tout le domaine, c'était fastueux. On semblait attendre des centaines d'invités.

Quitterie s'avança coiffée d'un chignon tressé et vêtue d'une robe bleu pastel à grandes manches. En voyant son frère venir à sa rencontre, elle ne put retenir un cri d'admiration. Qu'il portait beau avec son chapeau haut de forme, sa veste à basques, son pantalon ajusté, son gilet brodé et sa cravate ample ! Il la reçut de façon polie, mais nullement cordiale. La crainte de s'engager du célibataire endurci, l'excusa-t-elle en silence.

— Allons parler au fumoir, dit-il en lui montrant le chemin, comme si elle était étrangère à l'endroit.

Cette façon déterminée de l'accompagner soulignait qu'il avait à l'entretenir en privé. Elle entra dans la pièce, désireuse de se raccommoder au plus vite avec lui.

— Souhaitez-vous prendre un rafraîchissement, Mademoiselle d'Arcy ? s'enquit le domestique en charge du fumoir.

— Sortez ! jeta Annibal, surpris d'y trouver quelqu'un.

L'employé fila par la porte qu'il referma sans bruit.

— Vous feriez bien de vous asseoir, conseilla-t-il à sa sœur, conscient du coup que ses annonces ne manqueraient pas de lui porter.

— Je préfère rester debout.

Il haussa les épaules tandis qu'elle s'étonnait de son vouvoiement vu les conditions de complète discrétion.

— Comme vous voudrez.

Elle le couvrit d'un regard attentif. Quelque chose avait changé. Ce n'étaient pas ses moustaches qu'il avait taillées au point de faire disparaître les virgules, ni ses cheveux qu'il ne plaquait plus à l'huile, mais plutôt une sorte de contentement mâtiné de victoire. Probablement son mariage à venir avec la demoiselle de son cœur.

— Nous avons à parler et j'ai peu de temps. Les premiers invités seront bientôt là.

— Dans ce cas, allez droit au but, dit-elle avec un désir de conciliation.

— Vous avez raté la visite de Jean Gabin. Il est venu ici après avoir trouvé porte close à Genève. Comme je lui ai dit que vous n'arriveriez pas avant plusieurs jours, il m'a chargé de vous transmettre des nouvelles avant de rentrer chez lui.

Quitterie afficha un sourire à n'en plus finir. Rien ne pouvait lui faire plus plaisir que la venue de son guide après tous ces événements, tout ce temps.

— J'ai une bonne et une mauvaise nouvelle, annonça Annibal sans autre forme de procès.

Mon Dieu ! Pernette ! pensa Quitterie qui sentit son cœur se soulever de crainte.

— Par laquelle voulez-vous que je commence ?

— La bonne.

— Elle va se marier.

— Qui donc ?

— La bonne.

Le visage impassible, il attendit que sa sœur dise quelque

chose, mais elle se contenta de le regarder avec un air déconcerté.

— Quelle est la mauvaise nouvelle ? finit-elle par demander.

— Le guide-chef va se marier.

Le pouls de Quitterie démarra une course folle.

— Se marier ? Mais avec qui ?

— La bonne ! Je viens de vous le dire ! Votre chère soubret...

— Jeanne-Alice ? le coupa Quitterie sur un ton dont la précipitation surprit son frère. Mais elle est éprise de Ventura.

— C'était peut-être le cas quand vous êtes partie à Paris. Mais huit mois ont passé et visiblement les choses ont changé.

Il se fit un silence lourd.

— Gabin a-t-il dit autre chose ? hoqueta-t-elle.

— Non. Mais il m'a chargé de vous remettre ceci.

Annibal tira de son gousset une chaîne cassée retenant une médaille en or que sa sœur reconnut aussitôt.

— Jeanne-Alice et Jean Gabin, expulsa-t-elle dans un souffle inaudible, étouffée par leurs noms accolés.

Sa meilleure amie et l'homme de sa vie unis devant Dieu. Il lui semblait impossible qu'Il eût voulu la faire souffrir à ce point.

— Depuis le temps que je vous disais de congédier cette malapprise. Si seulement vous m'aviez écouté !

— Jeanne-Gabin et Jean Alice, murmura-t-elle, empêtrée dans ses mots comme dans ses pensées.

Elle regarda son frère avec hébétude, n'osant pas croire ce qu'elle venait d'apprendre. Elle avait l'air si perdue, si anéantie, si blessée qu'il s'alarma.

— Allons, Quittie ! Reprenez vos esprits.

Quittie, répéta-t-elle in petto.

Annibal avait dit « Quittie », comme quand ils formaient un couple fraternel. Elle eut envie de se blottir contre son torse, d'enfouir la tête dans son cou rasé. Son frère adoré.

Elle regrettait de l'avoir traité aussi durement, de n'avoir pas pensé davantage à son bonheur.

— C'est dans la logique des choses, ajouta-t-il sans compassion. Les petites gens vont avec les petites gens. Vous n'aviez tout de même pas envisagé sérieusement de vous installer à Chamonix ?

L'esprit féminin s'engourdissait aux mots de son aîné qui la scrutait avec inquiétude. Il s'inquiétait, en effet. De l'image qu'elle donnerait de leur famille aux notabilités invitées à la cérémonie. Leur mère l'avait suffisamment ternie en son temps.

Quitterie déglutit douloureusement sa salive. Jean, Jeanne, ces prénoms étaient comme deux échardes plantées dans sa gorge. Les jambes molles, elle se laissa tomber dans un fauteuil, en proie à la rumination mentale. Quand avaient-ils commencé à se fréquenter ? Quand avaient-ils commencé à la tromper ? Elle revit en esprit la situation. Son guide et sa bonne au chevet de la malade pendant le long hiver au cours duquel ils avaient eu tout le loisir de se rapprocher. J'aurais dû m'en douter, se dit-elle. La vertu des gens n'est forte que quand les tentations sont faibles.

Maintenant qu'elle y repensait…

Sa soubrette qui s'était installée chez Gabin pendant qu'elle-même ascensionnait le Maudit. La convoitise de son eau de Cologne que Quitterie avait fini par lui offrir sans penser que sa bonne sentirait le même parfum qu'elle. Et ses lettres auxquelles seule Jeanne-Alice répondait. Les veillées au coin du feu, la traite des chèvres aux pis si doux. Toutes ces choses qui l'avertissaient du danger et qu'elle n'avait pas vues. Pas voulu voir. Aveuglée par les mirages de la gloire.

— Comme je me suis trompée ! sanglota-t-elle. Mon frère adoré, que ne vous ai-je écouté ?

Annibal lui happa les poignets, craignant d'avoir à affronter dans le bouillonnement du jour quelque scène de ménage. Sa dureté n'était pas dans ses gestes. Elle était dans l'inflexion de sa voix.

— Quittie, bon sang ! Tenez-vous !

Ce fut le moment que choisit une jeune fille, pas très maligne mais très belle, pour pousser la porte du fumoir. Ses yeux tombèrent sur son fiancé penché sur une femme assise au visage baigné de larmes.

— Entrez, ma mie, l'invita-t-il avec un air doucereux en lâchant les poignets de sa sœur. Venez que je vous présente.

La comtesse d'Arcy essuya à coups de manche les larmes de son visage avant d'affronter cette espèce de gamine qui s'avançait hardiment sur des mules à talon. Elle frappa Quitterie par sa similitude d'allure avec une femme qu'elle avait en horreur.

Annibal prit la main de la jeune fille coiffée à l'anglaise, puis, aussi souriant que sournois, se plaça entre elle et sa sœur à qui il adressa ces mots :

— Quitterie, je vous présente mon adorable fiancée. Ma chérie, je vous présente ma sœur qui pleure de bonheur à l'idée d'avoir une belle-sœur. Une très belle sœur.

— Carola, précisa-t-elle en se laissant rougir jusqu'au décolleté.

Elle avait busqué sa poitrine pour la circonstance.

— Bientôt Carola d'Arcy de Beauséant, la flatta Annibal. Il y aura ainsi une nouvelle comtesse d'Arcy.

— Une deuxième comtesse d'Arcy, rectifia Quitterie en l'entendant théâtraliser le plan machiavélique qu'il avait échafaudé.

Elle se fit l'effet d'une reine mère mise au rebut par l'héritier du trône. Son visage était fané, sa robe défraîchie, ses souliers jaunis. Désormais, elle n'apparaîtrait plus au balcon, ne représenterait plus la famille aux cérémonies officielles. Son règne appartenait au passé.

— Quel honneur de porter le même titre qu'une dame au courage si viril ! s'extasia Carola.

La quadragénaire dévisagea la belle gosse avec un air d'hostilité qui indiqua au comte qu'elle avait vu la ressemblance avec la mère de sa promise.

— Une dame, non, corrigea-t-il. Ma sœur est restée demoiselle.

— C'est encore plus admirable d'avoir accompli un tel exploit sans une épaule solide sur laquelle s'appuyer ! s'enthousiasma la jeune fille qui se sentait incapable de se débrouiller seule.

Son agitation candide fit jaillir ses seins hors de sa robe improbable, mettant Annibal dans tous ses états. Il se reprit quand la porte du fumoir s'entrebâilla, laissant passer la mine chafouine d'Eudes de la Froutte, suivi du domestique de retour avec des coupes de champagne sur un plateau.

— Les journalistes meurent d'envie de voir la future mariée ! annonça-t-il, le sourire à la bouche.

— Papa chéri ! s'écria la rosière en lui sautant au cou.

L'homme en redingote entra, rengorgé. Comme si de rien, il salua une Quitterie muette, rivée au fauteuil dans une pétrification indescriptible. La nymphette avait Sixtine pour mère, et Eudes pour père.

C'était à peine croyable. Un véritable cauchemar.

— Trinquons à la santé des fiancés avant de les perdre dans la foule ! lança-t-il.

Son futur beau-fils leva son verre en retour. Il avait tout fait pour susciter l'intérêt de la presse, soucieux que son mariage tardif ne représentât pas un rattrapage de sa vie, mais sa vie même. Son avenir. En portant son dévolu sur une demoiselle dont il s'apprêtait à dévoiler l'identité en même temps que la jeunesse et la beauté, il disait au monde que son engagement n'était pas un pis-aller.

Annibal jubilait d'être parvenu à ses fins. Au début, il lui avait fallu approcher Carola sans éveiller les soupçons de sa mère, la séduire, organiser les fiançailles en un temps record. Il avait bénéficié d'une aide imprévue : celle du père qui voyait là l'occasion rêvée de se rapprocher de sa fille chérie.

De plus, Eudes exultait de savoir Sixtine parfaitement rétive à cette union qu'elle n'avait pu empêcher. Elle avait beau avoir obtenu le divorce et la garde de Carola, les pucelles passaient de la tutelle de leur père à celle de leur mari. La Froutte avait consenti à donner la main de sa fille au comte d'Arcy, car il voulait la hisser au sommet de l'aristocratie. Toute sa vie, il avait souffert d'être de la petite noblesse. Beau-père et gendre s'étaient comportés comme de sales gosses qui s'amusent ensemble.

Annibal exultait lui aussi d'une jouissance presque sauvage à voir Quitterie blessée. À son tour de la rejeter de façon injuste ! Il avait suffisamment œuvré dans le passé pour ce quart-de-sœur dotée de tous les travers de leur mère. Il avait triomphé d'elle, non sans difficulté. Et c'était bien ainsi, car une réussite trop facile lui eût gâté sa victoire.

Le visage gonflé d'orgueil, il fit un mouvement de la main pour lui signifier qu'il prenait congé d'elle.

— Maintenant que les présentations sont faites, permettez-moi d'emmener ma fiancée à la rencontre de ses admirateurs.

— Ne les faites pas attendre ! expulsa Quitterie d'une voix asséchée par la contrariété.

Elle regarda Carola qui faisait tournoyer sa robe improbable, comme le faisait Sixtine au bal dans leur jeunesse. Dieu qu'elle lui ressemblait ! Se pouvait-il qu'Annibal l'eût choisie parce qu'elle était la réplique de sa maîtresse adorée ? Ou était-ce une guerre de revanche contre son ingrate de sœur ?

Incapable de retenir des glapissements d'allégresse, la jouvencelle posa sa main gantée de blanc sur le bras du comte. Ils avancèrent vers leurs invités au milieu d'un tel rayonnement de succès qu'ils semblaient avoir accompli un exploit. Quitterie se déplaça un peu sur son siège pour les regarder sortir. Ils s'éloignèrent en riant vers le jardin écrasé de soleil, comme s'ils marchaient dans la gloire. On eût dit qu'ils avaient foulé ensemble le toit du monde.

~~~

Amour, gloire et beauté !

La Feuille de chou, 26 mai 1839
par E. de la Froutte

Annibal d'Arcy jubile au milieu des invités qui trinquent à ses fiançailles. La sublime Carola arbore une robe qui marque l'arrondi de son ventre. Tant d'ardeur à montrer ce qu'on dissimule habituellement suppose bien une revanche sur Quitterie d'Arcy avec laquelle le promis formait un couple fraternel. Comme on demande au comte s'il n'y a pas à craindre qu'il soit porté atteinte à leur fraternité par la rivalité des intérêts familiaux, il répond que sa sœur aime déjà sa future épouse comme une sœur. Pour s'en persuader, il suffit de regarder la vieille demoiselle enrager face au ventre qui enfle, alors qu'elle-même n'aura jamais de descendance.
~~~

25

Et voilà Quitterie seule dans le fumoir, interdite, déconfite.

Elle reposa d'une main tremblante la coupe de cristal qu'elle n'avait pas le goût de porter à ses lèvres. Plus tôt, elle avait pensé lever son verre aux fiancés, se délecter du champagne frappé. À présent, le vin pétillant lui semblait si vert qu'il ne pouvait que lui vriller l'estomac.

La voilà seule, à égrener les mailles de la chaîne en or comme un chapelet, à ressasser les mêmes idées. Pernette était morte et Jeanne-Alice avait bien caché son jeu. Gabin était un trompeur et Annibal un pervers, prêt à épouser la fille de sa maîtresse pour se revancher du passé. La comtesse avait pensé mettre en garde son frère contre l'erreur qu'il s'apprêtait à faire, mais s'était retenue, consciente que son discours aurait peu de portée. Son regard s'embruma. En venant aux fiançailles, elle s'était rendue grotesque. Elle n'avait pas deviné qu'il l'avait invitée pour l'humilier, et non pour se réconcilier.

Seule. Quitterie était seule.

Un vide sans mesure se répandit en elle. Elle se rencogna au fond du fauteuil, ramena ses genoux sur son ventre, ses bras ceignant ses jambes pliées. Le front posé dessus, elle écouta les bruits de la fête, les éclats de voix, les rires. Comment pouvaient-ils s'amuser avec autant d'insouciance alors que son histoire familiale était un désastre et sa vie amoureuse un fiasco ?

Sa poitrine se déchira. De tristesse, de vexation, de douleur.

Elle se prit à sangloter dans cette posture qui lui était familière lorsqu'elle se sentait abandonnée au couvent. Elle pleura. Longtemps. Puis les larmes de la souffrance se tarirent pour laisser couler celles de la résignation. Les yeux gonflés, elle quitta le fumoir en tapinois pour se terrer dans sa chambre.

Le soir venu, elle regarda la réception cachée derrière les rideaux de sa fenêtre. Il y avait tant de lampions qu'une lumière colorée semblait jaillir des entrailles de la terre. Sur la terrasse, un groupe d'invités assis mangeait du sorbet à la cannelle avec des cuillères en argent. Dans les sons mourants, elle entendit son nom. Un homme leva la tête en direction de sa fenêtre. Elle eut soudain l'impression de briller par son absence, d'attirer l'attention par ses rideaux tirés. Mais tout était trop clinquant, trop tapageur.

Ces gens riches de naissance n'avaient jamais rien accompli, jamais rien fait par eux-mêmes. Les lèvres peintes des femmes s'agitaient de paroles, mais aucune ne savait de quoi elle parlait. Aucun des visages fardés n'avait l'intensité de celui de Pernette. Aucun ne portait les sillons de vécu, les grimaces des efforts sous la besogne, la vallée des larmes creusée par son amour englouti. Ce pur amour auquel Louise avait renoncé. Ce grand amour qu'elle-même avait perdu.

— Est-ce là le sort de toutes celles qui ont grimpé le Maudit ? réfléchit-elle tout haut.

La légende disait que la Reine blanche désapprouvait qui que ce soit de pénétrer son royaume. Cette créature était-elle protectrice au point de détruire les femmes qui approchaient de trop près le roi des monts ? Avait-elle le pouvoir de les condamner à vivre sans être aimées ?

Quitterie entendit le tonnerre gronder. Le temps était à l'orage après la chaleur étouffante des heures passées. Elle exhala un soupir de regret. Malgré les lampions et les lumignons, aucun éclat n'avait celui des yeux de Gabin, son regard aussi transparent que les glaces éternelles. Une douleur lui sillonna les flancs quand elle réalisa que l'intensité de ses sentiments pour le montagnard contrastait avec l'éloignement des moments passés avec lui. Elle se glissa entre les draps repassés de son lit d'invitée. Les horribles nouvelles du jour l'avaient tellement atteinte. Elle eut un sommeil agité au cours lequel ses derniers ébats avec Gabin se reproduisirent dans sa mémoire.

Quitterie voit leurs corps emmêlés, ne formant qu'un, dans une connivence absolue. Ce souvenir intense de son homme en rappelle un autre, plus intime. À ce moment-là, son guide refait surface, terriblement présent. Au point de sentir le frôlement de sa peau chaude, son odeur mâle. Le souvenir de son corps viril l'affole. Elle est comme en attente de lui, dans cette chambre où les émois s'entassent avec les regrets sous les draps. Cette réalité intangible rejoint le gouffre insondable de son tourment. Tout cela est faux.

Que fait-elle au château de Fortune ?

La comtesse attrapa son carnet posé sur son chevet. Dehors, le vent soulevait des tourbillons de poussière, faisait s'envoler les restes de la fête. Les yeux encore lourds de sommeil, elle déversa ses maux dans Mémento. Le désespoir jaillit par à-coups tels des jets de sang :

Tout ce que la vie m'a donné, elle me l'a repris. Je n'ai plus rien à faire ici. Je ne suis pas une d'Arcy.

Au matin, sa décision était prise. Elle n'allait pas rester au domaine où elle aurait à supporter la niaiserie de Carola, ni retourner à Paris où elle était indésirable, ni regagner Genève où la presse à scandale ferait le pied de grue devant chez elle. Et encore moins s'installer à Chamonix où elle ne supporterait pas de voir Jeanne-Alice et Gabin roucouler de bonheur.

Quitterie entendit la pluie s'abattre sur le jardin. Elle se leva, écarta les rideaux. Des filets d'eau ruisselaient sur la terrasse, formaient un rideau sur la vitre, obstruant le paysage. Elle s'installa à son bureau avec du papier à lettres. La joue au creux de la main, elle écrivit au notaire de vendre ses propriétés de Genève et de Chamonix. Rien ne la ferait changer d'avis. Elle allait partir. Pour où, elle ne le savait pas encore. Mais un lieu inconnu lui serait plus chaleureux qu'un château de famille glacial. Plus fraternel que le visage empreint de vanité et de rancœur d'Annibal. Oui, elle allait décamper sans tambour ni trompette, et ne jamais revenir. Disparaître. Ainsi les journalistes l'oublieraient. Tout le monde l'oublierait.

~~~

La première femme alpiniste !

La Feuille de chou, 20 janvier 1840
Par V. Hugo

Après la polémique soulevée par le gazetier Eudes de la Froutte – qui se croit tout permis depuis que sa fille a épousé le comte d'Arcy – certains se demandent si Quitterie d'Arcy est une usurpatrice. La réponse tient dans cette question : qu'est-ce qu'un alpiniste ? C'est quelqu'un d'intrépide et d'endurant qui use ses chaussures à marcher avec la simplicité et la sincérité qui caractérisent les vrais amants de la montagne. Ce qu'est la comtesse, assurément. Loin de partir à l'étourdie, elle s'est entraînée pour cette expédition qu'elle a préparée avec soin et qu'elle a financée. C'est la première femme à être parvenue au sommet du Mont-Blanc, à même de rendre compte de ses impressions. Ce dont était incapable feu Pernette Croz qui fut portée sur la cime, d'après son propre aveu. Et qui n'a plus jamais ascensionné, alors que la comtesse a d'autres sommets remarquables à son actif. Tout cela fait de Mlle d'Arcy la première femme alpiniste. N'en déplaise à ce littérateur de bas étage qui ferait bien de cesser ses commérages. Sans quoi il lui en cuira !
~~~

TROISIÈME PARTIE

La hauteur du bonheur

1

Début août 1861, la comtesse d'Arcy se trouvait à Lausanne. Elle était en villégiature sur les rives du Léman où elle rédigeait un album illustré dans lequel elle commentait l'actualité. Elle y collait de tout : coupures de journaux, cartes de visite, images, partitions, timbres étrangers, fleurs séchées. Elle dessinait la Dent d'Oche qui dominait Évian, de l'autre côté du lac, quand on lui apporta une lettre. Carola l'informait que la santé d'Annibal donnait des inquiétudes. Il pensait que la Grande Faucheuse n'allait pas tarder et implorait sa sœur de venir au château de Fortune. Quitterie se demanda si elle avait envie de revoir son frère, après tout ce temps.

Depuis quelques années, le passé reculait dans son esprit, perdait du terrain. Les gens, et même son ascension au Mont-Blanc en 1838, s'estompaient dans un souvenir flou, comme si la femme conquérante d'avant avait été remplacée par une autre. Plus sereine, presque insouciante. Elle avait écrit le livre de ses mémoires qu'elle gardait au tiroir, faute d'éditeur. Vingt-trois ans s'étaient écoulés et son exploit était quasi tombé dans l'oubli – l'Histoire a tendance à oublier les femmes. Mais peu lui importait. Dans son cœur, le calme était revenu après les cruels chagrins endurés. Et par chance, sa tête et ses jambes étaient sacrément vaillantes pour une dame de soixante-sept ans. Savoir Annibal mourant agit comme une campagne pour sa réhabilitation. Elle n'avait plus que lui comme famille, leurs aînés ayant été rappelés à Dieu. Elle irait donc au château.

Dans la diligence, la comtesse lut la presse de ce 12 août. Un fait improbable faisait la une de tous les journaux. « Découverte macabre », titrait *L'Abeille de Chamonix*.

Ce matin, un guide est arrivé du glacier des Bossons, les épaules chargées d'un lugubre fardeau : un sac rempli de débris humains qu'il a ramassés à l'orifice d'une crevasse.

Si l'on se réfère aux savantes études sur la marche continue des glaciers du Dr Forbes, il pourrait s'agir des victimes de la catastrophe du Dr Hamel. Une enquête a été ouverte et un commissaire qui connaît bien les lieux a été nommé. Il se trouve actuellement sur le glacier avec une douzaine de guides armés de piques, de haches et de cordages pour effectuer des recherches.

L'esprit de Quitterie se troubla, sa raison s'égara. Elle tripota la médaille de sa mère en se demandant si Gabin faisait partie de ces guides avant de chasser cette idée de son esprit. Que lui importait de le savoir ? Leur histoire appartenait au passé.

Elle n'eut pas le temps d'arriver au domaine de Fortune que la maîtresse des lieux apparut sur le perron. Carola touchait à ses quarante ans. Son glorieux règne s'était terni. Elle avait les joues mafflues, le front barré de plis soucieux. Elle portait une robe drapée dont la large ceinture ne parvenait pas à marquer sa taille.

— Soyez la bienvenue, dit-elle en faisant signe à un domestique de prendre ses bagages.

Elle observa sa belle-sœur, pimpante dans une robe en satin de coton dont la jupe et le corsage étaient cousus. Elle avait ramené sur sa nuque ses cheveux nattés en deux tresses dans lesquelles les rayons du soleil attisaient des reflets châtaigne mêlés de filets blancs. Chaque jour, elle s'arrangeait « à la Pernette », comme elle disait. Sa façon d'honorer sa sœur du

Mont-Blanc qui avait vécu tout petitement malgré sa grandeur d'âme. Elle arborait ainsi la coiffure à la mode puisque les nattes, très en vogue, avaient remplacé les rouleaux.

Les retrouvailles furent courtoises à défaut d'être chaleureuses. Carola feignit un intérêt pour sa belle-sœur que sa lassitude générale l'empêchait d'éprouver. Annibal n'avait pas appliqué les théories de Malthus avec son épouse tant il était obsédé par son désir de fonder une famille. Carola avait connu une dizaine de grossesses, subi trois fausses couches, accouché d'un enfant mort-né et perdu un bébé dans sa première année. Au bout du compte, elle avait donné cinq enfants viables au comte d'Arcy : trois filles et deux garçons. Aucun n'était présent à l'arrivée de leur tante qui les rencontrerait au dîner.

Carola avait changé du tout au tout. Sa beauté, sa candeur et sa gaieté s'étaient dissipées dans le flou des grossesses et le décès récent de ses parents – Eudes et Sixtine étaient morts à un an d'intervalle. Sans parler de son mari dont la maladie et la vieillerie altéraient l'humeur déjà inégale à l'ordinaire. La famille de sept personnes avait investi le domaine où Quitterie se sentait comme une étrangère.

Ces deux dernières décennies, celle-ci s'était déplacée au fil des saisons et des ascensions. Quand elle ne crapahutait pas, elle assistait à des récitals de musique tyrolienne, des vaudevilles, des spectacles de ventriloque. Elle allait à Fribourg pour admirer les orgues, à Morges pour voir défiler la mascarade. Elle se rendait à des ventes d'antiquités, à l'exposition florale de Genève, à la mercerie Jullien-Favre devenue la librairie Jullien. Elle passait les hivers en ville, à Lausanne ou à Vevey, les étés dans sa maison de Ferney. Le domaine familial ne lui manquait pas. Elle avait accepté d'y séjourner, le temps de parler à son frère, mais il lui tardait déjà de repartir.

Carola conduisit sa belle-sœur sur la terrasse surplombant le jardin. Le belvédère exposé au couchant était encore ensoleillé à cette heure. Annibal rembourrait sa pipe, installé sur une couchette d'extérieur abritée d'un parasol. Il tourna la tête en entendant des bruits de pas, fixa son attention sur la nouvelle arrivante.

— Quittie ! s'exclama-t-il d'une voix étranglée par l'émotion. Tu es venue ! Oh, Quittie chérie ! Que je suis content !

Sa familiarité déplacée lui valut un regard noir de Carola.

— Approchez, ma sœur, se reprit-il. Mon Dieu ! Le temps n'a pas de prise sur vous. Vous n'avez pas varié d'un iota.

Ce qui aurait pu passer pour de la flatterie était la vérité. Quitterie vieillissait sans déchoir, contrairement à son frère qu'elle peina à reconnaître en cet homme rétréci, chenu, blanchi. Dans son souvenir, il était tel qu'il était à l'époque. En découvrant à quoi il ressemblait maintenant, la seule chose qui lui vint à l'esprit fut qu'elle n'aurait pas dû venir. Qu'elle aurait dû garder l'image placée au mur de son musée intérieur.

Elle demeura silencieuse quelques instants, bouleversée de voir que cet homme autrefois si fringant fût quasi réduit à l'état de grabataire. À l'approche de ses septante ans, son frère était marqué par l'âge et la maladie. Son teint était verdâtre, ses gencives écarlates. Des dents lui manquaient. Seul son esprit paraissait encore clair. Il se redressa, fit effort pour se lever. Ce qui lui restait de cheveux étaient aplatis sur l'arrière de son crâne.

— Allons faire un tour au jardin ! lança-t-il à sa sœur.

Quitterie s'efforça d'esquisser un sourire en réponse à ce qu'elle supposa être une boutade, vu qu'il semblait quasi impotent.

— Ne vous éloignez pas, dit Carola. L'heure du dîner approche.

Annibal haussa les épaules. Une ombre de morosité passa sur son visage. Il était las d'être espionné.

— Nous n'irons pas loin, promit Quitterie qui avait envie de se montrer conciliante, comme pour s'excuser d'avoir une santé de fer.

Elle fit quelques pas seulement vers la balustrade, laissa

errer son regard sur le jardin en contrebas. Ses yeux se promenèrent sur la glycine aux grappes mauves qui s'enroulait autour du belvédère. La terrasse donnait sur une fontaine glougloutant au creux d'un bassin en granit du Mont-Blanc où ils jouaient à s'éclabousser dans leur enfance. La voix irritée d'Annibal la sortit subitement de sa réflexion :

— Je ne peux pas faire un pas sans qu'elle soit derrière moi.

— Vous l'avez trompée, n'est-ce pas ?

Le reproche était perceptible dans l'inflexion de sa cadette. Il préféra changer de sujet :

— Parlez-moi de vous. Dites-moi comment vous allez.

Elle aurait pu lui dire qu'elle s'estimait dotée d'avoir de la vigueur, des amis sincères et un galant – un écrivain franco-suisse qui lui écrivait des poèmes. Mais elle tut sa détermination à rester célibataire, quand bien même elle n'était jamais parvenue à oublier l'homme aux yeux couleur glacier. Aujourd'hui encore, les articles lus dans la diligence s'imposaient sans répit à son esprit. Gabin faisait-il partie des guides sondant la crevasse, ou était-il trop âgé pour cela ? Un doute la gagna : et s'il était décédé ? Mais que lui importait de le savoir ? Leur histoire appartenait au passé.

Quitterie jeta un regard oblique sur son frère et lui répondit :

— C'est vous qui aviez à me parler. Et d'après ce que je vois, quelque chose ne va pas.

Mis au pied du mur, Annibal fit un mouvement de la tête pour confirmer la justesse de sa remarque. Il esquissa un sourire qui exprimait un immense accablement. Même s'ils avaient été très proches dans le passé, il lui était difficile aujourd'hui d'évoquer devant elle son mariage qui battait de l'aile.

— Je vous écoute, l'encouragea-t-elle.

Le regard masculin se troubla, comme s'il avait à dire des choses plus sombres encore que ce qu'il laissait paraître.

— Pourquoi continuez-vous à vivre ainsi ? demanda-t-il.

— Vous ne savez rien de ma vie ! objecta-t-elle avec un brin de rudesse.

— Détrompez-vous ! J'en sais beaucoup. Par exemple, je sais que votre disposition aux grimpades ne vous a jamais quittée. Vous avez escaladé le Buet et les Rochers de Naye. Et je crois savoir que vous projetez d'ascensionner l'Oldenhorn.

Il la scruta, persuadé qu'elle allait le condamner pour l'avoir fait surveiller, mais il ne vit sur son visage qu'un vif étonnement.

2

La comtesse considéra son frère en silence. Il semblait doté d'excellents informateurs vu que très peu de gens savaient qu'elle convoitait ce sommet des Diablerets. Dans les grimpées, c'était la fatigue physique qu'elle recherchait. Elle était si fourbue après avoir escaladé qu'elle s'endormait sans ruminer le passé. Sans ressasser l'erreur de sa vie : avoir laissé Gabin à Chamonix pour aller à Paris mener une vie de dissipation. Une vie illusoire.

L'épuisement rendait supportable le tourment d'avoir gâché un si grand amour, la peine de n'avoir pas connu sa vaillante mère, le regret d'avoir délaissé Pernette à l'amitié désintéressée. Marcher jusqu'à l'exténuation était une forme d'existence, quand bien même Quitterie avait davantage le sentiment de fuir que de vivre. Or cette fuite en avant n'avait pas suffi à l'éloigner d'Annibal. Elle réalisait avec stupeur qu'il s'était démené pour ne pas la perdre de vue.

— Vous pourriez avoir envie de faire autre chose, enchaîna-t-il.

Sa sœur se figea. Un silence tendu tomba entre eux, rythmé par le bruit de la respiration saccadée du fumeur. Elle ne trouvait pas les mots pour exprimer l'anxiété qui s'emparait d'elle quand elle pensait à son avenir. À son âge, le bon était derrière. Elle poussa un soupir, comme si elle constatait un fait inéluctable.

— Vous pensez que je ne vais bientôt plus pouvoir grimper, s'assombrit-elle en tapotant sur ses cuisses.

— Pas du tout ! se récria-t-il. Vous avez des jarrets de fer. Je me disais juste que vous aviez peut-être envie d'être heureuse.

— Je ne suis pas malheureuse.

— Je veux dire : heureuse en amour.

Bien qu'il ait fait cette remarque d'un ton insignifiant, la comtesse vit une gravité douloureuse sur son visage. On eût dit qu'il n'avait pas la conscience tranquille. Avait-il quelque chose à se reprocher ?

À pas lents, il la conduisit jusqu'à son bureau dont il referma la porte. Le souffle court, il sortit une enveloppe jaunie de son secrétaire. Quitterie contempla le pli qu'il venait de poser devant elle. Ses yeux gris se fixèrent sur l'emblème imprimé dans le coin supérieur gauche : un aigle avec le bec sur la gauche. L'emblème de la Compagnie des guides ! Son cœur se mit à battre à grands coups. Elle s'absorba quelques secondes dans une vision lointaine.

Inquiet de sa réaction, Annibal n'osa pas la regarder ouvrir l'enveloppe. Sa sœur lui avait terriblement manqué. Maintenant qu'elle lui était revenue, pourquoi prenait-il le risque de la perdre de nouveau en lui remettant ce bout de papier froissé ? Peut-être parce que sa conscience le remordait sans cesse, qu'il voulait confesser ses égarements à sa cadette, offrir à Dieu son repentir. Ou l'inverse.

Les yeux ronds de surprise, Quitterie déchiffra l'écriture au crayon dont l'irrégularité semblait trahir l'émotion de son auteur.

Dimanche 26 mai 1839

Ma Quittie, ma chérie,

Je t'écris de derrière la grille du château cause que ton frère a pas voulu me laisser passer. Pauvrette est partie rejoindre son

Ponce au ciel. Il y avait bien du monde à ses mortailles. Jeanne-Alice te fait dire qu'elle va marier le guide-chef au 18 juin. C'est pressé. Ventura sera bientôt papa. Elle espère bien que tu viendras.

Tu me manques affreusement. Reviens moi, je t'en supplie. Sans toi se brise ma vie. C'est pas de moi, c'est ta soubrette qui m'a dit les paroles d'une chanson de Richard je sais plus comment. Je t'attendrai à l'Auberge de Savoie jusqu'à mardi. Après, je t'attendrai à Chamouni. Je t'embrasse aux lèvres.

Ton Gabin, ton chéri.

Quitterie porta une main tremblante à sa bouche. Bien que son guide n'ait jamais su écrire parfaitement, il y avait mis tout son cœur. Même des lustres après, ça se sentait. Une boule se gonfla dans sa gorge. Respirer devint difficile. Elle relut la date, laissa ses pensées flotter…

26 mai 1839…

Le jour des fiançailles d'Annibal avec Carola !

Elle haleta en raidissant le corps. Contrairement à ce que son frère lui avait dit ce jour-là, elle n'avait pas manqué la visite de Gabin. Il s'était présenté au domaine de Fortune et le comte lui avait refusé l'accès à la fête où elle se trouvait. Annibal aurait pu le conduire jusqu'à elle, mais il avait préféré l'éconduire à la grille, le regarder s'éloigner, les épaules pliées sous le poids de la déception. Pire encore, il s'était gardé de signaler au guide qu'il avait perdu sa chaîne de cou dans l'allée. Il avait attendu pour aller la ramasser, persuadé que c'était sa médaille de baptême. Non seulement le comte d'Arcy avait gardé le bijou, mais encore il avait menti à sa sœur. Annibal aurait pu lui remettre la lettre et tout aurait été différent. Mais il avait préféré la lire et travestir la réalité en jouant sur le rôle de guide-chef que Gabin avait endossé une fois. Une seule : pour l'emmener au Mont-Blanc. Or le véritable guide-chef de la Compagnie était Ventura. Et c'était lui que Jeanne-Alice allait épouser.

L'estomac de Quitterie se noua. Ainsi sa soubrette ne l'avait pas trahie, Gabin ne l'avait pas trompée. Il ne lui avait pas rendu sa médaille, mais l'avait perdue, la chaîne ayant cassé à force d'être triturée. Son homme l'avait attendu en vain à l'Auberge de Savoie, en vain à Chamonix. Quel effroyable gâchis !

Elle glissa la lettre dans la poche de sa jupe, examina son frère comme s'il était un monstre.

— Qu'as-tu fait ? gronda-t-elle en serrant les poings.

— Une terrible erreur, déglutit-il comme s'il avait avalé une guêpe. Quand j'ai réalisé que tu avais donné la médaille de notre mère à un guide de Chamonix, j'ai eu le sentiment que notre père était trompé une nouvelle fois. J'ai voulu le venger en te faisant souffrir comme il avait souffert. Mais c'était moi, en fait, qui souffrais de jalousie. Oh, Quittie, pourras-tu jamais me pardonner ?

— Tu es le plus beau salaud que la terre ait porté !

3

La sœur trahie sortit du bureau, tomba sur l'épouse trompée dont l'oreille était appliquée contre la porte pour surprendre la conversation. Carola se redressa avec autant de dignité qu'elle le put – depuis que son homme l'avait cocufiée, elle cherchait à pénétrer dans son existence secrète. Face à elle, Quitterie pressa ses doigts contre ses lèvres, le visage agité par l'envie d'éclater en sanglots.

— J'ai ce qu'il vous faut ! dit Carola en prenant sa belle-sœur par le coude pour la soutenir.

Elle la conduisit au dressoir chargé de bouteilles, lui versa un alcool blanc pour la remonter. Elle s'en versa un verre également.

— Au plus beau des salauds ! dit-elle assez fort pour être entendue de son mari, pétrifié de se savoir haï comme la peste.

Quitterie haussa les sourcils, puis leva un verre plein de mépris pour cette vacherie d'Annibal. Et elle qui l'avait cru sur parole ! Elle comprenait aujourd'hui combien sa naïveté l'avait éloignée de la vérité. Elle tremblait de rage et de désespoir ; ses mâchoires tapaient l'une contre l'autre. Carola s'apprêtait à la resservir quand un domestique entra dans la pièce avec une dépêche télégraphique qu'un messager exprès venait de lui remettre. Le coursier s'était d'abord rendu à Lausanne où on l'avait redirigé vers le château de Fortune.

— Un pli pour Mademoiselle d'Arcy, dit le serviteur.

Quitterie prit la dépêche posée sur le plateau en argent.

Voyant qu'il s'agissait d'un télégramme officiel, elle se sentit gagnée par une sourde inquiétude. Des mots flottèrent devant ses yeux. Un malheur était arrivé. Les lignes bien nettes paraissaient souligner la brutalité de cette nouvelle quand bien même elle ignorait de quoi il s'agissait.

— Quelque chose ne va pas ? s'enquit Carola.

Le ton avait beau être amène, il exigeait une réponse. Sa belle-sœur lui remit le télégramme pour qu'elle en prenne connaissance.

Urgent STOP Convocation des autorités
STOP Présence requise à Chamonix
pour authentification
STOP ET FIN

— Je dois me mettre en route, annonça Quitterie.

Carola ordonna de faire atteler. Puis elle remplit leurs deux verres qu'elles vidèrent cul sec avant de tout se dire, de tout mettre à plat. Une bonne fois.

Une heure plus tard, tout était prêt quand Annibal les rejoignit.

— Que faites-vous ? demanda-t-il avec un regard de hibou qui trahissait son incompréhension de la situation.

— Quitterie nous quitte, dit comme à regret son épouse.

— Déjà ? Mais enfin, Quittie ! Vous venez seulement d'arriver ! Restez encore un peu, le temps de rencontrer vos neveux.

Il émit un étrange bruit de gorge qu'on aurait pu prendre pour un rire, mais qui était un sanglot.

Carola le réprimanda vertement :

— Saluez votre sœur, au lieu de vouloir la retenir !

Vu son état général, Annibal savait qu'il devait désormais obéir à sa femme, beaucoup plus jeune que lui. Aussi articula-t-il :

— Au revoir, ma sœur. J'aurais voulu ne jamais vous avoir fait vivre ce que je vous ai infligé.

Quitterie perçut du regret dans sa voix qui se réduisit à un murmure coupé de réticences.

— On ne se reverra pas, répliqua-t-elle avec froideur. Alors, adieu !

Carola posa une main sur l'avant-bras de sa belle-sœur, marmonna quelque chose, puis se tut, comme si les mots mouraient dans sa gorge. Elle lui sourit avec une expression pleine de douceur. Quitterie évita son regard, craignant que son émotion ne prenne le dessus. Puis elle partit pour Chamonix. Suite à l'annexion ayant réuni le duché de Savoie à la France, elle pouvait voyager sans passeport. Depuis seize mois, le souverain n'était plus Victor-Emmanuel II, mais Napoléon III. Dans le fiacre, les larmes finirent par l'emporter sur sa résistance. Quelle réalité l'attendait sur place après toutes ces années ?

4

Quand le char à bancs entra dans le bourg, la comtesse d'Arcy vérifia sa tenue. Elle avait passé un costume de voyage, avait coiffé ses cheveux en deux nattes ramenées sur le devant de son corps. Elle examina son reflet dans le miroir de poche, étudia l'expression qu'elle afficherait à sa descente de voiture. Ne sachant pas qui allait l'accueillir, elle désirait paraître amicale, mais pas familière.

Elle promena ses yeux sur la plus haute cime éclairée par un franc soleil. Elle adressa une prière muette à Pernette qu'elle imaginait flottant au sommet avec Ponce. Quitterie guetta l'habituel malaise, mais elle ne ressentit rien. Le trouble confus qui s'emparait d'elle dans le passé n'était plus. Sa patrie, c'était lui : le Maudit. Il représentait la terre de ses ancêtres. Ses racines. Elle était sarde par sa mère et par son père. Elle rentrait au pays, quand bien même Chamonix était aujourd'hui français.

Le bourg alpin avait beaucoup changé. L'endroit était devenu une véritable ville avec des maisons modernes, des hôtels de luxe, des boutiques chics, des rues bien tracées. Il y avait même un photographe dont l'enseigne tape-à-l'œil surmontait le kiosque à journaux. Les éditions spéciales arboraient des manchettes époustouflantes : *La caravane du docteur Hamel refait surface... Le glacier rend ses victimes... Les corps sont intacts quarante et un ans après leur disparition... Cruelle puissance de conservation de la glace !*

Dans le centre-ville, le conducteur tira sur les rênes du char en criant. La rue principale était encombrée d'une macédoine cosmopolite. Certains étrangers portaient des chapeaux colorés en équilibre instable sur le côté de leur tête, d'autres des chaussures à talons. Elle repensa au jour où Gabin avait insisté pour voir les pieds de Jeanne-Alice qui refusait de soulever ses jupes. Son guide et sa soubrette… Ils devaient être là, quelque part. S'ils étaient encore en vie, après toutes ces années. Cette crainte se tortilla dans son estomac.

Quitterie baissa sa vitre pour mieux voir. Elle balaya du regard ces taches de couleurs mouvantes. Elle s'arrêta sur une rangée d'hommes qui n'avaient rien de touristes. Tout dans leur attitude témoignait de leur condition de montagnards. Sans doute cela tenait-il à leurs vêtements de drap et à leur peau tannée par le soleil d'altitude.

Le char stoppa à leur hauteur après une dernière secousse. Elle examina ces bonshommes qui affichaient l'air concret et le maintien sérieux de ceux qui ont affaire à la montagne. Ils bavardaient entre eux, les jeunes avec les vieux, sans faire cas de l'arrivante. Elle s'étonna de ne voir venir à sa rencontre ni le syndic – devenu maire avec l'annexion – ni quelque députation de guides accourus avec des hommages pour fêter le retour de la dame du Mont-Blanc. Soudain, un gars qu'elle n'avait pas vu arriver passa la tête par la portière.

— Mademoiselle d'Arcy ?

— C'est moi.

Au lieu de l'aider à descendre, il lui annonça un contretemps.

— Je suis désolé, Mademoiselle, mais il semble que vous deviez repartir tout de suite au lieu d'entreposage.

— Quel entreposage ?

Voyant qu'elle avait l'air perdue, il expliqua la situation dans un patafouillis de français mêlé de parler savoyard. Il mentionna son père qui s'excusait de n'avoir pas pu venir l'accueillir. Le garçon avait les yeux clairs, la voix grave et chaude. Quel âge pouvait-il avoir ? Une vingtaine d'années.

Le fils de Gabin !

Envahie par une panique soudaine, la voix de la comtesse fléchit quand elle lui demanda :

— Monsieur… ?

— Pas monsieur, sourit-il. Fernandel. Mais tout le monde m'appelle Fernand.

— Fernand, je suis affamée. Aussi voudrais-je d'abord me rendre à mon hôtel avant d'aller je ne sais où.

Mensonge. Son estomac était noué.

— Bien sûr. Je vais m'occuper de vos bagages. Mais avant, on va s'arrêter chez moi. C'est sur le chemin de votre hôtel. Ma mère fait les meilleures bugnes du pays. Ensuite, je vous expliquerai tout.

Comme il avait quitté le marchepied pour donner des directives au cocher, elle descendit de voiture. Aller manger chez celle que Gabin avait épousée parce qu'elle n'était jamais venue le rejoindre ne ferait que compliquer les choses.

— C'est très gentil, mais voyez-vous, je préférerais d'abord me rafraîchir après cette longue route.

Il allait protester quand un homme en uniforme se présenta comme étant le commissaire nommé pour l'enquête. Il vint au baisemain, précisa qu'il était à l'origine du télégramme.

— J'avoue ne pas comprendre pourquoi vous m'avez convoquée, dit-elle.

— Nous avons retrouvé un objet vous appartenant parmi ce que le glacier a rejeté.

L'improbable s'était produit et elle y était mêlée.

5

— Il s'agit d'une bouteille contenant votre carte de visite, expliqua le commissaire. Il vous faut l'authentifier, car nous cherchons à comprendre pourquoi elle est arrivée là. Mais je dois vous prévenir que parmi les rejets du glacier se trouvent les guides disparus lors de la catastrophe. Ou plus exactement des morceaux de guide.

Il marqua une pause, désigna une de ses mains. Puis il plia un de ses doigts, comme pour le faire disparaître. Son pouce droit.

— Gabin s'est proposé pour vous accompagner sur le site d'entreposage. Il voulait venir vous accueillir à votre arrivée, mais il a eu un contretemps.

— Je suis au courant, son fils m'en a parlé.

— Son fils ? Il n'a pas de fils.

— Un jeune homme du nom de Fernandel.

— Ah, Fernand ! C'est le fils de Jeanne-Alice et de Ventura.

— Vraiment ? lâcha-t-elle, incapable de cacher l'émotion que la nouvelle venait de lui porter.

Le commissaire se demanda s'il n'avait pas commis quelque maladresse, car la comtesse était plus pâle qu'amidon.

— Je vais vous conduire à votre hôtel. Gabin passera vous chercher demain matin, quand vous serez reposée.

Quitterie ne répondit pas tout de suite. Une nuit d'attente supplémentaire pour revoir Gabin lui parut insupportable. Elle sentit une chaleur se répandre en elle et s'ouvrir sur une certitude : différer, quand on aime, c'est risquer de tout perdre. Beaucoup de temps s'était écoulé, mais peut-être n'était-il pas trop tard. S'il y avait encore une chance de lui expliquer les choses, elle devait la tenter. Une onde de courage l'inonda.

— Je veux me rendre sur le site maintenant.

— Je comprends votre curiosité, répliqua le commissaire, surpris de voir que cette comtesse ne faisait pas les choses à demi. Mais laissez-moi vous dire que ce qui s'y trouve est choquant pour une dame de votre rang. Je doute que vous soyez préparée à être ébranlée de la sorte.

— J'en ai vu d'autres, figurez-vous ! Contrairement à ce que vous insinuez, je ne suis pas une petite chose fragile ! Tout le monde semble l'ignorer ici, mais je suis la première femme à avoir gravi le Maudit. Enfin... la première femme alpiniste, précisément.

Le ton qu'elle avait employé était plus incisif qu'elle ne l'aurait voulu. En réalisant à qui il avait affaire, le commissaire se confondit en excuses et conduisit lui-même la pionnière sur le site d'entreposage.

En chemin, les rides d'anxiété qui avaient creusé les traits de Quitterie pendant le voyage semblaient s'estomper. C'était comme si elle avait laissé derrière elle son passé chaotique. Comme si elle marchait vers l'amour, le grand amour.

Dans le bâtiment, elle prit connaissance de l'inventaire fait par le Dr Million qui avait classé les trouvailles par catégorie. Sur une table, il avait étiqueté comme débris humains deux crânes, des mèches blondes adhérant au cuir chevelu, un maxillaire garni de dents blanches, un pied surmonté de son mollet, un avant-bras et la main adhérente à laquelle il manquait le pouce. Sur une autre table étaient regroupés la poche d'un gilet, une moitié de chapeau en feutre, un soulier à crampons, une doublure de soie jaune, une semelle de cuir, un bas de laine, une lanterne de fer-blanc, un gigot de mouton cuit – qui sentait mauvais maintenant qu'il était hors de la glace.

Le commissaire montra à Quitterie la bouteille dans laquelle se trouvait la carte de visite censée lui appartenir. Elle prit le contenant, le fit rouler entre ses doigts, lut *Comtesse d'Arcy*. C'était bien son nom, mais elle ne reconnaissait pas cette carte aux lettres foncées.

— Est-ce à vous ? demanda-t-il, impatient d'en savoir plus.

6

— Je n'écris jamais sur les cartes que je laisse en montagne, déclara Quitterie. Or il semble y avoir quelque chose au dos que je ne parviens pas à lire, vu qu'elle est collée au cul de la bouteille.

Ce n'était pas la seule incohérence : ses cartes de visite étaient en lettres dorées, et non en lettres sombres. Et comment la bouteille qu'elle avait enfoncée dans la neige une vingtaine d'années plus tôt pouvait-elle se retrouver avec les débris d'une catastrophe arrivée une quarantaine d'années en arrière ?

La cervelle brouillée, l'aristocrate écouta les bruits du dehors. De la salle mise à disposition par la mairie, on entendait la foule protester contre la présence d'un personnage indésirable. Les portes ne s'ouvrirent que pour laisser entrer le Dr Hamel convoqué comme témoin. S'il avait pu traverser Chamonix sans se faire écharper, c'était grâce au guide réquisitionné par le commissaire pour l'escorter.

— Ho ! jeta la comtesse, estomaquée.

Ce qui la médusa le plus ne fut pas de voir Hamel, mais son accompagnateur qui la subjugua de même qu'un sortilège. Elle venait de reconnaître l'homme avec lequel elle avait touché le ciel en 1838.

Maintenant que la tendance était au visage glabre, Gabin portait la barbe – elle avait toujours aimé sa façon de se moquer des modes. À soixante-deux ans passés, ses traits étaient encore séduisants. Ses rides, bien que profondes, ne faisaient qu'ajouter à son allure. Si sa vivacité n'avait en rien diminué, il arrivait de temps à autre que son corps lui fasse faux bond. Il le cachait, tout comme le fait qu'il était devenu frileux telle une marmotte avec l'âge.

En apercevant Quitterie, les yeux du montagnard s'étoilèrent d'espoir. Il lui fit son sourire à fendre du bois, n'ayant pas les mots pour dire à quel point il était heureux de voir ici l'amour de sa vie. Le seul amour qu'il avait jamais eu. Elle lui sourit en retour avec la crainte d'une belle femme consciente que le temps avait passé. Elle se sentait vulnérable. Sans raison. Certes, les rides sur son visage disaient l'enchaînement des saisons, mais ses forces semblaient vouloir rester avec elle et sa tête raisonnait clair. En dehors de ses tresses blanchies, elle paraissait être immunisée contre la décadence du corps.

Quelques minutes durant, ils se fascinèrent, les yeux de l'un fixés dans ceux de l'autre, n'en revenant pas de la tournure des événements. Un fracas de verre qui se brise rompit le charme. Le commissaire avait volontairement cassé la bouteille. Il était passé à l'action, perdu par l'incompréhension de l'étrange comportement d'un couple qui n'en était pas un – à sa connaissance.

— Êtes-vous devenu fou ? lui reprocha le Dr Hamel.

À septante-cinq ans, il se promenait parmi les débris comme dans un musée.

Le commissaire ignora le reproche de ce fat dont la mémoire était si courte qu'il semblait oublier que des gens étaient morts par sa faute. Il ramassa la carte en prenant soin de ne pas se couper, la retourna :

— *Pour que les femmes puissent vivre libres comme des hommes*, lut-il à haute voix. C'est signé *Louise de C.*, précisa-t-il.

— Maman ! murmura Quitterie, trop bas pour être entendue. Louise de Carignan, ajouta-t-elle plus fort. C'était ma mère.

— Votre mère ? Mais comment est-ce possible ? En dehors de Pernette Croz, aucune femme avant vous n'est montée à cet endroit. Et encore, c'était avec Balmat. Sans quoi, elle n'y serait jamais…

— C'est une longue histoire, le coupa-t-elle, émue d'entendre ces trois noms si chers à son cœur.

Gabin se précipita vers la comtesse, passa un bras ferme autour de sa taille pour la soutenir, au cas où ses jambes se déroberaient sous elle. Ce n'était pas le cas, mais elle ne fit rien pour se dégager, au contraire. Leurs corps s'ajustèrent. Leurs palpitants s'emballèrent comme des machines folles.

Quitterie repensa à leurs ébats, à sa nudité mâle. Elle perçut de nouveau l'excitation qu'elle avait éprouvée, les yeux rivés sur lui. Elle avait du désir et des fièvres, une envie de commettre des folies, là, devant tout le monde. Lui, chercha à calmer son cœur mais il ne voulait pas s'apaiser. Chaque battement se répercutait en coup de feu dans ses tempes, dans son torse, et jusque dans son pantalon. Il se livrait à une songerie polissonne, s'accaparait déjà cette femme qu'il venait à peine de retrouver. Il zieuta le bombé de son décolleté. Elle refusa de baisser les yeux sous la flamme de son regard. Chacun avait rallumé chez l'autre un bouillonnement sensuel qui, depuis des années, était en dormance.

— J'ai une idée ! s'exclama soudain Hamel, séparé du monde par une cloison étanche. Il faut rassembler tout ce fatras dans un musée. On pourrait l'appeler « le musée des refroidis ». Ça plairait certainement aux voyageurs.

— Votre idée ne tient pas compte du souhait des familles d'offrir un enterrement solennel à leurs morts, le talocha le commissaire, indigné.

Il pensa que le temps était venu de clore la bouche d'Hamel qu'il allait reconduire lui-même aux portes de la ville. La présence de cet olibrius au caractère hermétique n'était plus requise. Pour des raisons de sécurité, il le fit sortir discrètement par l'arrière de la mairie. Les gens du cru l'abhorraient.

Sitôt les deux hommes partis, Quitterie et Gabin se baisèrent à pleines lèvres jusqu'à l'arrivée de Jeanne-Alice qui s'avança vers eux en claudiquant légèrement. Elle embrassa la comtesse d'Arcy avec toutes les précipitations d'une longue et sincère amitié.

7

Deux jours plus tard, les débris humains et les objets trouvés furent réunis dans un cercueil fabriqué pour la circonstance. On installa la boîte en mélèze chez la petite-nièce d'un des guides disparus. On organisa la veillée dans une chambre froide tendue de deuil. Les proches des victimes récitèrent des prières tête basse en égrenant les perles en bois de leur chapelet.

Rapidement, un incessant défilé de curieux se produisit dans la pièce. Il fallut mettre des gardes, jour et nuit, pour empêcher les indélicats de subtiliser les rogatons. Malgré la surveillance des aspirants guides qui se relayaient au chevet de ce qui restait des défunts, quelques rognures et autres menus objets disparurent. Certains visiteurs – moins voleurs, mais plus insolents – insistèrent pour acheter qui un bouton de culottes, qui un morceau de bretelles, qui une mèche de cheveux.

Des visiteurs anglais, de fait.

Ce dimanche 18 août 1861, les restes éjectés par le glacier défilèrent en convoi funèbre dans Chamonix où une foule dense s'était massée le long des rues. Les petits-fils de trois victimes marchaient devant le cercueil, chacun avec une croix en bois sur laquelle était peint le nom de leur grand-père. Les autorités locales les suivaient avec solennité. De nombreux guides encadraient le cortège en portant des flambeaux d'argent.

Parmi eux Villeret, Noiret, Gabin et Ventura. Bourvil et Blier brillaient par leur absence avec une excuse valable : ils étaient morts depuis longtemps. Le jeune Fernandel talonnait son père avec les fils de Marie, tous guides, ou aspirants. Celle-ci représentait les veuves de la Compagnie. Elle donnait le bras à Quitterie qui donnait le bras à Jeanne-Alice. Les trois amies portaient la même robe couleur de deuil, la même coiffe de soie noire avec des dentelles. Après l'enterrement, il y eut les mortailles, ce repas qui est aux funérailles ce que le vin d'honneur est aux fiançailles. Tous passèrent du temps à renouer, à se rattacher à la vie par l'amour et l'amitié.

Épilogue

Il fallait les voir ensemble, les jeunes mariés tout ridés. Le matin, Quitterie et Gabin se promenaient main dans la main, au milieu d'un tel rayonnement de bonheur qu'ils semblaient marcher sur un nuage. Le soir, ils n'étaient que rires et bavardages sans fin au coin du feu. Chaque jour leur paraissait infiniment précieux. Les mois et les années coulèrent ainsi dans une félicité délicieuse. Et cela dura une pleine décennie, faisant de leur relation amoureuse une liaison durable et sérieuse.

Pendant ces dix merveilleuses années, Quitterie fut plus heureuse qu'à n'importe quelle autre période de sa vie. Jusqu'au décès de Gabin au moment où éclatait la guerre franco-prussienne de 1870. Il avait alors septante-deux ans. Quelques mois plus tard, elle rejoignit l'homme de sa vie dans la mort. En janvier 1871, on pouvait lire dans le journal l'annonce du décès de Quittie Gabin, rentière âgée de septante-sept ans – la nouvelle passa inaperçue, car le conflit armé tournait au désastre pour la France. Aucun nom de parents n'ayant été trouvé, ses biens furent mis à l'encan. Ses herbiers, ses objets de curiosité, son alpenstock, Mémento et sa correspondance furent dispersés lors d'une vente aux enchères. De son beau musée intérieur, il ne restait rien. Sauf à la librairie Jullien où se trouvait en vitrine *L'Enfant chérie du Maudit*, un récit de la comtesse d'Arcy.

Note de l'auteur

1 – À propos de Quitterie d'Arcy : elle est librement inspirée d'Henriette d'Angeville (1794-1871)

Considérée comme la première femme alpiniste, cette comtesse bourguignonne – née Pensée Dangeville sous la Terreur – a grandi dans les monts du Bugey, dans l'Ain. Sa bonne se prénommait Jeannette, mais elle l'appelait « soubrette ». Sa manie de laisser une carte de visite dans une bouteille en pleine nature est avérée. Celle déposée au Jardin de Talèfre en août 1838 a été subtilisée par un admirateur qui lui a ensuite offert des fleurs pour se faire pardonner.

Mémento existe – il n'est pas bleu comme les yeux de Gabin mais vert sapin. *Le Carnet vert de Mlle d'Angeville* paraît dans *La Revue alpine* en 1900, puis en 1987, titré *Mon excursion au Mont-Blanc* (éd. Arthaud) et préfacé par Roger Frison-Roche. En 2007, le Conseil général de la Haute-Savoie a acquis dix-huit des quarante illustrations d'origine. Ces dessins ont une grande valeur historique, tant pour la conquête des sommets que pour l'émancipation féminine. La comtesse a longtemps bataillé pour faire éditer son album illustré. Sans succès : il coûtait trop cher à fabriquer. C'est pourquoi seuls deux exemplaires ont vu le jour, à ses frais. Le premier a disparu et l'autre a été acheté par son frère. Henriette d'Angeville et Adolphe, de deux ans son cadet, formaient un couple fraternel comme il en existait à l'époque. Un contrat écrit définissait leur relation dans le détail.

La question de savoir qui a effectué la première féminine au Mont-Blanc s'est posée. Le syndic de Chamonix a trouvé une formule habile pour traiter l'épineux sujet et ainsi éviter une crise diplomatique. Sur l'attestation délivrée par les guides, on peut lire : *Nous certifions que Mlle d'Angeville est la première femme étrangère au pays qui soit montée au sommet du Mont-Blanc.*

Dans la presse du XIXe siècle, on lit de tout au sujet de la comtesse, qui était loin de faire l'unanimité. Certains journaux lui attribuent des troubles psychiques, égratignent sa moralité. D'autres s'éloignent de la vérité en publiant des récits fantaisistes pour attirer plus de lecteurs. Elle n'a jamais demandé à grimper sur les épaules d'un guide pour se trouver plus haut que la cime. Ce sont eux qui se sont amusés à la porter. Un article stipule qu'il n'y avait pas un, mais deux pigeons : le blanc pour annoncer le succès de l'expédition et le noir, la mort de l'ascensionniste. Ce dernier s'échappe, vole jusqu'à Genève, endeuille sa famille. On peut aussi lire que le pigeon portant l'heure à la patte a été mangé en ragoût par le curé. À ces fausses informations viennent s'ajouter des parutions misogynes. *Le Mont-Blanc doit être bien humilié d'avoir vu son sommet atteint par un pas de femme* (*Le Fédéral*, 11 septembre 1838). En 1838, la plume se trempe dans le vitriol quand il s'agit d'écrire sur une grande première féminine. Mais les mentalités évoluent petit à petit. En 1863, l'ascension de l'Olderhorn par la comtesse a eu un grand retentissement, car elle touchait à ses septante ans.

La vente aux enchères et la dispersion de ses biens sont notoires. De façon étrange, le médecin ayant constaté sa mort n'a indiqué aucune parentèle sur l'acte de décès fait à Lausanne. Peut-être en raison de la guerre, ou de la brouille familiale qui l'avait coupée des siens.

2 – À propos des personnages célèbres

— George Sand a fait un tel tapage à Chamonix – où elle a séjourné avec ses enfants, ainsi que Franz Liszt et Marie d'Agoult – que le propriétaire de l'Hôtel de l'Union a fait exorciser sa chambre après son départ, car aucun client ne voulait l'occuper.

— Victor Hugo, sa femme Adèle et leur petite Léopoldine se sont rendus à Chamonix en juillet 1825 – pour les besoins de l'histoire, j'ai fait revenir l'auteur sur place en 1838. Ils ont fait l'excursion du Montanvert et sont rentrés à Paris le 2 septembre. Son album *Voyage poétique et pittoresque au mont Blanc* est longtemps resté au tiroir, car son éditeur – Urbain Canel – avait fait de mauvaises affaires. Des fragments de récits recueillis par Adèle Hugo – *Victor Hugo raconté par un témoin de sa vie* – sont insérés dans la *Revue des Deux Mondes* en 1831. Contrairement aux idées reçues, l'auteur n'était pas riche. Ne pouvant compter ni sur des rentes ni sur des biens familiaux, il a commencé à travailler à l'âge de quinze ans. Dans une lettre de mars 1830 au quotidien *Le National*, il révèle : *L'Empire et la fortune m'ont manqué. Je me suis trouvé à vingt ans marié, père de famille, n'ayant pour tout bien que mon travail et vivant au jour le jour, comme un ouvrier, [...] obligé par le malheur des temps de faire à la fois une œuvre et une besogne.* Hugo a écrit pour le *Journal des actualités*, mais pas pour *La Feuille de chou*, journal tout droit sorti de mon imagination.

— En 1832, Alexandre Dumas, qui a contracté le choléra, fuit Paris où l'épidémie a fait vingt mille morts. Son médecin l'envoie en Suisse pour y faire une cure d'air. Lui, espère y trouver la gloire qu'il ne connaîtra qu'une douzaine d'années plus tard. De là, il rejoint Chamonix où il fait la connaissance de Jacques Balmat et de Marie Paradis. Tous deux figurent dans ses récits, ainsi qu'Euphrosine Ducrocq, la fille de salle que Balmat renvoie chez elle car elle allaite son bébé. Dumas a été banni du royaume de Sardaigne pendant sept ans pour avoir mis le feu à la Dent du Chat.

— Jacques Balmat n'a jamais rencontré Louise de Carignan pour la bonne raison que ce personnage féminin est entièrement le fruit de mon imagination, tout comme les guides Gabin, Ventura... ceux de la Compagnie de l'époque étant irréprochables en réalité. Balmat a disparu à septante-deux ans en cherchant de l'or. Sa fin – criminelle ou accidentelle – reste un mystère, car son corps n'a jamais été retrouvé. Certains disent qu'il a été jeté au fond d'une crevasse par des brigands de Taninges après avoir découvert une mine aurifère. D'autres pensent que la légende s'est abattue sur lui : « Le premier homme à oser grimper le Maudit sera voué à une mort affreuse. »

— Le Dr Rotule est inspiré du Dr Coindet, médecin de Genève, qui a rédigé une ordonnance pour ascensionner le Mont-Blanc. Le Dr Million a existé ; il a fait l'inventaire des restes de la caravane Hamel. Le Dr Hamel est tristement célèbre pour son entêtement et sa froideur. Quarante ans après cette catastrophe, les débris rendus par le glacier ont suscité un grand engouement. Maints étrangers ont cherché à en rapporter comme souvenirs de voyage ! Un Anglais a offert une livre sterling pour un bouton de culotte. Une moitié de lanterne a été achetée à son pesant d'or. Un bout de tissu a été monnayé 10 francs, ce qui porte la loque à 100 francs le mètre. Une fortune à l'époque !

3 – À propos des lieux

— La librairie Jullien est toujours place du Bourg-de-Four à Genève. C'est le plus ancien commerce genevois en activité.

— Les notes délirantes et les dessins coquins dans les livres d'or, ainsi que les écritures sur les murs de l'auberge, sont véridiques.

— Le monument funéraire du Bouchet a existé. Sous le

message du gouvernement, on pouvait lire : *C'est avec un recueillement mêlé de crainte et de respect qu'il faut visiter les lieux que la nature a marqués du sceau de sa majesté et de sa puissance.*

— Le Jardin de Talèfre et la cascade d'Arpenaz sont des curiosités naturelles de la Haute-Savoie.

— Le domaine de Fortune est en fait le château de Lompnes, près de Nantua, dans l'Ain – surnommé château de Lune par les enfants d'Angeville. Propriété de la Croix-Rouge française depuis une centaine d'années, il abrite aujourd'hui un EHPAD.

4 – À propos de Pernette Croz : elle est librement inspirée de Marie Paradis (1778-1839)

Cette fille d'auberge, née à Saint-Gervais dans les États de Savoie, est la première femme à avoir foulé la cime du Mont-Blanc. Pourtant, elle n'apparaît que de façon concise dans certains ouvrages consacrés à la conquête des sommets – son sexe, sa condition sociale et son humilité maladive ont fait que son exploit accompli en 1808 a été minimisé. On ignore presque tout de sa vie si ce n'est que Jacques Balmat l'a emmenée au Mont-Blanc pour la rendre célèbre et lui a offert la cime en dot pour plaisanter. Dans sa jeunesse, elle a été séduite par un voisin plus âgé. Elle a eu un garçon qu'elle a élevé seule, l'enfant n'ayant jamais été reconnu. Une fois marié, le fils a laissé son épouse chez sa mère et est parti chercher du travail à Paris. Elles ne l'ont jamais revu. Elles ont vécu ensemble jusqu'à la mort de Marie, partageant la même chambre.

Marie Paradis avait pour coutume de dresser une table en plein air sur le chemin du Mont-Blanc. Ceux qui revenaient du sommet s'arrêtaient pour trinquer avec elle et manger des tartines de beurre avec du miel. Elle a succombé à une hydropisie de poitrine en 1839, six mois après avoir rencontré Henriette d'Angeville à la réception donnée pour sa victoire.

Le Mont-Blanc n'était pas leur seul point de rapprochement : ni l'une ni l'autre n'a rencontré l'amour durant sa vie. Alors que l'aristocrate connaissait le tout-Paris, elle est morte seule. Dans sa chambre trônait un portrait qu'elle avait fait faire à Chamonix en 1838 : on y voyait une montagnarde qu'elle appelait affectueusement sa « sœur du Mont-Blanc ».

Composition et mise en pages
Nord Compo à Villeneuve-d'Ascq

MIXTE
Papier issu de
sources responsables
FSC® C003309

L'éditeur de cet ouvrage s'engage dans une démarche de certification FSC® qui contribue à la préservation des forêts pour les générations futures.

Pour en savoir plus :
www.editis.com/engagement-rse/

Achevé d'imprimer par
Normandie Roto Impression s.a.s.
61250 Lonrai (Orne)
N° d'imprimeur : 2200278

Imprimé en France